KB263748

現代日本文学の旗手

安部公房の小説を読む

李貞熙(リ チョンヒ)　著

제이앤씨
Publishing Corporation

目　次

第Ⅰ部　短編小説部
メタモルフォーゼの時代

第Ⅱ部　長編小説部
＜変身＞する世界と言葉

プロローグ

　私が安部公房を初めて接したのは大学3年の時である。代表作である『砂の女』が安部公房との最初の出会いであった。『砂の女』の内容そのものは単純である。昆虫採集に出掛けた主人公が行方不明になる。彼は砂丘の穴のなかに閉じ込められ、そこで家を守るために砂掻きに明け暮れる女との生活を強いられる。主人公は脱出を試みるがどれも失敗する。しかし、砂のなかから水を溜める方法を発見してからは、砂丘での生活に新たな希望を見出す、というものである。たしかに『砂の女』は都市からの逸脱、砂の集落からの疎外といった実存的モチーフの小説で、誰かの実存主義哲学者の影響を受けたものであろうという論議を呼ぶものではあったが、その当時は、どこか新鮮で感動を覚えた記憶がある。

　私が安部公房の文学に接した当時の韓国社会は、正義と理想を抱く若者にとっては、悩み多い社会、言い換えれば、言論とそれに基づく行動の自由を希求するという、社会に棲む人間の根源的な、本質的な欲求と悩みがまだ残された社会であった。それは安部公房の文学に流れている人間存在に対する悩みに通じるものであった。もしかして私は当時の閉塞状態から逃れることのできる解答をこの作品から求めようとしたのかもしれない。安部公房の小説を読んでいくと、そこには時代の流れとともに生きる人間存在のありかたが見えてくる。私の安部公房の研究のはじまりはここにあった。

　こうして安部公房の文学に惹かれていった私が次に読んだ作品は初期の短編集『壁』である。これは面白かった。異常な事件(たとえば、名前を失ってしまう)を、さながらありふれた日常の出来事であるかのように描写し、その上、その物語の唯一可能な手段<叙述方法>として<変身>というモ

チーフが用いられていることが私には魅力的だった。そしてその小説におい
ては現実性というものが一つのイメージで示される。

　安部公房の描く<変身>は、それまでの日本近代文学にはない斬新さと
普遍性があった。作品を何度も繰り返して読んでいくと、外国人である私
の身辺にも、それと同じような異常が訪れ、変身しかねない、という一種の
恐怖感さえ感じた。安部公房はその方法において普遍的であっただけでは
なく、より積極的に<変身>というモチーフをとおして、読者の参与を期待
していたのかもしれない。その<変身>は単に日本に限ることではなく現代
の社会や文化に対する一種の皮肉とも読みとれる。この寓話的なモチーフ
の可能性は、現代社会に生きる人間の内部に潜むある普遍的な人間存在
の問題をテーマとしているところにあるのだろう。いま思い返せば、それこ
そが安部公房の文学が持っている多義性だったと思う。

　安部公房、あるいは安部公房の文学は、一九三〇年代以後の東アジア
地域に固有の近代の歴史や文化のなかから生まれたものだと思われる。つ
まり、安部公房の人と時代を見つめる眼差しの原点は一九三〇年代の<満
州>という歴史的環境にあった。安部公房は植民地時代、帝国主義的な妄
想がもたらした満州国の建国と滅亡という、東アジア地域に巨大な悲劇を
もたらした負の歴史とともに歩んできた。中国大陸東北部の荒野、半砂
漠、砂、壁、乾いた大気など、安部公房文学のイメージの原像はそこから
生まれたものだ。しかし、安部公房は、この負の所与の条件を正の価値へ
と転化した。というのは、このような歴史と風土は、中国、日本、韓国の
三国の文化のなかでは、<異質なるもの>であった。安部公房はそれを現代
日本の社会と文化のアンティテーゼに据え、現代日本に対して距離を置く
ことができた。私はそれゆえに正の価値への転化とみるのである。以上が私
の研究の主体的な背景であるといえる。

　本書は1998年度に筑波大学大学院博士課程文芸・言語研究科に提出した博士論文をもとにして書いたものである。博論取得後、でき得るかぎり早い時期に上梓して世に発表したかったが、8年間の留学を終え帰国し、大学の講壇に立ち8年が経ち、今年になりようやく博論を本にしようと決めた。

　本書はあえて博論の加筆、書き直しはしなかった。理由は当時の内容をそのまま再現したかったからだ。今、改めて読んでみると不足な部分もあるが、これも私の思索の足跡だと思い、次なる安部公房論を構想しながら発表することに決めた。

　博論は日本留学8年間をついやした安部公房研究の成果である。博論が完成するまでには実に多くの紆余曲折があった。初めて日本留学を決心した時には安部公房と韓国の女流作家ソヨンウン(徐英恩)の作品と比較しようとした。この二人の作家の作品に現れている神話的な世界とその性格を考察しようとした。作家ソヨンウンのエッセイのなかで安部公房の話を言及したのを読み、ソヨンウンも安部公房の世界を理解していると思い、自信をもって研究しようとした。しかし、実際に日本へ行って指導教官(当時の指導教官は村松剛先生であった)と相談した結果、二人の作家は現代作家である上、生存している作家なので、二人の比較は無理がある、それよりまずは日本の作家を研究したほうがいいと指導されて、安部公房を研究することになった。

　修士論文を書きあげ、修論の審査の日を間近に控たある日、指導教官から博士課程に入るには生存する作家では書けないのでテーマを変えることを勧められた。その頃私は安部公房の作品世界にはまりこんでいたのでテーマを変えることは苦しい選択であった。私はテーマを変えることよりは修論が合格したら、自分の修論を持って安部公房に会いインタビューをしようと思っていた。そのような時に、修論審査一週間前の1993年1月22日、安部公房死去のニュースを聞いた。私にとっては本当に衝撃的なことだった。私は安部公房に対する各界の世論を注視した。当時、安部公房の評価は一言で<日本戦後文学の旗手>というものだった。その日、すべての日刊紙に安部公房の特報が載せられ、日本中が彼の死を惜しんだ。

　修論審査の日、私は自分の論文に対する内容の説明とともに、今後の研究計画について話さなければならなかった。ところが、指導教官から、「安部公房が死亡したのは知っているね。君は博士過程でも安部公房研究をつづけられる」と言われた。皮肉なことに、私は安部公房の死により彼の研究が続けられ、博論を書くことができたのである。今も当時のことを回想すると、尊敬する作家の死と、私の研究の間で、言い様のない複雑な思いが錯綜する。

　1996年4月19日から21日まで、安部公房国際シンポジウムがアメリカニューヨークのコロンビア大学で開催された。そこに参加して世界における安部文学研究の現況を知ることができた。そのシンポジウムで安部公房の一人娘でもあり安部公房著作権継承者である安部ねりさんにお目にかかることができた。韓国の留学生が安部公房を研究するという事実だけで、安部ねりさんは感動したのか私に特別な配慮をして下さった。一九九七年、安部公房全集の編集作業が新潮社で進められると、私にアルバイトとして安部公房の全作品を検討する機会を与えて下さった上、未発表資料までいただいた。この資料がなかったら、私の博論は完成できなかったほどこの上もない貴重な資料であった。

　二〇〇一年の夏休みを利用して「安部公房と満州体験」の研究のため旧満州(現在中国東北地域)地域を訪問した。この探訪は結局、作家のルーツ探しの旅というかたちになってしまったが、私は長年旧満州地域の風景、特に曠野が見たかったので満足した。旅は七泊八日で、まず瀋陽(以前は奉天)に着いて遼寧大学宿舎(遼寧大学は威徳大学と姉妹校で訪問期間中お世話になった)に泊まり、主に安部公房の軌跡を追うことにした。安部公房の従妹にあたられる北海道旭川の郷土誌『あさひかわ』編集長の渡辺三子先生に教えていただいた、安部公房の奉天の旧家の住所(奉天市大和区紅葉町4番地)をもとにして、その家を探し始めた。しかし、私が訪問したその当時の瀋陽は開発ブームで、戦前と比べてなにからなにまですっかり変ってしまい、一九三〇、四〇年代の住所だけで家を探すのは容易なことではなかった。遼寧大学歴史学科の崔莉先生の紹介で、遼寧省庁舎所属の図書館(以前は東北大学図書館だった)に行って、一九四〇年代の瀋陽市内の地図をコピーしてもらい、それを持って探すことにした。昔の住所の大和区は現在は和平区となり、紅葉町は海口街となっていた。なんとか、和平区海口街の近くまでは迷わずに行くことができたが、四番地一帯はアパート団地に変っており、安部公房が幼い時に住んでいた家はもとより、当時ここに日本人街が存在していたことを示す痕跡すら発見できなかった。一九九四年出版の『新潮日本文学アルバム安部公房』に掲載されている住居の写真(九頁にある父親の浅吉が内科の開業医をしていたころの住居)の家は残念ながら見ることができなかった。聞くところによると、一九九六年暮れからその辺りの開発が始まったという。

続いて、安部公房が通っていた小学校や中学校及び安部浅吉の勤め先であった満州医科大学も訪れた。満州医科大学は現在は中国医科大学と改まっていたが、昔のままの建物も残っており、当時の面影を感じさせてくれた。瀋陽市内にも当時の建物がたくさん残っていてかつての繁栄を垣間見ることができた。

瀋陽で最も印象的なのは、街が終わったところから始まる曠野である。今も曠野に向け凄まじい勢いで建物がたてられている。しかし、それをものともしないかのように、曠野は限りなく広がっている。さらに、印象的なのは、その曠野の地平線に沈む夕陽だった。私は地平線を始めて見たが、あんなに大きくて真っ赤な夕陽も見たことがなかった。安部公房が眺めた夕陽もこの夕陽だろうと思うと感慨深かった。

　旧満州地域の探訪を通して、安部公房の作品に頻出する＜壁＞のイメージが何を表しているのかが分かるようになった気がする。安部公房の描いた＜壁＞は、まず具体的には、このような曠野にどんどん広がる都市の発展そのものを指すのではないか。

　作品『壁―S・カルマ氏の犯罪』の中に「近づいてみると何かが地面を割って頭をもたげようとしているのでした。(中略) すると間もなく生えてきたのは植物ではなく、長方形の大きな箱でした。しかしもっとよく見ていると、それは箱ではなく、壁なのだということが分かりました。」という場面が出てくる。これはまさに旧満州の開発の姿、地面からそびえ立つ建物の風景をそのまま描いているのではないかと思われる。何もない曠野に都市造りが始められ、道路ができ、建物がたてられ、人々は移住して定着するようになる。けれども、都市から一歩出ればそこには曠野が広がるばかりである。そこから都市と農村との間にも壁ができ、さらに都市に住んでいる住民と住民との人間関係にも壁ができる。このように＜壁＞の最初のイメージは、都市開発による地面からそびえ立つ建物群からはじまり、そこから派生する象徴的なイメージとしての人間の疎外問題、すなわち孤独・不安・既成観念などの表象ではないだろうか。

　わたしはこの旧満州地域探訪のあいだに、安部公房の＜満州体験＞の研究を始め、安部公房のように満州体験のある作家たちが、日本の現代文学に与えた影響を知りたいという欲求に駆られることになった。

　今回の出版に際して、多くの方々にここであらためて感謝を申し上げたい。

　まず、指導教官の名波弘彰先生をはじめ、荒木正純先生、阿部軍治先生、池内輝雄先生、新保邦寛先生、博論の基礎となる修論の作成にご指導いただいた稲垣泰一先生、平岡敏夫先生に心から感謝の意を表したい。

　また、資料の関係でお世話になった方々も多い。まずお礼を申し上げたい方は、本書の三分の一を占める『飛ぶ男』論のために、安部公房の生前の未発表テキストを提供して下さった安部ねり氏である。それから、安部公房資料館の伊藤倬彦氏、学術資料出版社の長尾義輝氏、オリオンプレス著作権部の酒井建美氏、新潮社の宮西忠正氏、北海道旭川の郷土誌『あさひかわ』の渡辺三子氏にもお礼を申し上げる。そして、本書の出版に、快く引き受け下さったJ＆C出版社の尹錫山社長、編集の趙成熹氏にもお礼を申し上げる。

　最後に、私を支えてくれた多くの方々と、いつもあたたかく応援してくれる最愛の夫・娘ととみにこの喜びをかみしめたい。

二〇〇五年一〇月　慶州にて

李貞熙

■凡　例

一　特記のない限り、引用は原則として初版の原文による。なお漢字表記もできるだけ原文のまま使用し、明らかな誤りと認められるものには(ママ)のルビを付し、特に改めなかった。

一　本文中の引用は「　」で括った。引用文中の筆者による補注は(　)を用いた。同様に、本文中の(　)は特記のない限り筆者の補注である。

一　書名・作品名・雑誌名は『　』を用い、論文名・新聞名は「　」を用いた。

一　年号はすべて西暦を用いた。

一　安部公房の生前未発表テキストの引用の際は、すべてワープロ原稿を用い、引用の頁数もそれに従う。

一　特に「創作メモ」の場合は、通し番号を付し、その番号により引用した。

現代日本文学の旗手
安部公房の小説を読む

序　章

1. 現代文学の旗手、安部公房

　通常ならざる生い立ちをたどる作家が時々いる。一九二四年東京生まれ、満州に渡って青少年期を送り、敗戦とともに日本に引き揚げてきた作家安部公房もその一人かもしれない。この生い立ちは、日本の激動の歴史とぴったり符合するといっても過言ではない。彼の場合、単に符合するにとどまらず、時代の先端を走りつづけたともいえる。敗戦によって満州から引き揚げてきた後、医者への道をあきらめ、作家への道を歩んだ安部公房は、一九五一年『壁―Ｓ・カルマ氏の犯罪』で芥川賞を受け、作家としての地位を確立した。そのとき彼が受けた評価は、「戦後文学の収穫」「新しい文学の典型」というものであった1)。その後、一九六〇年代に『砂の女』『他人の顔』『燃えつきた地図』という失踪三部作を書きあげた頃から彼の評価2)は、たとえば「故郷喪失者」「無国籍者」「伝統を断ち切る作家」「アヴァンガルド」というように微妙な変化をとげている。その後、何回もノーベル文学賞にノミネートされたことで、日本近代文学を超出した作家という像が定

---

1) 埴谷雄高氏は、『赤い繭』を戦後文学賞受賞作として選考したときに、「新しい前進的な作品」「まさしく戦後文学の収穫である」とまで激賛し、これまでの小説の手法に革新をもたらした公房の実験的手法の成功をみとめている。また、『壁―Ｓ・カルマ氏の犯罪』に対しては、第二五回芥川賞の選評で舟橋聖一氏が、「新しい小説の典型」であると高い評価を与えている。
2) 磯田光一氏は安部公房を「無国籍者」の視点から、荒正人氏も「最も無国籍な作家」、あるいは安部公房の文学を「故郷喪失文学」という視点から考察している。また、本多秋五氏は「伝統を断ち切る」作家として論じている。

着していった。彼は一九九三年に他界するが、その後「戦後文学の旗手」「表現主義者」「国際的な作家」という言葉が彼を飾るようになった。一生をとおして、このようにさまざまな修飾語が付いた作家は、少ないことであろう。

「戦後文学の旗手」という言葉からもわかるように、戦後の日本の歩んできた軌跡と切り離して、安部公房を語ることはできない。敗戦直後の荒涼たる一九五〇年代、高度成長経済社会の一九六〇年代、戦後の国家体制があらためて問われた一九七〇年代から一九八〇年代にかけて、日本の社会が大きく変動したことにともない、安部公房は<新しい文学>の可能性を切り開こうとした。そして、一九八〇年後半から一九九〇年代にかけてのマルチメディアの発達した世界においても、安部公房は絶えざる変貌をとげていく。

安部公房の死後、彼の文学の再評価の気運が起きた。一九九六年四月にニューヨークのコロンビア大学で開催された「安部公房国際シンポジウム」は、そのひとつの表れである。日本人作家の再評価の扉が外国ではじめに開かれたということは、実は安部公房文学の本質と結びつくといってもよかろう。というのは、公房が再評価される気運が外国で起こりつつある一方、日本国内では彼の研究はまだ緒についたばかりである。そこにはいつくかの要因があろう。その主要な要因としてまず指摘できることは、彼の文学が日本近代文学の「伝統を断ち切」ったところから出発している点であろう。公房に即して言えば、現代文学はまさに普遍性、世界性を標榜とする文学と規定できる。日本文化の伝統と断絶し、現代文学へ指向するという姿勢は、いうまでもなく彼の文学作品の方法と主題に深くかかわっている。このことを示すためにまず、彼の作品の特色を大きくとらえておく必要がある。それは概略すると次のようにいえる。

(1)シュルレアリスム小説やＳＦ小説の作風を主とする作品。それらの小説の多くは、主要登場人物が＜変形＞したり＜変身＞するというモチーフを共通にしている。

　(2)超現実的あるいはＳＦ的な作風が影をひそめ、より現実社会に密着しようとする作風へと変貌するが、その方向性はリアリズムを基盤にした近代小説とは異なり、公房に固有な方法論を駆使した、「現代小説」としての特性が姿を現してくる。それを下位区分として指摘するならば、

　　　a.一九六〇年代の東京という都市を無名化するという手法で、どこにでもある都市として一般化し、それと並行して登場人物たちも無名化したり記号化(そのなかには言葉遊び的な記号が大きな特色となる)することで、現実の東京という限られた都市の人間関係における実存の問題やその不毛性を、むしろ現代の都市一般の普遍的な人間関係の問題として扱おうとする方法論による作品。

　　　b.小説の空間を現実には存在しない架空の空間に設定し、そこに人間関係を据えるという手法で、日本文化と社会(人間関係)の制度や伝統から切り離して、現代における人間存在一般の問題として扱おうとする方法論による作品。

　このように公房の作品(叙述手法)を概括できるとすれば、その指向性はいうまでもなく、特定の都市における特定の人間関係をそのまま作品化するということではなく、より普遍的な人間関係から人間存在の根源的な主題にせまろうとするところにあるといってよかろう。それは一言でいえば、まさに世界文学への指向に他ならない。このような方法論をもち、「伝統を断ち切」った彼の文学は文化の差異を超えているために、国文学的な世界になじんだ日本人研究者よりも、むしろ外国で評価が高くなっていると考えられる。

2. 本書の構成と内容

　本書は前述の二項に示したように、安部公房の(1)の作風を初期短編小説に、また(2)の作風を一九六〇年代以降の長編小説にとらえ、彼の現代文学の方向性がどのような新しい叙述方法をもって新しい主題をとらえようとしているのかを考察しようとするものである[3]。なお、本書で、とくに四つの章を設けて考察する彼の遺稿『飛ぶ男』は、(1)の作風に回帰しているように見られるが、しかし単にそれは回帰というべきではあるまい。(2)の創作を体験して以後の作品であるところからいって、(2)のモチーフと主題を抱えこんでいると見られる。したがって、この作品を(1)(2)の総合化と見て、第Ⅱ部長編小説論のあとで、別に考察を試みている。

　したがって本書の構成は、序章、第Ⅰ部(短編小説部)、第Ⅱ部(長編小説部、『飛ぶ男』)、結章というかたちをとっている。第Ⅰ部は五章立てとし、<変身>モチーフを多彩に作品化した四篇の短編小説の考察を、<変身>というモチーフの継承と変容の過程をたどるかたちで配置した。また第Ⅱ部は六章立てとし、上述の(2)に見られるがごとき公房に固有な方法論による長編小説三篇の考察を試みている。本書を大きく二部構成に分けたのは、短編小説と長編小説を比較して読んでみると、その間にはテーマの連続性はあるものの、すでにふれたような形式と方法にかなりの変化がみられるからである。

　第Ⅰ部では、四編の短編小説を中心に分析を試みる。この四篇の短編小

---

3) 安部公房は自作について次のように語っている—「僕の作品は大きく二つの系列があるんだよ。だいたい長編の場合には、最近やや日常の断片を集積するタイプのものが多かったけれど、短編の場合は、むしろ非現実的な変形物が多いんだ。ファンタジーというより、自分じゃ仮説的リアリズムのつもりだけどね」(小林恭二のインタビュー「破滅と再生」『海燕』一九八六年一月)。このように安部公房の短編小説と長編小説の差異は認められる。けれども、そこから一歩出て、彼の短編と長編を語ろうとした論考はない。そのため、本書は、短編小説部と長編小説部とを分けている。

説のテーマを現代文学におけるアレゴリー(寓話)の可能性という観点から考察している。安部公房がその文学的初期において、どうして<変身>というモチーフにこだわったのか、そこに新たな主題を発見しようとする公房作品の独創性を分析することが、第Ⅰ部の目的となる。

　第一章は、公房の最初の変身譚『デンドロカカリヤ』に関する考察である。「平和のアンチテーゼ、または争いのなかの<悪>」という副題を付したように、第一章の目的は、敗戦直後の日本人の罪や悪の問題を、個人と国家の対決と結びつけてとらえることである。そのために、この短編小説の「人間の植物への変身」というモチーフの意味と機能の分析を中心に考察してみた。日本人の悪や罪という問題は、公房の初期の文学における重要なテーマのひとつであり、戦争や植民地化という日本人が行ってきた事態を省察し、罪や悪の本質を鋭く突き止めようとした、というのが本章の結論となっている。

　第二章は、第二回戦後文学賞受賞作『赤い繭』に関する考察である。本章は「<おれ>の<ユダヤ性>に見る実存的状況」という副題が示すように、<おれ>と「彼」との関係を中心に分析してみた。「彼」は国家の<法＝権力>の執行者としての権力をふるって、<おれ>が国家を象徴する街(都市)の内部に定着することを阻み、外部へ排除しようとする。これはまさに、個人と国家(権力)の関係であった。公房は、青年期までの満州体験を基に、国家の<悪>に対して鋭く反発していた。その反発は一方で、街(都市)には国家と無関係に存在し得る市民共同体があるのではないかという期待を抱かせることにもなった。しかし現実には、街(都市)にも国家権力が浸透している。公房はそれへの絶望から、あらためて個人が国家や都市から切り離された実存的存在であることを認識する。

　第三章は、『バベルの塔の狸』に関する考察である。本章ではその作品分析として「言葉遊び」と「所有と存在」という二つのモチーフをとおして作品論を試みた。『バベルの塔の狸』は初期短編小説のなかでは、もっとも「言葉遊び」の多い作品である。論理を支える言葉には、もともと詐術性を含むとするのが公房の認識であった。この詐術性に満ちた言葉と論理が人間存在を規定するとすれば、人間存在そのものが詐術的存在にすぎないものではないか。このような人間存在にも深い絶望感を抱いていた公房は、その絶望感を反転させて、アイロニカルな「言葉遊び」を用い、現代社会における人間存在と所有・被所有といった関係性を、シニカルな眼でとらえようとしたと、私は結論づけた。

　第四章は、第二五回芥川賞受賞作『壁—Ｓ・カルマ氏の犯罪』に関する考察である。まず、『壁—Ｓ・カルマ氏の犯罪』の作品世界を読み解くために、＜あべこべ＞という鏡像による世界と反世界、または鏡面をはさむ写像と被写像という二項対立のモチーフをとおしてとらえてみた。たとえば、Ｓ・カルマ氏と名刺Ｓ・カルマ氏、タイピストＹ子とマネキンＹ子、田舎のパパと都市主義者のユルバン教授パパである。このような分析で垣間見ることができるのは、この作品は、たんに現代の都市社会からの人間疎外といった問題だけではなく、記号化された登場人物の行動を通して人間存在そのものの悪を描こうとしていたのだ、ということである。

　第五章では、以上の短編小説論の結論として、変身モチーフと初期作品のテーマとの関わりについて考察してみた。その結果、初期作品においては、現代人の実存状況そのものが、悪または罪の刻印を押されているという公房のニヒリスティックな意識が、作品の全体に流れていることがわかった。「言葉遊び」を主とした短編小説には、言葉のレベルにとどまらず、言葉の織りなす論理表現に潜むウィットに満ちたトリック、またシニカルなアイロニーなど、表層と深層に仕掛けられた言葉遊びに満ちていると指摘できた。

　第Ⅱ部は、三篇の長編小説を中心に分析を試みるものである。

　第一章は、一九六〇年代の代表的作品『他人の顔』に関する考察である。「潜在的痴漢と仮面時代」という副題で、おもに顔と<仮面>との関係を中心に分析してみた。つまり<仮面>とは、都市の流動性と対応する都市生活者の表情の変化、というよりも多重的人格を生きることを強いられる現代人のありかたを象徴する装置であった。この作品では、都市における複雑な人間関係を、絶えず変化させざるをえない都市生活者の多面性を<仮面>に集約させ、それを「表情の変化する仮面」という寓喩的装置と結びつけることで、現代人の存在状況をとらえていると分析した。この作品は、短編小説から長編小説への実質的な転換をみせる契機となる作品で、公房文学の転換を知る上で重要な位置を占めている。

　第二章は、一九七〇年代の代表的作品『箱男』に関する考察である。この作品は「箱男」という造語によって生まれた新しい人間の物語として、その生態や行動様式などが精密に描写されている。そこでその「箱男」という存在を明確にするために、まず乞食と浮浪者、さらにホームレスとの比較を試みた。その試みから言えることは、「箱男」の生まれる背景には、一九七〇年代に入って都市の真ん中に住みつきながらも、都市そのものから疎外されねばならなかった、職業をもたぬ浮浪者やホームレスが大勢出現していたという状況がある。公房はこういった人間存在を「箱男」という造語によって寓話化してとらえ、現代都市に新たに出現した人間の姿を語っていると結論づけた。

　第三から六章までは、遺稿作品『飛ぶ男』に関する一連の考察である。この『飛ぶ男』に関しての四つの章にわたる論文は、安部公房の生前の未発表原稿を用いて考察した。未発表原稿というのは、安部公房の死後、彼のフロッピー・ディスクに残された『飛ぶ男』のテキスト群、つまり「創作メモ」をはじめとする九種類のテキスト群を指す[4]。そのうち九番目のテキストが一

───────────────────────

4）これらのものは2000年度に刊行された『安部公房全集』に載せてあるが、本書では発見当時のワープロ原稿そのものを用いることにする。

九九三年に刊行された『飛ぶ男』として、それまでの八種類のテキストは刊行本『飛ぶ男』に至る創作の経緯をうかがわせるものである。したがって、このようなテキスト群を背景にもつ『飛ぶ男』を、大きく四つに分けて考察する。まず第三章では、「刊行本『飛ぶ男』に至るまで」という副題で、この未発表原稿(複数)を用いて『飛ぶ男』のテキストの変貌の過程をたどり、第四章では ［スプーン曲げ少年に関するレポート］ について、ルポという形式に重点を置いて考察する。次に第五章では、デジタルブック『スプーン曲げの少年』について、当時の社会現象である「校内暴力」と「体罰教師」、そして超能力とはなにか、ということを中心に考察する。そして、第六章では「『飛ぶ男』の誕生」という副題で、『スプーン曲げの少年』から『飛ぶ男』へのテキストの変貌とともに、その主題の変化を分析する。この分析をふまえて、『飛ぶ男』には、公房の前衛的な叙述方法の方向性が示唆されていることを明らかにしたい。

　結章では、以上の公房文学の分析から得られた結論から、安部公房の文学のイメージの原像は「満州」での体験にもとづくととらえ、「満州」と安部公房の文学のかかわりを考察する。そこから生まれた新しい文学を「現代日本文学の可能性」として論述し、さらには公房にみられる現代日本文化の考察を試みている。公房は日本文化を、自己の所与の環境として絶対化することは決してなかった。その＜異質なるもの＞としてのイメージを、アンティテーゼとして絶えず相対化し異化していった。私にとっては、日本現代文化の内容よりも、むしろ、そのような公房の「見る」姿勢に深い関心がある。そのことを記述してある。

第Ⅰ部 短編小説部

メタモルフォーゼの時代

第一章

『デンドロカカリヤ』論
—平和のアンティテーゼ、または<極悪の植物>への変身—

1. 安部公房は難解か

　安部公房の小説が題材として選ぶ多くのものは、現代社会でなんらかの形で問題児とされている存在である[1]。彼の小説は、そうした人物を、仮構化された小説空間のなかで行動させるための実験物語である、と言ってもよいだろう。描かれる様々な人物の行動様式や思考様式が理解困難なのは、作者安部公房の独創的な発想とその表現方法のためであると思われる。人間存在に対する実存主義的な問いかけ、シュルレアリズム的幻想世界の展開、さらには四次元の世界に没入し、徹底した立体感覚による場面構成、また小説空間という仮構された宇宙に君臨し造物主となって行動・思考するタイプをもつ人物たち—このような徹底的な創造性を、より繊細にする仕掛けこそ、細密画を描くような絵筆の動きが表現する変身(変形[2])

---

1) ルカーチは、小説は英雄詩やコントとは違って、主人公と世界との間の克服しがたい決裂によって特徴づけられる叙事詩的ジャンルのものとみて、その主人公をそのような世界で毀損されているものを追究している「問題的主人公」としてみている。

2) 安部公房は作品の中で「変身」よりも「変形」という言葉を使っている。「変身」はもともとギリシア語の「メタモルポーシス」という意味である。メタモルポーシス(metamorphosis)というのは、本来「モルペー(morphe)の変化」を意味していて、モルペーというのは、姿とか外形とかいうことだから、メタモルポーシスとは結局、「姿や形を変えること」であって、正確にいえば「変身」というよりも、「変形」と訳されるべきものかもしれない。

のモチーフだと思われる。そこにみられるのは、決して、観念を理論的図式に当てはめ固定するという姿勢ではない。このような発想によって、彼の想像力は読者をして冒険に駆り立てる。変貌してやまない小説空間そのものに、安部公房の創造性の結晶がみとめられると言えよう。

　このような小説空間の絶えざる変貌を感じることなしに、部分だけにこだわって公房の作品を読んでいくと、個々の場面がいかにも奇怪・異様・奇想天外と思われ、その背後にこそ真の意味があるようにみえてしまう。公房の小説を理解するためには、個々の場面が起こす波動によって流線形のごとく変貌していくプロセスを、読者の側があらためて再構成する、つまり能動的な読みが必要だと思われる。この能動的読みの必要条件は、テキストをより忠実に読むことに他ならない。作者もなく、読者もなく、ただそこに言語で書かれているだけのテキストを読む。それは言語＝記号の分析をとおして、見えないものを見るという作業でもあろう。

　いまあらためて、このような方法論を通して、安部公房の最初の変身譚である『デンドロカカリヤ』を読むことにする。

2.「デンドロカカリヤ」、その〈極悪の植物〉

　『デンドロカカリヤ』は変身をモチーフとした安部公房の最初の小説として、一九四九年八月『表現』に発表された。その後、一九五二年十二月には作品集『飢えた皮膚』(書肆ユリイカ刊)に、さらに一九六〇年十二月には『新鋭文学叢書二・安部公房集』(筑摩書房刊)に収載された。また、より一般に流布しているものとしては新潮文庫版(初版一九七三年七月)がある。

　「コモン君がデンドロカカリヤになった話」。『デンドロカカリヤ』はこのように始まっている3)。そしてすぐ次の段落にはいると、

> 　　　コモン君はふと心の中で何か植物みたいなものが生えてくるのを
> 感じた。ひどく悩ましい生理的な墜落感。不快だったが心持良くもあ
> る。地球が鳴りだした。ぐらぐらっとしたとたん(中略)なんと、植物に
> なっているんだ[4]!

と続く。このように書き出されるテキストを、読者はこれまで、「何か植物
みたいなものが生えてくる」という奇病にかかったコモン君が、この奇病に
必死になって抵抗するのだが、結局、敗北して「デンドロカカリヤ」という植
物に変身する話であると読み取ってきた。このプロットをめぐり江後寛士氏
は、植物への変身はひたすら日常的な安定を求める人々の病気とし[5]、松
原新一氏は人間の植物化＝自己喪失(自己消滅)として解釈している。ま
た、本多秋五氏は、この作品を人間の自発性の喪失、馴致と類型化による
非人間化(ここでは植物化)を扱ったものだと語っており[6]、栗山博子氏は植
物への変形が自己閉鎖への逃避、すなわち現実逃避だと論じている[7]。

　以上の諸氏による読みは、「デンドロカカリヤ」という名の植物への変身
ではなく、「デンドロカカリヤ」ではなくともよい「植物」一般への変身とし
て、この作品をとらえているといえる。このような解釈に対して、筆者はむ
しろ「デンドロカカリヤ」という、その名の意味を通して作品の解釈に迫りた
いと思う。

---

3)　ここに引用する『デンドロカカリヤ』のテキストは『安部公房全集1951.05−
　　1953.09』(新潮社、一九九七)の中の第3巻を用いることとし(三五〇～三六五
　　頁)、引用の頁数もそれに従う。『デンドロカカリヤ』の初出は一九四八年八月
　　『表現』に発表されたものだが、その後、一九五二年一二月刊行の短編集『飢え
　　た皮膚』収録の際に改訂が施されてある。ここでは、行論のため改訂版を用いる
　　ことにする。
4)　『安部公房全集　003』、三五〇頁。
5)　江後寛士「安部公房『デンドロカカリヤ』」(『現代の小説』九州大学出版会、一九
　　八一)。
6)　本多秋五「伝統を切断する鬼才安部公房」(『物語戦後文学史・中』岩波書店、一
　　九九二)三二〇頁。
7)　「安部公房『デンドロカカリヤ』論」(『大谷女子大国文』第二四号、一九九四年三月)。

　テキストの冒頭は「コモン君が植物になった話」ではなく、「コモン君がデンドロカカリヤになった話」となっている。すなわち、これは記号「デンドロカカリヤ」が、実体としての「植物」以上の意味作用をもつことを、垣間見せているのではなかろうか。これまでの研究では、「デンドロカカリヤ」は架空の植物と読まれるだけであった。「安部公房特集」(『ユリイカ』一九九四年八月)の中の『デンドロカカリヤ』の解説にも、「デンドロカカリヤ」については何ら言及はなく、単なる「植物」への変身譚として取り扱われている。このようにこの作品は、おおむね「デンドロカカリヤ」への変身というモチーフがあるというよりも、「植物病」とか、「植物人間」をテーマとする8)小説として読まれてきた。

　ところで、厳密にいえば「デンドロカカリヤ」は、実際、キク科ワダンノキ属の高さ一・五〜四メートルの常緑小木で、小笠原固有の特産の植物なのである9)。このワダンノキ属のワダンノキの学名は詳しく書くと、「デンドロカカリヤ・クレピディフォリヤ(Dendrocacalia crepidifolia)」といい、それがコモン君の変身した「デンドロカカリヤ」の正式な名前である。だから、植物に造詣の深い人が『デンドロカカリヤ』というタイトルの本をみれば、植物「デンドロカカリヤ」についての植物学書であると思うかもしれない。そのような学術的名称が作品の重要なモチーフとなっているのだとすれば、「デンドロカカリヤ」という記号は、小説内部の何かを意味づけるもの、あるいは変身のモチーフの特異性をきわ立たせるものとしての機能を果たしているのではなかろうか。つまり「デンドロカカリヤ」という表記が採用されているということは、作品世界を支える上で重要な意味を持っているとみられる。

　安部公房は作品の謎を解かせる鍵として、読者にそれを暗示させるよう

---

8)　田中裕之「『デンドロカカリヤ』論—≪植物病≫の解明を中心に—」(『国文学攷』一二八号、一九九〇年一二月)。
9)　『日本の野生植物・木本Ⅱ』(平凡社、一九八九)。さらに、この指摘は、塚谷裕一「『デンドロカカリヤ』異聞」(塚谷裕一『漱石に白くない白百合』文芸春秋、一九九三)にも見られる。

なユニークなタイトルを数多く使ってきている。そこで彼の作品のタイトルを
その発想のイメージによって分類すると、次のようなパターンに分けられる。

①実存的なもの：『終りし道の標べに』(一九四八)『名もなき夜のために』
　(一九四八)『けものたちは故郷をめざす』(一九五七)等。
②神話的なもの：『魔法のチョーク』(一九五〇)『バベルの塔の狸』(一九五
　一)『ノアの方舟』(一九五二)等。
③SF的なもの：『R62号の発明』(一九五〇)『水中都市』(一九五三)『第四
　間氷期』(一九五八)等。
④奇抜・怪奇的なもの：『赤い繭』(一九五〇)『砂の女』(一九六二)『箱
　男』(一九七三)等。
⑤その他：『デンドロカカリヤ』(一九四八)『チチンデラヤパナ』(一九六〇)
　『ユープケッチャ』(一 九八〇)等。

　このように分類してみると、「デンドロカカリヤ」という題名は暗号めい
た、まるで一つ一つの文字が謎を解く秘密の文字の組み合わせとなってい
るようにみえる。
　「デンドロカカリヤ(Dendrocacalia)」は、『植物学ラテン語辞典』による
と、「dendro」は「dendr；tree」で植物・樹木の意を、「cacalia」は「kakos(悪)
＋lian(甚だ)」の意、つまり「極悪」の意味である[10]。すなわち、「デンドロカ
カリヤ」は＜極悪の植物＞ということになる。このような意味表象からあら
ためて冒頭の部分を読みかえすと、「コモン君が＜極悪の植物＞になった話」
になる。
　ではなぜ、この作品の変身のモチーフに、「悪」の表象として「植物」が選
ばれたのか。『大百科事典』(平凡社、一九八五)によって、「植物」という言

---

10)　さらに、「デンドロカカリヤ」に続く「クレピディフォリヤ(crepidifolia)」は、
　「crepidis(長靴)＋folia(…の葉の)」の意で、「長靴のような葉」の意味である(豊
　国秀夫編『植物学ラテン語辞典』至文堂、一九八七)。

葉の第二の定義をまとめると次のようになる。「養分を自給自足し、感覚器官をもたず、自由意志で動けない生きもの」。このような定義を挙げた理由は、それこそこの作品の奥にひそむものを言い当てているのではないかと思われるからだ。そこでいまこの定義の言葉をさらに分析し、植物が「悪」にたとえられることの妥当性をみることにする。

　まず、①「養分を自給自足する」ということ。動物は食物を探し求めねばならないが、植物は根をおろした地点で、光合成にもとづいて、静穏な生活を送っている。それゆえ「植物(住民)」からみると、人間という二足動物は、なんとせかせかと動き回っているのだろうかと、動きそのものを無駄なものであると思っているかもしれない。

　次に、②「感覚器官を持たない」ということ。これは見る眼も、聞く耳も持たないということで、情報などを得ることができないということになる。したがって、その判断に立つ善悪の区別もできないということにもなろう。

　さらに、③「自由意志で動けない」ということ。人間は個性と才能を遺憾なく発揮するには、自由意志で動けることが条件である。人々が地上に存在する限り、行為し続ける自由意志を有している。この自由意志は人間特有の個別化の根源であり、人間の行為を推進する原動力となる。誰かに操縦してもらわないと動けないようでは、「本物の自分」とは言えないだろう。

　以上のような定義を敷衍すると、「植物」にはその本性からいって、明らかにダイナミックな社会に対して負の側面をもつ、とみてよかろう。いまそのような負性を、人間の実存のうちに組み込むならば、それこそ実存の必然として「悪」という意味作用がはたらき出すことの象徴となるといってよかろう。もしも人間の植物化が実現するとすれば、それは社会に対する「悪」の表象となると言ってもよいだろう。

　ところでコモン君は、＜極悪の植物＞になるのを必死に拒否するので、コモン君の意志は必然的に善を求めると言ってもよいだろう。しかしその一方で、堕落願望、あるいは、善なる本質に背きたいという願望が善へと向かう本来の衝動よりも時として強く作用する場合がある。「悪の植物」という記号が表象するものは、このような二律背反する人間の衝動といった実存性にかかわるものなのではなかろうか。このような衝動の小説的仮構が、登場人物であるコモン君とK植物園長アルピイエとの関係に表象されているとみてみよう。

3. コモン君とアルピイエ—善悪に向かう衝動

コモン君における変身のプロセスの最初の徴候は、次のようなプロセスをたどって現れ、そして消えてしまう。

①ある日、コモン君は何気なく路端の石を蹴とばしてみた。春先、路は黒々と湿っていた。石は、石炭殻のようにひからびたこぶし大の目立たぬものだったが、何故蹴ってみようなどという気になったのだろう。ふと、その一見あたりまえなことが、如何にも奇妙に思われはじめた[11]。

②どこかへ引きさらわれてゆく感じ、おれの心はそんなに空っぽなんだろうか。そう思ったその時なんだ。コモン君がふと心の中で何か植物みたいなものが生えてくるのを感じた。ひどく悩ましい生理的な墜落感。不快だったが心持良くもある[12]。

③それから、あたりが真暗になった。その暗がりの中に、夜汽車の窓にうつったような、自分の顔が見えた。むろん錯覚さ。なんの錯覚かって、コモン君の顔は裏返しになっていたんだ。あわてて顔をはぎとりもとに戻した。瞬間、すべてはもとどおりになっていた[13]。

---

11) 『デンドロカカリヤ』三五〇頁。
12) 『デンドロカカリヤ』三五〇頁。
13) 『デンドロカカリヤ』三五〇〜三五一頁。

　①②③はコモン君の最初の変身の徴候を示す場面である。まず①は変身の原因に当たる場面で、次の②は変身する時の気持ち、そして③は変身からもとの姿(人間身)に戻る方法を表している。

　①のコモン君が路端の石を蹴飛ばすという、ごくありふれた行為が植物への変身の直接的な原因となる。この何気ない動作に対してわき起こる疑問は、いままで意識していなかった行為の主体としての自己を意識しはじめることだ。私が何をしているのかという意識は、私が存在するという意識に支えられて現れる。これは主体としての自己を意識することであろう。

　コモン君は思わずあたりを見回して、他の人もそんなことをするものかと外部に目を向ける。そこで「誰だって知らず知らずのうちにしているのさ」と独り合点をすると、こんどは別の足で石を蹴飛ばしてみる。自己分裂を防ごうとして、外部と直面する体験を試みる。すると、かえってそこに「外部」に対する「内部」という関係性が生ずることになる。こうして世界は「内部」と「外部」という分割を起こす。このような「内部」と「外部」との分裂が変身をひき起こす原因となるのだ。

　②でコモン君は「どこかへ引きさらわれてゆく感じ」を受けて、心は空っぽになる。これは植物への変身の直前の気持ちとして、「内部」と「外部」との差が大きければ大きいほど、変身した後の心境は深い「墜落感」を感じることでもある。それは同時に「心持良い」ものであった。この背反する気持ちは、二回目の変身の時にも、不吉な予感に胸がすぼまっていく一方、気持ちのよい飽和感に酔うことになるという形で表れる。それがさらに進んで、三回目の変身の時は、急に疲れてしまったけれど、そこに「一種の快感」を感じる。これは「悪」の誘いに対して背反する衝動の揺れを表象するものであろう。

　③の変身してしまって「裏返し」になった顔を「表」に向けると、もとどおりになる。そうすると、植物に変身したい時は、顔を裏返してやればよいと

いうことにもなろう。「裏」と「表」という対立概念は、前述した「内部」と「外部」との対立に照応する。しかも、「裏」と「表」という対立するものの通路が「顔」ということに注目すべきである。つまり、「顔」というものが人間にとって、どんな意味と機能を果たしているのかという問題となることだが、それはこの作品を読む一つの鍵である。『デンドロカカリヤ』の変身モチーフは、人間の身体から顔だけを浮き彫りにしている。この顔面、すなわちペルソナについて、和辻哲郎氏は次のように述べている。

　　　人を表現するためにはただ顔面だけに切り詰めることができるが、その切り詰められた顔面は自由に肢体を回復する力を持っている。そうしてみると、顔面は人の存在にとって核心的な意味を持つものである。それは単に肉体の一部分であるのではなく、肉体をそれに従える主体的なものの座、すなわち人格の座にほかならない[14]。

　つまり、顔は人間にとって中心的存在（「人格の座」）であるという。すなわち顔＝人格なのである。安部公房にとって、顔を裏返して変身するということは人格変換の象徴であったにちがいあるまい。安部公房は『他人の顔』のなかで、顔を裏返すということについて、「単に人相を隠すという消極的なねらいだけでなく、表情を隠すことで、顔と心との関連を絶ち切り、自分を世間的な心から解放するという、より積極的な目的があったに違いあるまい[15]」と語っているが、この『デンドロカカリヤ』の変身モチーフのもつ原像性から帰納された言及であろう。

　変身のプロセスにおける「裏返し」という仕掛けは、「表」と「裏」を逆転する手段であり、モチーフの重心もそこにあるとみてよかろう。たとえば、社会の秩序と混沌とは一枚の貨幣の表と裏と同じように、切り離すことので

---

14) 「面とペルソナ」（『思想』、一九三五年六月）。
15) 『他人の顔』（講談社、一九六四）二〇五頁。

きないものだ。この二つは互いに他方を裏返した陰画の写像をなしているように見えるが、秩序の裏返し、すなわち混沌というのは、むしろ秩序を支える構成部分である。それゆえにこそ秩序の強化に使われさえするものなのである。生け贄が死によって生を表象するように、裏返しの中で、混沌から秩序が作り出される。

　「悪」と「善」についても、この「裏返し」という仕掛けがはたらいている。人間の衝動にあっては、時としてその本然性を裏返したいという願望が善へと向かう本来の衝動よりも強く作用する場合がある。したがって、「裏返し」になった顔は、「他人」には「悪」の表象とみえる。言うまでもなく、この作品『デンドロカカリヤ』のコモン君における「裏返し」された悪という他者性は、Ｋ植物園長アルピイエとして登場する。

　コモン君がアルピイエに最初に出会うのは、二回目の変身の時である。最初、モン君はアルピイエの正体がわからない。

　　　　黒い詰襟、厚ぼったい眼鏡をかけた、ずんぐり男だ。巾があるくせに凸凹の多い、歪んだ顔。薄っぺらでつややかな鼻を中心に、右側全体がつり上って、ことに右の眼は、眼鏡の奥に空洞のように広がっている16)。

　アルピイエは空洞のような片目で、コモン君の眼を、腹の中まで見透かすように覗きこむ。何から何まで知り抜いているといった顔つきで睨んでいる。コモン君は「俺の顔だって知るはずがないじゃないか」と思っている時、また、何かが生えてくるのを感じる。そこで「重い天が、やがて全身に充満して、いやでも内臓は体の外部に押出されて行」くのを感じ、「外部」と「内部」との分離を知覚する。そのときコモン君は、「どこにいこうかとためらっているあやふやな腰つきの誰か」、つまり「内部」と「外部」の分裂する自分自

16)『デンドロカカリヤ』三五三頁。

身を見つめている。

　ここでコモン君は作中に行為する観察者ともなっており、「私が私を見る」という図式が成立している。ただいうまでもなく、それは自覚された調査対象として自分を眺めるということではない。「見る私」は純粋な存在であり、決して行為者ではなく、ただ存在しているだけで意味がある。これに対して、「見られる私」は自分の属性や特質などを含んだ行為者であって、時には自己欺瞞的で背信的であると考えられる。この対立する存在の概念がコモン君とアルピイエとの対立によって表象されることになる。

　二回目の変身の体験を経験したコモン君は、図書館に行って、人間が植物になるという例を探してみる。まず最初に想いついたのがダンテの『神曲』だった。

　　　　入口のところで受付の男にぎゅっとつかまえられた。「何んです!」
　なにか言おうとして顔を上げると、またしても例の黒服じゃないか。それ
　は自殺者の樹々をさいなむ怪鳥アルピイエ、挿絵でみたあの顔だ……17)

　コモン君はアルピイエの正体をわかったのである。アルピイエというのは鳥の形の怪物である。ダンテの『神曲』地獄篇第十三曲では、自殺者の受ける神罰が植物化である。一方、植物になっている死者の国には、アルピイエが死者の化身した植物に巣くっていて、植物の葉が出ればそれを啄み、実が出ればその実をすぐ取って食ってしまい、排泄物をもって汚し回っている18)。もともとアルピイエは、ギリシア神話に出てくるハルピュイアイとして鳥の形ながら女の顔をもつ醜い怪物たちである。ハルピュイアイ(Harpyiai)は英語では「Harpies(複数)」「Harpy(単数)」として、その意味をみると「仲間を食い物にする強欲な人」である。その原意は「snatchers」とし

---

17)『デンドロカカリヤ』三七〇頁。
18)『神曲・地獄篇』(寿岳文章訳、集英社、一九八七)。

て「強奪者」の意味がある。つまり、ここで植物園長アルピイエは「アルピイエ」という言葉のもつ意味からみると「強奪者」としての象徴として振る舞うことがより明確になるのである。

　アルピイエがコモン君に「デンドロカカリヤ(極悪の植物)」と名付けたのは、三回目の変身の時である。

　　　　そのままだったら、コモン君は実際植物になってしまっていただろう。その時、思いがけぬ声が彼をおどろかしさえしなかったら、きっと植物になり果てていたことだろう。「やっぱりデンドロカカリヤだ!」(中略)「内地でデンドロカカリヤが採集できるなんで、まったく珍しいことだよ。19)」

　この段階に至れば、どうしても「コモン君」の「コモン」の意味を探る必要がある。コモン君の「コモン」は英語の「common」から出た語であると見てよかろう。もちろん、これについてはすでに田中裕之氏らに論及がある20)。「common」は、①社会一般の、②二つ以上のものが平等に持つ、共通の、③よく起こる。普通の、④(よく起こることから)誰でも知っている、普及した、⑤特権を持たない、名も位もない、⑥並み以下の粗末な、などの意があるとされる。

　コモン君が何者であるかについて初出誌21)では次のように語られている。

　　　　さて、コモン君のことを思浮かべてごらん。無理だって?なに、どんな具合にでもいいんだよ。名前のとほりでいいんだよ。コモン君はコモン君さ。

　つまり、コモン君は、特殊なのではなく、ごく普通の人、「名前のとほり」

---

19)『デンドロカカリヤ』三六五〜三六七頁。
20)　田中裕之「『デンドロカカリヤ』論―≪植物病≫の解明を中心に―」。
21)　一九四九年八月号『表現』(角川書店)に掲載された『デンドロカカリヤ』。

のありふれた人で、個別化する必要もない存在なのである。このようなコモン君に、アルピイエは「デンドロカカリヤ」と名付ける。その名はまさに珍しいものであって、その命名によって特殊化することである。こう考えられるとすれば、コモン君と「デンドロカカリヤ」との結びつきは不自然である。アルピイエがコモン君に「デンドロカカリヤ」という極悪の植物の名をつけるのは、特殊化、というよりも範疇化された人間存在に「悪」の烙印を押しつけて支配しようとする意図を持つものであろう。アルピイエはコモン君を「悪」とみなしてそのように命名した。しかし、コモン君からすれば、範疇化してもらったばかりに善を奪われることになり、本然的に善を求める存在でありながら、かえってその存在性を「悪」そのものの中に投げ込まれることになる。

　したがって、コモン君が「デンドロカカリヤ」と呼ばれるのを拒否するのは当然であろう。しかしアルピイエは、コモン君を強制的に「デンドロカカリヤ」化しようとする。

　コモン君は植物への変身を強制的に勧めるアルピイエを殺そうと植物園へ潜入するが、かえって失敗して「デンドロカカリヤ」に変身させられてしまう。

①ああ、コモン君、君が間違っていたんだよ。あの発作(植物に変身させられること―引用者注)が君だけの病気でなかったばかりか、一つの世界と言ってもよいほど、すべての人の病気であることを、君は知らなかったんだ[22]。

②たちまちコモン君は消え、その後に、菊のような葉をつけた、あまり見栄えのしない樹が立っていた。(中略)笑いながら、園長はカードに達筆をふるったよ。そして、それ(Dendrocacalia crepidifoliaと書いたカード―引用者注)を、コモン君の幹に大きな鋲でしっかりとめたのさ[23]。

---

22)『デンドロカカリヤ』三六四頁。
23)『デンドロカカリヤ』三六五頁。

　①は、コモン君が自分を束縛しようとする園長アルピイエを滅ぼし、「温室の中に閉込められている仲間を救ってやろう」という正義心、すなわち善に向う衝動に燃えて植物園に乗り込んだが、その試みは失敗し、そこでアルピイエに説得される場面である。コモン君が植物に変身させられる「病気」にかかったが、この「病気」はコモン君だけの問題ではなかった。言い換えると、アルピイエの狙いはコモン君だけではなかった、ということになる。

　②は最後の場面で、コモン君は植物に変身させられ、「Dendrocacalia crepidifolia」と命名されて、植物園の中に閉じ込められることになったという場面である。安部公房の描く実存は悲劇性を帯びている。コモン君は外部からの強制によって変身させられるが、内部に秘められた悪への衝動があからさまにされており、きわめて象徴的である。

　安部公房の変身モチーフの解釈は多様であってよい。これに社会小説のテーマ性を読んでも、もちろんかまわない。すでに数多くの人々が植物に変身させられ、植物園に閉じ込められていた。これは善良な市民に「悪」の烙印を押すことで、束縛し、支配しようとする支配者の権力の必然性を象徴しているともみてとれる。このような面からみると、『デンドロカカリヤ』は社会告発小説であり、政治権力に対する批判を描いた作品としてみることもできるわけである。ただ筆者としては、そこに人間の実存がいやおうなしにかかえこむ「悪」の衝動というテーマをとらえようと試みた。それを以上の論述で指摘したわけである。

4. むすび

　以上のように、「デンドロカカリヤ(極悪の植物)」という植物の外部表象をとおして、人間存在の内部に潜んでいる「悪」という意味作用がみつめられている、という新しい読みを試みてきた。すなわち、コモン君とアルピイエの対立は、人間存在の内部にひそむ「善」と「悪」との対立概念の小説的仮構としてみようとすることだ。

コモン君はアルピイエの強引な説得に最初は抗しながらも、結局はやがてみずから「悪」そのものの中に飛び込もうとした。コモン君は植物への変身から逃れる方法を知っているのだから、最後まで抵抗し続けたら、植物に変身しなくて済んだかもしれない。しかし、そうしなかったということは、コモン君は人間の姿に戻る回路を放棄したわけである。いや放棄せざるを得なかったのかもしれない。このような発想について、「都市への回路」という対談の中で安部公房の語る次のような発言は示唆的である。「人間の脱出とは何か、一体どこに抜け出して行けるのか、僕には答えられないし、答えられる人がいるとしたら、多分詐欺師だろう。抜けた先の世界を言葉にできるのは宗教だけさ。いくら未来に窓を開けてみたって希望なんかないかもしれない。絶望だけかもしれないけれど。それが人間の営みというか仕事なんじゃないかな。24)」

コモン君も最初のうちはアルピイエの執拗な「デンドロカカリヤ」への変身の誘いに抗して、脱出する通路を探し出そうとした。しかし結局のところ、コモン君の変身は、アルピイエの説得にうながされての他律的な変身ではなく、結局は自分の意志による積極的な変身だった。「デンドロカカリヤ」、または<極悪の植物>は、コモン君を悪の願望へといざない、みずからの内に閉じ込めてしまった。このことは、人間存在の実存性と社会的存在性の間の人格変換である。このような変身の構造は、カフカなどにみられる近代社会からの疎外というかたちの変身とは違って、安部一流の変身のモチーフをそこにみとめることができるのである。

---

24)『海』(一九七八年四月)。

第二章

『赤い繭』論
—＜おれ＞の＜ユダヤ性＞に見る実存的状況—

はじめに

　安部公房の『赤い繭』は、一九五〇年一二月、雑誌『人間』に二つの短篇小説『洪水』と『魔法のチョーク』とともに「三つの寓話」という総題で発表された、原稿用紙八枚ほどの、きわめて短い小説である[1]。この「三つの寓話」の一篇であった『赤い繭』だけが、翌一九五一年四月に発表された第二回戦後文学賞を受賞した。戦後文学賞というのは、この公房作が受賞した二回で終わった短命の文学賞であったが、その趣旨は新しい時代にふさわしい文学を生み出そうとして、大胆な実験作とも思える意欲的な小説を発見・評価し、世間に広く知らせることを目的としたとされる[2]。

　したがって、その選評[3]においても、野間宏氏は「安部公房ははっきりと自分の方向を見出した。彼は現代の人間の上におそいかかってくる、奇怪、醜悪、しかも強力なものをうけとめ、切りひらくことのできる自分の言葉を持つことができた」と作品の実験性を評価し、「彼はたしかに二十代の一つの方向である」と、次世代の文学を切り拓く旗手に安部公房を位置づ

---

1) ここで引用する『赤い繭』のテキストは、初出『人間』(一九五〇年一二月)の三八頁～四〇頁を用いることとし、引用の頁数もそれにしたがう。
2) 月曜書房編集部「戦後文学賞決定まで」(『近代文学』第五巻三・四号、一九五〇年四月)八四頁。
3) 「第二回戦後文学賞発表」(『近代文学』第六巻三号、一九五一年三月)二九～三〇頁。選考人は野間宏、佐々木基一、花田清輝、埴谷雄高氏である。

けた。また、佐々木基一氏は「彼に独自な点は、自己を安定させるべき場所がなくなった場所で、意外に朗らかに生きている彼の楽天性である」と評したが、この評価は公房作品の本質にひそむ彼の人間性を見抜いている。ただ、そうだからといって、この小説の主人公である＜おれ＞という人間存在がそうだというのではあるまい。作家と＜おれ＞とを混同することは許されないことはいうまでもない。さらに埴谷雄高氏は「新しい前進的な作品」として「まさしく戦後文学の収穫である」とまで激賞して、これまでの小説手法に革新をもたらした公房の実験的手法の成功をみとめている。

　短篇小説『赤い繭』のみを対象とする作品論としては、管見によれば、森川達也氏の「鑑賞・安部公房—短編小説の面白さ『赤い繭』」4)をはじめ、田中裕之氏の「安部公房『赤い繭』論—その意味と位置—」5)と浜田雄介氏の「安部公房を読む1—変形が変革するもの6)」がある。そのほかはエッセイの風の評論と、作家論のなかで『赤い繭』を論ずるぐらいで7)、本格的な作品論とはいえない。そのゆえにここでは一応省略するが、後の第6節で言及する。それはともかく、このように、受賞当時の高い評価に較べて、現代文学の方向性を定位したとされる、その作品の研究がきわめて少ないというのは、意外といってもよい。その理由は作品にあるというよりも、作品分析の方法に問題があるというべきだろう。

　たとえば、田中裕之氏と浜田雄介氏は、作品の分析にあたって、読みの視座を安部公房という作家の体験に還元することを試みて、安部公房が当時、コミュニズム・共産党の存在に共感の眼を向けていて、当時共産党入党へと歩みを進めていたという、その経歴をとおして、この作品を分析して

---

4)『国文学解釈と教材の研究』一四巻八号、一九六九年六月。
5)『近代文学試論』二七、一九八九年一二月。
6)『月刊・国語教育』一三巻六号、一九九三年八月。
7) たとえば、大里添三郎「安部公房論—変身の悲喜劇—」(『常葉国文』一、一九七六年七月)、小川和美「安部公房文学についての一考察—消失・変身の意味—」(『九州大谷国文』一九、一九九〇年七月)。

いる。とくに、浜田雄介氏は共産党員や国労組員が犯人ではないかという嫌疑を受けた下山・三鷹・松川事件に対する作家のプロテストを傍証し、その政治的姿勢とむすびつけて、この作品の主題を語っている。このように、二氏の作品論は作品の分析にあたって、当時の作家の経歴・体験を可能な限り掘り起こし、その伝記的事実にもとづいて分析している。しかし、その手法にもとづくとき、作品論はつねに作家論に、等しくなり、自立した作品論とはならない。これに対して、森川達也氏は<文体>や作品内容の形式である<寓話>に注目して、作品のもつ形式的前衛性を分析しているが、ただ惜しいことには、その主題についての分析はみとめられない。

筆者は、諸氏の見解に異論があるわけではない。作品論と作家論を混ぜ合わせたディスコースの有効性についても、十分に理解しているつもりである。しかし、それには限界があり、そのために限界が研究史にみるごとき貧困がもたらされているともいえる。わずか原稿用紙八枚程度の作品を作家論とむすびつけて分析するとすれば、行き詰まるのは当然であろう。公房の作品論として、それを作家論とむすびつけて語ろうとすれば、その方法論は、公房作品の本質を占めるところの固有の人名、地名、時代をことさらに消去することで作家の同時代性を非在化させようとする作為、換言すれば、普遍化をめざす作家の意図とはなじまないのではなかろうか。公房作品の本質を一言でいえば、あらゆる時代と風土と国籍(民族)に<開かれた文学>であろうとするところにある。

公房作品の本質がもしも以上のところにあるとすれば、この『赤い繭』というテキストはその原型であり、以後の作品の本質に通底するものをすでに孕んでいるとみられる。本章の目的は、このような公房作品のもつ<開かれたテキスト>にアプローチするのにどのような方法論が可能であるのかを模索するところにある。すぐれて現代性の高いテキストの秘密に迫ることは、筆者にとってはスリリングな読みの実験でもある。

1. 教科書で読む安部公房

『赤い繭』が<開かれたテキスト8)>であることは、それが一九六五年以後現在に至るまで、高等学校の現代国語の二年生用の教材として使われていることからもうかがわれる9)。その教材への採用は当時としては教材観を一新する試みであって、「教科書作家10)」ともいえる夏目漱石などに較べると、教材という分野にあってはまったく異質とも思える文学の先取りであったといえるかもしれない。教材化されたテキストとして問題になるのは、高校生が教材から「なにをどう読みとったらよいのか」ということである。そこには、いわば高校生に対して、いまという時代にふさわしい読みの方法が要求されることになる。教科書に載っている『赤い繭』の「学習」とか「学習のてびき」をまとめてみると次のようになっている。

　　①比喩表垻上の効果を考えてみよう。
　　②主人公が置かれている状況について考えてみよう。
　　③<家>が暗示することはなにか。
　　④<おれ>が「赤い繭」に変身したことには、どのような意味が隠されていると思うか。

---

8) 安部公房の『赤い繭』はしばしば現代文学読みのテキストとして使われる。一九九四年の一年間、筑波大学大学院文芸・言語研究科比較理論文学研究会で開いた「荒木・文学読み会」でこの『赤い繭』をテキストとして使ったことがある。
9) 現在、高等学校国語現代文のテキストとして採択されているのは、管見によれば、三箇所である。①三省堂の『新国語Ⅱ』（一九八六から）②教育出版『最新現代文』（一九九〇年から）③東京書籍『現代文（新訂版反）』（一九八九年から）このなかで①の三省堂は、一九六五年から当時の『現代国語Ⅱ』に安部公房の『赤い繭』を採択し、一九八六年からは『新国語Ⅱ』につづけて採択して、現在に至っている。
10) 大岡昇平「漱石と国家意識－『趣味の遺伝』をめぐって－」（『日本文学研究叢書・夏目漱石Ⅱ』所収、一〇一頁）。

　これら指導のポイントとなるべき問題点の扱いについて、いわゆる教師用の「指導資料」には次のような解答例が載っている。すなわち、②については、第一に、主人公の＜おれ＞は、反秩序、反社会的、反日常的存在として設定されているということ。第二に、主人公の＜おれ＞は、絶望的な状況の中で、それでも主体的に生きようとする存在であること。第三に、主人公の＜おれ＞は、現実から疎外されていること。この三点に示されている解答例が示唆する方法論はきわめて興味深いものとなっている。というのは、意識的かどうかはともかくも、それらの解答例が構造主義的解釈となっているからである。つまり、このような解釈をもたらすにはまず、＜内＞なる世界が規定されねばならない。それは「現実」と呼ばれ、「秩序」が支配する「日常的」な「社会」である。そして主人公の＜おれ＞は、その＜内＞に入り込もうと望みながらも、疎外されざるをえない＜外＞なる存在と規定される。「学習のてびき」の解答例はこのような構造分析からみちびき出されている。

　次に③については、この作品に見える＜家＞とは「ねぐら」であって、疲れや傷ついた心をやすめ、次の日の活動のエネルギーを再生する場所として誰しもが求めるものであり、それは人間にとって、自己を自己自身として安定させる「存在の基盤」とされる。したがって、＜家＞は日常性そのものの表現でもある。そこには惰性、非発展性が指摘でき、その意味において、停滞あるいは秩序そのものと言えると指摘されている。この解釈はいうまでもなく、②にいう「現実」の具体として＜家＞を読みとったもので、構造主義的解釈の枠内のものである。

　そして④については、「繭」とは＜おれ＞が求め続けた安住の場所、存在の基盤としての＜家＞であるが、＜おれ＞は自分自身を喪失することを代償として、やっと自分の＜家＞を手に入れることができた、ということを意味するとされる。つまり、「学習のてびき」の解釈は、＜家＞と「赤い繭」を二項対立化して解釈してみせる。それはまさに構造主義の常套といってよく、かくして「赤い繭」への変身とそれにともなう＜おれ＞の消失については、なにかに帰属しえた時にはそのものの持つ秩序や日常性の中に取りこめられて、主体性あるいは存在そのものを喪失してしまうという現代の状況が象徴されていると結論づけられることになる。

　本章の目的も作品内容の分析をめざそうと思うので、文体的レベルにとどまる①についてはふれないでおこう。すると、以上の内容解釈で注目されるのは、作家論とむすびついた作品論といった方法がまったく姿を消していることであろう。このような構造主義的解釈は対象が現代の高校生であるためであろう。高校生に公房の作家的経験をとおして作品を読ませることなどとても無理といわざるをえない。その点で、このテキストを教材に採用した編者は、この作品の<読み>にとって構造主義的解釈が適切であることを見出し、そこにむしろ教材としての有効性をみてとったのではなかろうか。それというのも、構造主義的解釈は作者の存在を極少化する方向で、いわゆる「作者の死」が問題にされていることはよく知られていよう。

　ただ「作品解題」という項目で「この作品には、頻繁な空襲で悪化した戦後の住宅事情があらわに反映している11)」と結論づけている。ここに、構造主義的解釈と作者をつつむ時代の精神史的背景とをむすびつけようとする意図があることには、注意する必要がある。作品分析から時代的背景へと媒介するものが作品内の「現実」の認識であろう。小説の時空間が<おれ>にとっての「現実」であることはいうまでもあるまい。しかし、教材の「作品解題」がこのように、小説の「現実」を公房にとっての「現実」とアナロジーとなることだけが唯一の解釈であろうか。テキストを<読む>という行為は作家の時代と体験を背景にしなければならないというわけではあるまい。もしそれだけが唯一の読みだというのであれば、その行為は<閉じられたテキスト>を読むということになってしまう。この小説の「現実」は逆説的にいえば、無時間的、超時間的な「現実」なのではなかろうか。つまり、この小説

---

11) 教育出版の『最新現代文』に載っている。「『赤い繭』の『作品解題』」一二一頁。

の時空間というのは時代を越えて誰にとっても「現実」なのである。そのとき、この小説が問題としているのは、街(都市)という「現実」において、人間(現代人)は他者とどのような関係性をとりむすぼうとするのかを問うことであった。このように考えられるとすれば、まさにそれは公房が眼にした「現実」に限定すべきではない。むしろ人間存在が眼にする「現実」ということになる。そのような都市の「現実」に置かれる人間存在を問うこと、それこそが公房の意図した時代と風土と国籍(民族)に<開かれたテキスト>なのであろう。

　そこで本章では、以上のような<開かれたテキスト>を意図したと考える公房の作品をどのように読めば、作品の訴えかけてくる問題性がとらえられるのか、その方向性での<読み>の可能性を検証してみることにする。そのために筆者としては、まず第一には、<おれ>の存在状況をとらえ、次に第二には、<おれ>と「彼」との関係。さらに第三としては、主人公の<おれ>についていままでまったく見逃されてきた「**さまよえるユダヤ人**」(発表当時の原文にはゴシックになっている―引用者注)という情報と関連づけて、<おれ>のユダヤ性を考えていくことにする。そして最後に第四として、<家>の意味と「繭」への変身について考察していくことにする。これらのモチーフの分析をとおして先行論文ではふれられていなかった公房における人間存在の状況、すなわち実存の問題の原型をとらえてみたいと思っている。

2. 境界的存在としての〈おれ〉

　本節では『赤い繭』という作品が<開かれたテキスト>であることを、主人公<おれ>の存在状況をとおして考えることにする。

　その場合、存在状況とは作品内の時空間(現実)に<おれ>がかかわる、その関係性のことである。このように定義づけると、たとえば、その関係性がその作品内において完結していないとき、その関係性をとらえるためには、どうしても作品の外部にある「現実」をみちびき入れざるをえなくなる。とすれば、それは<閉じられたテキスト>ということであろう。というのは、その作品は外部とむすびつくことで、その時代に緊縛されることになり、その時代に生きることのできぬ読者にとっては作品を共時的に読むことができないからだ。しかし、もしもその関係性がその作品内において完結しているとすれば、かえって作品は成立した時代そのものから独立した存在となる。そのことは、逆説的にあらゆる時代の読者にとっても共時的存在として共有しうる<開かれたテキスト>となっていることを示唆する。

　たとえば、先行論文のなかには『赤い繭』の主人公<おれ>を「プロレタリアートのイメージ12)」とか「家のないプロレタリア13)」と規定しているものがある。たしかに、戦火で多くの家屋を焼失させられた都市住民の悲哀が作品成立時の現実として存在し、また、安部公房自身にも敗戦後旧満州で「行く先々で、占領軍から家を追われ、点々と市内を移動14)」した経験や、引き揚げ後、「極度の貧困と栄養失調で殆ど学校には行かず……街中を彷徨……(三月画学生であった山田美知子と結婚)中野・小石川・箱根強羅……等の居を求めて移り住む15)」といったような事実があった。しかし、安部公房その人がみずからの作品について「生活の軌跡を、意識的に時代から消去し……作品の軌跡以外の一切を消し去16)」ることを文学理念としていることを見過ごしてはならない。とすれば、この作品においても、それらなまの現実は見事に消し去られているとみねばならないし、これからみていくように、この作品の高い結晶度は、この作品の主題がたんに「家のないプ

---

12)　高野斗志美『安部公房論』(サンリオ山梨シルクセンター出版部、一九七一)四〇頁。
13)　『新鋭文学叢書2・安部公房集』(筑摩書房、一九六〇)花田清輝氏の「解説」。
14)　『新鋭文学叢書2・安部公房集』の自筆年譜。
15)　谷真介『安部公房のレトリック事典』(新潮社、一九九四)安部公房年譜三六五〜三六六頁、カッコのなかは筆者が整理したもの。
16)　「消しゴムで書く」(『安部公房全作品』一五巻)六一〜六四頁。

ロレタリアの悲しさ17)」を訴えるところにとどまるはずがないとみてよかろう。

　しかしそのためには、作品の外部にある戦後という「現実」においてプロレタリア民主主義が擡頭するとともに、みずからの階級性を自覚するようになった無産階級の人物と＜おれ＞の存在状況をむすびつける読みを超える必要があろう。そのとき作品の内部からたちあらわれてくるものは、＜おれ＞がふとつぶやいた「さまよえるユダヤ人」という自己認識の意味である。ただそこに至るためには、その前に考察しておかねばならないことがある。＜よそもの＞として、この「街」に入ろうとする＜おれ＞が、この「街」から疎外され、境界にとどまらざるをえないという存在状況の認識である。

　＜おれ＞は作品の冒頭から、

　　　　　　日が暮れかかる。人はねぐらに急ぐときだが、おれには帰る家がない。おれは家と家との間の狭い割目をゆっくり歩きつづける。街中こんなに沢山の家が並んでいるのに、おれの家が一軒もないのは何故だろう？……と、何万遍目かの疑問を、また繰返しながら。(三八頁)

というように、「帰る家」を探し求めて歩きつづける人物として作品内に登場する。そして「夕暮れ」という時間は、古典以来、人が＜家＞(恋人・妻)を恋しく思い出し、そこに帰ることを願う時間であるとともに、昼の終わりと夜の始まりの境でもある。すなわち、＜おれ＞はこの時間帯が持つ＜境界18)＞をとおって『赤い繭』という作品世界に入ってくる。この境界性は昼と夜の境界であるばかりではなく、現実と幻想(寓話)的世界を区切る境界でもある。作品は、その冒頭においてすでになまの現実を逸脱することを意図しているといってよかろう。＜おれ＞が関係をもとうとする「現実」は、幻想とし

---

17)　高野斗志美『安部公房論』。
18)　境界とは、ひとつの世界が区切られるときのその区切りの目、境。なんらかの体系、秩序をなりたたせる発想である(『国文学解釈と教材の研究』一九九五年七月、四〇頁参照)。

ての、あるいは寓話としての現実なのだ。

　＜おれ＞が家を求めてさまよい歩くのは、この作品のある日に限ったことではない。なぜならば、「何万遍目かの疑問を、また繰返しながら」とあるところから、それまでにも何度となく繰返しあったことだと語られているからだ。とすれば、帰る家がない＜おれ＞は、これまでもそしてこれからも繰り返し家を求めてさまよい歩かねばならない。こうして「現実」(街、都市)に入り込んでいく＜おれ＞には、奇妙に境界性がむすびついていることに注意する必要がある。たとえば、夕暮れになると、帰るべき家を求めて、「家と家との狭い割目」を歩きつづけるのだが、それこそ街(都市)における境界性なのではなかろうか。

　さらに、この＜おれ＞が歩かねばならない状況をみることにする。

　　　そこには時折縄の切端なんかが落ちていて、おれは首をくくりたくなつた。縄は横日でおれの首をにらみながら、兄弟、休もうよ。まつたくおれも休みたい。だが休めないんだ。おれは縄の兄弟じやなし、それにまだ何故おれの家がないのか、納得のゆく理由がつかめないんだ。

(三八頁)

　＜おれ＞は縄から兄弟と呼びかけられる。縄の擬人法だが、それはたんに物を人間化するのではない。縄がかける声は＜おれ＞の意識の内なる声であろう。あるいは、こうも解釈できるかも知れない。＜おれ＞は足元に捨てられてころがっている縄の切端をみている。しかし、それは縄そのものではなく、＜おれ＞の意識の内に現れたかぎりの縄であって、もしかすると、＜おれ＞に共感するその呼びかけは、実は自分に家がないのを納得している人間、つまり、家を求めるのを放棄して道端にころがっている人間(浮浪者)を「縄」と錯覚して聞いた声なのかもしれない。

　もしそうであれば、＜おれ＞の意識そのものも人と物の境界がなくなってしまい、＜おれ＞の意識もまた境界線を彷徨していることになる。

　　　　何故……何故すべてが誰かのものであり、おれのものではないの
だろうか？いや、おれのものではないまでも、せめて誰のものでもないも
のが一つくらいあつてもいいではないか。(三九頁)

　このような考えが生まれるまで追い込まれたことにはすでに前提があっ
た。それは、この前に「偶然通りかかつた一軒」の家に、自分の家を求める
が、「でも、ここは私の家ですわ」と女に拒まれていたのである。「街中こん
なに沢山の家が並んでい」ても、どの家もすでに「誰かのもの」であった。こ
こにプロレタリア思想を標榜する無産階級の人物造型がとらえられるとさ
れる。しかし、それよりもむしろ、＜おれ＞の思考に境界がなくなっている姿
の表れとみるべきだろう。すでに自分の家と他人の家との区別がつかなく
なっているのだ。＜おれ＞は存在においても、また意識においても境界的存
在として＜よそもの＞なのである。街に入っているようでいて、実は街の境
界をさまようだけで、その内部には一歩も入れない存在なのだ。換言すれ
ば、この街(都市)に入り込みながら、街からは決して受け入れられない存在
ともいえようか。

3. ＜おれ＞と「彼」との関係性

　『赤い繭』には二つのモチーフが交錯している。一つは、＜おれ＞が落ち着
くべき＜家＞を求めるというモチーフであり、いま一つは、＜おれ＞を街の内
部に入ることを阻止し、外部に追放しようとする「彼」との関係性のモチー
フである。
　すでに言及した先行論文は、前者のモチーフに焦点を当て＜おれ＞の階級

的自覚を主題とするものであった。しかし、本章ではむしろ、後者の＜お
れ＞と「彼」との関係性に人間の存在状況としての実存[19]の問題に迫ること
を試みたい。この後者のモチーフにこそ『赤い繭』の主題が求められると考え
るからであり、＜おれ＞と＜家＞のモチーフはこの小説にとって主題というよ
りも「繭」への変身のプロットとむすびつくことで、主題から派生する問題と
して位置づけられる。したがって、この点については第6節で論述すること
にする。

　『赤い繭』において＜おれ＞以外に「彼」という登場人物が出てくる。この
「彼」との関係性に＜おれ＞の実存の問題が先鋭化されるとするならば、なん
といっても、「彼」に関する情報をすべて集める必要があろう。まず＜おれ＞
の前に現れる「彼」は「棍棒をもった彼」である。その姿からして、「彼」は国
家の官憲たる警官であろう。「彼」は＜おれ＞が「公園のベンチ」で横になろう
とするなり、やって来て、

　　　　こら、起きろ。ここはみんなのもので、誰のものでもない。まして
やおまえのものであろうはずがない。さあ、とつとと歩くんだ。それが嫌
なら法律の門から地下室に来てもらおう。それ以外のところで足をとめ
れば、それがどこであろうとそれだけでおまえは罪を犯したことになるの
だ。(三九頁)

と警告して立ち去らせようとする。「彼」は法の執行者として＜おれ＞の前に

---

[19]　ここで用いられる「実存」の概念を一応あきらかにしたい。日本語としては、実
　　存は、真実存在という言葉の中間の二字を、あるいは現実存在という言葉の中
　　間の二字を、とったものと考えていい。つまり真実にして現実なる人間存在、
　　という意味を含ませた言葉と見ていいだろう。本章では、実存をたんに理論の
　　対象としてはなく、いかに生きるかの問題と取り組むものであり、あえて、実存
　　主義思想を捉えるとすれば、「実存は本質に先立つ」というサルトルの宣言から
　　理解しようと思う(松浪信三郎・飯島宗享編『実存主義事典』東京堂出版、一
　　九七四、参照)。

立ちはだかり、＜おれ＞を街(都市)の内部に定着することを阻み、境界へと
追放しようとする。その関係性を言い換えれば、＜おれ＞と「彼」は「法律」が
媒介する敵対関係にあるといえよう。神ならぬ法が都市における他者との
関係性を媒介するところに、すでに疎外の契機がひそんでいる。まさにその
通りである。＜おれ＞に対する「彼」は街の内部に＜おれ＞をみちびき入れてく
れるどころか、最初から＜おれ＞を＜よそもの＞と規定し、外部に向けて＜お
れ＞を排除(疎外)しようとする。こうして＜おれ＞は「彼」のちらつかせる法の
恫喝によって街から疎外されることになる。

　「彼」という人物は、もう一箇所次のような場面に現れるが、そのときに
は＜おれ＞はもうすでに「繭」に変身したあとであった。

　　　　　この目立つ特徴が、彼の眼にとまらぬはずがなかつた。彼は繭に
　　　なったおれを、汽車の踏切とレールの間で見つけた。最初腹をたてた
　　　が、すぐに珍しい拾いものをしたと思いなおして、ポケットに入れた。しば
　　　らくその中をごろごろした後で、彼の息子の玩具箱に移された。(四〇頁)

　この「彼」について、森川氏は、それが前に出て来た「彼」(警官)とは別の
人物とみとめた上で次のように述べている。

　　　　　この「おれ」を汽車の踏切とレールの間で見つけたのだから、「彼」
　　　は少なくともこの踏切に何かの関係を持つ人間、たとえば毎日この踏切
　　　を渡って通う人間か、あるいは偶然この踏切を渡った人間か、のいずれ
　　　かであろう。けれどもこの男は、汽車の踏切とレールの間で転がっている
　　　この「おれ」を見つけて「最初腹を立てた」のは、どういう理由によるので
　　　あろう。単に一介の通行人であれば、そのように「腹を立てた」のはいか
　　　にも不自然だと言わねばならない。とすればこの男は一介の通行人では
　　　なくて、鉄道に特別の関係を持つ人間、たとえば踏切番のような人間、
　　　つまりは平凡な給料生活者のような人物でなければならない[20]。

　この森川氏の見解にはうなずける点がある。氏は「どういう理由によるのであろう」かと言及を避けているが、「彼」が「最初腹をたてた」のは、＜おれ＞の変身した「繭」が「彼」の管理する踏切内で発見されたからである。踏切の保全を管理・維持する者として、「繭」が最初「彼」の眼には障害物に見えたから「腹をたてた」のであろう。とすればたしかに、「彼」を「踏切番のような人物」ととらえることもできよう。

　しかし、そのあとで「彼」を「平凡な給料生活者のような人物」というのはどうであろうか。この二人の「彼」をまるで別個の人物とすれば、＜おれ＞との関係性において緊密さを欠くのではなかろうか。プロットの緊密性は公房文学の特徴であることはよく知られたことであろう。その点でも、「彼」が「繭」を踏切の内部から排除したという行為に注目すべきではなかろうか。この作品のプロットからいうと、第一に、いずれの人物も「彼」とあるだけで区別する必要がないような人物であること。そのことは＜おれ＞に対する関係性が共通していることを示唆する。第二に、構造の対照性がみとめられること。つまり、前半に登場する「彼」が変身以前の＜おれ＞と関係するのに対して、後半に登場する「彼」のほうは＜おれ＞の変身した「繭」と関係している。第三に、二人の「彼」はいずれもその安全を管理・維持する＜内＞から、そこに入り込もうとする＜おれ＞を＜外＞へと排除する役割において共通していること。この三条件からいって、二人の「彼」は、たとえ別個の人物であるかもしれないとしても、＜おれ＞との関係性においては、類似する造型と役割をもつ人物として設定されているとみるべきであろう。

　そこであらためて、＜おれ＞とこの後者の「彼」との関係を探ってみよう。「彼」は＜おれ＞が変身した「繭」がレールの内に落ちていることに腹を立てるが、それが「繭」とわかると、拾ってポケットに入れる。そしてしばらく「おれ」をポケットのなかでもて遊んだあと、家に持って帰ると、無造作に息子の玩具箱にぽいと投げ入れてしまう。このような「彼」を考えるとすれば、他

---

20)『国文学解釈と教材の研究』一四巻八号。

の作品－それも制作時の接近している作品－に登場する似かよった人物との比較が必要となろう。

　そうすると、ただちに想起される人物がいる。第一章で考察してきた『デンドロカカリヤ』の「Ｋ植物園長」である。すなわち、『デンドロカカリヤ』の主人公コモン君とＫ植物園長との対立関係は、＜おれ＞と「彼」とのそれと似ている。Ｋ植物園長はコモン君に＜悪＞の烙印を押して、束縛し支配しようとする権力を象徴している。コモン君は「コモン」という名前が意味しているように、ごく普通の都市の市民を象徴している。つまり、権力と市民の支配・被支配の人間関係がそこには寓喩されている。このように考えられるとすれば、束縛と支配の関係と敵視と排除の関係との違いはあるが、「彼」もＫ植物園長も、それぞれの服務規定(それは他者にとっては「法」に転化する)にしたがって忠実に任務を果たそうとする人物であることにおいては共通する。そしてＫ植物園長はコモン君をデンドロカカリヤに変身させて、かれの自由を奪い去る。それに対して、「彼」は＜おれ＞の変身した「繭」をポケットに入れることで、その自由を奪い去っている。それはやはり服務規定をたてにとった権力の横暴の象徴といってよいかもしれない。

　結局のところ、二人の「彼」は法の暴力を利用して街に安住の地を見い出そうとする＜おれ＞の自由を奪い去るや、外部へと＜おれ＞を放遂する。こうして＜おれ＞は＜よそもの＞であるという存在であることによって法の恫喝を受けて街に入ることができずに永遠に境界をさまよう存在とならざるをえないのである。

4. ＜おれ＞のユダヤ性

　街のなかに家を求められない＜おれ＞は、今度は街の公的な施設に場を求めた。それは＜おれ＞の存在の根拠を探ろうとする衝動であったといってよいかもしれない。そこでまず、「工事場や材料置場のヒューム管」のなかに入ろうとした。けれども、そこはすでに誰かの所有地(物)であり、＜おれ＞の家ではない。次は「公園のベンチ」。これについてはすでに第4節でふれた。少しく繰り返せば、「棍棒をもった彼」、すなわち、官憲は「法」をもって＜おれ＞を脅かし、犯罪者として追い立てる。「彼」は＜おれ＞が定着をもとめて街に入ってくるのを排除しようとする。そのために＜おれ＞はつねに街の周縁に沿ってさまよわねばならない。そこで＜おれ＞はふと、

> **さまよえるユダヤ人**とは、すると、おれのことであつたのか？(強調原文—引用者注)(三九頁)

とつぶやく。このつぶやきにこそ＜おれ＞という＜よそもの＞の存在状況が見事にとらえられている。つまり、おなじ人間類型に普遍的な意味を見い出す集合意識(潜在意識)が＜おれ＞の実存的状況を言い当てたのだ。

　キリストが十字架を背負って刑場へ引かれていく途中、疲れはてて、アースフェルスというユダヤ人の家の軒先で休もうとした。ところが、かれは、キリストをののしり、石を投げて追い払った。キリストは「私が再びこの世に現れるまで、汝は地上をさまよい続けるであろう」と予言して立ち去った。それ以後、アースフェルスは休む暇もなく世界を放浪し、死ぬことすら許されなかったという。このようなキリスト伝説から、ユダヤ人は「さまよえるユダヤ人」(Wandering Jew)という呼び名を得た[21]。

　こうして、ユダヤ人は生まれ故郷(祖国)を追われて、二千年にわたる長い流浪の生活を送らねばならなかった。そして二千年の流浪の間、迫害も二千年続いた。ユダヤ人の歴史はただユダヤ人であるということで迫害され排除されてきたことを語っている。しかも、なぜ自分たちは迫害を受け排除さ

---

21) ルイス・ワース著、今野敏彦訳『ゲットー・ユダヤ人と疎外社会』(マルジュ社、一九八一)。

れるのかが、かれらには理解できないものであった。が、それにもかかわらず、かれらはそうされることで、自分たちの罪をみとめねばならなかった。かれらはキリストを傷つけたために罪を受けたのであって、その罰として放浪すべく運命づけられたのである。

このキリスト伝説にみられるユダヤ人の運命をどう解釈するかには、それこそ多義的解釈が可能であろう。しかし、その解釈のひとつとして、神の恩寵に見放された人間(現代人)の実存の原型を読みとることもできよう。すなわち、人間の存在が神の愛に包まれているとき、人間存在の根拠は絶えず神によって支えられていると認識される。そこに神を媒介とする他者との関係性が倫理として語られてきたのである。

だが、その神に見放されたとき、人間はみずからの存在の根拠をみずからにしか求められない状況に追い込まれる。現代の都市における実存的状況とは他者との関係性を媒介してきた神を喪失してしまい、それによって他者との関係性の回路も断絶してしまったところから始まる。

ユダヤ人の流浪の根源を語るキリスト伝説は現代における神の喪失状況を象徴するとともに、それにともなう現代人における生の無目的性と心の不毛性を暗示する。このような現代人の絶対的な孤独状況において人間の実存が問われることになる。それゆえに実存的な現代人の運命は、神の喪失、すなわち神に対する罪と深くむすびついている。こうした実存状況の原型はユダヤ人の永遠の放浪に求められてきたのであった。

このような実存的状況はまた、科学的合理性と利潤追求が支配する都市の成立にともなって加速される。都市は神の存在と矛盾する原理に立つところから、その必然として神を排除する。かくして他者との関係性をつむいできた神が不在化された都市の状況にあって、現代人はさらに実存的運命を不可避の生として受け入れざるをえなくなる。ただ＜おれ＞がみずからをふと「さまよえるユダヤ人」と自覚させられたとき、それは決してキリスト教的な罪の問題ではありえない。むしろ流浪せざるをえないという存在状況そ

のものがまさにユダヤ人の流浪とアナロジーされるところにあろう。それを
いま図式化してみると、

　　　ユダヤ人……神による罪→流浪

　　　＜おれ＞……法による罪←流浪(よそもの)

となる。この図式でわかるように、＜おれ＞が疎外されるのは、キリストの告
示による罪ではなく、「法」による恫喝によるものであった。実存的状況の
認識において、神の非在は安部公房の文学の本質であったといってよかろ
う。つまり、公房の実存がどういうものであるのかといえば、ユダヤ人が神の
命ずる罪によって流浪が運命づけられたのに対して、＜おれ＞は＜よそもの＞で
あるということによって「法」の恫喝を受けて、街に入ることができずに境界
をさまよう存在とならざるをえなかったというところにその母胎があろう。

　西欧における現代人の実存がこれまで言及してきたように、神の喪失に
よる他者との関係性の断絶にあったわけで、そこに罪の問題が不可避的に
むすびついていた。それに対して、公房が見つめた実存は、「社会」や＜家＞
という内なる人間関係から疎外されて孤独状況に置かれている存在を、ひ
とまず、実存と理解しておくとすれば、それは現代人の存在状況が、その
本質として、つねに＜よそもの＞であるために、むしろ、その存在状況が媒
介するかたちでの「法」と人間との関係の問題であった。西欧の精神史とは
異なる意味での実存状況の派生を見つめる公房の文学の原型がここにある。

　それでは「法」によって疎外されざるをえない＜おれ＞の実存が、どのよう
に公房の内に胚胎したのであろうか。それはまさに公房の満州体験を背後
にひめた人間の存在状況に対する洞察にあったというべきであろう。しか
し、だからといって、必ずしもそれを公房の、このような原体験にのみ求め
る必要はない。都市(街)にありながら、都市から疎外される現代人の存在
状況がまさに現代の実存を突きつけているのだ。この『赤い繭』において、こ
のような実存状況が「法」をふり回す「彼」との関係性にあることはいうまで
もなかろう。

　あらためて＜おれ＞が犯した「罪」とはなにかを問うならば、この＜おれ＞の「罪」というものは、他人（＝彼）のまなざしのもとにおける＜おれ＞の行動として把握されていく。すなわち、＜おれ＞に「罪」があるのは、他者（＝彼）との関係性においてしかみとめることはできない。換言すれば、他者の存在している世界と関係づけられる＜おれ＞という存在それ自体が「罪」を犯しているといわざるをえないのである。

5.〈家〉のもつ意味。そして「繭」への変身

　たしかに、先行論文が示唆するように、作品解釈の糸口としては、たとえば＜家＞とはなにかという問いを立ててもよいだろう。一般的にいって、日本近代文学史における＜家＞の問題は、それまでの家制度（旧民法によってその権威を支えられていた家父長の絶対的権威）のなかに緊縛され、そのなかに自由を埋没させられてきた個人の解放と自由といった個我の精神史とむすびついていた。したがって、＜家＞の問題とはとりもなおさず近代的自我の自覚過程の歴史であったといってよかろう。しかし、そうした近代的自我の析出過程が一定の締めくくりをみせるようになって以後、作家として出発した安部公房の文学における＜家＞とは、それではどういう意味と役割をもつものとして作品に定位されているのだろうか。

　高野斗志美氏は安部公房の＜家＞を日常的な人間の関係性の場と定義し、それゆえ＜家＞のない＜おれ＞を、いわば裸の実存として理解している[22]。＜家＞からの疎外をただちに人間の実存とむすびつけるといった、＜家＞と実存を対置させる設定は注目される。これに対して、保昌正夫氏は「『マイホームの夢』といったことばを想起させたりもします[23]」と言ってい

---

[22]　『赤い繭』の『作品解題』（『最新現代文』教育出版）。
[23]　保昌正夫・坂田早苗「『壁』をめぐって（往復書簡）」（『国文学解釈と鑑賞』三四—

るように、公房の＜家＞は意外にこういう現代性を許容するように思われる。勅使河原宏氏のエッセイ「『赤い繭』の頃[24]」や、井上ひさし氏の「フンドローバーとしての安部公房[25]」も現実の＜家＞と＜おれ＞の捜す＜家＞とを同一視してとらえている。このように『赤い繭』の＜家＞をめぐっては、それを実存と対立する場としての＜家＞から現代のマイ・ホームとしての理解まで幅広い解釈がなされているわけだが、このうちのどれが最も適切な解釈かを判別するよりも、そもそも『赤い繭』の＜家＞がこれらの解釈を含みこむ装置として定位されていることを考えるべきであろう。

　ただ安部公房における＜家＞は、単婚世帯としての夫婦と子女で構成される自然的な共同体(マイ・ホーム)という意味をもって作品内にあらわされていることは、おそらく作家の意図を超えた、作品の外部の現実が反映しているとみてよかろう。したがって、作家の意図する＜家＞はむしろ＜外＞の世界から空間を仕切った＜内＞なる世界として定位されているとみるべきであろう。その＜内＞に入ることこそ初期作品の頃の作家の憧憬であった。

　『赤い繭』より二年前、一九四八年一〇月に発表された『終りし道の標べに[26]』のテーマは、旅(放浪)をつづける主人公が「故郷」を求めるところにある。この作品は「旅は歩みおわった所から始めねばならぬ」という書き出しから始まっている。このモチーフは『赤い繭』の＜よそもの＞としての＜おれ＞が街に入ってくるという冒頭部とつながっているとみてよかろう。

　　　・私は二つの故郷を見極めたように思う。一つは偉大なもの永遠なものが住む肯定の拠所、即ち生の故郷であり、今一つは更に遠い存在の故郷だ。(二〇頁)

　　一〇、一九六九年九月)。
24)『新鋭文学叢書2・安部公房集』付録七。
25)『水中都市』公演パンフレット「作家の世界・安部公房」所収。
26) ここで引用するテキストは＜真善美社版＞『終りし道の標べに』(講談社、一九九五)を用いることとし、引用の頁数もそれにしたがう。

　　　　・人間は稀に生れ故郷を去る事が出来る。しかし無関係になる事
　　は出来ない。存在の故郷についても同じ事だ。悩み、笑い、そして生活
　　する為に、人間は故郷を必要とする。故郷は崇高な忘却だ。（二〇頁）

　『終りし道の標べに』の主人公「私」が放浪の旅に出たのは、「存在の故郷」
を求めての旅立ちであった。心安らぐべき魂の故郷である「存在の故郷」を
求める。主人公は自分の人生の旅が、満州の辺境のある村落で終わること
を知っているが、それだからこそ、存在の故郷を求める真の旅は、ほかなら
ぬここから始まることもまた知っていた。それが、この作品の冒頭の一文、
「旅は歩みおわった所から始めねばならぬ」の意味である。
　また、『赤い繭』より七年後、『群像』に発表された『けものたちは故郷をめ
ざす27)』では主人公が求めるのは故郷としての「日本」であった。

　　　　・ちくしょう、まるで同じところを、ぐるぐるまわっているみたいだ
　　な……いくら行っても、一歩も荒野から抜けだせない……もしかする
　　と、日本なんて、どこにもないのかもしれないな……おれが歩くと、荒野
　　も一緒に歩きだす。日本はどんどん逃げていってしまうのだ。（四五一頁）
　　　　・きっとおれは、出発したときから、反対にむかって歩きだしてし
　　まっていたのだろう……たぶんそのせいで、まだこんなふうにして、荒野
　　の中を迷いつづけていなければならないのだ。（四五一頁）

　『けものたちは故郷をめざす』の主人公は、敗戦後の「満州」から孤児に
なって「日本」という故郷へ向かって、動物的な本能にしたがって南へとめ
ざす困難な旅を続ける。しかし、日本をすぐ眼の前にしながら、彼は日本
にたどり着くことができない。それはまさに「おれが歩けば」それにあわせ
て「日本」が「どんどん逃げていってしまう」ような気持ちを抱かせるものな

27）ここで引用するテキストは『安部公房全集006』（1956. 03-1957. 01）を用いるこ
　　ととし、引用の頁数もそれにしたがう。

のだ。

　この二つの作品に通底するものは故郷を失った人間の痛みであり、引用した箇所の、やや畸形ともいえる表現には故郷によって手ひどく疎外されることの苦しみが裏打ちされている。『赤い繭』の＜おれ＞がさまよいながら＜家＞を求めるのは、「故郷」への憧憬の変奏であろう。日本の戦後文学は「帰る」ことから始まったといえる28)。敗戦後、出征していた兵士たち、それに日本の植民地や占領地に住み着いていた日本人は、「故郷」である日本へ「帰る」ことをまっさきに考えなければならなかった。安部公房が満州から引揚げたのは一九四六年だったが、しかし、必死になって帰り着こうとした「日本」は「荒野」と変わりのないものだったという幻滅がかれを襲った。たどり着いた「日本」はもはや帰り着くべき故郷ではなかった。

　こうして、安部公房にとっての「故郷」というのは定着を価値づける原点となった。たとえば、それは、『壁−Ｓ・カルマ氏の犯罪』では「名前」となり、『他人の顔』では「顔」としてあらわされるようになる。いずれも原点を求める意識の変奏といってよかろう。とすると、この意識は『赤い繭』では＜家＞ということになろう。

　公房にとっての＜家＞は、「家……消えうせもせず、変形もせず、地面に立って動かない家々」というところからみても、確固とした安住の場所である。けれども、『赤い繭』のなかでも＜おれ＞は結局のところ＜家＞を求めることができない。

　＜家＞を求めて求められぬという状況はなにをもたらすかというと、それは＜家＞においてこそ求められる人間関係の無化であり、それによる存在の不安である。人間は人間関係のなかで自分というものを確認する生き物といってよいかもしれない。したがって、その関係性を無化されるということは、自己であるべき存在の根拠を見失うことにつながる。そこからなにが起

---

28) 川村湊『戦後文学を問う−その体験と理念』(岩波新書、一九九五年)一頁。

こるかといえば、確固とした存在の根拠を求められぬままに、次第に人間から逃避し、やがて人間以外のものとの関係のなかに自己を求めようとする。その逃避の欲求が現実となる。＜おれ＞の変身がそれである。

「繭」は、脱皮する昆虫にとってはかけがえのない住み家であろう。昆虫は「繭」に変身しなければ成虫になることはできない。「繭」への変身は個体として、種として、維持をはかるための生の過渡的状態である。比喩的にいえば、蛹と成虫の間の境界的存在といってもよかろう。＜おれ＞は＜家＞を求めてさまよった挙げ句、結局、それを手に入れることができなかった。そして永遠に境界的存在にとどまらざるをえない。＜おれ＞が「繭」に変身するのは、確固とした存在の根拠を求められない生の境界的状態、あるいは、過渡的状態にとどまることの寓喩であった。

＜おれ＞の変身した「繭」は最後には「玩具箱」に投げ入れられてしまう。この「玩具箱」は決して現実の＜家＞ではなく、寓話としての＜家＞とみるべきだろう。森川氏は、この「落ち」のところを寓意として解釈し、それがこの作品の持つ鮮明でかつ尖鋭な幻想を読者の心に刻印する見事な現代の作品となるのではないかと語っている29)。つまり、「玩具箱」へ投げ入れられるところで終わる結末は、現実的な世界の物語がふいと空想の世界(寓話)へと移行して終わることでもある。こうして『赤い繭』は寓話として始まって寓話で締めくくられることになる。

6. むすび

　　　　糸はやがておれの全身を袋のように包み込んだが、それでもほぐれるのをやめず、胴から胸へ、胸から肩へと次々にほどけ、ほどけては袋を内側から固めた。そして、ついにおれは消滅した。後に大きな空つぽ

---

29)『国文学解釈と教材の研究』一四巻八号、一九六九年六月。

の繭が残つた。(中略)だが、家が出来ても、今度は帰つてゆくおれがいない。繭の中で時がとだえた。(四〇頁)

『赤い繭』の＜おれ＞は「消滅」して「繭」へと変身する。この変身物語の非現実性を高野斗志美氏は、「安部公房は、日常性と反日常性をめぐるいかがわしい二元論をしりぞけ、両者のモザイクによって、ひとつの現実を造型する30)」と述べる。「空間の造形的表現が彼の小説の方法論となった31)」とは、埴谷雄高氏の批評だが、その方法論は非現実世界を構築することに集中しながらも、それによってかえって生々とした現実の姿を伝えるための、あくまでも方法(＝手段)であった。この変形を高野氏は、「現実と自意識の内部に二重にとじこめられ、そこで呪詛の叫びをあげつづけながら、しだいしだいに、その奴隷に転落していく生存の矛盾性を、根底からのりこえていこうとする、思考の補助線にほかならない32)」という。早城智子氏がいうように、「引き換えに人は自由を失うことを余儀なくされる33)」というマイナスの価値づけもできるかもしれない。

　たしかに、両氏のいうように、＜おれ＞の「繭」への変身は人間存在の解体であり、人間を疎外して消滅させる秩序や日常性への批判とも読める。その＜読み＞をつらぬけば、「繭」への変身というモチーフは秩序への帰属の代償に自己を失う話だととらえられるが、はたしてそうであろうか。むしろ本章は、この作品を秩序や日常性への批判と解釈するよりも、＜おれ＞の存在状況への作家のまなざしを重視する。＜家＞を求められないところに象徴される人間関係からの疎外による＜おれ＞という存在の不安を、都市に生活する者の運命としてとらえてみた。その存在の不安は、比喩的にいえば、生

---

30)「安部公房の≪キイ・ワード≫7」「日常性について」六頁。
31)「アヴァンギャルド」(『現代演劇講座』別巻、三笠書房、一九六〇)。
32)「安部公房の≪キイ・ワード≫2」「変形のイメージ(一)」九頁。
33)「安部公房論－メタモルフォシスの世界－」(『日本文学ノート』一七、一九八二年二月)。

の境界的形態(過渡的形態)ともみなし得る。そこに「繭」の寓喩性がむすびついたと読みとってきたわけである。

　「消滅」から「変身」までの過程は一種の創造行為のように、実にリアルに映像化されている。この変身の過程は当然ながら日常的・習慣的な現実世界の外部でおこなわれる。つまり、〈おれ〉は境界的存在として現実世界との関係が失われていく過程のなかで、現代人が運命づけられている不安な存在状況そのものが、境界的存在形態たる「繭」にドッペルゲンガーしていくモチーフとしてとらえられているのではないか。

　しかし、あるいはこうも〈読む〉可能性を否定しはしない。すなわち、「変身」というモチーフをもって、新しい世界の存在になろうとすることは、境界的存在とむすびついている生の不安におびえる〈おれ〉から脱けだすために、都市的世界とは別個の世界における異なる存在様式をとろうとすることで、どうしても存在の根拠を得ようとする本能的な試みを含んでいると。「繭」へと変身せねばならないというのは、それが人間の実存状況の存在様式なのである。このような認識がいわばアイロニカルなアレゴリをとって形象化されたのが『赤い繭』であった。

第三章

『バベルの塔の狸』論
—想像力と分析精神—

1. 作品の世界に入るにはシュルレアリスムによらなければ
ならないのか

　『バベルの塔の狸』は一九五一年『S・カルマ氏の犯罪』(二月『近代文学』発表)に続いて、五月に雑誌『人間』に発表されたものである[1]。同年刊行された安部公房の最初の作品集『壁[2]』にも収録されて、この『壁』に収められた作品のうち、もっともシュルレアリスムとかかわりあいの深いものはこの『バベルの塔の狸』であると言われている[3]。章立構成をとる作品の第七章の「バベルの塔に入るには、シュール・リアリズムの方法によらなければならぬ」という見出しが端的に示すように、中心主題はシュルレアリスムなる前衛思想のなかに見い出せる。たとえば、実在するシュルレアリスムの指導的人物であったアンドレ・ブルトンを重要な作中人物として登場させているのだが、これによっても、作家がこの思想に対して意識的な関心を寄せていたことは間違いあるまい。このような公房の関心をふまえて、生田耕作氏が「シュルレアリスムと安部公房[4]」という論文のなかで、『バベルの塔の狸』

---

1) ここで引用する『バベルの塔の狸』のテキストは、初出『人間』(鎌倉文庫、一九五一年五月)の、六～三七頁を用いることとし、引用の頁数もそれにしたがう。
2) 『壁』(月曜書房、一九五一)には、第一部「S・カルマ氏の犯罪」、第二部「バベルの塔の狸」、第三部「赤い繭」として構成されている。
3) 生田耕作「シュルレアリスムと安部公房」(『国文学解釈と教材の研究』第一七巻一二号、一九七二年九月)一八一～一八六頁。

にシュルレアリスムによる解釈を加えていることは、納得できることである。そのなかで、氏はブルトンの「シュルレアリスム宣言」(一九二四)と、「シュルレアリスム第二宣言」(一九三〇)のなかの思想をもって、この作品に登場する「とらぬ狸」の説明や「ブルトン狸」の演説内容と比較しながら論を進めている。それによれば、要するに、「とらぬ狸」も「ブルトン狸」の演説も、ブルトンの思想のパラフレイズ、もしくはパロディにすぎないし、ブルトンの荘重体を公房流の滑稽調に置き換えただけのものであるという5)。氏の見解にはうなずける点が多いのだが、ただ惜しいことに、それ以上深く作品論を展開させ、その主題についての分析を行うことはしていない。

　このような生田氏の視点と、高野斗志美氏と渡辺広士氏の論旨は全く対照的とも言える。高野氏の論では、主人公<ぼく>が狸によって連れていかれる<バベルの塔>の世界は、むしろそこから脱出すべき「自己救済の願望によって構成される精神の虚像」を象徴しているとされる6)。しかし、渡辺氏の論になると、それが「肯定」的な「認識変革の夢」の世界と解釈されている7)。このように両氏の間で解釈が対立しているのは、いうまでもなく、

---

4)　生田耕作「シュルレアリスムと安部公房」一八一頁。
5)　生田耕作「シュルレアリスムと安部公房」一八四頁。
6)　高野斗志美『安部公房論』(サンリオ山梨シルクセンター、一九七一)四八頁。
　　「『バベルの塔』において、戦後的≪私≫は、時間彫刻器を用いて、≪とらぬ狸≫が犇めいているバベルの塔を脱出した。自己救済の願望によって構成される精神の虚像—バベルの塔を、≪ぼく≫は、脱出する。塔員が、党員を意味しているとすれば、(中略)神がかりな、赤い≪とらぬ狸≫群への、まさに痛烈な批判をあらわしてもいよう」。
7)　渡辺広士『安部公房』(審美社、一九七六)二二頁。
　　「あらゆる名づけられたものの世界の否定(S・カルマ氏)と認識変革の夢の肯定(バベルの塔の狸)とをめざし(中略)」その他、『バベルの塔の狸』についての評としては、一九五一年発表当時の佐々木基一氏のがある。氏は『バベルの塔の狸』について、『狸』は安部公房の『ファウスト』だと言いながら、次のように述べている。「意識を分離し、幾多の視点を同時に設定し、自由に視点を移動させ、また物体を相互に浸透させ、重複させ、変換させるところの前衛芸術の方法を、安部公房はかなり自在にこなせるようになった。そのことによって、在来の文学の枠は無限の彼方にまでおしひろげられる。」(『人間』一九五一年六月、六七頁)。

このテキストの難解さによるものであると思われる。そしてそのことは、このテキストには、終わりのない<読み>が存在していることを暗示しているのではなかろうか。

　『バベルの塔の狸』という作品を高野・渡辺両氏の指摘している「自己救済」ないし「認識変革」といった観点からとらえることはひとまず置くとともに、生田氏のような生のシュルレアリスムによって作品を解釈することはせず、筆者は次のような二つの観点からとらえたいと思っている。すなわち、まず最初の観点は、この作品の小説世界が『S・カルマ氏の犯罪』にみられるような一種の<あべこべの世界>として構成されていて、それゆえにそこに登場する人や動物の言葉は、安部公房の遊び心からつむぎ出された言語遊びと、ひとひねりひねった論理を手掛かりに解釈できるのではないかということである。このような<読み>の方法によれば、『バベルの塔の狸』には、言葉遊びに端を発するさまざまな仕掛けが施されているようにみえる。そしてそこには、言語のレベルにとどまらない、言葉の織りなす論理表現に潜むウィットやトリック、それにシニカルなアイロニーなど、表層と深層に仕掛けられた遊びが満ちている。思うに、ここに展開される言語遊戯には、現代文学のひとつの方向性が先駆的に示唆されているとみてよかろう。言語遊戯は確かに遊びだが、それはまた既成の秩序や思想のパラダイムを転換する力をもっているのであって、現代文学がその力に魅せられていったことも必然であった。その転換する力こそまさに、シュルレアリスムの精神そのものではなかろうか。

　次に第二の観点は、安部公房の<変身>のモチーフがもつ特徴である、形を変えて別のものになるということ。ただ安部公房の<変身>はそれだけにとどまらない。さらにいえば、誰からも所有されていないものが、形を変えて誰かに所有されて存在するというプロセスをたどるのがふつうである。そこで、筆者はその<変身>のプロセスを「所有」と「存在」という観点で読みと

りたいと思う。このような観点による分析の試みはこれまで行われたことが
なく不安がないわけではないが、この分析がうまくいけば、安部公房の<変
身>のモチーフに新しい解釈が生まれると期待できる。

　そのために本章ではまず第一に、<ぼく>の詩人たる性格をとらえなが
ら、<ぼく>と<とらぬ狸>との関係を考察する。さらに第二として、<影>
の意味について、そして第三として<バベルの塔>の象徴性についてそれぞれ
考察していくことにする。なお第一と第二の<ぼく>と<とらぬ狸>と<影>と
の関係については、「所有」と「存在」という観点から考察を加えることはい
うまでもない。

2. 〈ぼく〉と〈とらぬ狸〉

　主人公の<ぼく>、すなわち詩人アンテン君は、ある日公園で空想にふ
けっていると、一匹の狸に似た動物があらわれて、<ぼく>の影をくわえて
逃げ去ってしまう。

　　　　朝日に長くのびたぼくの影の頭のあたりで、突然その動物が激し
　　い動作をしました。(略)獣は、ぼくの影を咬えて地面からはがしたのでし
　　た。(八頁)

すると、なんとそれと同時に、<ぼく>は透明人間になっているではないか。

　　　　ぼくは透明人間になつたのだ！
　　　　考えてみれば、ぼくは影をなくしたのです。影がない以上、影の
　　原因である肉体が消えるのも当然でしょう。(九頁)

　そして、やがて<ぼく>は<とらぬ狸>に導かれてバベルの塔に入ってゆくという話である。このような梗概からすれば、動物を主人公とする寓話といった説話的レベルにおいて、この作品は読みとれる余地があり、あるいは簡単に作品解釈ができるかもしれない。が、寓話といった観点から論じた論文はこれまでにもないし、本章もそのようなレベルからこの作品を論じるつもりはない。なぜなら動物寓話では一般に、動物の姿を借りながら道徳的教訓が語られる傾向が強いが、この『バベルの塔の狸』は、一読すればただちに気づくように、たんなる道徳的教訓を語る動物寓話とは異なり、いかにも安部公房らしいきわめて現代的テーマをかかえている。そこには素朴な寓話の枠には納まらない要素がみてとれるからである。ただ念のために言っておくならば、たとえそうだからといって、本章はこの作品のテーマにかかわる寓喩(話)性を否定するつもりはない。

　もちろん公房は、作品で動物をうまく利用する作家である。『Ｓ・カルマ氏の犯罪』のカルマ氏の胸に広がる砂漠のなかには動物園のラクダが入ろうとしたり、『空中楼閣』のカラキ君は猫に案内されて海岸の近くの「空中楼閣建設事務所」を訪ねる。動物を作品のなかに登場させるのは、安部公房が『イソップ物語』にも関心があったためか、この『バベルの塔の狸』のなかでもイソップの狐のしっぽの話を挿入しているし、また『イソップの裁判』という短篇を一九五二年に発表してもいる。このような公房の作品にみられる動物の登場について、ドナルド・キーン氏は「公房氏の独特のユーモアがすばらしい程発揮されている。(中略)これらの作品の狙いは、読者を笑わせるだけではなく、何らかの社会的現象を諷刺していた[8]」と指摘しているが、筆者も同感である。

---

8)　ドナルド・キーン、「『水中都市・デンドロカカリヤ』解説」(新潮社、一九七三)　二六四～二六五頁。

2.1 想像力と分析精神

主人公の<ぼく>はこの作品の冒頭で、

> ぼくは貧しい詩人です。
> ぼくはよくP公園のベンチに坐つて空想しプランを立てます。詩のことだけではなく、いろいろ科学的な発明についても考えます。(六頁)

と自己紹介をし、「詩人なら誰でも持つている」天体望遠鏡を持ち出して夜空を眺めている。そしてしばらく望遠鏡をのぞいていると、狸に似た動物が<ぼく>のそばに現れてくるところから物語は始まる。このように主人公である詩人と望遠鏡という不思議な組み合わせが、この作品にとっては重要なモチーフとなっているのだが、それからすればこの『バベルの塔の狸』という作品の世界は、あたかも詩人が望遠鏡で引き寄せた世界なのかもしれない。そのような世界にあっては、光のつくる現象が物化されるとともに、そのあべこべとして物がその質量を失ったりもする。

　主人公<ぼく>はいつも公園のベンチで空想しプランを立てることを仕事とする詩人である。そして空想がわくたびにそれを手帳にメモしておくのだが、どれ一つとしてきちんと仕上がったものがないので、<ぼく>は手帳のことを「とらぬ狸の皮」と名づけている。これはいうまでもなく諺の「とらぬ狸の皮算用」を借用したもので9)、その意味も諺とかわらない。<ぼく>にとっては「とらぬ狸の皮」を集めることが日々の習慣の一つなのだ。そんな「とらぬ狸の皮」という手帳のなかには、「空想しプランを立て」たメモと、「科学的な発明についても考え」たメモとがごちゃごちゃに記されている。このメモの記し方からみると、<ぼく>の詩人たる性格には、空想する想像力と科学

---

9) 平岡篤頼「安部公房・人と作品」(『昭和文学全集・第15巻』解説)のなかで「『バベルの塔の狸』は『とらぬ狸の皮算用』の『とらぬ狸』として時空を駆けめぐる」と述べている(小学館、一九八八)。

的発明を生み出す分析精神とが併存していることがわかる。この想像力と分析精神についてもっと言っておけば、想像力を負の側面からとらえるなら、空疎な言葉の論理性と言い換えてもよい。それに対して分析精神とは、正の側面において、現象を分析することでその本質あるいは真実をえぐり出す力といえよう。

　この小説の仕掛けは、この対照的ともいえる性格のなかで、前者の能力がすなわち＜とらぬ狸＞として、また後者の能力が＜目だけの透明人間＞として分離するとともに、変身してそれぞれの姿をとって現れてくるというところにあるのではなかろうか。

　そうしてみると、安部公房の初期作品に共通する変身または分離のモチーフがここにも認められることになる。作品では、この分離した「とらぬ狸」と「目だけの透明人間」は分離したまま終わるのではない。結末に至って＜とらぬ狸＞に向かって＜ぼく＞が空想のプランを書き込んだ手帳を投げつけて狸を追い払ってしまうのである。しかし、そのために「とらぬ狸の皮」と名づけた手帳を失ってしまうのだが、それは一方で、おそらく「とらぬ狸」と「目だけの透明人間」との合体（自己同一化）を暗示している。では、手帳を投げつけた＜ぼく＞はどうなるのか。思うに、＜ぼく＞はそれによって詩人たる資格を失ったままそこに立ちつくすことになる。

　この作品が発表された同年一〇月に、雑誌『文芸』に発表された小説『詩人の生涯』でも、詩人が登場人物となっている。ただ『詩人の生涯』の主人公はすでにこの作品における＜ぼく＞のような荒唐無稽な空想にふける詩人ではなく、「具体的な観察」をし、「分析し、統計をとり」「貧しいものたちの、夢と、魂と、願望の聲[10]」を聞いて記録するような詩人、すなわち「とらぬ狸」に投げつけてどこかに消え去っていった「目だけの透明人間」の論理に立つ詩人として蘇っている。

---

10) 安部公房『詩人の生涯』（『安部公房全集003』(1951.05-1953.09)新潮社、一九七七、八二頁）。

2.2 「タマヌキ」の狸

　主人公の影をくわえて逃げ去った狸が再び現れ、ぼくは君に養ってもらった「とらぬ狸」だよ、ぼくの行動や言葉はすべて君の「念願の具体化」にほかならないのだ、と<ぼく>に語りかける。

　なぜ、<ぼく>の影をくわえて逃げ去るのが「狸」なのか。それにどうしてそれが<ぼく>の「念願の具体化」なのか。これらについて、まず本文の描写から、次には「狸」または「タヌキ」という文字そのものがもつ意味から考えることにする。そこでまず本文からみる。

　　　①ふと上げた目に、奇妙な獣の姿がうつりました。猫にしては毛が深く、
　　　　犬にしては尾が太く、狐でも狼でも狸でもない、ましてや鼠でも虎で
　　　　もない、見馴れぬ動物でした。（七頁）
　　　②「ぼくは君に養つてもらつたとらぬ狸さ。」と獣は平然と答えました。
　　　　「影を食べさせてもらつて、やつとぼくも一人前になつたよ。口がきけ
　　　　るようになつたし、そら、指がのびて物がつかめる手になつた。（中略）
　　　　ぼくは君の忠実な召使いになるつもりだよ。」（一七頁）

　①でわかるように、その名もわからない「とらぬ狸」は奇妙な獣だし、見馴れぬ動物だ。というのは、それが野生の動物であり、まだ誰にも所有されていないからだ。しかし、その動物が②ではみずからを<とらぬ狸>と名のりながら、<ぼく>の分身として、または<ぼく>の所有物として登場する。そしてそれからは、<ぼく>の所有物が<ぼく>の代わりに<ぼく>の身のまわりで起こったことに対して、なんでも答えてくれる。このことは<ぼく>という存在のもつ明瞭なイメージの一つをそのものが所有していることではないのか。このことからいって、そこに登場してくる者は必ずしも狸でなくてもいいし、「とらぬ狸」という名をつけられなくてもいい。

　しかし、これを「狸」という文字から考えると別の解釈が生まれる。「狸」という漢字は必ずしも動物学上のタヌキのみをさしていたものではないらしい。ネコやタタケ・イタチなどとも読まれていた[11]。このタヌキの意の狸は狐と並んで、むかしから人を化かす存在とみなされてきたが、狐のほうは狡猾なそして神聖的存在にも近いとされるのに比べて、狸にはよりユーモラスな印象があると言われる。それと①の引用文を考え合わせれば、「とらぬ狸」というのは「とらでもたぬきでもないとらぬたぬき」もしくは「とらであらぬたぬき」というふうに「音遊び」の感覚からも読みとれる。つまり、「たぬき」の言葉遊びが作家に「狸」を選びとらせたとみてよかろう。

　次に「タヌキ」の意の「狸」という漢字ではなく、日本語の「タヌキ」という語源を調べてみる。①皮をタヌキ(手貫)に用いることから、あるいは、②人の魂を抜きとると信じられていたためタマヌキ(魂抜)の略と、説明されている[12]。とすれば、＜ぼく＞が＜影＞をとられてしまったために「目だけの透明人間」になったのは「タマヌキ」をする「狸」のせいにちがいない。古い日木人の信仰によれば、＜影＞は＜形＞と対語となり、＜形＞が身体であるのに対して、＜影＞は魂の表象とみなされてきた[13]。「草葉の影」という古語は，死者の霊魂が草葉(境界)をとおしてこちら側(現世)を見つめてくれていることを意味するとされる。そうしてみると、「狸」が＜ぼく＞の＜影＞をとって逃げ去ったというのも、＜ぼく＞の魂を抜きとって逃げたことになろう。このような「狸」に対する日本人の精神史をふまえ、あらためて作品にもどろう。＜とらぬ狸＞は＜ぼく＞に向かって、人間(＜ぼく＞を含めて)と「狸」の関係性について次のように説明する。

　　①君はぼくを産み、そして育てた。君の手帳はぼくの名をつけられ、そし

---

11)　『国文学』第三九巻一二号(一九九四年一〇月)一三頁。
12)　日本語表現研究会著『語源がわかる言葉の事典』(ＰＨＰ研究所、一九九四)一六六〜一六七頁。
13)　倉持弘『変身願望－人間の仮面と素顔』創元社、一九八九、一六一頁。

てそれはぼくの成長のグラフだつた。(中略)ぼくは君の意志であり、行
動であり、欲望であり、存在理由なんだ。(一七頁)
②人間は誰でも各々のとらぬ狸をもつている。(中略)大きなのも小さなの
も、様々だが、それはその年には無関係で、その人間の空想の量と質
によるのだ。(二三頁)

<とらぬ狸>は、①にみえるように、「空想」または「欲望」の化身であると
いう。「空想」とか、「欲望」というのは、古語の魂の現代語化といってもよ
かろう。したがって、そのような「狸」は<ぼく>自身でありながら<ぼく>自
身ではない。しかし②からわかるように、いわば、<ぼく>にとっては「狸」は
主体の二分という形で体験されていることに注意しなければならない。

2.3 目の精神

「タマヌキ」の狸によって「目」だけの透明人間になった<ぼく>は、デート
中の男女を恐怖に陥れたり、あるいは街を駆け抜けたために、「透明人間の
出現」だといって、ラジオが臨時ニュースで「火星乃至木星人の襲来」「S国
の侵略」などと放送したために、街中は大騒ぎになる。まるで、H・G・
ウェールズの作品をまねたアメリカの放送局の悪戯を思い起こさせるかのよ
うだ14)。「とらぬ狸」はそういった事件を引き起こした<ぼく>を責めて、「君
はこれ以上下界に留まることで、社会的責任を問われようとしているんだ
ぜ」(一九頁)といい、<バベルの塔>へ一緒に行こうと誘う。
　「目」だけの<ぼく>はこの社会にとどまることはできない。「目(玉)」、す
なわち視線それ自体が社会的責任を問われる。視線は社会や人間存在の真
実を見抜く批判力をもつからであろう。そのような「目」は、ある種の人間
にとっては有害な存在なのである。それだからこそ、「目」はこの社会から疎
外されねばならない。それはたとえば、第二章ですでに指摘したように、

---

14) H．G．ウェールズ作、橋本槇矩訳『透明人間』(岩波文庫、一九九二)。

『赤い繭』の＜おれ＞が帰るべき家がなく、街中を放浪することが罪とされ、そこから疎外される運命に置かれていることと同じ状況であろう。＜とらぬ狸＞が＜ぼく＞の「目」について次のように語る言葉は本質をうがっている。

　　①狸にとつても、私にとつても、目玉は有害なんだ。人間の視線は私たちの存在を、濃硫酸のように焼きつくす。(略)すべてこの目玉の作用から来た用法だ。(三一頁)
　　②目玉を銀行にあずけ、(略)その代わりに紙眼を受取り、それをもつて自由な市民生活をするようにしなければならない。(二七頁)

　それゆえに、狸は「目」を恐れている。なぜなのだろうか。「目」を恐れるという話は『Ｓ・カルマ氏の犯罪』にも出てくる。カルマ氏の裁判のとき、カルマ氏はある対象物をじっと見つめると自然にそれを吸い取ってしまう性質をもっているというので目隠しをされる場面がある。「目」は物を吸収してしまう性質を有する。＜ぼく＞の影を盗んだ狸たちからすれば、またあらためて＜影＞を奪い返されてしまう恐れがあったからだ。＜ぼく＞は無意識のうちに＜影＞と＜肉体＞の一元性——それはいうまでもなく魂と身体の一体性でもある——を訴えている以上、狸たらには＜ぼく＞が＜影＞をとり返そうとしていることを直観するのだ。

　　①ぼくは影をなくしたのです。影がない以上、影の原因である肉体が消えるのは当然でしよう。(九頁)
　　②影の構造や成分や性質が解明されれば、(中略)幾分変形された影から、再形成された肉体は(中略)自由に、希望どおりの新しい肉体を獲得できるのではないでしようか。(一二頁)

　狸たちから警戒されるこの＜ぼく＞の論理①は、＜影＞と「肉体」の関係において原因と結果が逆転した奇妙なものだが、その論理の延長線上で、②

のようなプランを立てようとする点では矛盾はないのかもしれない。すなわち、<影>を分析し、その構造を研究することによって、肉体の再形成が可能になるはずだから、そこから新たな人間関係、社会関係を構築しようというプランをめざしていることがわかる。

「目」だけになった<ぼく>だから、<ぼく>は分析力そのものである。つまり、<影>を奪われた<ぼく>の言説からみても、すでに第二節一項で言及したように、<ぼく>の詩人たる性格のなかで、想像力が<とらぬ狸>のほうに分離してしまったとみてよかろう。狸たちはまさに「目」、すなわち物事の本質を見抜く分析力のことだが、その存在がやがて必然的に<ぼく>の精神の根拠となる<影>—魂—を欲するだろうことを恐れているのではなかろうか。

3. <影>—所有と存在

獣に「影を咬えて地面からはが」されることによって、<ぼく>が目だけを残した「透明人間」になるという『バベルの塔の狸』。<ぼく>と「透明人間」になった<ぼく>とのあいだには、<影>という媒体が存在することで、両者の変換は可能だった。日本文化の伝統からすれば、<影>は人間の身体から完全に分離してしまうと、その人は死んでしまうと信じられてきた。要するに、<影>＝魂は身体（カラ・ダ）のなかに入ることで、カラダ（＝容器）を充実させて生命体とさせるわけである。この<影>の意味については、『影をなくした男』のシュレミールの経験ほどわれわれに強く訴えかけてくるものはないだろう15)。

____

15) シャミッソ著、池内紀訳『影をなくした男』（岩波文庫、一九八五）。池内氏は「ペーター・シュレミールが生まれるまで」のなかで、影とは「祖国」を意味していると述べている。さらに、おしまいの方に出てくる、魔法の靴は、国境をやすやすと越えさせて、国籍や国境がはばをきかせたこの世から逃げ出したがっているシャミッソーの願望のあらわれにちがいないと語っている。

　シュレミールは悪魔に自分の影を売り渡し、代わりに、好きなだけ金貨を取り出すことのできる財布を手に入れる。しかし、たちまちにして影のないことの悲しみを味わう羽目におちいる。恋に破れ、他の召使いにもそむかれ、果ては金も影もない存在にまでおちこんでゆく。こうして無一物になりきったときに、かえって平静な心をとりもどし、主人公は、偶然手に入れた一歩をあるけば七里を行くという魔法の靴によって、全世界を流浪しながら自然を探究することに慰めを見出すというのが『影をなくした男』の内容である。この話はまったく荒唐無稽なものとも言うことができるが、その反面で、わたしたちの心を打つのは、それが影についてわたしたちの深奥にひそむなんらかの内的真実に触れるからであろう。では、『バベルの塔の狸』の＜ぼく＞にとって＜影＞はどのような意味をもつものであろうか。

　　①朝日に長くのびたぼくの影の頭のあたりで、突然その動物が激しい動作をしました。(中略)獣は、ぼくの影を咬えて地面からはがしたのでした。(八頁)
　　②もし失くなつたのが影でなく、鼻だとか耳だとか顔だとかいうのだつたらどうだろう。絶対にごまかしがつかない。しかしぼくが失くしたのは影なのだ。こうやつて日陰にいさえすれば誰も気づきはしない。(中略)影なんて、無駄なものだ。(八頁)
　　③ぼくは透明人間になつたのだ！(中略)影と一緒に影の原因も奪い去られたのだ。(九頁)

　＜影＞は人そのものの姿でありながら、手に入れたり触れたりすることのできない現象であるから、ふつうであれば、①のようには地面からはがすことはできない。が、＜影＞を物化してしまうと、地面からはがすことも、また食べることもできるわけである。ここで＜所有化＞するということについて考えてみたい。＜影＞というのは、②からもわかるように、鼻とか耳とかとは違って「無駄」なものだ。というのは、自分の所有物とはいいにくいが、たしかに自分のものとしてあるからだ。日本語の「ある」に当たる漢字「有」という文字はまた「有つ」とも読める。したがって、文字のレベルからすれば、「有る」(存在)ということと「有つ」(所有)ということが意味空間のなかで両義的状況を生み出している。換言すれば、もの自体が存在の世界へとみずからを開くのか、それとも所有の世界へとみずからを開くのかは認識論的には差異はない。マルセルは、「身体性は存在と所有の緩衝地帯である16)」と規定する。すると、身体性の外部にあらわれていた現象としての<影>も同じことが言えるのではなかろうか。

　どこからか見馴れぬ動物があらわれて<影>を食べてしまうという行為は、<ぼく>の「所有」のものを奪うことで、かえってその見馴れぬ動物は<ぼく>の所有になるという意味を内包するのであろう。端的にいえば、それは<ぼく>に完全に所有化されるのであって、作品内では<ぼく>の分身ともいっている。影を食べてしまった動物は<とらぬ狸>という名前で<ぼく>の前に現れる。<とらぬ狸>とは<影>が新しいかたちをとって<ぼく>の所有物になることではないのか。このように考えられれば、<ぼく>の影をくわえて「狸」が逃げ去ることで始めて「存在」と「所有」とのたしかな分離がおこる。しかし、<ぼく>は<影>を奪われた結果、目だけの透明人間になったにしても、そこに「存在」しているのである。

4. 〈バベルの塔〉のなかの狸たち

　<バベルの塔>とは、言うまでもなく、旧約聖書の創世記第十一章にみえる、天に届く塔を建てようとしたこの地の人間たちの企てが神の怒りに触れ、そこで神は人間たちの言葉を混乱させたという話である17)。

16)　ガブリエル・マルセル著、信太正三訳『存在と所有・現存と不滅』(春秋社、一九七一)八〇頁。
17)　もともと「バベル(Babel)」という意味は「混乱」の意である。

　　　人間は下意識の世界で結束してバベルの塔をたて、私(エホバ—引
　用者注)に迫つた。(三一頁)

とあるところからすると、公房の見ているバベルの塔の物語は、「下意識の
世界」、すなわち人間の意識が支配している地上ということで、そこでは人
間どもが同一の言葉を話すことから、一人の王の支配が強力であれば、王
はみずからの意志を全人類に押しつけることで動員し、神(エホバ)にも対抗
しようとする傲慢をひき起こすという物語としてとらえられている。その限
りでは正統的聖書学の枠を出るものではないが、ただ公房の解釈はそこに
とどまるわけでもない。

　　　下界では革命が起きはじめていた。(略)彼らは下界と天国の唯一
　の通路であるバベルの塔を占領し、独裁しようとしていた。しかし、目
　玉だけはさすがに手に負えず、混乱は絶え間なかつた。(三一頁)

「下界では革命が起きはじめていた」というのは、「天国」への「通路」たる
＜バベルの塔＞を建てることが、「天国」に住む神にも対決しようとする「下
界」の人間どもの「革命」をめざす意志の実現であるというのだ。＜バベルの
塔＞とは、まさに同一の言葉による全人類の意志の統一の寓喩である。公
房からみれば、それはいうまでもなく「独裁」でしかない。それをいま負の意
味で換言すれば、言葉の詐術による集団(意識)の支配ということであろ
う。それこそが「バベルの塔を占領」することであり、「独裁」の実現はそこに
かかっている。
　旧約聖書においては、＜バベルの塔＞は神の怒りによって破壊された。し
かし、神不在の現代にあっては、言葉の詐術(論理)に対決することができ
るのは物事の真実(本質)を見抜く「目玉」しかない。いかなる言葉の詐術も
「目玉だけはさすがに手に負え」ないのだ。「目玉」の洞察が言葉の論理の空
疎性を見ぬくものである以上、言葉の詐術を溶解するとみてよかろう。し

たがって、もしも「独裁」、あるいは言葉の詐術(画一化)を拒否するのであれば、言葉の「混乱」、すなわち、言葉の論理性(詐術性・画一化)ではなく、言葉の遊戯性こそが回復されねばならない。それが現代における言葉の必然の方向性であるからには、「混乱は絶え間な」いのである。

　これまでの既存の価値体系が言葉の論理性に支えられている。それゆえに、現代の閉塞状況がこのような価値体系のリゴリズムに起因するとすれば、まさに＜バベルの塔＞、または画一的な言葉による論理は、その反措定たる言葉の遊戯性によって破壊せねばならない。言葉の遊戯性こそ現代の閉塞状況を打破し、新たな価値体系を作り出していく動因となる。そこに現代にふさわしい文化(価値体系)が創造されていくのであろう。

　＜ぼく＞が＜バベルの塔＞を脱出し、最後に「とらぬ狸の皮」、すなわち空疎な言葉の論理性を投げ捨てて、「狸」を追い出したのも、以上のごとき寓喩の世界をたどるからなのではなかろうか。

　この作品の中で＜ぼく＞は、＜とらぬ狸＞の導きで＜バベルの塔＞のなかへと入っていくが、七章の章題にみえるように、そのためには「シュール・レアリズムの方法によらなければならぬ」となっている。その「シュール・レアリズムの方法」とはどんなものか。塔に入るときの描写からみてみよう。

　　　　　突然とらぬ狸がぼくの背後におどりかかつて、ぼくの頭を壁にたたきつけたのでした。ぽつと紫色の　　　光がさし、
　　　ケッ　　　　ケッ　　　　ケッ　　　　ケッ　　　　ケッ
　　　大きな笑声が次第に遠ざかり、しがみついた壁がゆれ、地面が持上り、塔が逆さになつたかと思うと、ぼくは気を失つてしまいました。
　　　　　☆

(二四頁)

　それは、塔の壁をくぐり抜けるために、狸が＜ぼく＞の頭を壁にたたきつけたのだが、そのため＜ぼく＞は気を失ってしまう。しかし、気がついてみた

ら、すでに塔のなかに入っていたというのである。塔のなかに入るための苦痛、「ぼくは気を失つてしまいました」という<ぼく>の姿に公房のシニカルなまなざしの注がれていることに注意すべきであろう。それを換言すれば、<バベルの塔>に入るには、「気を失」うこと、すなわち分析力を失うことが必要なのだといっているのだ。そうすれば、壁はくぐり抜けられる。現代における言葉の論理性と分析精神の乖離の状況をとらえるために、ひとひねりひねった方法として、そこに作者の痛烈なアイロニーが感じられる。

　この<バベルの塔>の内部で輝いているのは、逆説的に聞こえるかもしれないが、たとえば、「ケッ ケッ ケッ ケッ ケッ」という文字遊びなのだ。<とらぬ狸>の奇妙な笑い声を、だんだん小さくなっていくのを文字でコンクリート・ポエムのように表現しているのだ[18]。<バベルの塔>が、すでにふれたように、画一的な言葉による論理の寓喩である以上、この<文字遊び>こそ<バベルの塔>を無化しようとする作家の反抗精神の躍動だといってよいかもしれない。<バベルの塔>を語る公房の言説はアイロニーに満ちている。このようにしてやっと入ることのできた<バベルの塔>のなかには、どの狸も奇妙に同じ表情をしている。

　　①目玉の害を克服する方法を発見することができた。それは微笑ということだ。(三一頁)
　　②微笑はその字の示すごとく小さな笑いと考えられているが、それは間違いだ。(中略)微笑こそ、(中略)完全な無表情であつたのだ。(三一頁)

　<バベルの塔>に棲みついている狸たちは、どの狸も「微笑」を浮かべた「完全な無表情」をさらけ出している。すべてが共通の表情、言い換えれば、

────────────

18) さらに、記号「☆」は、気を失ってからの状態を現すものであるが、それが『安部公房全作品2』には、「★」となっている。また、新潮社の文庫版になると、「＊」にかわっている。これは編集の過程でおこった間違いであるが、「☆」という記号は、本文以上の意味をもっていると思う。

「微笑」という共通の仮面をかぶって棲みついている。そこで失われているのは泣いたり、わめいたり、怒ったりする多様な表情である。表情とはコミュニケーションであり、沈黙の言葉だといってもよかろう。それゆえ、「無表情」とは完全に同一の言葉の羅列による画一化された論理の寓喩である。そこにはもはやコミュニケーションというべきものはない。「独裁」とは人々から個性ある言葉を簒奪することだ。

　このような公房のシニカルなアイロニーを産み出しているものは、多様で個性的な言葉を、そしてその極限にある言語遊戯を喪失した現代都市の画一化した生活による多様性の喪失への深い悲しみである。現代都市は個人のアイデンティティーを限りなく奪い去る。それこそ安部公房の文学のテーマに深く通じるものなのである。

　＜バベルの塔＞に棲んで威張っているのは、ブルトン狸をはじめダンテ狸、フロイド狸、ニイチェ狸など、文学史上、あるいは思想史上において著名な人物の名を自称する狸たちである。しかし、それら「狸」がそうみずからを自称したところで、かれらがブルトンにもダンテにもフロイドにもなれるわけではない。詩想と思想とに貧しい者たちが時としてかれら偉大な人々の詩想と思想を模倣する。しかし、そんなことをすれば、もはやそれぞれの個性が失われていくだけだ。旧約聖書の＜バベルの塔＞という世界に棲みついた「完全な無表情」の狸たちの話そのものが、それぞれの個性を失って画一化された言葉しかもたぬゆえに、豊かな「表情」をなくした「とらぬ狸」たちしか棲むことのできない現代都市の寓喩なのであろう。この作品は、そのような都市の無気味で醜い姿がさらけ出された＜バベルの塔＞の物語である。そのような寓話に公房の残酷なアイロニーを見つめる必要があろう。

5. むすび

　『バベルの塔の狸』という作品は、まさに複雑な織り方をされていて、横糸と縦糸が細かい目を作りながら縦横に走り、さまざまな透かしの模様まで入れ、しかもそれらの模様もよほど注意深く考えないと関連性がとらえにくいものもあるが、いったん理解するとなかなか捨てがたい逸品であるということがわかってくる。それゆえに、本章で述べたような<読み>をつらぬいたからといって、他の<読み>を許容しないというわけでは決してない。この作品には、まだまだ終わりのない<読み>があると言えよう。

　そのようななかで、本章で言えたことといえば、まず第一に、安部公房が個性豊かで、自由な言葉を愛し、ウィットとシニシズム、それにアイロニカルな言葉遊びによって、画一的な言葉使いによる論理の詐術性に鋭い刃を向けていることが垣間見られたことである。その際に忘れてならないのは、登場人物の口を借りて、安部公房が発している数々の含蓄ある警句であろう。それらはいずれも発想の自由を擁護しようとする公房の沈潜した情熱の結晶であった。さらに第二には、安部公房の<変身>のモチーフにおけるさまざまな問題性を、意識的に『バベルの塔の狸』という具体的な作品から求めようとしたことである。それをこの作品では「所有と存在」という観点から論じたのは、それによって、以後の作品に現れるさまざまな<変身>のモチーフをさらにたどるための里程標とするためであった。

　最後に、本章の「はじめに」において、いわば一種の謎かけにしておいた「作品の世界に入るにはシュルレアリスムによらなければならないのか」に対して、本章なりの解答を与える必要があろう。これまでの論旨からいっても、シュルレアリスムこそ、<バベルの塔>とそこに棲みついた<とらぬ狸>たちを破壊したり、やっつけたりすることのできる方法である。とすれば現代の都市的状況において、シュルレアリスムは自由と個人のアイデンティティをとり戻すためには、必須の戦略でなければならない、というのが解答になろうか。

第四章

『壁―S・カルマ氏の犯罪』論
―都市的逸脱と<変身>―

1. <あべこべ>の世界

　『壁―S・カルマ氏の犯罪』は、人間が壁に変身してしまうというまったく奇怪な小説である[1]。この作品は一九五一年二月『近代文学』に発表されると、そのきわめて奇抜で斬新な変身のモチーフに寓喩された現代の都市社会への痛烈な諷刺に高い評価が与えられて、この年、石川利光の『春の草』とともに第二五回芥川賞を受賞した。その時の選評[2]では、その変身モチーフの文学的価値をめぐって選考者の意見が二つに分かれた。舟橋聖一氏は「新しい小説の典型」であると高い評価を与え、宇野浩二氏になると、

---

1) ここで引用する『壁―S・カルマ氏の犯罪』のテキストは初出『近代文学』(一九五一年二月)に発表されたもの(三四～八八頁)を用いることとし、引用の頁数もそれに従う。

2) 「第二十五回芥川賞選評」(『芥川賞全集・四』文芸春秋社、一九八二、四四四頁)選考委員としては、丹羽文雄・佐藤春夫・滝井孝作・岸田国士・舟橋聖一・川端康成・宇野浩二・坂口安吾である。選評を読んでみると、『壁―S・カルマ氏の犯罪』は賛否両論の問題作だったことが知られる。まず賛成派は丹羽、滝井である。丹羽は「最後まで面白くよんだ。一つの才能。堂々と腰を据えた文章はみごとである」と、滝井は「自分のスタイルを持っている。よい作家だと思いました」と言っている。否定的なのは、宇野と坂口。ほめもすればけなしもする両極の立場から評価したのは、舟橋、佐藤、川端、岸田である。佐藤は「その意図と文体の新鮮なだけでもよかろう」と、川端は「『壁』のような作品の現れることに私は今日の必然を感じ、その意味での興味を持つからである」と、岸田は「『壁』は注目すべき野心作にはちがいないが、もうちょっうと彫琢されてあることが望ましいものであった」と言った。

「『壁』は不可解な小説である」といって、そのモチーフの評価を測定できずにとまどっている口ぶりである。その点では遠丸立氏の評価も同じく否定的で、「荒唐無稽の変形譚」と切り捨ててしまっている[3]。

確かに、『壁－Ｓ・カルマ氏の犯罪』は、主人公が自分の名前を失うや、その実存は都市社会から疎外され、主人公Ｓ・カルマ氏の代わりに、名刺、すなわち都市社会のなかで認知され機能してきたところの記号(社会概念)が会社に出勤するといった奇想天外なプロットをもったり、あるいは病院の待合室でふと眼にした雑誌のなかの曠野の風景がカルマ氏の胸のなかに、まるでアラジンの魔法の壺のなかに大魔人が吸い込まれるように、吸い込まれていったり、動物園のラクダをも吸い込もうとしたりするという小説である。そこに荒唐無稽さを感ずるのも無理はない。

このような奇想天外なモチーフ(それは安部公房のワンダーランドといってよいかもしれないが)は、もしもそれを日常生活の世界から離れることができない思考によってとらえようとする限り、荒唐無稽であるにすぎない。読者はどうしても、日常生活の世界にのみとらわれがちであろう。そのために日常生活の世界の<裏側>にひそんでいる安部公房のワンダーランドが、いま一つの価値体系の世界としてあること、それを信ずることができないのではなかろうか。それを素直に実在するものと信じれるようになるには、いわば、なにものにもとらわれない子どものような純真さが必要とされよう。

もしもそれが可能なら、安部公房の<裏側>の世界は、たとえば『ふしぎの国のアリス』に見える<あべこべの世界>という、日常生活の<裏側>に、日常生活とはまったく相反する世界であると信ずることができよう。そしてそのことは、安部公房の世界を解読するキーワードを握ることでもあろう。安部公房もこの小説のなかで、この<裏>と<表>の世界を「ぼく」と「もう一人のぼく[4]」をとおしてこう表している。

---

3) 遠丸立「『壁』」(『国文学解釈と鑑賞』四四五、一九七一年一月)。
4) 他の表現として、「驚いたことにぼくの椅子にはちやんと別なぼくが掛けてゐたので

　　　　　　　　　　・・・・・・
　その瞬間、ぼくはもう一人のぼくの正態を見破つてしまつたので
す。それはぼくの名刺でした。さう思つて見れば、それはどう思つても見
まがふことのない名刺でした。名刺以外のものとはどうしたつて思へな
い、正に名刺そのものだつたのです。(三六頁)(強調点—引用者)

　「ぼく」と「もう一人のぼく」を解読するキーワードは「鏡」にあろう。「鏡」
をはさんで<映されるぼく>と<映るぼく>の二人がいる。<映るぼく>は<映
されるぼく>と反世界をなしている。たとえば<映るぼく>が右手をあげたと
すれば、<映されるぼく>は左手をあげている。安部公房のワンダーランド
は鏡像の世界、すなわち<あべこべ>の世界なのである。

　『ふしぎの国のアリス』のワンダーランドである<あべこべ>の世界とは、物
事の順序や位置が本来のあり方と逆さまの状態をいう言葉である5)。その
ワンダーランドの原理はいうまでもなく鏡像の世界である。実際、安部公
房は「『Ｓ・カルマ氏の犯罪』はルイス・キャロルの影響を受けていたときに
書かれました」と語っている6)。しかし、それにもかかわらず、これまで『ふし
ぎの国のアリス』とのかかわりについての研究はあらわれていない。

　ルイス・キャロルの『ふしぎの国のアリス』のワンダーランドでの<あべこ
べ>という状態は、それだけで子どもの心をひきつけ、その不思議さが笑い
を呼ぶものであるらしい。しかし、安部公房の小説は子どものためのファン
タジィーではない。それはあくまでも大人のためのファンタジィーである。
安部公房のワンダーランドは、日常生活の世界と等価値に実在する反世界
であることによって、日常生活における常識ないしは正常とされるものが逆
転されてしまう。それはまた、あたりまえと思われていた意味の世界が相対

　　す」(九頁)「名刺だつてぼくの一種であることには変りないのです」(一二頁)がある。
5)　新村出編『広辞苑』第四版(岩波書店、一九九二)。
6)　安部公房・ナンシー・Ｓ・ハーデイン「安部公房対話」(『ユリイカ・特集安部公
　　房—日常のなかの超現実—』一九九四年八月)。

化され無化されてしまうことでもある。このような<あべこべ>の世界にひそむ破壊性が、肯定的にはたらくならば、小説のなかの主人公たちの心を解放させるけれども、しかし否定的にはたらくとき、かれらを疎外していくことになる。このような解放をもたらすとともに疎外を招くという事態は、つねに日常の世界の抑圧への反応として現れるのであろう。というのも、解放と疎外が、つねに抑圧の反作用・反発として生まれるからであって、反世界の構造そのものに解放と疎外が両義的に内在化されることになる。

　しかし、『壁－Ｓ・カルマ氏の犯罪』は、ルイス・キャロルの模倣ではない。ルイス・キャロルによって創造された鏡像の世界のワンダーランドは、安部公房にとりこまれたとき、すでに安部公房の固有のモチーフによって浸食を受けることになる。すなわち、『壁－Ｓ・カルマ氏の犯罪』における主人公は、自分の名前を喪失すると同時に、「もう一人のぼく」という<裏側>の鏡像世界にあるべき存在があらわれて主人公にとって代わってしまう。そのために、実存そのものになった主人公は、現実世界では生きていくことができず、世界の果まで逃走する。それは現実からの解放、あるいは疎外ということの映像なのであろうか。そして世界の果てにおいて、成長してゆく壁に変身してしまう。つまり鏡面をはさんで実在する世界と反世界のモチーフは、変身というモチーフの侵入によって浸食され、それが作品の主題を難解なものにさせている。

　したがって、『壁－Ｓ・カルマ氏の犯罪』の世界を読み解くためには、<あべこべ>という鏡像による世界と反世界というルイス・キャロル的世界ビジョンをとらえていくとともに、そのビジョンを絶えず浸食し、破壊しようとする変身モチーフの意味と機能を考え合わせねばならない。いわばその両者の関数を解読することが、要求されているといってよかろう。

2. a：ā —鏡面をはさむ写像と被写像　その1

『壁－S・カルマ氏の犯罪』では、その名前を鏡面として二つの相反する
世界、すなわち被写像　としての措定と、鏡面のなかの写像という反措定が
存在する。たとえば、S・カルマ氏と名刺S・カルマ氏、タイピストY子と
マネキンY子、それに、正確にその名前によって相反しているわけではない
が(田舎にいるパパは名前がないから)、田舎にいるパパと都市主義者のユル
バン教授パパもその例に数えてよかろう。これらの措定された人物と反措定
された人物の相反性をまずとらえていくことにする。

　まず、「S・カルマ氏」と「名刺S・カルマ氏」の関係。主人公S・カルマ氏
はある都市のアパートで一人暮らしをする平凡なサラリーマンである。カル
マ氏はN火災保険会社の資料課で働いている。ところがある日、変な感じ
が胸のあたりにしてくるや、ふっと「自分の名前がどうしても想出せな」くな
り、それと同時に「胸がからつぽ」になってくる。

①ぼくは自分の名前がどうしても想出せないでゐるのでした。(中略)おも
むろに名刺入を取出しました。ところがあいにくなことに名刺は一枚も
入つてゐないのでした。裏をかへして、身分証明書を見てみました。す
ると妙なことに、名前の部分だけが消えてしまつてゐるのです。(三
四～三五頁)
②ぼくの心は体より十メートルほど先を歩いてゐたので、もうその椅子に
腰を下ろしてほつとしてゐたのですが、ぼくの体のほうは丁度ドアのと
ころで急にわけの分からぬ変な気分に襲はれ立止まつてしまひました。
驚いたことに、ぼくの椅子にはもうちやんと別なぼくが掛けてゐたので
す。心が見えるはずはありません。幻覚だと思ひました。しかし心もあ
わてて引返してきて、それが幻覚ではないことが分かると、(中略)その
瞬間、ぼくはもう一人のぼくの正態を見破つてしまつたのです。それは
ぼくの名刺でした。(三六頁)
③名刺は書類をそのY子に手渡し、なにやら耳打して、決然と椅子から

立上りました。と言つてもなにしろ名刺のことですから、ぼくから見れば床にすべり落ちたやうなものでした。(中略)名刺の正態を見破らないのも奇妙だが、ぼくを識別しないのも奇妙だと思ひました。

(三六〜三七頁)

(なお①②③の記号は行論の便宜のために引用者が付したもの)

　①②③の言説にみられる異常な過程は、カルマ氏が、自分の名前を奪われて、「心と体」しかもたなくなる「Ｓ・カルマ氏」と名前だけの名刺「Ｓ・カルマ氏」とが分離されていく過程が精緻にたどられていく叙述部分である。

　ここではまず、「Ｓ・カルマ」という名前に注目したい。カルマ氏は「胸がからっぽ」になってしまった理由を診察してもらおうと病院へ行くが、受付の窓口で名前をたずねられるととっさのこととて、自分の名前を「アクマ」と答えてしまう。「アクマ」は「カルマ」と語感が似ている印象があるが、「アクマ」はやはり「悪魔」に連想が結びつく。ところで「カルマ」というのは、サンスクリット語で「Karman(業)」。もともとそれは行為、広くは所作や動作、もののはたらきを指すが、仏典では、過現未三世に薫習として伝えられる意志による心身の活動という意味となる[7]。このように過現未三世に影響を与えるために、「カルマ(業)」の意味の中に、善か悪か無己(非善非悪)といった倫理的価値判断が内包されることになる。すなわち「カルマ」には必然的に善悪の価値判断が結びついている。そうとすれば、暗示的なのが「Ｓ」という頭文字であろう。それには二通りの意味が考えられる。同じサンスクリット語のサンサーラ(Samsara)と「Sin」、「Satan」である。まずサンサーラ(Samsara)は、輪廻という意で、誕生・死・転生という、とどまることなく円環のなかにある諸個人を含む、この経験世界における存在の流浪を意味している。カルマ(業)との結びつきからすれば、このサンサーラ(輪廻)の意味がふさわしい。つまり、インドの思想におけるサンサーラとカルマの関係

---

7) 岩本裕編『日本仏教語辞典』(平凡社、一九八八)。

は業の輪廻と訳され、カルマによって個人の魂が、この世界のなかに存在しようと執着している結果だと考えられている。仏教思想によれば、このような存在形態そのものが<悪>と規定される。ちなみにいえば、「Sin」は第一(宗教上・道徳上の)罪、罪業。第二(礼儀作法に対する)あやまち、過失、違反。第三、気がきかないこと、ばかなことという意味がある。「Satan」にはいうまでもなく、大悪魔、魔王の意味がある8)。それからすると、「S」と「カルマ」の観念結合が喚起するのはやはり、業の輪廻であろう。とすれば、それ自体が<悪>の存在形態ということになる。すなわち、主人公「S・カルマ氏」は悪の表象ということになろう。

　主人公と悪との結びつきで想起されるのが、最初の変身譚である『デンドロカカリヤ』だ。『デンドロカカリヤ』は主人公コモン君が「デンドロカカリヤ」という植物に変身してしまう話である。第一章ですでに考察したように、「デンドロカカリヤ」とは、その「デンドロ(dendro)」が「dendr;tree」で植物・樹木の意を、また「カカリヤ(cacalia)」が「kakos(悪)＋lian(甚だ)」の意で、つまり合わせて「極悪の植物」ということになるから、コモン君が「デンドロカカリヤ」に変身させられるということは、悪そのものがかれの実存としてむき出しになるということである。このような悪の実存という考えは、この作品においても主題にかかわるかのようにみえる。すなわち「S・カルマ」氏が、「S・カルマ」という名前を喪失することによって「心と体」と「名前」が分離していく。悪なる実存のテーマ性がこの作品をもつらぬいているとすれば、それはこのようなモチーフとどのように結びつくのだろうか。

　「名前の喪失」という点に着眼して、松原新一氏は、この作品における作者のねらいが「存在感の回復」にあると指摘している9)。氏によれば、安部公房は習慣のなかに埋もれてしまっているわれわれの「生存の持続」を鋭く突

---

8)　注7引用書と、松田徳一郎監修『リーダーズ英和辞典』(研究社、一九九二)。
9)　松原新一「小説家としての安部公房」(『国文学解釈と鑑賞』四四五、一九七一年一月)。

き、真に生き生きとした「存在感」を一人一人がとりもどさねばならないと
するところに、その意図があるという。また田中裕之氏は、名前の喪失は
「既成秩序からの脱落」を意味するとみている10)。人間が「名前を失う」とい
う状況設定によって、日常から断ち切られることはいうまでもあるまい。
「名前」というのは、「他人」と区別するために用いられる記号(固有名詞)で
あり、社会において個別化を担う標識である。しかし、はたしてそれだけで
あろうか。この作品のなかで主人公が名前を失うという状況は、単なる機
能としての記号の喪失にとどまらない。安部公房にとっては、「S・カルマ」
という名前はまさに悪の実存性を表象するものであるところからすれば、
「存在感の回復」とか「既成秩序からの脱落」ということだけでは解釈しえな
いのではなかろうか。

　②の言説でわかるように、S・カルマ氏の「心と体」と、その名前にすぎな
い「名刺」との間に分離が起こる。「名刺」は「おれは敵から名前を奪ひ、敵
は名前を失った」と豪語し、みずから「S・カルマ(悪)」そのものになる。この
特異な分身モチーフには、その根底に人間の実存の問題が秘められてい
る。つまり、この「名刺」の豪語には、安部公房にとっての実存と悪の関係
性が、鋭利なかたちで突出しているといってよかろう。

　「名刺」の言葉は、まるでその身体性に対して戦いをいどんだ戦士の鬨ど
きに似ている。どうしても身体性から分離、独立した喜びの歓声とは思え
ない。安部公房は「敵から名前を奪」ったというところに、実存の分裂を暗
示させたのではなかろうか。つまりかれにとっての実存とは、たんに身体論
のレベルにとどまるのではなく、身体に付着する従属物—名前もその一つ
だが—である名前という記号を媒介にして外部の社会性をとりこんだとこ
ろに求められているのではなかろうか。「心と体」と「名刺」の対決は決して実
存と社会性の対決といったような公式で割り切れるものではない。実存と

---

10)　田中裕之「『S・カルマ氏の犯罪』論－作家誕生の物語」(『近代文学試論』二八、
　　一九九〇年一二月)。

社会性というのは一つの人間存在の両面であった。むしろ問題は、現実の都市社会にとってＳ・カルマ氏の「心と体」が必要なのか、それとも「名刺」に意味があるのか、ということであった。

　「心と体」と「名刺」との対決は、Ｓ・カルマ氏が事務所に来てから始まる。

　　④一体君はここに何しにやつてきたんだ。最初からここはぼく(名刺—引用者注)の領分だ。君なんかの出しやばる場所ぢやない。(三七頁)
　　⑤「起きろ、起きろ、みんな起きろ。革命だぞ！」するとそれに応へて驚くべきことが起こつたのです。脱ぎすててあつた上衣がするすると生物のやうに立上りました。ついでズボンが立上りました。(五八頁)

　④の言説においては、名刺こそが現実の都市社会に認知され、かつ機能する存在であり、それゆえに社会において「Ｓ・カルマ」という記号(名刺)だけで十分だと名刺カルマ氏は宣言する。とすれば、名前を失った身体論的レベルのカルマ氏は社会にとってなんの意味も、また占めるべき位置ももたない。

　こうして⑤にみえるように、名刺をはじめ、上衣、ズボン、クツ、ネクタイ、メガネといったカルマ氏の身のまわりのもののすべてが、突如、人間のように動きまわり、しゃべりはじめる。そして名刺が口にするキャッチフレーズは「死んだ有機物から生きてゐる無機物へ！」(四二頁)である。この「死んだ有機物」と「生きてゐる無機物」という二項対立は、渡辺広士氏による安部公房の発想三原則から言えば、「一、動物・植物・鉱物を人間と同列に置くこと。このことから、人間と動物・植物・鉱物を互いに交換したり、人間をそれらに変形させたりという発想[11]」にあたるものであろう。しかしそのキャッチフレーズは、単なる現象としてとらえられるような対立で

---

11) 渡辺広士「゛コンミューン゛イスト安部公房─『デンドロカカリヤ』以後」(『安部公房』審美社、一九七六年)六九頁。

はないことに注目しなければならない。あくまでも「死んだ」有機物であり、「生きてゐる」無機物なのである。無機物には本来「生きてゐる」という属性はない。ここにおいて読者には思考の逆転が要請される。

　「死んだ有機物から生きてゐる無機物へ！」というキャッチフレーズによって標榜されているのは現実が裏返される＜あべこべ＞の世界なのだ。現実に存在していた身体論的レベルのS・カルマ氏が名前を思い出せなくなってしまうや、かれの標識にしかすぎなかった名刺をはじめとする身体の付属品が「生物のやうに立上」る。われわれは、人間にとって「心と身」が主体であり、名刺とか上衣、ズボン、クツ、ネクタイ、メガネなどは、それに奉仕する従属物、付属品にすぎないと信じこんでいる。でも、はたしてそうであろうか。ルカーチによれば、近現代世界は労働によって、自我と世界とが分裂しているとされる。近代世界にあっては人と物の世界に分裂が起こり、物象化が進んでいく。こうして人と物との関係が分裂するとともに、人と人との関係が物と物との関係に置き換えられていくのである。安部公房の＜あべこべ＞の世界は、近現代の物象化現象が極度に押し進められていく社会状況に対するアイロニカルな戯画であったとみてよかろう。逆転はこうして起こったのだ。

　身体論的レベルのS・カルマ氏の存在が現実社会においてなんらの役割も意味も見出されなくなったとき、かれに代わって、それまではS・カルマ氏の付属品という＜物＞にすぎなかった名刺カルマ氏が「立上り」、「革命」を呼号する。それは、今まで人間の＜物＞にすぎなかった自分たちが身体論的レベルのカルマ氏から主体性を奪うことで、かれを打倒し、その現実性を剥奪して、逆にかれらを＜物＞に従属化させることをめざしたものであった。

　このように、人と＜物＞の逆転が形象化されてみると、あらためて悪なる実存という安部公房にとっての主題が問われてくる。ルカーチは物象化されていく世界をキリスト教的価値観から「完全な罪業の世界」と批判してもいた12)。このルカーチ的価値観からすれば、身体論的レベルのS・カルマ氏

<人>と名刺カルマ氏<物>の分裂は、分裂自体が「罪業」であるということになる。名刺カルマ氏は「おれは敵から名前を奪ひ、敵は名前を失つた」と叫んだとき、みずから「S・カルマ（悪）」そのものになった。すると、この社会には名刺カルマ氏が実存するということになるのだろうか。その場合、身体論的レベルのS・カルマ氏は、悪なる実存を脱却して、自由を獲得したといってよいのだろうか。分裂そのものに「罪業」をとらえるルカーチ的価値観からみれば、<人>と<物>いずれにも「罪業」があるというべきだろう。現代の都市社会に住む限り、悪からの自由などはありえない。

　名前を失って「死んだ有機物」と化したS・カルマ氏といえども、分裂したという「罪業」はまぬがれまい。たとえ名前を失って身体論的レベルの存在に化したとはいえ、かれはこの都市社会に存在する限り、悪なる実存そのものなのである。それゆえに世界の果てへの逃走というモチーフが重要になってくる。

3．a：ā─鏡面をはさむ写像と被写像　その2

　タイピストY子とマネキンY子の関係。タイピストのY子はカルマ氏の事務室で働いている。彼女は、カルマ氏が動物園でラクダ窃盗の現行犯として捕らえられて裁判にかけられると、第五の証人として、カルマ氏とは夕方までずっと一緒だったから無罪だとすすんで証言する。しかし裁判はタイピストY子の思うようには運ばない。納得のゆかない裁判の進行を傍聴していたY子は、この裁判を馬鹿気たものだと思い、カルマ氏と逃げ出す。逃走のモチーフが分身のモチーフにからんでくるきっかけである。けれどもカルマ氏は、自分に好意を寄せるY子を自分の胸の空虚感を埋める手段とし

12）　G．ルカーチ著伊東・小森共訳『リアリズム論』（理論社、一九五〇）。

て、胸に吸い込もうとはしない。というのは、「あんな曠野にＹ子ひとりでどうやつて暮せるでせう。たとひ毎日食糧を吸収してやつたにしても、人間は食糧だけで暮すわけには行かないのです」(五七)と思い悩むからである。

Ｙ子に恋しはじめていたカルマ氏は翌日動物園で会う約束をして彼女と別れた。次の日の夕方、カルマ氏が約束の時間に遅れて動物園に行ってみると、なんと、Ｙ子は名刺Ｓ・カルマ氏とデートしているのではないか。そこで名前を失ったカルマ氏が覗いていると、Ｙ子のほうが懸命にはたらいている人間のことを「人間あひる」だと嘲笑している。よく見ると、そのＹ子はタイピストのＹ子ではなく、マネキン人形のＹ子であった。Ｙ子も二つに分離していたのだ。

カルマ氏を日常生活に結びつける唯一の手掛かりはＹ子であった。Ｙ子は「他人」という人間連帯の亀裂から、逆に人間的な手をカルマ氏に向かってさしのべていた。人間ではない「マネキン人形」のＹ子がカルマ氏に人間的な手をさしのべるというパラドックスに安部公房のシニシズムを読みとってよかろう。

しかし、タイピストＹ子とマネキン人形のＹ子の関係は、カルマ氏と名刺カルマ氏とは違って、写像と被写像が分離されたまま対立するのではなく、時として合体することもある。

　　　タイピストのＹ子とマネキン人形のＹ子とを左右半分づつくつつけ合はせて割いてありました。一方は淋しげに、一方はたのしげに微笑してゐました。(七九頁)

「タイピストＹ子」と「マネキン人形のＹ子」という分身はどちらも、女らしさという受動性と服従性を象徴するイメージをもっている。しかし、マネキンというのは人間とそっくりの姿をしていながら、自分の意志によって行動することができない。マネキン人形は<ひとがた>としてつねに人間的意

味を主張したがっているようにみえる。そのために物象化されて動き出した
わけだが、ただそうしたところでマネキンとしての本性を捨て切ることはで
きないでいる。この仕掛けにも安部公房のシニシズムが読みとれる。かれは
マネキン人形のなかに女性の面影を見ているのでは決してない。それとは
まったく逆に、女性のなかにマネキン人形の面影を見ているのである。もし
女性らしさということが主体性のないという意味であるならば……。

　名前のないカルマ氏の眼には、マネキン人形のＹ子が人間のＹ子にみえ
たりして、どっちがどっちだかわからなくなる。そこで「Ｙ子＝Ｙ子・Ｙ子
−Ｙ子＝0。Ｙ子＋Ｙ子＝2Ｙ子・Ｙ子×Ｙ子＝?…」というような「未知
数と既知数とがごっちゃになって、ぼくの頭の方程式はよけい混乱してしま
う」(五六)のである。このようなＹ子の像は、時に分離したり合体したりし
ながら、対称化されてもよい性格をあらわしていく。

　　　　　マネキン人形のほうは半分は、面白さうににこにこして、解剖刀
　　　が下りるあたりを見詰めてゐました。本物のほうの半分は、泪をいつぱ
　　　いたたへ、悲しげに、彼の目に見入つてゐるのでした。(八三頁)

　このように、一つの文字(イニシアル)をもつ写像と被写像の女性に二つの
対称的なイメージがみられるということからいえば、それは女性のうちなる
Yin(陰)とYang(陽)の対立であろうか。

　　＜陰＞：タイピストＹ子、淋しげ、悲しげ、暗い

　　＜陽＞：マネキン人形のＹ子、楽しげ、面白そう、明るい

　　＜陰＞と＜陽＞は一つの現象の構成要素として、それぞれに独立していな
がらまた一方で、互いに循環するという運動法則によって相互に転化して
いく。たとえば、陰から陽へ、陽から陰へ、そして陰の中の陽、陽の中の陰
というありようとしてである。このようなきわめて東洋的な陰陽二元論が女
性性に重ね合わされることで、Ｙ子は時には陰であり陽であるというように

分離したり合体したりするのである。

　「田舎」のパパと「都市」主義者ユルバン教授のパパの関係。カルマ氏の家族としては唯一人パパが登場する。が、パパという人物にも写像と被写像がある。一人は「田舎にいるはずのパパ」であり、もう一人は「ユルバン教授と自称するパパ」である。後者のパパはユルバンという名前がユルバニスト（都市主義者）に由来することからみて、＜都市＞そのものの象徴であろう。パパの造形に＜田舎＞と＜都市＞の対立をみようとするのは、現代都市の物象化現象という危機的状況を＜田舎＞という言葉がイメージする自然的共同体からの大きな断絶としてとらえようとするからであろう。

　最初にパパが登場するのは、カルマ氏が裁判から逃げ出した翌日である。しかしパパは、名前を失ったカルマ氏に父親らしい態度は何一つ見せず、カルマ氏の前からできるだけ早く立ち去ろうとしている「贋物パパ」としてであった。次にカルマ氏の前にパパが現れるのは、カルマ氏の胸の中で成長し続けている壁を調べるために結成された≪成長する壁調査団≫の副団長としてであった。副団長はユルバン教授と名乗るけれども、確かにＳ・カルマ氏のパパであった。

　　　　　　　次に入つて来た、やはり巨大な砥石を大事さうに捧げもつてゐる
　　　　　男は……、「パパ！」と彼（カルマ氏—引用者注）は思はず叫んでゐました。
　　　　　それはたしかにパパでした。するとパパは恐ろしい顔で彼をにらみ、「パ
　　　　　パぢやない。公私を混同してはいけない。私は副団長のユルバン教授、
　　　　　生粋の都市主義者です」（八二頁）

　＜都市＞のパパであるユルバン教授は、カルマ氏の胸中の壁を調査するためにカルマ氏の胸を切り裂こうとする。しかしその時は、タイピストＹ子とマネキン人形のＹ子がカルマ氏にそれと気づかせようとして、とっさに歌を歌いはじめたので、カルマ氏はかろうじてメスの下から逃れることができ、

調査は失敗する。そこでユルバン教授は、今度は一頭のラクダを取り寄せ、ラクダとともに彼の胸の中に入ろうとする。

> ユルバン教授もろともラクダは見る見るうちに縮小してゆきました。(中略)ラクダは彼(カルマ氏—引用者注)の眼の中に入りこんでゐるのでした。(八七頁)

けれども、カルマ氏が泣き出してしまったために大洪水となって、ユルバン教授は命からがらカルマ氏の肉体から逃げ出す。このプロットは『ふしぎの国のアリス』の「涙の池」と類似している。一〇インチほど小さくなったアリスは、今度はあまりにも大きくなって天井に頭がぶつかってしまって、悲しくなって大粒の涙を流しながら泣き続けているうちに、まわりに涙の池ができてしまった。いつのまにか体が小さくなっていたアリスは足をすべらせて、涙の池へ落ちてしまって、やっと動物たちと一緒に陸に上がった。

　<田舎>のパパのほうは、なんとか理由をつけて息子カルマ氏を受け入れようとはしない。そのために、<都市>の物象化現象の犠牲者であり、まるで脱け殻にすぎないようなS・カルマ氏は、もはや<田舎>という自然共同体からも疎外される存在でしかなかった。そしてまた皮肉なことに、<都市>のかたちで現れるユルバニストのパパにとっても、息子は<都市>の物象化現象の犠牲者にすぎなかった。父親であるよりも「教授」たる者の使命は物象化の犠牲者を解剖することで、その原因を究明しなければならないということである。このようにみてくるとき、カルマ氏と二人の父親の関係には二つの社会的意味が暗示されている。すなわち、一つは父子の絆の崩壊であり、そしていま一つは、いうまでもなく身体論的レベルのS・カルマ氏がもはや<都市>と<田舎>のいずれの共同体からも拒否され疎外されてしまったということである。

　都市がもたらす典型的な悲劇は自然的地域共同体との断絶であり、家族

関係の崩壊であった。都市というものは人工の所産であって、当然のこととして、自然からの分離を意味する。都市のイメージは、たとえば、思い上がり(バベル)、腐敗(バビロン)、堕落(ソドムとコモラ)、権力(ローマ)、そして破滅(トロイ)などからうかがえるように、常に比喩としての力を保ってきた[13]。したがって都市住民は、いわばそれらの比喩として都市を経験する。カルマ氏は都市のなかに暮らすうちに、自分の役割と意味を見出せなくなって自分の名前を失ってしまう。それは巨大な都市に住む者の孤独と不安に深く結びついていよう。巨大な都市の成長がいやおうなく個人に負課するものは、小さな自然的地域共同体の社会のなかで確固として占めていた自己の位置や役割をぼやけさせ、ついには失わせることで、存在することの意味を奪い去ってしまう孤独と不安であった。カルマ氏が名前を失うということはまさに都市住民ゆえの受難であった。

4. 「世界の果」への逃走と「壁」への変身

　カルマ氏の胸のなかにひろがる「曠野」とは、都市に住んでいたかれが自分の名前を失うとき、その空白のなかに侵入してくる孤独と不安の寓喩であった。それゆえカルマ氏にとっての逃走というモチーフには、少なくとも二つの意味が読みとれる。一つは、その逃走が都市による疎外によってもたらされたものなのか、それとも都市の孤独と不安からの脱出(自由)なのか、ということである。しかし、かれの逃走は<都市>と補完的な<田舎>に向かおうとはしない。というのは、「田舎のパパ」の言動からみて、パパはカルマ氏がそこへ逃避してくることを拒否していたからである。

---

13) バートン・パイク著、松村昌家訳『近代文学と都市』(研究社出版、一九八七年)一四頁。

　その意味で、かれの逃走は、限界状況において決行されたといってよかろう。ただその限界状況における逃走ということになると、見のがしてはならないいま一つの主題があらわれる。悪なる実存からの逃走という主題である。すでにふれたように、「名刺」はみずから「Ｓ・カルマ(＝業の輪廻、悪)」そのものであることを宣言した。身体論的レベルのカルマ氏にとって、そのチャンスを逃がしてはならない。悪なる実存からの脱却としての逃走のきっかけをつかんだことになる。そしてその結果はどうなるのだろうか。

　　　見渡すかぎりの曠野です。
　　　その中でぼくは静かに果てしなく成長してゆく壁なのです。(八八頁)

　『壁－Ｓ・カルマ氏の犯罪』はこのように終わる。この最終の場面をめぐって林晃平氏は、「≪ぼく≫が混沌(曠野)の中に新しい秩序形成者としての地位を確立した[14]」と解釈し、石原千秋氏は「ぼくは、地平線(＝無限大)のような『壁』に変身することで、名づけられる前の世界と名づける行為そのものとを＜父＞の手から奪い返し、ぼく自身の、反転し世界に開かれた＜自意識＞へと限りなく近づきつつあるのだ[15]」と解読している。また、田中裕之氏も同じように解釈しているようで、やはり「≪世界の果て≫の≪曠野≫でもある≪真の世界の果て≫の中で、新しい言葉そのもの、すなわち新しい価値・概念そのものとなり、新たな秩序を生み出していく[16]」こととみている。以上の諸氏の見解は、カルマ氏が「世界の果」まで逃走して「壁」に変身してしまうというプロットに、「Ｓ・カルマ(＝悪)」という意味作用よりも、「変身」そのものの意味をとらえようとするものであった。

---

14) 林晃平「『壁－Ｓ・カルマ氏の犯罪』の構造」(『日本文学論究』三九冊、一九七九年七月)。
15) 石原千秋「安部公房壁－Ｓ・カルマ氏の犯罪」(『国文学解釈と教材の研究』三三四、一九八八年三月)。
16) 田中裕之「『Ｓ・カルマ氏の犯罪』論－作家誕生の物語」。

　カルマ氏が裁判所から下された死刑宣告を逃れる方法は、二つがある。一つは、名前を取り戻すことであり、もう一つは映写室における「旅への誘い！世界の果に関する講演と映畫の夕べ」により、「世界の果」へ逃走することである。そこで、カルマ氏は「Ｓ・カルマ」という名前を求めることなしに、逃走というかたちをとって「世界の果」へと出発しようとする。映写室で上映された「世界の果」は、カルマ氏が胸のなかに持ち続けている「曠野」の風景と重なったからである。「世界の果」はカルマ氏が生存できる、ただ一つの残された場所であるが、そこは名前も職場も家族も恋人も、それらすべてを遠ざけ、捨てきった極限であった。

①地球がまるくなつたので、世界の果は四方八方から追ひつめられ、そのあげくほとんど一点に凝縮してしまつたのですね。（中略）世界の果とは、自分の部屋だといふ話なんですから。（七五～七六頁）
②世界の果への出発が壁の凝視にはじまることには変りないといふこと、そして旅行くものはその道程を壁の中に発見しなければならぬといふこと……。（七六頁）

　つまるところ、「世界の果」は「曠野」の絵と一致するのだから、自分の身近な「部屋」を求めて旅に出発することでもある。しかし同時に、この「部屋」は、「自由をうばはれた」「独房の孤独」を味わわねばならない場所でもある。すなわち、限界状況そのものなのだ。カルマ氏はその部屋の「壁」を吸い込んでしまうことで、「壁」になっていくのだが、それは次のようにさまざまな顔をもっている。

③時間はただ壁のやうにぼくの行手をふさぐだけです。（四八頁）
④みなさん自身の部屋が世界の果で、壁はそれを限定する地平線にほかならぬ。（七五頁）
⑤壁はもはや慰めなどではなく、耐えがたい重圧でした。それは人間を守

　つてくれる自由の壁ではなく、刑務所から延長された束縛の壁でした。

（七九頁）

　③と④にみられる「壁」は、あとでふれるヤスパースの寓喩と同じく、限界
状況をイメージ化している。しかし⑤の言説には、同じ限界状況の寓喩な
がら、③④とは異なる二つの「壁」がみえる。すなわち、「自由の壁」と「束縛
の壁」、または「慰め」と「重圧」の壁である。この⑤の言説をまずてがかりに
すれば、このような対立は、みずからすすんで、または他者に強制されるこ
とによって、日常から離脱あるいは疎外された自己が日常の人間的連帯と
対立することであろう。それはまた、非人間的状況に束縛されている自己
の葛藤の劇化だといえる。ここに実存哲学の側面をみることができる。

　実存哲学では、人間が追い詰められたぎりぎりの状況を「壁」という。特
に、ヤスパースはこのような状況を「限界状況」と名づけ、そしてそれを体系
的に三つの異なった範疇に区分している17)。そのなかの第一の限界状況の
みに言及すれば、＜私＞があらゆる可能性の全体として一般的に存在するの
ではなく、現存在として常にある特定の状況の中に限界づけられてあると
いうことだという。人間がこのような限界状況に直面して受ける、自己の
挫折をいかに克服するかということは、その人間がいかなるものとなるかと
いうことを決定するものである。そこで、限界状況に直面したとき、一般に
それに対応するために二種類の行動が可能であるとされる。第一には、限
界状況を察知することができないか、あるいは故意にそれ回避したりするこ

---

17)　続いて、第二の限界状況は、死、苦悩、闘争、負い目などのように、だれもが
　　その都度の特殊な歴史性のうちにおいて、一般的な状況として出会う限界状況
　　である。また第三の限界状況は、以上の二種の限界状況を経験したうえに、現
　　存在一般が限界状況として捉えられ、そのような状況において、世界内存在と
　　しての＜私＞の存在に疑問符が付けられるような限界状況である。そのような状
　　況は、一切の世界内存在を絶対的な歴史の推移において生滅流転する無常の
　　存在としてみるところの実存的意識にほかならない。松良信三郎・飯島宗享編
　　『実存主義辞典』(東京堂出版、一九八八)。

とである。第二には、正面から限界状況を自己に引き受けて、一旦は絶望に陥るが、やがて回生していくことをとおして、限界状況を超克しようと努めることである。第一の場合には、われわれは自己の存在を喪失する。第二の場合には、自己の弱さと無力を認めて限界状況を素直に受け入れることである。けれども、カルマ氏はどちらにも属さない、まったく別なものに変身する。

　安部公房はエッセイ「Ｓ・カルマ氏の素姓」のなかで、主人公のカルマ氏について「一種の実存主義者」として語っている[18]。名前を奪われたあげく、現実世界から疎外され(あるいは脱出して)砂漠の曠野に旅立つ。カルマ氏にとって世界の果で成長していく「壁」とはいうまでもなく、都市のみならず、田舎からも疎外された限界状況そのものだった。カルマ氏は自分が置かれた状況を認識し自分の名前を取り戻そうとしたが、結局、それを断念して「壁」そのものになる。

　人間が壁とか、石とかのような、無生物に変身させられる話は、西欧古典文学オヴィデイウスの『変身物語[19]』が代表的作品としてあげられる。そのなかでは、動・植物ないし無生物に化せられるという神話が多く収められている。たとえば、ニオベはタンタロスの娘で男女六人ずつの子どもをもっていた。ある時、ニオベはレトがわずかにアポロンとアルテミスの二人しか子どもがないのに対して、自分には多くの子どもがあるのを自慢した。これを耳にしたレトの子二人は大いに怒り、アポロンは男の子を、アルテミスは女の子をそれぞれ射殺してしまう。ニオベは子どもらの死を嘆いているうちに、とうとう石になってしまうという神話がある。ここで注目したいのは、ニオベにみられる石への変身である。これは神罰としての石化ではなく、子どもを失った母の深い悲しみが塊となって石になったと解せる。それ

---

18) 『安部公房全集005』(1955.03-1956. 02)、新潮社、一九九七、三四四頁。
19) ギリシア神話を中心に人間がいろいろな動物や植物、無生物に変わる話を二百ばかり集めたものにオヴィデイウスの『変身物語』がある。

ゆえに、その石というのは悲しみの塊である。

　カルマ氏は知らず知らずのうちに名前を奪われて、現実の都市から疎外されていく。その中で「孤独」というものが胸の中に生じる。それは「壁」の成長とともに大きくなっていく。とすれば、「壁」というのは「曠野」と同じく孤独の塊といってよかろう。その「曠野」には、「近づいてみると何かが地面を割つて頭をもたげやうとしてゐるのでした(中略)すると間もなく生えてきたのは植物ではなく、長方形の大きな箱でした。しかしもつとよく見てゐると、それは箱ではなく、壁なのだといふことが分かりました」とあるように、カルマ氏とは別に、すでに「壁」になって成長していくものがある。「壁」になるのは、カルマ氏だけではなく、都市から疎外された人間すべてが「壁」になっているのだ。このいくつもの「壁」は曠野に立って強い風の風化作用によって次第に砂になっていく。その砂がだんだんひろがって砂漠になる。この砂漠化現象は「死んだ有機物から、生きてゐる無機物へ！」という逆転の発想、すなわち＜あべこべ＞の世界のせり出しによるものではないだろうか。こうして、都市の砂漠化はそこに住む都市民を絶望的な限界状況に追いこんでやまない。それはまさに都市の孤独と不安の表象でもあろう。

5. むすび

　『壁－Ｓ・カルマ氏の犯罪』には、分身と変身という二つのモチーフによって、まず＜表＞と＜裏＞、あるいは鏡面をはさむ写像と被写像の二つの対立する世界が構造化されている。しかし世界は重層化しているわけではない。＜表＞の世界は、＜裏＞の世界の「革命」によって現実から疎外されていく運命の内部にある。また鏡は、なんといっても、その幻影的機能によって写像と被写像をとおして、一方では虚構を、もう一方では真実を語る。この二つの対立する＜あべこべ＞の世界は、相互交換といったダイナミックな運動の過程にある。疎外される＜表＞の世界、それに対してせり出してくる＜あべこべ＞の被写像の世界。そのために身体論的レベルのS・カルマ氏は、世界の果に逃走し、みずからの実存の限界状況ゆえに「壁」に変身していく。ただ悪としての実存は、この作品においてもいまだ明確な形象を得ているとはいえず、謎を秘めたままである。ここで垣間見ることができるのは、まず第一に、名刺S・カルマ氏をとおして人間の悪を実存の悪として描こうとしたこと。第二には、ただ単に悪を具体的、象徴的な「名前」として、いわば存在の悪として描いただけでなく、存在の執着ないし渇望として描いたことだ。

　ただそうであるからこそかえって、名前を失ったり、胸の中で壁が成長していったり、マネキン人間の分身ができたりするという奇想天外なモチーフが生まれたのであって、それは、たんに現代の都市社会からの疎外というかたちの変身ではなく、悪なる実存を見つめ続ける安部公房一流の変身のモチーフをそこに認めねばならないことであろう。

第五章

＜変身＞のモチーフをめぐって
―初期短編を中心として―

はじめに

　『デンドロカカリヤ』をはじめとして、安部公房作品『赤い繭』『Ｓ・カルマ氏の犯罪』『棒』『他人の顔』などでは、＜変身[1]＞がモチーフとして多彩に展開され、しかもそれらの多くが作品の主題と結びついている。それもとりわけ、一九五〇年代の初期の短篇小説に圧倒的に多い。これらの作品における＜変身＞の様態は、大きく次のように分けられる。すなわち、①人間が植物に変身する（『デンドロカカリヤ』）、②人間が壁とか棒とかという無生物に変身する（『壁―Ｓ・カルマ氏の犯罪』『棒』など）、③仮面による変身（『他人の顔』）、④超能力を獲得したことによる変身（『飛ぶ男』）などがそれである[2]。このなかの④の＜変身＞を描いた『飛ぶ男』は公房の遺稿作品である。このように俯瞰してみるとき、公房にとって＜変身＞というモチーフは、初期の『デンドロカカリヤ』以来の一貫したモチーフにあることがわかる[3]。

---

1) ここで言う＜変身＞の意味は、人間が心理的・性格的・精神的・思想的などによって変わることではなく、文字どおり、人間がその姿形を変えて、植物・動物、あるいは鉱物などに変身する場合に限ることにする。
2) この以外にも、①人間が次々と液化してしまう（『洪水』一九五〇年一二月）、②壁に変身する（『魔法のチョーク』一九五〇年一二月）、③目だけの透明人間になる（『バベルの塔の狸』一九五一年五月）、④何回も変身を遂げた後に弾になってしまう（『手』一九五一年七月）、⑤本と一体になってしまう（『詩人の生涯』一九五一年一〇月）、⑥魚になる（『水中都市』一九五二年六月）、⑦ロボットに変身する（『Ｒ62号の発明』一九五三年三月）、などが挙げられる。

　これまでの安部公房の<変身>のモチーフに関する研究は、作者の初期創作時代におけるマルクス主義への傾倒、コミュニズムへの接近と実践など、いわば作品の外部に注目して、その意味を探し求められてきた。たとえば、大里恭三郎氏の「安部公房論—変身の悲喜劇—」4)、岡庭昇氏の「変身の論理」5)、早坂智子氏の「安部公房論—メタモルフォシスの世界—」6)、緑川貴子氏の「安部公房の『変身』」7)、小川和美氏の「安部公房文学についての一考察—消失・変身の意味—」8)、北川透氏の「メタファーとしての変身—安部公房『砂の女』まで—」9)などがその代表的なものである。とくに岡庭昇氏は安部公房を日本文学としては稀有なアヴァンギャルドの体現者としてみることで、<変身>のモチーフをその芸術精神の枠内で分析する。北川透氏は、作者の思想の体験的遍歴よりも、作品をひとつのイメージ形式のレトリックとしてとらえる。氏の見解にはうなずける点が多い。が、その<変身>の解釈については、一般論的な<変身>の解釈しかみとめられず、そうであれば、なにも安部公房の<変身>でなくともよいことになる点に不満が残る。

　本章では、いわば作品の外部に目を向けるよりも、よりテキストを忠実に読むことに重点をおきたい。ということで、第一章から第四章まで考察してきたことを含めて、安部公房の<変身>のモチーフのもつ意味をとらえてみたい。

---

3)　大江健三郎氏は「遺稿の方は、(中略)安部さんの出世作『壁』に通じる性質のものだ。出世作から絶筆まで安部さんは見事に一貫しました」と述べている。(『朝日新聞』一九九三年二月一三日)。
4)　大里恭三郎「安部公房論—変身の悲喜劇」(『常葉国文』一巻、一九七六年七月)。
5)　岡庭昇「変身の論理」(『第三文明』一九七七年九月)。
6)　早坂智子「安部公房論—メタモルフォシスの世界」(『日本文学』一七巻、一九八二年二月)。
7)　緑川貴子「安部公房の『変身』」(『日本文学論叢』一〇巻、一九八五年四月)。
8)　小川和美「安部公房文学についての一考察—消失・変身の意味」(『九州大谷国文』一九巻、一九九〇年七月)。
9)　佐藤泰正編『文学における変身』(笠間書院、一九九二年)所収。

　このような方法論に拠ろうとする場合、安部公房の<変身>のモチーフの位相が注意される。そこには大きく三つのパターンが読みとれるからである。第一には、「逃走／定着」といった二項対立の概念でその変身の意味が読みとれるパターンである。それはどういうことかというと、現実の過酷な矛盾に苦しむ主人公がまず現実から「逃走」する。その逃走の果てにかれを支配しようとする者によって<変身>させられ、その従属下に「定着」するというパターンである。第二には、「疎外／消滅」という二項の概念によってとらえられるパターン。これは主人公が、まず既存の秩序から「疎外」され、外部ないし境界をさまよい、その挙句に<変身>が起こる。すると、それまでの自己の存在が「消滅」してしまうというものである。さらに第三の場合として、「所有／存在」という二項の概念でもって解釈されるパターンである。これはまず、どこにも所属ないし所有されていない者が、<変身>することによって第三者(あるいは他者)の「所有」となり、その人物の分身ないし玩具として「存在」するというパターンである。もちろん、この二項の概念(もしくは二項対立の概念)で読みとれる<変身>のモチーフのほかにも、さまざまな位相の変身譚が公房作品にはあり、それらをあらためて分析すれば、以上の三つの位相の変身のモチーフが複数重なりあい絡みあったものにほかならないことが知られよう。

　このように、<変身>のモチーフの三つの位相を全体的に眺めたとき、いかにもそれぞれの位相が自己の固有性を主張しているようにみえ、公房の変身譚がきわめて多様であるといった印象をわたしたちに与えてくれる。しかし、わたしはあえてこのような公房の多様な<変身>のモチーフのうちに、連続と変容をとらえようと思う。

　それではまず、<変身>のモチーフをつらぬく連続とはなにか。それはおそらく、主人公と社会(世界と言ってもよい)との関係において、主人公が主体的に世界にかかわったり、あるいはその世界を秩序づけたりしていくという能動的な態度を示すのではない。むしろ主人公は、反秩序の側に身を寄せるか、あるいは受身的に世界に身を委ねながらも、かれのかかわる最小限度の人間関係において、公房の言葉でいえば「革命」、すなわち関係の変革を求めようとする小市民的な態度をとるか、そのどちらかである。これが初期作品にあらわれる<変身>のモチーフをつらぬく連続性である。

このような連続を母胎として、その表層には変容がみとめらるのだが、それでは変容とはなんであろうか。初期の公房の文学にあっては、都市と曠野、または内と外といった空間概念によって変容していく<変身>のモチーフがそれであろう。そのモチーフがかかえる内包は、都市に住む現代人の実存状況と不安の転化形態といってよい。言い換えれば、初期作品における<変身>のモチーフは、作品のテーマと深くかかわることで変容していくのであって、それはより哲学的な抽象性を帯び、実存主義哲学の命題の映像化というようにもみえる。

このような公房文学の<変身>のモチーフで、なによりわたしの興味を魅くものは、それが作品の主題と深くかかわっていることである。すでにふれたように、その<変身>のモチーフと主題の結びつきは、公房文学に一貫しているが、初期作品ほどその結びつきが単純であるということが持色としてあげられる。したがってそのことは一面において、<変身>のモチーフの分析がそのまま作品の主題論につながるということでもある。わたしが初期作品の<変身>のモチーフに注目する理由のひとつは、ここにある。そのために、公房における初期の重要な変身小説である『デンドロカカリヤ』(一九四九)『赤い繭』(一九五〇)『壁−S・カルマ氏の犯罪』(一九五一)、そして『バベルの塔の狸』(一九五一)の四篇[10]を取り上げて、<変身>のモチーフの機能と意味それに王題との結び付きを考察していきたい。

---

10) ここで引用する四篇のテキストは、それぞれの初出のものを用いることとし、引用の頁数もそれに従う。①『デンドロカカリヤ』(『表現』一九四九年八月)②『赤い繭』(『人間』一九五〇年一二月)③『壁−S・カルマ氏の犯罪』(『近代文学』一九五一年2月)④『バベルの塔の狸』(『人間』一九五一年五月)。

1.「逃走／定着」から「疎外／消滅」へ

1.1 「逃走／定着」の変身モチーフをもつ作品

　安部公房の作品の主人公たちは「この世界」あるいは「この現実11)」の世界がある限り「逃走」を繰り返す存在として登場する。処女作『終りし道の標に』(一九四八年)の主人公にはじまり、初期作品である『壁－Ｓ・カルマ氏の犯罪』、そして中期作品の『砂の女』(一九六二年)の主人公は皆、「この現実」または「この世界」から「逃走」しようとしている者ばかりである。たとえば処女作『終りし道の標に』は、故郷を捨て日本に旅立った主人公の放浪を描いた作品であるが、ここには「故郷を拒みながら故郷につきまとわれている」主人公がいる。「故郷を拒」むというのは「逃走」することであろう。この作品は「旅は終わったところから始めねばならぬ」という有名な句で結ばれているが、ひとたび「逃走」した者は、不安と孤独にさいなまれ、「定着」と「逃走」を繰り返さねばならない。それが「逃走」する者の運命なのである。しかし、このような絶えざる「逃走」は、つねにその彼方に「定着」があこがれとしてあることを見逃すべきではなかろう。「定着」へのあこがれが「逃走」のエネルギーとなっているというアイロニーが、満州体験をもつ公房にとって、現代人の実存状況を認識する原点であった。

　このような「逃走」と「定着」という対立するモチーフは、中期作品の『砂の女』にもみとめられる。主人公は「この現実のうっとうしさ」から「逃走」するために砂丘にやってきた。しかしその砂丘でも、砂丘の部落の現実にとらえられてしまう。砂丘にとらえられるということが、とりもなおさず主人公に「定着」を強いる状況なのである。すると、その状況を認識した主人公は、今度は砂丘の現実から「逃走」しようとする。しかし、『砂の女』の結末に至

---

11)「この世界」(『壁－Ｓ・カルマ氏の犯罪』)、「この現実」(『砂の女』)。

ると、砂丘の部落で新たな希望をみつけた主人公は、すぐにでも「逃走」できる状態におかれることで、かえって自己の生をみつめかえし、「逃走」することをやめて「定着」しようとする。

　以上の二作品では、「逃走／定着」という二項対立のモチーフが変身譚に結びつくことはなく、いわばそのモチーフ自体が筋立を形成している作品といってよかろう。このような二項対立のモチーフが＜変身＞という現象に結びついた作品が、『壁－Ｓ・カルマ氏の犯罪』である。この作品の主人公であるＳ・カルマ氏は、自身の名前を喪失することによって「この世界」にとどまることができず、「世界の果」まで「逃走」しなければならない羽目に陥る。

　　　　「あなたが法廷から逃れるためには、世界の果に行つてしまへばいいのです。」「世界の果に……、」「しつ、小声で！ そう、世界の果に行くのです。あなたは旅にでなければなりません。(中略)現代の流行なんですよ。」(七一頁)

　しかし、その「世界の果」でＳ・カルマ氏の身に何が起こるのか。「壁」への＜変身＞であった。

　　　　彼はすぐに、それが胸の中の曠野で成長してゐる壁のせいだと気づきました。壁が大きくなつて、体の中いつぱいになつてゐるにちがひありませんでした。(中略)やがて、その手足や首もなめし板にはりつけられて兎の皮のやうにひきのばされて、つひには彼の全身が一枚の壁そのものに変形してしまつてゐるのでした。
　　　　見渡すかぎりの曠野です。
　　　　その中でぼくは静かに果てしなく成長してゆく壁なのです。(八八頁)

　「逃走」と「定着」が繰り返されるダイナミズムのうちに現代人の実存状況をとらえようとした処女作や『砂の女』に対して、この作品は、そうした実存状況を「壁」への変身というモチーフで表現しようとしたものである。実存主義の哲学では、人間が追い詰められたぎりぎりの状況を「壁」と呼んでいる。ヤスパースはこのような状況を実存の「限界状況」と名づけていた[12]。「壁」を主題とする変身譚には『魔法のチョーク』(一九五〇年)があるが、この作品の主題を深化させ、公房はのちに『壁－Ｓ・カルマ氏の犯罪』を創作したと考えられる。ただ公房の作品においては、「壁」という言葉とそのモチーフは、全作品の根底に流れるものであったことを指摘しておきたい。そもそも「壁」という漢字それ自体が「逃走」の意味を含んでいるのである。それはどういうことかというと、「壁」は「辟(声符)」＋「土(意符)」の形声文字である。さらに、「辟」とは「辛」＋「卩」＋「口」として、「辛」は針の形象、「卩」はうずくまる人の形、口は針(辛)で切りつけた傷口の形象で、人に刑罰をほどこす形から「罪」するの意を表す。また、「へき」という音からは「風寒を避ける」といった、「避」として解釈されている[13]。このように「壁」という漢字には「罰」とか「罪」、あるいは「逃げる」という意味が含意されている。この「罪」と「逃走」という二つの意味は、安部公房の作品における大きなモチーフの一つなのである。

　『壁－Ｓ・カルマ氏の犯罪』の主人公の名前は、第四章ですでに指摘したように「業の輪廻」、すなわち「悪」という意味の「Ｓ・カルマ」である。「カルマ氏」は、その名前ゆえに窃盗の「罪」を犯したという嫌疑を受け、裁判にかけられてしまう。安部公房はエッセイ「Ｓ・カルマ氏の素性」のなかで、主人公のカルマ氏について「一種の実存主義者」と語っている。確かにＳ・カルマ氏は、社会内存在としての表象(記号)といってよいその名前を奪われた挙句に、都市から「疎外」され、砂漠の曠野に旅立つ。しかし、曠野においても、おそらくかれの存在の根拠(基盤)はなかろう。都市からも曠野からも「疎外」された「限界状況」において、かれは「壁」そのものとなって「定着」す

---

12) 松浪信三郎・飯島宗享編『実存主義辞典』(東京堂出版、一九六八年)。
13)『広漢和辞典』大修館書店、一九八三。

る。したがって、「壁」としての「定着」こそ現代人の実存状況の寓喩であったわけである。

　『壁―Ｓ・カルマ氏の犯罪』より二年前に発表された『デンドロカカリヤ』では、植物園の園長であるアルピイエは作品の主人公コモン君を<植物化>しようとつきまとうが、コモン君は最初は逃げる。やがて反撃に転じようとしたコモン君は、アルピイエを殺そうと植物園に潜入するが、かえって失敗して「デンドロカカリヤ」に変身させられてしまう。まさに植物への<変身>としての「定着」である。

　　　「絶対にあなたの為です。政府の保証つきですよ。」(中略)眼を閉ぢ、まだ昇つてゐない太陽の方へ静かに両手を差しのべた。たちまちコモン君は消えその後に、菊のやうな葉をつけた、あまり見栄えのしない樹が立つてゐた。(中略)園長は、カードに達筆をふるつたよ。

　　　│ Dendrocacalia crepidifolia │

　　　そして、それを、コモン君の幹に、大きな鋲でしつかりとめたのさ。(一〇〇頁)

　アルピイエがコモン君に「デンドロカカリヤ」と名付けたのは三回目の変身の時である。コモン君はそのコモンの名前が示唆するとおり、特別な存在ではなく、ごく普通の人、極端にいえば、むしろ個別化する必要もない存在である。そのような存在状況は、権力が支配する都市にあっては「疎外」されているといってもよかろう。このような構造からすれば、ある意味で、名もなき大衆はつねに「疎外」された状況に置かれている。コモン君を植物に変身させると、アルピイエ(強奪者)は「デンドロカカリヤ」、すなわち<極悪の植物>と命名する。アルピイエと「デンドロカカリヤ」については第一章で指摘した。その名はコモン君とは違ってきわめて珍しく、その命名によって植物となったコモン君がかえって皮肉にもいちじるしく個別化させられることになる。

　ではなぜ、コモン君はアルピイエにつきまとわれたのか。当時コモン君は、まだありふれた個別化されていない存在だったからこそ、アルピイエの期待する人間の枠の中にはめ込むにふさわしかったのである。コモン君に代表されるような現代人の自己形成とは、ある上位の存在に自己を従属させる作業に還元されると言ってもよかろう。したがって、コモン君からすれば、<植物化>による「定着」は自己形成の欲求のパラドキシカルな実現でもあった。こうして、アルピイエが自己形成を望んで近づいてきたコモン君を巧みに変身させて「デンドロカカリヤ」と名をつけたのだが、アルピイエはそう命名することによって、個別化したコモン君に「悪」の烙印を押しつけ、その市民権を奪うとともに、支配しようとする意図を持つ。コモン君は個別化してもらったばかりに、かえってその存在性を「悪」そのもののなかに投げ込まれることになる。こうして都市という空間において、どこにでもいるようなありふれた人間存在は、つねに善悪の倒錯された衝動につき動かされるといった実存状況の深淵をのぞかせている。

1.2　定着の禁止。または「疎外／消滅」

　人間疎外という社会現象は、安部公房の小説の主要なテーマであり、同時に現代社会を表象する一種の流行語となっている。ただ、社会学上の用語としての「疎外」という言葉は多義的な意味を荷っている。しかしそのなかで、安部公房における「疎外」の文学的な映像化は、いうまでもなく<変身>なのである。そのことについてはすでに前節でも言及したが、ここでは、「逃走／定着」といった二項対立の概念でとらえられる変身のモチーフから「疎外／消滅」といった二項概念のそれへ移行した変身をみていこう。

　この二項の概念でとらえられる変身は、「この現実」から「疎外」される点では前節の変身譚と変わらないが、自己の完全な「消滅」をとおしての変身というプロセスが異なっている。

『赤い繭』の＜おれ＞は「帰る家」を求めて歩きつづける人物として登場する。「帰る家」がない＜おれ＞は、これまでも、そしてこれからも、繰り返し「帰る家」を求めてさまよい歩かねばならない。こうして「この現実」(街・都市)に入り込んでいこうとする＜おれ＞には官憲とおぼしき「彼」という存在によって、たえず街から「疎外」(排除)され続ける。すなわちここでは「定着」が許されないのだ。ある日＜おれ＞が「公園のベンチ」で横になろうとするなり、「彼」がやって来て、

　　　　こら、起きろ。ここはみんなのもので、誰のものでもない。ましてやおまえのものであろうはずがない。さあ、とつとと歩くんだ。それが嫌なら法律の門から地下室に来てもらおう。それ以外のところで足をとめれば、それがどこであろうとそれだけでおまえは罪を犯したことになるのだ。(二九頁)

と警告して立ち去らせようとする。「彼」は法律の執行者として＜おれ＞の前に立ちはだかり、＜おれ＞を街(都市)の内部に「定着」することを阻み、街から追放(疎外)しようとする。その関係性を言い換えれば、＜おれ＞と「彼」は法律が媒介する敵対関係にあるといえよう。神ならぬ法律が都市における他者との関係性を媒介するところに、すでに「疎外」の契機がひそんでいる。＜おれ＞に対する「彼」は街の内部に＜おれ＞をみちびき入れてくれるどころか、最初から＜おれ＞を他所者と規定し、外部に向けて＜おれ＞を「疎外」(排除)しようとする。こうして＜おれ＞は「彼」のちらつかせる法律の恫喝によって街から「疎外」され、**さまよえるユダヤ人**(強調原文－引用者注)のように街の境界線上を流浪せざるをえなくなる。こうした状況から、結局のところ、＜おれ＞は「消滅」して「繭」へと変身する。

> 　　糸はやがておれの全身を袋のように包み込んだが、それでもほぐ
> れるのをやめず、胴から胸へ、胸から肩へと次々にほどけ、ほどけては袋
> を内側から固めた。そして、ついにおれは消滅した。後に大きな空つぽ
> の繭が残つた。(中略)だが、家が出来ても、今度は帰つてゆくおれがい
> ない。繭の中で時がとだえた。(四〇頁)

　これは確かに存在の解体であり、人間を「疎外」して「消滅」させるような都市の秩序や日常性への批判とも読める。そのために、『赤い繭』を秩序への帰属の代償に自己を失う話だととらえる見解もあるが[14]、はたしてそうであろうか。

　すでに第二章で考察したように、「消滅」から＜変身＞までの過程が一種の創造行為のように、実にリアルに映像化されている。この＜変身＞の過程は当然ながら日常的・習慣的な現実世界の外部でおこなわれる。つまり、＜おれ＞は境界的存在として現実世界との関係が失われていく(すなわち「消滅」していく)過程のなかで、現代人に運命づけられている不安な実存状況が生まれる。そのため、現実世界との関係が消滅する代わりに、＜おれ＞が「消滅」して、これもさなぎと成虫の境界的存在形態たる「繭」に＜変身＞していくのである。この＜変身＞は現実世界との関係の「消滅」が＜おれ＞の「消滅」に転化されたところに起こるといってもよかろう。

2.「所有／存在」の概念でとらえられる変身モチーフ

　「所有／存在」という対概念で表されるなかの「所有」という概念は、人間がその物質的、精神的な関係行為をとおして、対象を能動的に、あるいは自己豊饒化的に包摂する営みを意味する。すなわち、認識論的な意味での

---

14) 教科書『新国語Ⅱ』(三省堂、一九九二年)の『指導資料』。

対象の所有、または愛撫による女体の所有とか、滑走による雪原の所有といった『存在と無』に語られるサルトルの所有の概念に近い15)。したがって、「所有／存在」という対概念でとらえられる変身モチーフというのは、もともとは誰からも所有されていないものが形を変えて(つまり変身して)誰かに所有されて存在するというプロセスをたどるものである。

　このような概念であれば、たとえば、第二章で言及した『赤い繭』の変身モチーフも、どこにも帰属していない境界的な存在の<おれ>が「繭」に変身して、「彼」(官憲、あるいは警官)または「彼の息子」の所有物となって存在するとも読める。とすれば、『赤い繭』という作品のモチーフは、「疎外／消滅」というパターンに属するとともに、「所有／存在」のパターンに入るともいえる中間形態(過渡的形態)をとっている。このような<変身>のモチーフは、前節で述べてきたような「逃走／定着」から「疎外／消滅」へという空間(あるいは移動)の概念で包括できるようなものとは異なっている。モチーフの枠組みとなる概念としては大きく変容しているといってもよかろう。

　「所有／存在」の概念でとらえられる<変身>モチーフについては、第三章で指摘したように、<ぼく>と「目だけの透明人間」になった<ぼく>との間には、<影>という媒体が存在することで両者の変換は可能であった。

　　①朝日に長くのびたぼくの影の頭のあたりで、突然その動物が激しい動作をしました。(略)獣は、ぼくの影を咬えて地面からはがしたのでした。(八頁)
　　②ふと上げた目に、奇妙な獣の姿がうつりました。猫にしては毛が深く、犬にしては尾が太く、狐でも狼でも狸でもない、ましてや鼠でも虎でもない、見馴れぬ動物でした。(七頁)
　　③「ぼくは君に養つてもらつたとらぬ狸さ。」と獣は平然と答へました。「影を食べさせてもらつて、やつとぼくも一人前になつたよ。口がきけ

---

15) サルトル著松浪信三郎訳『存在と無(第二分冊)』(人文書院、一九五六)。

るやうになつたし、そら、指がのびて物がつかめる手になつた。(略)ぼくは君の忠実な召使いになるつもりだよ。」(一七頁)

　<影>は人そのものの姿でありながら、手に入れたり触れたりすることのできない現象であるから、ふつうであれば、①のようには地面からはがすことはできない。が、もしも<影>が物象化されるならば、確かに地面からはがすことも、また食べることもできるわけである。

　さらに②でわかるように、その名もわからない「とらぬ狸」は奇妙な獣だし、「見馴れぬ動物」だ。そのことは、言い換えれば、まだ誰にも所有されていないということである。しかし、その動物が③ではみずからを「とらぬ狸」と名乗り、<ぼく>の分身として、または<ぼく>の所有物として登場する。そしてそれからは、この<ぼく>の所有物が<ぼく>の代わりに<ぼく>の身のまわりで起こったことに対して、なんでも答えてくれるようになる。このことは<ぼく>という存在のもつ役割をそのものが所有(分身。もしそうであれば「とらぬ狸」は<ぼく>の分身といってよいかもしれない)していることであろう。

　このようなプロットであれば、どこからか、「見馴れぬ動物」があらわれて<影>を食べてしまうという行為は、<ぼく>の「所有」するものを奪うことで、かえってその見馴れぬ動物が<ぼく>の「所有(固有性)」になるという意味を内包するのであろう。端的にいえば、それは<ぼく>に完全に所有化されるのであって、作品内では「とらぬ狸」は<ぼく>の分身ともいっている。<影>を食べてしまった動物は「とらぬ狸」という名前で<ぼく>の前に現れる。そのことは「とらぬ狸」という<影>が新しいかたちをとって<ぼく>の所有物になることであった。このように考えられるとすれば、<ぼく>の影をくわえて「とらぬ狸」が逃げ去ることで、始めて「存在」と「所有」との確かな分離が起こることになる。

　そのことを説明すれば次のようになろう。すなわち、<ぼく>は<影>を奪

われた結果、目だけの透明人間になったのだが、それでもそこに「存在」して
いる。日本語の「ある」に当たる「有」という漢字はまた「有つ」とも読める。
したがつて、文字のレベルからいえば、「有る」(存在)ということと「有つ」
(所有)ということとがトートロジーとなっている。そのことを換言すれば、
もの自体が存在の世界へとみずからを開くのか、それとも所有の世界へと
みずからを開くのかは認識論的には差異はないということであろう。マルセ
ルは、「身体性は存在と所有の緩衝地帯である」と規定する16)。すると、身
体性の外部に現われ出た現象としての＜影＞も同じことが言えるのであっ
て、＜ぼく＞という「存在」に「所有」されてはいるが、＜影＞は決して＜ぼく＞
と同一ではなく、あくまでも分離した一個の存在ということになろう。『バ
ベルの塔の狸』という作品は、認識論的レベルでの「存在」と「所有」という実
存主義哲学の命題を変身のモチーフによって映像化してみせたといっても
よかろう。

3. 変身モチーフと初期作品のテーマ

　第一節と二節における安部公房の＜変身＞のモチーフを三つの位相から
見たが、ストーリーという側面からいえば、それらは＜植物化＞への「定着」
の変身譚にすぎないし、また、「家」を探しもとめた挙句、結局のところ
「家」ができても今度は帰る＜おれ＞が「消滅」したという悲しい話。同じ変身
モチーフにつらなる同系の作品『S・カルマ氏の犯罪』は「名前」の喪失によっ
て社会から「疎外」され、「壁」に変身させられる話にすぎない。けれども、安
部公房における＜変身＞モチーフの特色は、それが作品のテーマと深くかか
わっていることである。＜変身＞という鮮烈なイメージは不思議なほど現実

---

16) ガブリエル・マルセル者、信太正三訳(代表)『存在と所有・現存と不減』(春秋
　　社、一九七一)。

感を持ってわれわれに迫る。この感動の鮮烈さは、おそらく<変身>という
技法や論理を越えて、作品の主題にかかわっているからである。初期作品
におけるそのテーマを大きく二つに分けてみると、まず一つには都市におけ
る現代人の存在形態としての実存の問題がテーマとしてあげられる。そし
ていま一つは、言葉遊びそのものがテーマとなっていることであろう。言葉
遊びが安部公房にとっていかに重要であったのかということは、公房小説
におけるテーマと深くかかわる。さらに、この問題は、いわば戦後文学にお
ける実存という問題とともに、まさに現代文学のひとつの方向性を示唆し
ているのではなかろうか。

3.1　実存と悪。または実存と罪

　ギリシア語の「悪(kakos)」は、その本来性を欠如したとか、本来性を欠く
がゆえの醜さとかいった意味を有している。その「悪・カコス(kakos)」は『デ
ンドロカカリヤ』のコモン君が変身した「デンドロカカリヤ」のことである。
「デンドロカカリヤ(dendrocacalia)」は「dendro[dendr;tree:植物・樹木]」＋
「cacalia[kakos(悪)+lian(甚だ)]」、つまり<極悪の植物>の意だ[17]。コモン
君ははじめは「デンドロカカリヤ(以下[カコス]と略)」と呼ばれるのを拒否す
る。けれども、「カコス」に変身する時の心の変化をみると、知らず知らずの
うちにそれを受け入れている。最初の変身の時、コモン君は「どこかへ引き
さらわれてゆく感じ」を受けて、心は空っぽになって、深い「堕落感」を感じ
る。それは同時に「心持良い」ものであった。このアンビバレンツな気持ちは
二回目の変身の時にも、不吉な予感に胸がすぼまってゆく一方で、気持ち
のよい「飽和感」に酔うというかたちで現れる。それがさらに進んで、三回目
の変身の時は、急に疲れてしまったけれど、そこに「一種の快感」を感じる

---

17)　豊国秀夫編『植物学ラテン語辞典』(至文堂、一九八七)。

のである。これは「カコス」の誘いに対する心の揺れを表象するものであろう。そのことは変身のプロセスにおける顔の「裏返し」という仕掛けと同じことである。「裏返し」ということはすなわち、善へと向かう本来の衝動よりも、悪(カコス)に強く作用するという不条理の寓喩である。それだからこそ、「裏返し」になった顔は「他人」には「悪」の表象とみえるのである。いうまでもなく、アルピイエの眼にはコモン君が「カコス」にみえる。そこに人間存在の「裏」と「表」、すなわち、善悪の倒錯された衝動という実存の深淵が見透されている。

　そこでコモン君は、自分を「カコス」化して束縛しようとするアルピイエを滅ぼし、「温室の中に閉込められている仲間を救ってやろう」という正義心から、善に向う衝動に燃えて植物園に乗り込んだのだが、その試みは失敗し、逆にアルピイエに説得されてしまう。そして、植物に変身させられるという「病気」はコモン君だけの問題ではなく、人間存在の一般とかようものなのである。とすれば、アルピイエの狙いはコモン君だけではなかった。内なる悪に向う衝動が実はアルピイエのささやきとなっているのだ。

　結局、コモン君は「カコス」を受け入れて植物園の中に閉じ込められることになる。しかし、このコモン君の変身はアルピイエの説得にうながされての他律的な変身ではなく、自分の意志による積極的な変身だった。安部公房の描く実存は悲劇性を帯びている。内部に秘められた悪への衝動があからさまになる、というこの<変身>はきわめて象徴的である。そこに人間の実存がいやおうなしにかかえこむ「悪」の衝動というものを垣間見ることができる。

　ところが、公房作品の連続性において、「カコス」を受け入れたコモン君は次に『赤い繭』で<ユダヤ性>をもつ<おれ>として再生する。この主人公<おれ>が<ユダヤ性>と関連づけられることで、神の恩寵に見放される運命に臨んでいる人間(現代人)の実存の原型をみてみよう。すなわち、人間の存在が神の愛に包まれているとき、人間存在の根拠はつねにその恩寵によって支えられていると認識される。そこに神を媒介とする他者との関係性が倫理として語られてきたのである。だが、その神に見放されたとき、人間はみずからの存在の根拠をみずからにしか求められない状況に追い込まれる。現代の都市における実存状況とは、他者との関係性を媒介してきたこの神の恩寵を喪失してしまい、それによって他者との関係性の回路も断絶してしまったところから始まる。

　『赤い繭』における＜おれ＞と「彼」との関係にしても、＜おれ＞が街に入るためには「彼」の側にある「法（＝秩序）」にしたがわなければならない。しかし、＜他所者＞であるということ自体が法の敵対者としての存在とされる。ただ＜おれ＞にはそれがどうしてなのかはわからない。そして＜おれ＞がみずからをふと「**さまよえるユダヤ人**」（強調原文—引用者注）と自覚したとき、むしろ流浪せざるをえないという存在状況そのものがまさにユダヤ人の流浪とアナロジーされることで、罪を負う存在だと悟らされる。

　第二章ですでに考察したが、＜おれ＞が犯した「罪」とはなにかを問うならば、この＜おれ＞の「罪」というのは、他人（＝彼）のまなざしのもとにおける＜おれ＞の行動として把握されていく。すなわち、＜おれ＞に「罪」があるのは、他者（＝彼）との関係性においてしかみとめることはできない。換言すれば、他者の存在している世界と関係づけられずにいる＜おれ＞という存在それ自体が「罪」を犯しているといわざるをえないのである。

　『壁—Ｓ・カルマ氏の犯罪』に登場する「カルマ（罪業）」氏の悲劇は「カルマ」という名前によって象徴されるように、自己の存在そのものが罪悪なのだというところにある。この作品においても公房に独自な実存哲学がつらぬかれている。この作品では、この「カルマ」という罪悪の名前をめぐって争奪戦が起こる。この戦いに勝った「名刺」が「おれは敵から名前を奪い、敵は名前を失った」と豪語した瞬間、名刺みずからが「カルマ」そのものになって、悪の存在として「この現実」に残るのである。一方、その名前を失うことで、悪なる実存から脱却したカルマ氏はかえって、この現実から疎外される

羽目に陥る。そのため、「世界の果」まで「逃走」するが、現実の境界におい
て「壁」に変身していかざるをえなかった。逃走に象徴される実存主義にお
ける「悪」とは、具体的で現実的、そしてさらには個別的状況のなかで自由
な意志にもとづいて決意・決断することによって、自己自身に到ることか
らの逃避を指してそう名づけられる[18]。すなわち、「逃走」そのものが実存
における「悪」なのである。カルマ氏は自然的地域共同体との断絶、あるい
は家族関係の崩壊をかかえこむ都市に生きるうちに、自己が共同体におい
て果たさねばならない役割と意味を見出せなくなって自分の名前を失って
しまう。

　S・カルマ氏はそのような都市がもたらす典型的な悲劇を生きたといって
もよかろう。巨大な都市の成長がいやおうなく小市民(個人)にもたらしたも
のは、人間関係が濃密な自然的地域共同体や家族のなかで確固として占め
ていた自己の位置や役割をぼやけさせ、ついには失わせることで、そこに存
在することの意味を奪い去ってしまう孤独と不安であった。

　このように、現代の都市社会からの疎外というかたちの<変身>をとおし
て「悪」なる実存を見つめつづけた安部公房一流の変身のモチーフをそこに
認めねばならない。このような<変身>のモチーフと主題のかかわりに公房
の初期小説の本質があったと考えるものである。

3.2　言葉遊び

　『バベルの塔の狸』には、言葉遊びに端を発するさまざまな仕掛けが施さ
れている。そこには、言葉のレベルにとどまらない、言葉の織りなす論理表
現に潜むウィットやトリック、それにシニカルなアイロニーなど、表層と深
層に仕掛けられた遊びが満ちている。思うに、ここにみられるような言語遊

---

18) 河野真「実存における悪」(『人間と悪』以文社、一九八七年、所収)九八頁。

戯には現代文学のひとつの方向性が先駆的に示唆されているとみてよかろう。言語遊戯は、確かに遊びだが、それはまた、既成の秩序や思想のパラダイムを破壊する力を秘めているのであって、現代文学の担い手がその力に魅せられていったことも必然であった。この作品のキーワードとしては言葉と論理をひねった遊びをはじめとして、音遊び・文字遊び・意味遊び・表現遊びなどがあげられる。これらの遊びの例の代表的なものをいくつか取り上げて<変身>のモチーフと関連づけてみてみよう。

『バベルの塔の狸』は、主人公の<ぼく>が「とらぬ狸」に影を奪われて、目だけの透明人間になって、「とらぬ狸」に導かれて<バベルの塔>に入っていくという話である。この<バベルの塔>とは、旧約聖書がすでに象徴化しているように、言語の破壊といった問題をはらんでいる。その塔のなかに棲んで威張っているのはブルトン狸をはじめダンテ狸、フロイド狸、ニイチェ狸など、文学史上あるいは思想史上において著名な人物を自称する狸たちである。さらにこれらの狸たちはひとりひとり自分だけの夢想に取りつかれ、その夢想をとおしてのみ世界を眺めているだけであって、コミュニケーションの喪失というバベル的テーマを象徴している。そこに言葉の詐術(論理)を寓喩する安部公房の痛烈なアイロニーが感じられる。そのために、言葉の遊戯性を武器に、それを破壊せねばならなかったのである。

『バベルの塔の狸』の主人公<ぼく>はいつも公園のベンチで空想しプランを立てることを仕事とする詩人である。そして空想がわくたびにそれを手帳にメモしておくのだが、どれ一つとしてきちんと仕上がったものがない。そこで<ぼく>は手帳のことを「とらぬ狸の皮」と名付けている。これはいうまでもなく諺の「とらぬ狸皮算用」を借用したもので、その意味も諺と変らない。ここでわざわざ手帳に「とらぬ狸の皮」という名をつけたのは、「狸」にその謎を解く鍵が潜んでいるようにみえる。

それでは、なぜ「狸」なのか。まず「狸」という文字から考えることにしよう。「狸」という漢字は必ずしも動物学上のタヌキだけをさしていたものではないらしい。ネコやタタケ・イタチなどとも読まれていた。このタヌキの意の狸は狐と並んで、むかしから人を化かす存在とみなされてきたが、狐のほうは狡猾なそして神霊的存在に近いとされるのに比べて、狸はよりユーモラスな印象があると言われる[19]。

　　　ふと上げた目に、奇妙な獣の姿がうつりました。猫にしては毛が深く、犬としては尾が太く、狐でも狼でも狸でもない、ましてや鼠でも虎でもない、見馴れぬ動物でした。口で説明するよりも、手つとり早く次の絵を見ていただくことにしましよう。(六頁)

「とらぬ狸」というのは「とらともたぬきともとられぬ(ない)たぬき」もしくは「とらとはとられぬ(ない)たぬき」というふうに「音遊び」の感覚から読みとれる。つまり「たぬき」の言葉遊びが作家に「狸」を選びとらせたとみてよかろう。それでは今度は「たぬき」を意味する「狸」という漢字のほうから ではなく、日本語の「タヌキ」という語源を調べてみると、①皮をタヌキ(手貫)に用いることから、あるいは、②人の魂を抜きとると信じられていたためタマヌキ(魂抜)の略と、説明されている[20]。

　とすれば、<ぼく>が影をとられてしまったために「目だけの透明人間」になったのは「タマヌキ」をする「狸」のせいにちがいない。古い日本人の信仰によれば、<影>は<形>と対語となり、<形>が身体であるのに対して、<影>は魂の表象とみなされてきた。そうしてみると、「狸」が<ぼく>の<影>を

---

19) 『国文学』第三九巻一二号(一九九四年一〇月)一三頁。
20) 日本語表現研究会著『語源からわかる言葉の事典』(ＰＨＰ研究所、一九九四)
　　一六六～一六七頁。

とって逃げ去ったというのも、<ぼく>の魂を抜きとって逃げたことになろう。ここから<ぼく>と影との分離が起こり、変身現象があらわれるのである。

　もうひとつこの作品で注意すべきなのは、「口で説明するよりも、手つとり早く次の絵を見ていただくことにしましよう」という一節である。この一節に呼応する挿絵をみると、確かに一匹の動物が描かれている。まさに、言葉の変身とも言える箇所である。読者は本文と連動している挿絵から一瞬のうちにその動物のことを理解する。そしてそこに安部公房の「表現遊び」を垣間見ることもできる。

　　　　　突然とらぬ狸がぼくの背後におどりかかつて、ぼくの頭を壁にたたきつけたのでした。ぽつと紫色の　　　光がさし、
　　「ケッ　　　ケッ　　　ケッ　　　ケッ　　　　ケッ」(中略)
　　ぼくは気を失つてしまいました。
　　　　　　　　　　　☆　　　　　　　　　　　(二四頁)

　すなわち、ここで作品が訴えているのは、<バベルの塔>に入るには、意識を失うことが必要なのだといっていることであろう。そこに作者の痛烈なアイロニーが感じられる。さらに、気を失ってからの状態を記号「☆」として表現している。いわば眼から火といった衝撃を受けた瞬間の記号なのだ。けれども、それが『安部公房全作品』と、『安部公房全集』には「★」となっている21)。また、新潮社の文庫版になると、「＊」に変っている22)。これは編集の際の非常識の代表的なもので、「☆」という記号は本文以上の意味をもっている。また、「ケッ　ケッ　ケッ　ケッ　ケッ」という「文字遊び」は<とらぬ狸>の奇妙な笑い声が、だんだん小さくなっていくのを文字の趣向でとらえている。

---

21)『安部公房全作品』第二巻(新潮社、一九七二年)一〇九頁、『安部公房全集002』(新潮社、一九九七)四七五頁。
22)『壁』(新潮文庫、一九六九)一八八頁。

　以上のような、「言葉遊び」は、言葉の寓喩である<バベルの塔>の内部で輝いている。このような「言葉遊び」こそが画一的な言葉の支配する<バベルの塔>を無化しようとする作家の反抗精神の躍動だといってよいかもしれない。

4. むすび

　安部公房の作品は、まさに複雑な織り方をされていて、横糸と縦糸が細かい目を作りながら縦横に走り、さまざまな透かしの模様まで入れ、しかもそれらの模様もよほど注意深く見ないと関連性がとらえにくいものもある。しかし、いったん理解するとなかなか捨てがたい逸品であるということがわかってくる。したがって、本章で述べたような<読み>をつらぬいたからといって、他の<読み>を許容しないというわけでは決してない。安部公房の作品には、まだまだ終わりのない<読み>があると言えよう。

　そのような前提をふまえていえば、本章ではまず第一節に<変身>の起こる原因として、都市に住む現代人の実存状況と結びついた「逃走」と「疎外」のモチーフをあつかった。積極的にしろ、あるいは消極的にしろ、現代人が社会の外部へとみずからを追いやれば、結局のところ、一方では自己の「消滅」を、もう一方では上位者への従属による「定着」をもたらすものであった。第二節では<変身>という現象を「所有／存在」という概念でとらえてみた。これは<変身>というモチーフをとらえる新しい視点として、初期以後の作品の解釈に豊かな<読み>が産み出されることが期待される。第三節ではテーマと<変身>のモチーフがどうかかわるのかを考察したが、その結果、初期作品においては、現代人の実存状況そのものが「悪」または「罪」の刻印を押されているという公房のニヒリスティックな意識が作品の全体に流れていることがわかった。

そしてさらには、『バベルの塔の狸』において、安部公房が個性豊かで、自由な言葉を愛し、ウィットとシニシズム、それにアイロニカルな言葉遊びによって、画一的な言葉使いによる論理の詐術性に鋭い刃を向けていることを垣間見ることができたことである。その際に忘れてならないのは、登場人物の口を借りて、安部公房が発している数々の含蓄ある警句であろう。それらはいずれも発想の自由を擁護しようとする公房の沈潜した情熱の結晶であった。

このような初期作品の<変身>のモチーフの分析を試みて実感したことは、初期のモチーフがさらに変容しつつ、中期以後の作品に現れるさまざまな<変身>のモチーフへと展開していくという確固たる視座が得られたということであろうか。

第Ⅱ部　長編小説部
〈変身〉する世界と言葉

第一章

『他人の顔』論
—潜在的痴漢と仮面時代—

1.〈変身〉モチーフの変形

　安部公房の小説は、現代の都市生活のなかにあって、存在の不安に悩む主人公を描くことが多い。公房の文学は、主人公の存在の根拠を零化し、その文脈のもとで都市空間のなかで浮遊する生を生きる主人公が、どのように思惟し行動するかを綿密に記述したものであり、それをとおして人間存在のありかたが、小説言語として結晶化できるかどうかを実験している。その実験手法の一側面は、現代人の内部に潜在している意識を小説言語によって顕在化しようとすることであった。このような主題と叙述の先鋭化を目的とするため、安部公房の作品は、いままでの文芸作品がとってきた小説叙述とは異質の形式を取らざるをえなかった。『他人の顔』はまさにこのような問題意識をふまえ、従来とはまったく異質の主題と叙述形式をもつ作品となっている。

　長編小説『他人の顔』は一九六四年一月に『群像』に発表されたが、同年九月には改稿増補され、あらためて単行本として講談社から出版された[1]。この作品の刊行後まもなく、一九六六年七月に、安部公房自身の脚色による同題名の映画が制作された。文学テキストと映像を一体のものとし

---

1)　ここで引用する『他人の顔』のテキストは、一九六四年九月に発表された単行本（講談社）を用いることで、引用の頁数もそれに従う。

て発表する形式が、現代文学あるいは現代文化の一つの方向だとするなら、安部公房の実験はその先駆をなすものであろう。さらに現代文学のもつもう一つの方向を示唆するものとして見逃してならないことは、同年早くもアメリカとデンマークでこの作品が翻訳され、世界各国に紹介されることになったことである。翻訳という文化行為を大いに許容する現代文学の目指す普遍性、すなわち世界文学への志向ということは、現代作家に課せられた要請であることを示唆している。ちなみにいえば、一九九六年一〇月、『群像』第七回野間文芸翻訳賞には、『他人の顔』のスペイン語訳を受賞作となった2)。

　このように『他人の顔』は、安部公房の代表作『砂の女』とともに世界各国に紹介され、世界文学の一つとして確固とした位置を占めている。これを証明するかのように、一九九六年四月一九日から二一日までアメリカのニューヨークで開かれた「安部公房国際シンポジウム」のなかでも、『他人の顔』は大きく取りあげられ、戦後五〇年の日本文学史の流れのなかで欠くことのできない重要な意味をもつ作品として、あらためて高い評価を得ている。「安部公房国際シンポジウム」については、本書の付録にまとめておいたが、そのなかで『他人の顔』については、フランスの安部公房文学研究者ジュリー・ブロック氏の「安部公房・仮面の創始者—小説と映画における『他人の顔』」と、ピッツバーグ大学のマクドナルド・ケイコ氏の「安部公房の『他人の顔』における勅使河原宏の変容」との二つの発表があった。両氏の発表は、すでにふれたように、作家自身の意図した小説言語と映像による多重表現として、映画『他人の顔』と小説『他人の顔』をユニットで論ずるものであった。

---

2) 野間文芸翻訳賞は講談社の創業八〇周年記念事業の一つとして一九八九年に創設され、国際相互理解の増進に寄与するために、日本の文芸作品を海外に翻訳紹介した優れた翻訳者を顕彰するものである。一九九六年第七回の受賞者は、スペインのフェルナンド・ロドリゲス・イスキエルド氏(一九三七〜)であった。

　映像と文学言語を一体化して扱うことはきわめて魅力的なものだが、本章ではあえて映像にはふれず、小説テキストのみを考察の対象に設定した。その理由はいうまでもなく本章のテーマにかかわる。第Ⅰ部短編小説部で、初期の短篇小説における<変身>のモチーフの展開と変容について考察してきたが、そのような視座からあらためて、この『他人の顔』を読むとき、その重要なモチーフである<顔>が短編小説をつらぬく<変身>のモチーフの変奏であることに気づかされる。その認識によって、<顔>のもつ意味と機能は、<変身>モチーフの時系列に沿って読むことが可能だと思うようになった。そこであらためて本章において、この作品の<顔>のモチーフを<変身>のそれにむすびつけて考察することを試みることにする。

　この試みを行うためには、映像と文学作品をユニットとして論ずることで、共時的に現代との関係を問うのではなく、時系列に沿ってこの作品を考察する必要がある。そこで論旨が繁雑になることを避けるため、あえて映像は除かざるをえなかった。本章では、時系列の作品分析をとおして、<顔>を介した<変身>のドラマのなかで、都市社会における人間関係の崩壊、あるいは人間関係の不在と、それにともなって惹起される個人の不安にまで至ろうとしている現代の状況を見つめる公房の視座をとらえたいと考えている。

2.『他人の顔』の主題形成の過程―短編小説からみる

　まずあらかじめ、この作品のストーリーの梗概を示せば、次のようになる。主人公はある日、液体窒素の爆発による事故で顔がケロイドに覆われ、正常な顔を失ってしまう。主人公はもとの顔を取り戻すため、またそのことによってふたたびもとの人間関係を回復するため、「他人の顔」をした人間の皮膚と同様の仮面を作る。そして出来上がった仮面をかぶり、他人に変身して自分の妻を誘惑する。しかしやがて、彼はことのすべてを妻に告白しようとして、これまでのいきさつを記した三冊のノートを自分の隠れ家のアパートに残し、妻にそこに来るように連絡しておく。こうして彼は、自分の家に帰えり、連絡を受けた妻の態度を注意深く観察する。しかし、妻は最初からすべてを見通していて、夫のこの行為を契機に夫宛ての手紙を残して姿をくらます。

　以上のような梗概をもつ『他人の顔』の先行研究については、波潟剛氏の「安部公房の『他人の顔』論—文章構成の形態とテーマをめぐって—3)」という論考が従来の見解を要領よくまとめられている。氏のまとめを参考にさせていただくと、従来の見解はおおむね三つの系列に分かれるとされる。第一の系列は、小松左京氏らの同時代評価にみられるものや、ウィリアム・カリー氏らによってなされた研究で、主に<顔>を喪失した主人公の行動に焦点が当てられ、都市からの人間疎外という問題がみちびき出されている。第二の系列は、作品の後半に登場する妻の手紙の役割に注目する見解であり、これは岡庭昇氏に代表されるものである。その見解の方向性は第一の系列とほとんど変わらない。この二つの系列の見解の共通点といえば、<仮面>のモチーフに焦点を当てることで、個性の喪失による人間存在の疎外というテーマが導き出されることである。それに対して、第三の系列は、このような従来の作品論にみられる<仮面>中心の論旨とは異なり、武石保志氏のように、作品内における登場人物の二人、すなわち「ぼく」と妻がそれぞれ行う「書く」あるいは「読む」という行為に焦点を当てるものである。波潟氏の論もこの系列に入るもので、文章構成および非小説的言説を精密に分析した上で、そこから「失踪」というテーマをみちびきだそうとしている点に論の新しさがみられる。

　以上の先行研究のうち、<仮面>の問題に言及する論文においては、<仮

---

3) 波潟剛「安部公房の『他人の顔』論—文章構造の形態とテーマをめぐって—」（筑波大学比較・理論文学会『文学研究論集』第一三号、一九九六年三月）。

面＞と「素顔」との関係で観点の微妙な差異がみとめられる。たとえば、ウィリアム・カリー氏の「仮面―コミュニケイションの壁・安部公房『他人の顔』―4)」は、「素顔」と＜仮面＞の逆転について述べているが、岡庭昇氏の「仮面の意味―『砂の女』と『他人の顔』―5)」では、「素顔」と＜仮面＞が対立的なものととらえられ、微妙な差異がみとめられる。この岡庭昇氏の論をさらに発展させたのが、武石保志氏の「『他人の顔』試論―＜書く＞ことと＜読む＞ことを通しての『他人』―6)」という論考であろう。それによれば、「素顔」が深層(真のわたし)とし、＜仮面＞が表層(仮のわたし)としてとらえられ、この新しい視座に立つことによって、これまでにない解釈が提出されている。

　しかし、これらの論文に共通する前提は＜仮面＞を＜仮面＞としてとらえていることである。ただ本論の筆者は、この前提だけでよいのだろうかという疑問をおぼえる。確かに、主人公は顔を取り戻すために＜仮面＞を作るのだが、この行為は、たんに＜仮面＞を作るということより、＜仮面＞を＜顔という現象＞あるいは「もう一つの顔」にするという観点からのものではなかろうか。このような視座が必要なのは、＜仮面＞が「表情」とむすびつけられている点にある。一般的に、＜仮面＞には表情がない。もし表情があるにしても、それは一つの固定した表情であり、表情の変化というものはない。しかし、この作品のなかで「ぼく」が作った＜仮面＞には、人間の皮膚がついており、しかも「表情」がある。この特徴が重要な点である。その＜仮面＞は、いわば＜生きている仮面＞あるいは＜顔そっくりの仮面＞と定義することができるのではなかろうか。つまり作品に出てくる＜仮面＞は、ただの＜仮面＞ではなく、「もう一つの別の顔」と言い換えてもよかろう。あらためていえば、

---

4)　ウィリアム・カリー、安西徹夫訳『疎外の構図―安部公房・ベケット・カフカの小説―』(新潮社、一九七五)所収。
5)　岡庭昇『花田清輝と安部公房―アヴァンガルド文学の再生のために―』(第三文明社、一九八〇)所収。
6)　武石保志「『他人の顔』試論―＜書く＞ことと＜読む＞ことを通しての『他人』―」(法政大学『日本文学論叢』一九八二年三月)。

『他人の顔』のなかでもっとも注目したいことは、仕事中の事故で、顔に傷を負ってはじめて、主人公は<顔>の重要性に気づくという冒頭の文脈である。主人公はそのため、もとの顔を取り戻すために仮面を作るわけだが、その仮面を「もう一つの顔」としてみれば、この作品はどのような主題を浮かび上がらせるのか。そうした主題を問いてみることが、本章の課題のひとつである。

　『他人の顔』では前掲した梗概からみても、重要なモチーフとなるのが<顔>であることはいうまでもあるまい。筆者にとって注目されるのは、「はじめに」で述べたように、公房作品を時系列に沿って読んでゆくとき、この<顔>のモチーフは短編小説の<変身>のモチーフの延長上にあり、その変奏として読みとれるということである。

　安部公房の初期作品をみると、顔に対しての描写はあまりみえない。あったとしても、それはたとえば、「ちりちり音をたてる灯油の火が、やつれた高の顔を古めかしい伝説にように浮かび上がらせた[7]」とか、「その乾燥しかかつたナツメのような顔[8]」、「走るように離れ去り、気がついて振向くと、Ｓ子はピカソの肖像のような顔をして、つまり言葉では何とも表現しがたい無機的に分裂した表情でぼんやり立つていました[9]」などという箇所があげられる。表現方法としては直喩が多くみられ、これらの「乾燥」した「無機的」な比喩表現は安部公房の文体の特質ともいえるが[10]、この表現が作品の主題にかかわることはない。

　ところが一九六〇年代初期の『他人の顔』になると、顔を毀損したり、消されたり、あるいは喪失したりするモチーフが、主題と深くかかわってくる。どうして作家は、一九六〇年代初期になって、突然<顔>というものに

---

7)　『終りし道の標べに』(真善美社、一九四八)。
8)　『飢餓同盟』(講談社、一九五四)。
9)　『闖入者』(『新潮』一九五一年一一月)。
10)　八木原陽子「安部公房―比喩表現の変遷について―」(『太宰府国文』八、一九八九年三月)。

興味をいだくようになったのか。時系列に沿っていえば、<顔>への興味は、まず短編小説のなかで<変身>とのかかわりでみられるようになる。最初の変身譚である『デンドロカカリヤ』で<顔>の奇妙な動きの描写があり、そこにその一端がうかがえる。

> 顔はどうやら裏返りたがつてるやうだつた。表を向いてゐるほうが却つて無理らしいのさ。コモン君は両手でしつかりと顔を押さへ、体をぶるぶる震はせてみた。(中略)顔は手をすりぬけて、なんとか裏返つてやらうと身をくねらせる。まるで生きてゐる魚をつかんでゐるやうにいやらしいのさ11)。

　人間の身体のうち<顔>だけが、コモン君の意志に背いて裏返しになろうとしている。ここから<顔>というものが、いかにも不気味で、そして反抗的、拒絶的であることが感じられる。人は、<顔>が表を向いているとき、意識せずとも社会と関係を持ち、社会のなかでの自分の存在を確認する。一方、社会のほうでも、個人の存在は<名前>や<顔>によって識別し、その固有の位置を確認していると考えられる。それゆえコモン君の顔のように、表を向いていることに堪えられず、裏返しになろうとするということは、都市社会のなかでの自己の存在に対する不安とともに、その社会からの離れ(疎外・逸脱)を暗示している。
　この<顔>のモチーフと主題との出会いは、同じく短編小説『赤い繭』の<顔>の変形にみることができる。

> 糸はやがておれの全身を袋のように包み込んだが、それでもほぐれるのをやめず、胴から胸へ、胸から肩へと次々とほどけ、ほどけては袋の内側から固めた。そして、ついにおれは消滅した12)。

---

11)『表現』一九四九年八月号に発表された『デンドロカカリヤ』、九〇頁。
12)『人間』一九五一年五月号に発表された『赤い繭』、四〇頁。

　この叙述が描いていることは、足下からほどけてきた糸が胸から肩へ、さらに進行して肩から顔へと、次々とほどけて、言説にはない＜顔＞も消され、ついには「おれ」が消滅してしまうというものである。この自己の消滅の過程は、一種の創造行為のように、実にリアルにイメージ化されている。このような言語イメージの戦略的な手法は、人間の存在を自由自在に、あるいは喪失させたり、あるいは拡大・拡張させたりする装置として機能させること、といってよかろう。

　そのような寓話的な＜変身＞のモチーフが、時として、＜顔＞とむすびついている例が前引の『デンドロカカリヤ』の次の箇所にうかがえることは見逃せない。というのは、ここには＜顔＞に対する公房の原型的なモチーフが垣間見られるからだ。

> ぼんやりした顔が映つてみえた。よく見ると裏返しの顔だった。おまけに全身ほとんど植物になつてゐるのさ。草とも木ともつかぬ奇妙な植物、(中略)しかし、見馴れぬ植物。こはばつて、もうよく動かなくなつた体を必死になつて、やつと顔をつかみ、引きはがし、なんとか表にむけると、瞬間、すべては元どほりになつてゐる[13]。

　これは、主人公コモン君が植物に＜変身＞する場面であるが、「裏返し」になった＜顔＞とは「デンドロカカリヤ」という植物であり、それを表に返し直すと元通りになる。とすると、植物に変身したいときには、＜顔＞を裏返してやればよいということになろう。この＜変身＞のからくりから、裏(植物)と表(人間)という対立するものの通路が＜顔＞である、ということが判明する。＜顔＞というものが、人間にとってどのような意味と機能を持っているかということに、公房が早くから気づいていたことをこの作品は示唆している。公房によれば＜顔＞は、あるものとあるものの間の通路となること、し

---

13)『デンドロカカリヤ』八九頁。

かもその通路は変化するものであるとされている。その変化とは、人間の内部にひそむ多重人格—この作品では善と悪ということになる—を表すということであろう。これが公房の<顔>に対する原型的イメージであった。

<変身>についての安部公房の興味は、初期作品から晩年の作品まで現れている。したがって、<変身>のモチーフは長編小説においてもみられ、まず一九六〇年代に入り、本章で対象としている『他人の顔』に集中して現われる。それが<仮面>による<変身>である。この作品における<仮面>というのは、たんなるマスクではなく、文字通り仮の面(顔)として、生身の人間の顔に別の<顔>がつき、その元の人間とは違う存在となるための<変身>の道具である。さらに、一九七〇年代の<変身>の長編小説は、『箱男』に代表されるのだが、ここでは<仮面>ではなく、「箱」が一つの<変身>の道具として使われている。「箱」はそれを覆った個人そのものを、他人の眼から隠してしまう。公房にとって<変身>の究極は、個人の存在性を無化することであった。「箱男」にとっての「箱」は、みずからの個人存在を喪失させることで、たんに<眼>と化する道具であったとみられる。「見られるもの」を消し去って、「見るもの」だけになるということだ。

このような<変身>はさらに変容し、安部公房遺稿作の未完の長編小説『飛ぶ男』では、超能力による変身が用いられるようになる。この作品は、あるいは初期の寓話性への回帰かもしれないが(実はそうではなく、寓話とリアリズムを止揚した作品であることを第Ⅱ部の第六章で論じた)、その主題は本章の論旨からはずれると思われるので、これ以上は踏み込まない。この作品でも、<顔>とむすびつく<変身>に注目する理由がここにある。

このような視座に立ち、あらためて『他人の顔』において、<変身>モチーフが<顔>とむすびついている例に注目すると、こうなる。

　①顔なんて……あるときには何んとも思わなかったのに、無くなってみると、世界が半分むしり取られてしまったような気がする。(一三七頁)

②仮面のおかげで、何も彼もが変ってしまうに違いない。ぼくだけではなく、世界までが、まるっきり新しい装いをこらして立ち現われるのではあるまいか。(一六八頁)

　引用①は、事故で顔にひどい怪我をしてしまった主人公が、それを「(顔が)無くなってみると」といっているのである。この表現は、作品の主題が<顔>の持つ意味と機能にあることを冒頭から示唆しているものとみてよかろう。引用②では、怪我をして顔を取り戻すために仮面を作り、それをかぶることになることが示唆されている。本章が<仮面>という道具による変身というモチーフに注目する根拠が、ここにある。「何も彼もが変わってしまうに違いない。ぼくだけではなく」ということばでわかるように、<仮面>を付けた「ぼく」は「変わってしまう」。しかも「ぼく」の<変身>は、いうまでもなく人格の変容であって、「世界」を見る「ぼく」のまなざしをもすっかり変わってしまう。安部公房の変身譚のなかで、<仮面>による変身を試みた作品はこの『他人の顔』が初めてであるが、このパーソナリティー変貌の道具からアイデンティティ喪失の道具へと発展し、そして次作の『箱男』が出現すると言っても過言ではない。

　　　箱男になるのは、かなりの勇気はいる。(略)紙箱に、誰かがもぐって街に出たとたん、箱でも人間でもない化物に変わってしまうのだ[14]。

　箱をかぶって<顔>いや、身体をまるごと覆って、街に出ても、その姿は、個人であっても個人ではなく、「存在しないも同様」の存在になることができるというモチーフはこの作品の<仮面>とほとんど同じだといってよかろう。

　ただ、前に言及した『飛ぶ男』にも実は顔＝仮面という趣向性がみえる。

---

14)『箱男』(新潮社、一九七三)。

「顔の裏でもう一つの顔が、ぺろりと舌を出していた」15)。公房にとっては、このモチーフが魅力的であったことがうかがえる。『飛ぶ男』は安部公房が亡くなった後、ワープロ・フロッピー・ディスクのなかから発見された未完の長編小説であるが、この引用からもうかがえるように、「もう一つの顔」という<仮面>が出てくる。公房にとっての<仮面>は、<顔>の変化の一つである以上、「もう一つの顔」ともいえるのである。このようにしてさきにふれた原型としての<顔>の思想が、最後の作品にまでつらぬかれていることがみてとれる。

　このように時系列に沿って公房の<顔>と<変身>の思想(観念)を俯瞰してみると、この『他人の顔』には<顔>と<変身>のモチーフがむすびついて主題をなしていることがわかる。安部公房は、それを一九六〇年代の高度成長期に急速に変貌しながら膨張しつつあった、人工的共同体としての都市生活にむすびつけることで、<顔>あるいは「顔というもの」を媒介にして都市社会と人間存在(個人存在)の関係性を象徴してとらえるようとする意欲を持ち続けていたのである。そこに『他人の顔』の主題が形成されたといってもよかろう。

　<仮面>による<変身>というモチーフは、個人のアイデンティティを支える<顔>を「歪め」たり「喪失」させたりすることによって、実は<顔>が、個人と社会の関係を媒介するものであることを逆説的に語るものであった。したがって、ある都市生活者から<顔>が喪失した場合、その個人と社会の関係がどのように変わるのかというこの作品における主題が、作家に自覚化される契機はここにあった。このような問題、すなわち<顔>を脱中心化させたときの個人存在と人間関係の「歪み」という主題は、それまでの試行過程がこの『他人の顔』に集約されているようにみえる。

---

15)『飛ぶ男』(新潮社、一九九四)九八頁。

3. 〈顔〉は自分と他人をむすぶ通路なのか

　まずこの作品のなかで、作家の内部で〈顔〉についての観念が動揺している端的な例からみていこう。
　　　③顔というのは、つまり、表情のことなんですよ、表情というのは……どう言ったらいいか……要するに、他人との関係をあらわす、方程式のようなものでしょう。自分と他人を結ぶ通路ですね。(三九頁)
　　　④顔だけが、はたして唯一無二の通路なのだろうか。(四五頁)

　「ぼく」が、顔の怪我から仮面を作ることを思い立ち、Kという人物に会うことになった。引用③はその時のKのことばなのだが、先行論文はこの言説を根拠として、『他人の顔』にみられる〈顔〉に関する公房の概念は「自分と他人を結ぶ通路」であるという結論に至っている[16]。果たしてそうであろうか。このような疑問を抱くのは、引用④の「ぼく」の言葉があるからである。つまり問題は、人間の〈顔〉は自分と他人をむすぶ唯一の通路なのだろうか、ということである。ここに作家の動揺を見るべきである。この「ぼく」がつぶやく「顔だけが」ということばは、慎重に解釈する必要がある。顔以外の、たとえば言語や身体が、あるいは著作などでも、他人と関係をとりむすぶことのできる可能性があるという意味にもとれれば、またある一つの顔、すなわち表情の固定した顔(これがパーソナリティーとなる)だけでもって、他人との関係をとりむすぶことができるという意味にもとれる。後者の意味の背後には、表情という複雑な観念が揺曳している。思うに公房は、この両者の解釈を内包した〈顔〉の観念を用いているのだろう。このような「ぼく」のことばを重視するならば、先行論文が断定するように、〈顔〉が「自分と他人を結ぶ通路」とは決していえなくなる。
　公房の問いかけを突きつめれば、同じく人の〈顔〉と言っても、いったい

---

16) 注4引用論文。

彼あるいは彼女のどの<顔>にその人のパーソナリティーを定位したらいい
のか、というような奇妙な問いに突き当らざるをえない。<顔>というも
のは不安定なもので、静止する瞬間はない。極端な例を言えば、人は顔を
作る場合もある。表情というものはそういう変化を本質としている。こうし
て「他人の顔」に関してあらかじめいえば、われわれが普段接する「他人」と
いうのは、多様な表情のうちの一つか二つをみせるにすぎない。その一つか
二つの顔のなかで、われわれはある特定の表情を定位し、それによって「他
人」を思い描き、その人のパーソナリティーを判断するのであろう。が、自
分にしろ他人にしろ、<顔>に関しては、自分にも気づかないある微妙な変
化をみせることがある。とすればその変化をみせた場合、その人は、自分や
「他人」ではなく、まったくの他者存在ということになろうか。たとえば、
<顔>だけが自分と他人をむすぶ通路だとすれば、「盲人には、人間の資格
がないことになってしまう」(三五頁)のである。顔を見ることができない、顔
の表情を読み取ることのできない盲人には、人間関係を成立させることが
できないのであろうかという自問である。「ぼく」の疑問、すなわち公房の疑
問はここにあったとみるべきだろう。

　<顔>だけが伝達通路であると思うのは、「習慣からくる一種の先入観」
(三五頁)なのかもしれない。したがって、「百年間、顔を見合わせているよ
りも、一編の詩、一冊の本、一枚のレコードがはるかに深く心を交わせる
道」(三五頁)である場合も決して珍しいことではない。「他人」の存在は、
<顔>という視覚の対象によって認知されるというよりも、<顔>の複雑な
変化をも含めて、それ以外の表現媒体をとおして経験し始めるのではない
か。この作品においては、「ぼく」の三冊のノートと妻の手紙が重要な内容
となっているが、その機能と意味は、まさに「他人」を認知するための表現
媒体としてあるといってもよかろう。

　安部公房は、都市に住む自分以外の人間を「他人」と呼ぶ。この「他人」

とはまったくの他者存在を含む公房独自の用語である。それゆえ、自分の
なかにも「他人」を発見することがある。この作品においても、この「他人」と
いう存在が筋立ての仕掛けとなっていることはいうまでもない。都市社会の
なかで、自己と「他人」の関係を問い直そうとする問題は、安部公房の大き
なテーマの一つだが、公房のかかえる問題の構造は以上のように理解すべ
きなのだろう。

　『他人の顔』は、「ぼく」が液体窒素の爆発による事故で負傷し、顔全体が
ケロイドで覆われてしまったところから始まる。次の引用は、それからしば
らくして怪我をした顔の状態を鏡に映してみたときの場面である。

> ⑤顔の繃帯を解きはじめる。(中略)解き終えたところから、わがもの顔に
> 　這い出してくる、蛭の塊り……からみ合い、赤黒くふくれ上がった、ケ
> 　ロイドの蛭……まったく、なんという醜悪さだ(一五頁)
> ⑥ぼくの顔に、ぽっかりと深い洞穴が口をあけた。その洞穴は、ぼくが体
> 　ごと入り込んでも、まだゆとりがありそうなほど深くえぐられていた。
> 　腐った虫歯から出る膿のような液体が、どこからともなくにじみ出て、
> 　ぴちゃぴちゃ音をたてながら、したたっている。(二五頁)

　「ぼく」の顔はケロイドのできやすい体質であるために、事故のとき、液体
窒素で次々と顔面の皮膚が融け、瘢痕が異常に増殖して隆起してしまう。
引用の⑤と⑥は『他人の顔』のなかでも、顔面破壊が不気味な「蛭の塊り」と
比喩されるように、「ぼく」の顔の表現をもっとも凄惨に伝えている。この⑥
の破壊された<顔>の表現に現代の人間存在が象徴されているとみるのが大
江健三郎氏である。氏によれば、「主人公に一種の実存的な威厳をあたえ
るものはなにか。それはすなわち、小説のこの段階における主人公の回心、
あるいは決心が、魔法の杖の一触さながらに、この小説全体を、≪顔に
ぽっかりと深い洞穴が口をあけた≫人間の存在論的な追及の総体とかえる
からである」と述べている17)。しかし氏の言説は、「≪顔にぽっかりと深い洞

穴が口をあけた≫人間の存在論的な追及の総体」でとどまっていて、それ以上には踏み込もうとはしない。ただその余韻を残した言説からも、安部公房が『他人の顔』において、人間の顔の破壊によって人間存在がいかに破壊していくのかを問いかけていると大江氏はとらえているのだろう。

　確かに、引用⑥にみえる<顔>は、もはや顔ではない。<顔>とは言えないグロテスクな「塊り」であろう。そこで「ぼく」は<顔>を繃帯で隠すことにするが、それは逆に<顔>以外の身体の部分(身体性)を強調することにもなろう。<顔>に集約されたコミュニケーションの機能を身体性のほうに譲ることだと言ってもいい。つまり、繃帯の隠蔽性がかえって肉体の存在感を異様に際立たせることになる。<顔>とは違ってコード化の度合いの低い身体が、<顔>からコミュニケーションの機能を預けられながら、しかも未だ機能化されない、あるいは記号化されない状態で現前することになる。こうして<顔>以外の言語媒体、あるいは身体性の媒体の問題が、「もう一つの顔」である<仮面>のもつ媒体性とともに立ち現れることになる。ただし本章では、先行研究の第三の系列である言語媒体の問題は扱わないことにする。それよりも、身体性の媒体として重要な性の問題を、<仮面>とむすびつけて次節で扱うことにする。

　ところで、<顔>を失ってしまった「ぼく」は、そのことでかえって<顔>について考えたり、妄想したりするようになる。その最初が繃帯を巻かれたようにみえるクレーの≪偽りの顔≫の絵を見たときの思いだ。

　　　　その顔は、幾本かの平行線で水平に仕切られていて、見方によっては、繃帯でぐるぐる巻きにしたようにも見えなくはない。眼と、口のところだけが、わずかに狭い割目になっていて無表情の表情が、残酷なまでに強調されていた。(一八頁)

---

17) 『他人の顔』新潮文庫、「解説」、二七八頁。

　その絵は「ぼく」自身の顔のように見えてくる。「ぼく」は顔の毀損によっ
て、ひどい顔になってしまったが、眼と口のところだけは無事だ。それで、
出掛けるときは、顔に繃帯を巻いているが、眼と口のところだけがわずかに
割目になっている。すると、自分と同じような恰好をしたクレーの絵の顔を
巻きつけている「繃帯」のようなものが、もしもほどけたならばどうなるの
か、そのなかにはなにもないかもしれない。読者にそんな恐怖を抱かせる。
というのは、同じ作家の『赤い繭』の「繭」を想起するからだ。繃帯を顔に巻
き付けているような絵の顔には『赤い繭』の「おれ」の消滅がオーバーラップす
る。「ぼく」は、その喪失の不安を繃帯でつつんだような<顔>こそが自分の
顔だと思えてくる。「無表情の表情」、すなわち無表情という固定された表
情しかもてない<顔>が「ぼく」の顔になったのだ。それは皮肉なことに、
<顔>が固定されることで、逆に「ぼく」が「ぼく」として同定されることにも
なることであった。

　ここでクレーの≪偽りの顔≫のことを考えてもよかろう。前述したよう
に、いままでの先行研究のなかでは、<仮面>は「素顔」と対立するものとし
てとらえられてきたが、そうではなく、むしろこの「偽りの顔」こそが「素顔」
と対置されると思う。ここで言う「偽りの顔」とは「無表情の表情」の顔のこ
とである。それは表情とは完全に無縁な顔であり、すでに物と化していささ
かも動くことがない。このように対立させると、無表情と表情が対立関係
になるが、すでに言及したように公房にとっての<顔>の観念には、表情の
複雑な変化という意味が内包されていた。

　したがって、変化する表情以外に、実は<顔>というものはないといって
もよかろう。そのことは、<顔>というレベルにおいては、表情と無表情と
の対立こそ公房の<顔>の観念に対応するのであって、その対立の構造が
「他人」(他者)との関係における「素顔」と「偽りの顔」に相当するといえるの
ではなかろうか。しかも、『他人の顔』における<仮面>というのは表情のあ

る顔だとすれば、<仮面>と「素顔」の二元論はにわかに曖昧なものになる。この作品にみられる<仮面>とは、千変万化する表情をもつものとして、むしろ「もう一つの顔」と呼ぶほうがふさわしい。それゆえ、<仮面>と対立するのは「無表情」、すなわち「偽りの顔」ということになる。

　都市表象にはさまざまな属性が指摘されるのだが、そのなかで、安部公房が最も重要視しているのは都市の流動性ということだろう。<顔>を表情の変化としてとらえる公房の観念は、それに対応する。したがって、この流動する都市における人間関係を追究する『他人の顔』にあっては、変化・流動する<顔>というものが自己存在を証明する媒体であるともいえる。そのことはさらにいえば、表情の変化とは、都市が都市生活者の内面にまで浸透し、多重人格を生きることを強いることの提喩でもある。そのために、都市社会において都市生活者は、お互いの顔をいままで以上に見ることを必要とするばかりか、かえってそれを強いられることで、逆に<見られること>を拒む身体文化が生起したといえよう。

　この作品の背景をなす一九六〇年代以降の都市(東京)の変貌は、首都圏から五〇～六〇キロメートル離れた郊外に造成された大規模な団地群の出現、大衆が担い手となる大量消費社会の進行、そして交通網の発達、メディア(情報)の普及・拡大に現れている。そのため、都市生活における人間相互の関係性は、一新され、従来のものとは異なったものになったという感がいなめない。その結果として、地縁・血縁的村落共同体から離脱して都市に流入した者にとっては、都市自体が、彼の出自、すなわち過去やルーツを消し去ることのできる恰好の巨大な時空間として現れてきたとみてもよかろう。失踪・蒸発という社会現象が多発したのも、この時期であった。そのことは反対に、自己を顕示することや、身ぐるみ露出させてしまう空間装置の出現ともなった。

　このような巨大で複雑な都市空間のなかで、人間のパーソナリティーが、顔の作る一つや二つぐらいの表情で定位されるとすれば、それが「自分と他人を結ぶ通路」だ、とはたして言えるのだろうか。次第に多様化する媒体に対応するため、都市生活者の自己表現の媒体(通路)も、それに応じて多様化せざるをえなくなったのではなかろうか。

4. 仮面、またはもう一つの顔

4.1 〈顔〉のコピー

『他人の顔』での〈仮面〉とは、前節で言及したように、都市の流動性と対応する都市生活者の表情の変化、というよりも多重的人格を生きることを強いられる生活のありかたを象徴する装置であった。それゆえそれはたんなるマスクではなく、「もう一つの顔」でなければならなかった。このように解釈できるとすれば、すでに〈仮面〉と「素顔」という素朴な二元論は危うくなる。あるいはむしろ、安部公房は〈仮面〉の仕掛けをとおして、そうした二元論の解体を目論んでいたのかもしれない。とすれば、『他人の顔』のなかで〈仮面〉とは何かを問題にする場合、とりもなおさず「もう一つの顔」とは、なにかを問題にすることでなければならない。「もう一つの顔」について考察しようとするとき、さしあたって〈顔〉のコピーという側面に注目する必要があろう。

まず〈顔〉のコピーというと、連想されるのが、肖像画(似顔絵)や肖像彫刻、顔写真などであろう。しかし、この作品が作り出す〈顔〉のコピーは、実際の生の人間の〈顔〉のコピー(複製)なのである。それは〈仮面〉という枠を超えたもので、皮膚の質感を生かした、人間の顔そっくりの、まさに「もう一つの顔」である。その仮面作り、つまり〈顔〉のコピーの製作過程を見ることにする。

　まずは、仮面の裏側の型取り。この作業については、まず顔がすっぽり入るくらいの洗面器を用意して、アルギン酸のカリウム塩、石膏、燐酸ソーダ、そしてシリコンの混合液を流しこみ、すべての表情筋の緊張を完全にぬいた状態で、すばやくその中に顔をつける。次は、原型の入手とその処理。原型、つまり型取りは皮膚の細部を再現するために、誰かの他人の顔を借りなければならない。このとき他人から借りるのは、皮膚の質感が出る表面だけで、それをあとで自己の骨格に合わせて変形させるのである。

　このような製作の手順は実に科学的で、現在、SFX(特殊効果)で使われている方法とほとんど変わりがない。この製作過程で重要なのはやはり「皮膚」であろう。この「皮膚」に着目して『他人の顔』における「皮膚論」が注目を浴びるようになったのは、一九八九年のアンドレア・ドウォーキンの「皮膚の喪失」18)以後である。それを受けて、一九九四年『ユリイカ』特集安部公房論のなかで、谷川渥氏の「安部公房の皮膚論」19)がさらにそれを展開させている。皮膚論の斬新さは卓抜なものだが、あまりにも主題を狭く限定しているような気がする。もちろん「皮膚」の観点を含めて、『他人の顔』における<顔>のコピーという問題はさらに多角的に検討されなければならないと思うのだが、本章は皮膚論的観点はひとまず置いて論を進めることにする。

　このようにしてコピーをとった顔は、そのシステマチックな方法を繰り返せば、さらに大量生産ができるし、一人の人間が、同時に二人にも、三人にも分裂する。いわゆる、クローン人間の誕生という問題にもつながる。一見空想的とも思われる仮面の製作過程は、遺伝子工学的レベルからすれば、驚くべき未来の世界像・人間像の問題をはらんでいる。そのことはたとえば、「いま、ここ」とは別個の時空間に<もう一人の自己>の存在を想定

18)　アンドレイ・ドウォーキン者、寺沢みづほ訳「皮膚の喪失」(『現代思想』一九八七年一月)。
19)　谷川渥「安部公房の皮膚論」(『ユリイカ』一九九四年八月)。

してしまうようなイリュージョンをかきたてずにはおかない。この自己と<もう一つの自己>というイメージは、作品のなかでは、仮面をかぶった「ぼく」と繃帯の「ぼく」との間にも先見的には存在する。

このイメージの効果は、他者の視線から自己を守ることもできるし、それとは逆に、<仮面>による「もう一つ(の顔)」の他者を介して、よりしたたかに別個の他者や世界を覗き、垣間見ることもできるのではないか。実は都市自体の機構が、このような多重的なイメージを一個の人間に強いている。というのは、言い換えれば、都市の複雑さが、人間に多重的人格を生きることを強制することになることはいうまでもない。

4.2 「ぼく」と妻との関係

この作品は「ぼく」の記し続けてきた三冊のノートの最後に、妻からの手紙が「ぼく」の手で転写されることで、二人の関係が終わったことを告げている。三冊のノートが、妻との関係を回復させようとする「ぼく」の意図から書き始められたものであるのに対して、妻の手紙は「ぼく」との関係の断絶を確認するものであった。まえにふれておいた<顔>の観念と人間関係のむすびつきを語る最も典型的な言説は、この妻の手紙へと集約される。こうして、妻という「他人」と「ぼく」との関係は、妻の手紙のなかにすべてはらんでいることになる。そこで以下、「ぼく」の心理過程をたどりながら、やがて妻の手紙によって破局を迎える二人の関係を、<顔>のモチーフを視座として考察することにしよう。

妻が第一の「他人」(他者)であるというのは、都市生活者の核家族化の趨勢のなかでは妻が最も親近な存在でありながら、血縁関係をもたぬ以上、関係の崩壊をはらむ他者性をかかえもつ存在だからだ。「ぼく」は<顔>を喪失して以後、夫婦関係の崩れた妻との関係を取り戻そうとする。

　しかし、「ぼく」が思い出す妻の顔はつねに無表情と沈黙だけである。それというのも、まだ夫婦関係がこれほど崩れていなかったとき、妻に対して「ぼく」はいつも無表情と沈黙で接してきたせいかと思ったりもする。この無表情と沈黙こそ他者としての存在の表象といってもよい。そこで「ぼく」は、妻との関係は顔を失ってからひびが入ったのではなく、最初から離れていたのかもしれないと思うようになる。

　　　　ぼくはあわてて、記憶の中を、さぐりまわった。(中略)もしぼくらが、事故以前から、すでにそれほど離ればなれになったのだとしたら、いまさら仮面さわぎまでして、なにを取戻そうというのだろう?わざわざ取戻さなければならないようなものは、何もなかったことになる。あの、こともなく過したつもりの八年間、べつに隠さなければならないものなど、何一つなかったはずなのに、この繃帯よりも分厚い無表情の壁にとじこもったまま、それを怪しみもしなかったのだとしたら、ぼくにはもはやなんの請求権もないことになってしまう。失ったものがないのに、返済の要求など出来るはずがない。(一四二頁)

　夫婦関係を回復しようとして「ぼく」のほうから能動的に妻を求めていった行為に対して、妻から返ってきた冷ややかな無表情は、ほかならぬ「ぼく」の妻に対する「分厚い無表情の壁」の写しではないのか。性的交渉を拒否された「ぼく」は、その無表情の前で、妻との間の「通路を回復したいという欲求」と、それとは反対に、妻を「破壊してやりたいという復讐心」とがせめぎ合っている自分を発見する。<顔>という通路を失った「ぼく」からすれば、<顔>以外の媒体としての性的交渉(身体性の媒体)による夫婦関係の確認を求めようとするのは、ある意味で自然であろう。それを妻から拒否されたとき、歪んだ性的欲望は妻の人格の破壊を願望するようになるのも、これまた都市の病理の典型といってよいのかもしれない。

　そこで「ぼく」は、ひそかに製作した<仮面>を付けて赤の他人になりすまし、妻を誘惑し、犯すことを計画する。<仮面>を付け、「名前も、身分も、年齢もない」「だれでもない人間」になった「ぼく」は、なにか解放されたるような自由を覚えると同時に、自分の生存の目的は自由の消費にあると思うようにもなる。しかし、システム化された法の整備によって、かえって自由ではなくなった現代社会での自由は、そのシステム化された法という制限を破ることでしか存在しない。それはいうまでもなく犯罪であり、冒涜にほかならない。したがって、犯罪や冒涜を犯すとしたら、それ自体が欲望の充足であるような行為でなければならない。それには放火と通り魔が最もふさわしい。このような思いを妄想する「ぼく」は、やがて自分の欲望の充足が「痴漢的行為」であることに思い至った。

　　　　たしかに、痴漢的行為というやつは、抽象的な人間関係の、性的な側面だと言えるかもしれない。遠すぎて想像力が及ばず、抽象的な関係にとどまっているかぎり、他人には、どうしても敵という抽象的対立物になるしかなく、そのうちの性的対立部分が、つまり痴漢的行為になるということだろう。すなわち、抽象的な女性が存在するかぎり、男性の痴漢化は避けがたい必然だということになる。（二三一頁）

　「ぼく」の妄想的な思弁によれば、「痴漢的行為」は、「他人」をすべて「敵」と考える「抽象的な関係」における「性的対立部分」である、と断定されている。この「ぼく」の論理で注意されるのは、「敵」「抽象」「対立」という概念の特異なありようであろう。これらの概念の背景には、古い家制度における妻の役割といった因習的観念が、「ぼく」の内部によみがえって揺曳してきていることを想定する必要がある。「ぼく」にとっての妻は、家庭を守り、子を生み、夫に貞節を尽くす役割を果たさねばならない。そういった妻像が崩壊するとき、妻という「他人」は「敵」となる。「ぼく」のこの想念には、都市生活者が直面せざるをえない、相互に他者として認知することを前提とする人間関係が、「ぼく」にはまったく理解されていない。そして夫婦関係が崩れたとき、妻の姿からは現実の妻像(それはあくまでも「ぼく」の側にひきつけた意味でのそれ)が喪失され、「抽象」的な存在となる。それでも制度としての夫婦関係が残るとすれば、その関係は親和ではなく、「対立」としか「ぼく」には考えられない。したがって夫婦の間の性的交渉は、「対立」としての「痴漢的行為」となるというわけであろう。

　「ぼく」にとっての了解不可能性は、都市社会における新たな人間関係としての他者認知の欠如にあるといってよかろう。むしろ「ぼく」は逆に、この思弁にみえる因習的観念を、夫婦関係から都市に生きる人間関係へと拡大させるだけである。都市社会のすべての「他人」を「敵」と思い、「敵」に囲まれているという状態のなかで、人間関係回復の願望は、「痴漢的行為」をとおしてしか実現しないと思い込んでしまう。したがって「ぼく」からすれば、都市生活者を「痴漢的行為」にかきたてる原因は、人間が抽象化されてしまった現代都市の人間関係にあるということになる。

　「ぼく」が仮面を付ける動機は、このような想念のうちにある。因習的観念から脱け出せない「ぼく」がとるべきてだては、自分を他者化することで、「敵」に対抗する以外にはない。

　　　　仮面は単なる素顔の代用品ではなく、どんな禁止の柵も、木戸御免という、素顔には夢のような特権さえ与えられているのだから、一人前どころか、ぼくは同時に何人分をも生活することになるだろう。とにかく、まず馴れることだ。時と場合に応じて、気軽に服を着替える習慣をつけることである。(三二九頁)

　この引用は、仮面を付けて「彼」になりすました後、妻をひそかに逢い引きに誘い出す前の、痴漢的行為者としての心情を語ったものである。「ぼく」の他者化は、因習的観念に束縛されている「ぼく」からの解放であることがみてとれよう。しかしそれは、そのまま都市が、都市生活者に要求する多重的人格を生きることを無意識的ながらみとめていることであって、そのことは「同時に何人分をも生活することになる」ということばからわかる。

　ただ「ぼく」の場合の不幸は、「痴漢的行為」という無法化した他者の実現によって夫婦関係をあらたに取り戻そうとするところにある。したがって、「ぼく」が＜仮面＞を付けていると意識する限り、相手の妻も＜仮面＞を付けているとしか認知できない。「ぼく」にとっての他者性は、正確に「ぼく」の意識を鏡に映した、その鏡像でしかない。そのことは、逢い引き後の「ぼく」の心理にうかがえる。

　　　　　それで、おまえを対等の場所まで引き下ろすことが出来るというなら、武装解体もけっこうだろう。しかしこの差引き勘定は歩が悪すぎる。いくらおまえの偽善を引き剥がしても、おまえの仮面は千枚張りで、後から後から、新しい仮面が現れるのに、ぼくの仮面は一枚きり、後には並の素顔一枚残りはしないのだ。（三三三頁）

　「ぼく」にとっての＜仮面＞は「武装」であり、「偽善」としか考えられない。「ぼく」にとっての他者性とは、あくまでも幻想の「素顔」に対立する「偽りの顔」でしかない。「ぼく」にとって、「並の素顔」とは、もはや解体させられた家制度の内部に存在したはずの夫婦の幻影であった。それに対して、妻のほうでは、むしろ＜仮面＞を付けた人間関係が、まず前提にされていることに注意すべきだろう。妻にとっては、まさに他者性の認知から人間関係は始まると考えていることが、次の妻の手紙の一節でわかる。

　　　　　あなたの仮面が、私にはとても嬉しく思われたのでした。私は、幸福な気持で、こんなことさえ考えていたものです。愛というのは、互いに仮面を剥がしっこすることで、そのためにも、愛する者のために、仮面をかぶる努力をしなければならないのだと。仮面がなければ、それを剥

がすたのしみもないわけですからね。（三六三頁）

　このように語る妻の他者性の認知と「ぼく」のそれとの差異は、因習的な人間関係からどれだけ距離を保っているかというところにあろう。妻が、過去の遺物にすぎない家制度における夫婦関係の幻想など最初からもっていない以上、彼女には「素顔」など存在しない。「ぼく」の文脈に即するならば、<仮面>を付けた存在でしかないのだ。他者と他者とが新たにむすぶ人間関係の始源が、妻にとっての夫婦関係であった。だから、妻からすれば、そのような新たな人間関係がどのように深化し、展開するのかが「それを剥がすたのしみ」であったわけであろう。

　いままでの論者は、妻の手紙が「ぼく」に与えた「致命傷」という点にしぼって夫婦関係の破綻に言及していた20)。つまり、その「致命傷」というのは、「ぼく」が意味を与えてきた<仮面>の正体を見破りながら、それでも騙されたふりをつづけていたという妻の曝露によって与えられたものだといい、それによって「ぼく」の存在が否定されたととらえている。しかし、これはあくまでも、「ぼく」という夫の一方的な言説であって、妻が<仮面>に付与した意味とはまったく違っているように読みとれる引用の文脈からは、決して「ぼく」の否定は生じてこない。

　「ぼく」の仮面を見破ったのは、実は妻だけではない。妻以外に、アパートの管理人の娘がいる。その娘は知恵遅れの少女で、「ぼく」のほうでは、自分の正体が見抜かれたのは、その娘の「未分化な直観」によるものだと思っている。それは、「ぼく」と「もう一つの顔」をもつ「彼」との自己同一性（アイデンティティ）を見破られたことへの、うろたえであった。娘の「未分化な直観」が意味することは、「ぼく」にとっての<仮面>、すなわち「もう一つの顔」は、実は「ぼく」の内なる他者性として内在化しているということだ。

---

20)　平野栄久「仮面の罪ー安部公房『他人の顔』」（『新日本文学』一九六六年八月）。

しかも他者性とは、決して一個の他者の存在ではない。何個もの他者である。それが多重的人格を生きるという意味でもあった。そのことを「ぼく」は恐れるようになっている。娘の何気ない言葉によって、「ぼく」は多重的人格を受け入れなければ、人間関係を保てなくなったことを、いやおうなく認知させられてしまった。そのためにも「ぼく」は、彼女の「未分化な直観」を必死に拒否し、仮面をかぶり続ける。

　しかし、「ぼく」と妻との関係になると、「ぼく」の態度ががらりと変わる。妻に対するときの「ぼく」は、もはやあるはずもない「素顔」に固執し、＜仮面＞をかぶっているという意識でいる以上、妻が「ぼく」の正体を見抜いたのは当然のことであろう。それにもかかわらず、妻が「ぼく」の正体を見抜きながら騙されたふりをしたのは、夫の変身ぶりが夫自身の他者性の自覚によるものだと思ったからであった。しかし、「ぼく」は、妻の態度に不審を抱くようになり、ついには不貞の妻と考えるようになる。「ぼく」は自ら計画しながら、みずからの自己矛盾によって、虚無に陥らざるをえない。

　　　　あなたが必要なのは、私ではなくて、きっと鏡なのです。どんな他人も、あなたにとっては、いずれ自分を映す鏡にしかすぎないのですから。そんな、鏡の沙漠なんかに、私は二度と引返したいとは思いません。一生かかっても、消化しきれないほどの愚弄で、私の内臓はもうはち切れんばかりになってしまいました。（三六六頁）

　この妻の言葉は「ぼく」にとって痛烈である。妻と「ぼく」の間で、まったく異なる＜仮面＞に対する認識のズレ。自己のなかの多重性に目覚めたばかりの夫は、妻との関係においては、仮面の男でない「素顔」をもっている自分があるという幻想に取りつかれている。そのためにかえって、妻が愛していたのは、自分ではなく仮面の男であると思うようになる。つまり、いつの間にか、「ぼく」は再び＜仮面＞と「素顔」との対立の枠組みのなかに入り込む。

このように態度ががらりと変わったのは、それによって「ぼく」の自意識の危険性が読みとれる反面、「男」のエゴイズムが現れたからではなかろうか。一方、妻は、自分が夫の他者性(仮面の男)を認めたように、夫からも妻のなかの他者性を認めてもらいたかったのである。

　しかし、夫は自分の他者性については目覚めていても、妻の他者性はわかろうとしない。そこに「ぼく」の自意識の歪みを看破した妻からすれば、「ぼく」との夫婦関係には、もはや「鏡の沙漠」のようなところに、自分が入り込む余地はないということだった。「ぼく」がもし、「ぼく」の考えるとおりの人間関係(夫婦関係、妻像)を求めるとするならば、もはや「ぼく」を映す「鏡」としか向き合うことしかない、と妻はいう。妻はこれまで、そんな「鏡」にさせられてきたのであった。

　ところが、仮面劇をとおして他者性に目覚めた妻を、「ぼく」がかえって不貞をはたらいたと疑念をおぼえたと知るや、もはや「鏡」像的存在としての妻の立場は、荒涼たる「沙漠」のごとき夫婦関係でしかないと嫌悪するまでになってきた。こうして怒りを含んだ嫌悪の情を「ぼく」に投げつけ、妻は「ぼく」の前から消え去ったのだった。

5. むすび

　『他人の顔』は異常なプロットを織り成してはいても、非日常的な世界を描いた作品ではない。ごく日常的な都市生活のなかで、平凡な市民にしのび込んでくる存在の危うさを描こうとしている。しかも、このテキストでは、単なるメッセージが中心ではなく、そこから逸脱していく愉しさ、またはリアリティをもった遊びがあふれ返っているように感じられる。これは、安部公房の初期の短篇小説と中期以降の長編小説との落差とも言えるところである。

　安部公房の短編小説には、特徴的に寓話的要素が多くみられ、一つのイメージが一つのメッセージとして<真実>を語る。これに対して、長編小説はどうしても<現実>というものを媒介に入れざるをえないのであって、よりリアルな世界が描かれている。都市社会という<現実>を、つねに変化を見せる<顔>という変身を内包するモチーフに集約させることで、リアリティのある構造ないし装置をもちこんだのである。この手法にこそ、短編小説と長編小説の実質的な差異がうかがえるところで、安部公房文学の一種の転換を語るものであった。

　『他人の顔』が発表された当時といえば、都市社会は核家族化し、規格化された集合的な住居環境、大衆が担い手となる大量消費社会の進行、交通＝情報＝メディアの拡大などによって、都市生活における人間相互の関係性が従来とは一新されてしまった。つまり、われわれが世界やモノを見ているのではなく、世界やモノに見られているような転換だともいえる時期だ。このような価値の転換からくる人間存在への不安、すなわち、都市市民の目つきが急に険しくなりながら、七〇年代には覗くだけの人間、すなわち「箱男」が登場するようになったのも偶然ではないかもしれない。

　安部公房のこのような<顔>という<変身>モチーフは、顔の変形、加工、ゆがみ、さらには身体のロボット化とともに、いちはやく都市の記号として持ち出されたのである。

　この「ぼく」の敗北は、一九七〇年代の『箱男』になると、「箱男」という視姦者の形をとって、ふたたび現れてくる。「箱男」は箱をかぶった人間のことで、他人を見る存在であっても、他人からは見られることのない存在であった。箱のなかから見られる他人は、箱の向こうから見られているとは思っていない。そのため、もはや<仮面>で武装する必要はなくなっているのだ。

第二章

『箱男』論
—言葉の森と官能の海—

はじめに

　小説『箱男』は、かつてカメラマンであった男が、都市の片隅に巣くう
ホームレスの箱男を撮影し続けているうちに、ひょんなことから自身も箱男
となってしまう、そんな人物のまなざし(視線)をとおして、ダンボール箱を
かぶって暮らす箱男たちについて書いた作品である[1]。安部公房は、小説の
冒頭において「箱男が、箱の中で、箱男の記録をつけている」と記してい
る。この短い文章からも、小説『箱男』を分析するためのいろいろなキーワー
ドを手にすることができるであろう。まず第一に、箱男とは一体何者なの
か。第二に、箱とはどういう物体で、そこはどのような空間なのか。そして
第三に、なぜ箱男が自身のことを書き記す必要があるのか。この三点が、
本章の焦点としての当面の対象となる。以下、本章はこの三点の疑問に答
えるかたちで、ストーリーをたどりながら論を展開する。

　『箱男』に対する評価はさまざまであるが、まず同時代の評価をみると、
書評としか呼べないものが多く、到底作品論とは言いにくい[2]。本格的な

---

1) ここで引用する『箱男』のテキストは、一九七三年新潮社刊行の箱入りの『箱男』
　を用いることとし、引用の頁数もそれにしたがう。
2) 同年四月『波』に篠田一士氏の「<箱男>あるいはテキストのよろこび」と、一〇月
　『現代の眼』に中島誠氏の「箱入り男のジレンマ」という短評が挙げられるが、いず
　れも書評としか呼べないもので、とうてい作品論とは言いにくいものである。

作品論は、一九八五年に発表された芳賀ゆみ子氏の「安部公房『箱男』の世界」[3]と、一九九一年の谷口香織氏の「『箱男』の構造」[4]が比較的早いものであろう。芳賀氏の論点の新鮮さは「箱男願望」という視点からこの小説を分析しようとしたところにある。それに対して、谷口氏の論は主に作品の構造に焦点をしぼって、「書き手」の問題に言及し、誰が・どこで・いつ、「箱男」を見つめて書いているのかを精緻に分析することで、作品のもつ本来の価値を追究しようとした点で新しい。その他で注目しなければならないものに、安部公房の死後に出た『ユリイカ』特集号のなかで、『箱男』に関する論が四篇もあることがあげられる[5]。この時点で、『箱男』に対する本格的な研究が始まったといえよう。

　『箱男』は、どうにでも解釈できるように書いた小説であると公房自身も述べている。このことについては、本論文第Ⅰ部の第三章「想像力と分析精神—『バベルの塔の狸』論—」でも公房の作品をつらぬく性格として指摘しておいたが、この作品もたしかに、多面的でかつ多重的な性格をもっている。したがって、そのような作品に対して一定の視座からする評価を与えたところで、その全体をとらえることは難しいにちがいあるまい。そこで、本章はその限界性を十分に自覚しながらも、前述した三つの点を中心に分析してゆくことで、少なくとも『箱男』の一側面だけでもあきらかにしたいと思う。

1. 〈登録されない人間〉—安部公房の言説をとおして

　箱男とは、都市から逸脱した、もしくは疎外された人間の存在形態を指

---

3) 芳賀ゆみ子「安部公房『箱男』の世界」（『目白近代文学』第六号、一九八五）。
4) 谷口香織「『箱男』の構造」（『金沢大学国語国文』一九九一）。
5) 『ユリイカ増頁特集安部公房』（青土社、一九九四年八月）。

す言葉であることは、すぐ知られる。しかしそれでは、かれらの存在が、都市社会とどのような関係をとり結んでいるのかということについては、小説はなんら情報を与えてくれてはいない。むしろ、それは読者の側の主体的な考察にゆだねられているとみてよい。したがって、本節は、そのような関係の追究から作品世界に入っていくことにする。そのためには、まず社会(市民)の眼は、いずれも落伍者とみなされるような、乞食や浮浪者とこの箱男との違いをさぐっていく必要があろう。

1.1　乞食と浮浪者

①いくら世間を拒み、箱にもぐって世間から雲隠れしたからと言って、もともと箱男は(略)浮浪者とは違う。(二二～二三頁)
②乞食や浮浪者の側では、けっこう違いを意識しているらしいのだ。(略)とくに「ワッペン乞食」には目の敵にされたものである。(二三頁)
③乞食から、箱男になったという話はまだ聞いたこともない。(二三頁)
④乞食や浮浪者の場合とは違い、口に入れられれば何でもいいと言うものでは、ぜいたくではなく、衛生観念の問題なのだ。残飯だからといって、不潔とかぎったわけではないが、(略)とくにあの臭気には辟易させられる。(一五六頁)

　箱男は決してこの現実の世界から「蒸発」、または「失踪」したのでもないし、存在形態としては乞食や浮浪者とも異なっている。ただ世間一般の市民の眼から見ると、箱男の外見は、乞食や浮浪者と共通点が少なくないということはたしかだ。この市民のまなざしと重なる視点も、この作品にはうかがえるのであって、それはたとえば、「身分証明書を持たないこと、職業に就かないこと、一定の住居を持たず、名前や年齢を明示せず、食事や睡眠のための決まった時間や場所を持たないこと」(二三頁)などが、そのような視点の例としてあげられる。だが、箱男は、①のように浮浪者とは違う。

そこで、箱男とはどのような存在形態の者を指すのかを探るためには、乞食と浮浪者の存在形態を調べることから始めなければならない。

　まず、引用の④をみると、浮浪者に対して、＜臭い＞とか＜汚い＞といった蔑視を含んだ嫌悪感によって、他者と区別をつけようとしていることがわかる。このような属性を身に帯びた人々が乞食であり浮浪者であった。

　戦後、社会からとり残された乞食・浮浪者たちは、つねに疎外される対象であった。かつて日本の村や町には、ボロをまとった乞食がおり、廃品回収に従ったり、施しを受けたりしながら、町や都市の片隅に暮らす光景が眼に着いたといわれる。6)しかもかれらは、一切、国民としての義務から解放されているので、比較的自由に一定の地域を歩き回っていた。そうした乞食のいる風景が、いつのまにか市井の日本人の周囲から失われたのは、実はそれほど古い話ではない。都市や町から乞食たちを一掃する生活浄化運動が起こされたのは、一九六〇年代の後半からであったにすぎない7)。だが、その時期こそが、法律による規制をともない、かれらを都市や町から排除しはじめる幕開けともなった。かれらは、隔離されて施設に収容されるか、運良くそれを免れたとしても、都市の地下街や公園などへと流れ込んできたのであった。都市のなかに巣くいはじめた乞食・浮浪者たちは、戦後社会の混乱期という制度的空白のなかで、それなりの自由人という外被を奪われ、たんなる「モノモライ」へと堕ちていった。

　都市に集中するようになったかれらは、その風景の一部でありながら、都市にとっては、つねに排除の対象となる負の存在でもあった。かれらは市民社会の内部には二度と入ることが許されない者として、社会的な死を宣告されたのも同然の人々であった8)。いわば＜死せる市民＞と等しい者として

---

6) 宮本常一(代表)監修『日本残酷物語・一貧しき人々のむれ』(平凡社、一九九五)。
7) 赤坂憲雄『排除の現象学』(洋泉社、一九八六)。
8) たとえば、『砂の女』に見られる＜失踪男＞のように、家族に失踪宣告を出され、戸籍を抹消されている人もいる。

扱われていた。このような社会的位置づけにおいては、モノモライとしての乞食や箱男も、そのカテゴリーに入ってしまう。ただ、この両者の間には「あんがい乞食までは、まだ市民に属する周辺の一部分で、箱男になるともう乞食以下なのかもしれない」（二三頁）というように、区別のあることに注意する必要があろう。

　安部公房の言説からみると、この区別というのは、登録されている者と登録されていない者の差異を意味している[9]。乞食の場合には、身分や住所が証明できれば当局から仕事がもらえるので、すすんで登録しようとする者が少なくなかった。しかし箱男となると、身分も住所も登録されない存在である。というよりも、登録を拒否する人間というほうがふさわしいのかもしれない。箱男だけが、完全に社会に対して、義務と権利の両方を放棄してしまっている存在なのだ。箱男は、みずからの存在を積極的に社会から疎外させた、いわば孤高の逸脱者である。引用の③からもわかるように、乞食から箱男になった人はいないらしい。箱男には「落伍者意識だけにはまったく縁がない」（二三頁）のであり、みずからの居住空間である箱をやましく感じたことさえないのだ。

　それでは箱男は、なぜ②に見えるように、「ワッペン乞食」の眼の敵にされたのであろうか。「ワッペン乞食」というのはその身なりからする形容であって、「全身を鱗のように、バッジや、ワッペンや、玩具の勲章で埋めつくし、帽子には誕生祝いのケーキを飾る蝋燭のように、日の丸の小旗をぐるりと立てた老いぼれ乞食」（一五四頁）と表現される者である。かれが身に付けているさまざまなワッペンは、一種のシンボルとして、それを付けることによって何物か—強いていえば、旧日本軍、あるいは日本国家—への帰属感をあらわすものであった。このように、ワッペンなるものは、たとえば日

---

9)　安部公房が一九七二年六月新宿紀伊国屋ホール主催の講演「小説を生む発想—『箱男』について—」で、箱男を＜登録されない人間＞として定義している。（「新潮社カセット・安部公房講演」収録、一九九三）。

本とか軍隊といったような集団表象の観念を植えつけていると思われるのだが、都市化の進行にともなう市民の脱共同体化といった現象とともに、ワッペンは衰退していった。ただそれと反比例するかのように、都市化によって疎外された乞食たちのなかに、かえって逆説的に社会への帰属感、あるいは国家への帰属感を強く求める傾向が発生した。その戯画化された姿の乞食が、「ワッペン乞食」であり、ワッペンを身に付けること、それもできるだけ数多く付けるということは、その数に比例してかれらの帰属意識を高めるものであったのかもしれない。

　とくにここで注意すべきなのは、「勲章」と「日の丸」のワッペンであろう。「勲章」とは、軍隊の階級章に匹敵する名誉の徽章であった。しかし旧日本軍が壊滅したため、かれが夢見てきた階級の上昇は断たれてしまった。それゆえに、かれが「勲章」のワッペンを数多く胸に飾るのは、その苦痛を癒す代償行為としてもあるのかもしれない。そうすると、「日の丸」はまさに崩壊した日本軍国主義国家の象徴であろう。それを身に付けることは、天皇への帰属(忠誠心)を示唆する行為でもあったのだ。

　この二つのシンボルから推測できる「ワッペン乞食」は、戦争直後からしばらくの期間、都市に目立って存在していた元軍人・軍属、あるいは「傷病軍人」のいずれかである。敗戦とともに、祖国日本に帰ってきたかれらは、公文書的には失業者あるいは身体障害者と認定され、国家からある程度の補助(軍人恩給)を受けたり、あるいは施設に入ったりしたのだが、なかには、戦中戦後の混乱のなかで戸籍が失われたために、そのような救済の対象から漏れた者もあった[10]。とすれば、その間、乞食か浮浪者となるよりほかはなく、都市に寄生する存在になったわけである。そんなかれらにとっては、一種のブランドのような「勲章」や「日の丸」のワッペンは、かれらの生存の支えだったかもしれない。

---

10) 注 7 と同書。

　それにひきかえ、箱男は、積極的に社会あるいは国家からみずからを疎外させている存在であった。都市に住みながら、なんらの集団にも帰属しようとはしない孤高の箱男。その姿こそが、ワッペン乞食の眼には、だらしのない目障りな存在として映ったのであろう。そんな箱男の生態は、帰属意識にあふれながらも、帰属するところをもてぬゆえに憤懣の鬱積する「ワッペン乞食」の怒りのはけ口となったとみてよかろう。

1.2　ホームレス—公房における〈家〉へのこだわり

　『箱男』のテキストには見えないがホームレスという言葉は、いまは乞食や浮浪者たちを指す言葉である。つまり、乞食や浮浪者という言葉は、差別用語として用いられなくなった。しかし意外なことに、一九九四年からは「箱男」という言葉のほうが、ホームレスを指すようになって、まるで安部公房の「箱男」が現在に蘇ってきているかのように思われるし、実際新宿駅の地下街などにはその姿が見られもしている。森川直樹氏の『あなたがホームレスになる日[11]』の取材によれば、読書する箱男がいて、どことなく文学者の香りを漂わせているという。そういえば、一九九五年の朝日新聞には、なんと箱男が記事を書いている[12]。巽孝之氏は「箱女の居場所[13]」という論文のなかで、箱男をホームレスととらえ、かれらを「高度成長期のなかの資本主義的家父長制社会の脱落者」とみて、バブル崩壊後の九〇年代には「箱女」が出現したと述べている。このような社会現象は、作家公房には無関係なことではあるが、作品の現代性を問おうとするならば、はたして箱男と

---

11)　森川直樹『平成大不況—あなたがホームレスになる日』(サンドケー出版局、一九九四)。
12)　一九九五年一日から九日までの連載「新宿越年日記」。
13)　巽孝之「箱女の居場所—笙野頼子または境界領域文学の夢想」(『日本文学』四三、一九九四年一一月)。

はホームレスを指示するのか否かということが、まず問われねばなるまい。

　ホームレスという言葉は、一九八一年にアメリカで誕生した名称である[14]。アメリカでは、一九七〇年代末から公共の場所で夜を過ごし、持ち物を詰めたショッピングバッグをもって街をうろつき、食べ物を求めてゴミ箱をあさり、通行人に物乞いをする人々が急激に増えた。そのためメディアは、この種の人々に「ホームレス」という名称を与えるようになったのである。日本のメディアでも、最近ホームレスという言葉を使うが、カッコ付きで「ホームレス(路上生活者)」、あるいは「路上生活者(ホームレス)」というように使用している。「路上生活者」という言葉なら、すでに『箱男』に見えているので、少し「ホームレス」という言葉を離れ、一旦作品に立ち戻ろう。

　　　　ぼくらのような路上生活者は、ほとんどの日用品を拾い物で間に合わせてしまうし、また間に合ってくれるものだが、電池のような消耗品になるとそうもいかない。ただノートを書くためだけに懐中電灯を使ったりする贅沢は許されていないのである。(二〇頁)

　箱男も当時のメディア用語でいえば、「路上生活者」であった。路上生活者というのは、かれらの立場に立っていえば、「路上で生きる」権利を獲得している人々のことである。もっとも昔の乞食や浮浪者たちにも、路上(道路)で暮らす者がいた。その点で、箱男と乞食や浮浪者の間に違いはない。かれらにとっては、道路は一切の生活のおこなわれる場所であった。けれども、都市の市民社会の高度化は、かれらから道路を奪ってしまった。日本国憲法では居住の自由が保障され、人間差別にもとづく浮浪罪という刑法上の罪はなくなりはしたが[15]、それに代わり、市民生活を擁護するという名目から、軽犯罪法による浮浪の罪、立入禁止違反などを立て前として、

---

14) クリストファー・ジェンクス(Christopher Jencks)著、大和弘毅訳『ホームレス』(図書出版社、一九九五)。
15) 注9参照。

道路を根城にするかれらを現行犯として逮捕できるようになった。

　この小説を読むためにも、あえて他の路上生活者と箱男を区別するとすれば、他の路上生活者は「路上で生きる」権利を獲得した人々であるが、前述したように、箱男はみずからあらゆる権利を放棄した人間である。かれらが「路上で生きる」ということは決して権利の獲得ではない。箱男にとっては、そうせざるを得ないためにやむをえず、そのほんの片隅を借りて、ひっそりと生きていくという意味なのである。たとえば「歩道橋の下だとか、公衆便所とガードレールの間などに押し込まれて」(一二頁)暮らしているのが、それである。かれらは、都市の道路空間を巧みに利用しながら、それでもその生活空間を主張するのではなく、「押し込まれて」生きている。

　ここであらためて本節の主題ホームレスに戻るならば、なぜこの作品に見えないホームレスの考察が必要かといえば、実は、それが、公房の思想の原郷と通じるものを逆照射していると考えるからである。ホームレスとは、HOMELESS。日本語で訳せば「家のない人」となる。ただHOMEと家とが、意味上一対として対応するかどうかは問題で、そのためにはHOMEという語の定義がなされなければならない。当時のアメリカでは、HOMEという言葉を、自分の所有物が置けて、いつでも戻ることができ、安心して眠れる特定の場所がHOMEと考えられていた[16]。

　したがって、特定の住所を持たない人々が、HOMEを持たない人とされた。特に、都市のなかで一定の住居を持たず、「流浪」「浮浪」する人々を「ホボ」と呼んだが、その「ホボ(HOBO)」の原語は「ホボヘミアン(hobohemian)」で、放浪生活をしているボヘミヤ人にたとえられているところから、合成語化され、「ホボヘミアン」というようになったといわれる[17]。『箱男』の英訳版にも、作中の「浮浪者」を　「HOBO」と訳している場合も見られる[18]。

---

16)　ジェームズ・D・ライト(James　D.Wright)著、浜谷善実子訳『ホームレス−アメリカの影』(三一書房、一九九三)。

17)　注16同書。

　しかし、アメリカでは一九八〇年代以降になると、HOMEの定義がさらにあいまいになってきている。HOMEとは、睡眠のために用意されたプライベート・スペースとして、そのなかで寝る人がそこにいる法的権利を有し、他者の入室を断ることができる限り、そこがHOMEと見なされるようになってきている[19]。したがって、HOMELESSという社会的な存在の概念は、このような意味のHOMEに対応して成立したとみてよかろう。つまりHOMELESSとは、一時的であれ、自分のプライベート・スペースを持たない人々を意味するようになった。とすれば、公房の箱男は、この「ホームレス」とは違う。箱男は、路上であれどこであれ、「箱」という完璧な自分のプライベート・スペースを持っている人間である。アメリカ人の眼からすれば、箱男はHOMEを持っていることになる。

　HOME、または家(という居住空間)へのこだわりは、作家安部公房の思想の原郷をうかがわせるものである。初期の短篇『赤い繭』(一九五〇)を思い出せばよい。『赤い繭』では、＜家＞のない主人公が＜家＞を探し求めた挙げ句、「繭」という＜家＞ができても、その＜家＞に帰ってゆく「おれ」がいなかったという、皮肉的な結末で結ばれていた。それが『砂の女』になると、その作中に「砂の家」が作り出されていた。「砂の家」に住んでいる「男」は、「ちゃんとした戸籍をもち、職業につき、税金も納めていれば、医療保険証も持っている、一人前の人間[20]」なのに、＜死せる市民＞としてとらえられている。それがさらに、この『箱男』になると、砂丘の「砂の家」は「箱」に変形し、主人公は今度はそのなかへと移動してきたようにも見えるのである。

1.3　箱男とは何者なのか

　≪ぼくの場合≫≪箱の製作≫、そして≪たとえばAの場合≫と題された

---

18)　『BOK MAN』のなかに「浮浪者」について「HOBO」の他に「Vagrant」もみえる。
19)　注16同書。
20)　安部公房『砂の女』(新潮社、一九六二)四七頁。

最初の三つの章をとおして箱男のおおよその姿は把握できるであろう。[21]

　まず、≪ぼくの場合≫の章では、「ちょうど腰の辺まで届くダンボールの箱」(五頁)を頭からかぶって暮らす男を想像すればよい。次の≪箱の製作≫の章では、ダンボールの選び方や、製作の手順、そして一番重要視される「覗き窓」の作り方が述べられる。それに加えて、ある程度の携帯品を居住空間である箱のなかに置くべきことが説明されている。三つ目の章の≪たとえばAの場合≫では、Aという人物がみずから箱男となって通り(路上)へ出るまでが語られる。こうして、工夫されたダンボール箱をかぶって、路上生活を営むようになる箱男の姿が徐々にあきらかになっていく。

　この箱男について、中島誠氏は「それは現代の人間のエゴそのものである。このエゴは、近代風のキャリアリズムを持っていない[22]」と指摘するのだが、川村二郎氏によれば、箱男をアナーキストとして見ている[23]。変わったところでは、中世文学研究家の石田吉貞氏が、『方丈記』と『箱男』を比較をして、箱男を「現代の草庵男[24]」としてとらえているのは、ユニークな解釈であろう。このように箱男についての解釈は多面的におこなわれているのだが、本章でもあらためて、前項までに見てきた箱男の姿を注視することにする。

　まず、テキストの方から見ると、以下のテキストに注目する必要があろう。

　　①箱男になるには、かなりの勇気はいる。(略)紙箱に、誰かがもぐって街に
　　　出たとたん、箱でも人間でもない化物に変わってしまうのだ。(一一頁)
　　②べつに異常なことをしているという意識はない。それどころか、この方

---

21)　『箱男』の全体は二重カギ≪　≫を施した二四の章(任意に「章」と呼ぶ)と八枚の
　　写真とからなっている。
22)　中島誠「安部公房－『箱入り男』のジレンマ」(『現代の眼』一九七三年一〇月)。
23)　川村二郎『文学の生理』(小沢書店、一九七九)三〇頁。
24)　石田吉貞「『方丈記』と隠者の生活－安部公房『箱男』との比論」(『古典への慕
　　情』談交社、一九七五、所収)。

　　　がずっと自然で、気も楽だ。これまでは嫌々ながらだった独り暮らしま
　　　で、今ではかえって、禍い転じて福となった思いである。(一七頁)
　　③箱男にはやはり駅の周辺だとか、混み合った商店街なんかの方が向い
　　　ている。たかだか三、四本しかない道を、迷路のように見せかけている
　　　風景の正直さも好きだし、それに第一居心地がよい。この調子だから
　　　地方の町は苦手なのだ。(三一頁)
　　④箱男の眼はごまかせない。箱から覗くと、風景の裏に隠された嘘も、下
　　　心も見とおしなのだ。(三一頁)

　『箱男』のなかにはさまざまなタイプが登場するが、この四つの引用箇所
は、一般的な箱男の特徴を語ったものである。
　説明に入る前に、少し≪箱の製作≫の章で、箱の選び方を述べていると
ころから見ていこう。それによると、箱は大きさが充分でありさえすればど
んなものでもかまわない。ただし、できればありふれた規格型が望ましい。
箱の条件として最も重要なのは、「他の箱との判別が困難であること」(七
頁)が望まれるからだ。このような「箱」であれば、①のように「箱」をかぶっ
て街に出ても、その姿は個人であっても個人ではなく、浮浪者とも乞食と
も判別がつかない。つまり、箱男がもっとも望むところの「存在しないも同
様」(二四頁)の存在になることができるのである。このような箱男が、③の
ように駅の周辺の地下道だとか商店街の一角に立ち止まれば、「ゴミ」と
そっくりなので、もはや人間をも逸脱してしまって、その存在は無視される
ことにもなる。箱男は、都市の市民としての一切の「登録」から逃れた人間
として、乞食や浮浪者と異なる生態をもっているのだ。かれは、社会が産
んだ都市の寄生者だが、かれ自身の究極のありようは、他と区別のつかな
い「ゴミ」のごとき存在に求められているといってよかろう。
　このように眺めることのできる箱男にも、人間として残された機能あるい
は武器ともいえるものがある。それが④でいうように、好奇の眼で他人を
「覗く」ということだ。箱男は、箱のなかでの「覗き」という行為に無限の喜

びを得ることになる。それはピーピング・トムの喜びといってもよかろう。この特性によって箱男は「専門の覗き屋」と呼ばれる。どうやら箱男の「覗き窓」は、都市の人間存在を見る他者の眼ではないだろうか。すると、今度は自分の存在理由を回復するかのように、絶えまなく「書く」こともする。この箱男における「覗く」という行為と、「書く」という行為については、次項であらためてふれたい。

2.「ぼく」をめぐる冒険—箱男と箱の関係をめぐって

『箱男』のストーリーは、さまざまな箱男たちの物語がオムニバス風に語られていく。元カメラマンだった箱男の「ぼく」、ある箱男を空気銃で狙撃したあとで自身も箱男になったＡ、死体で発見される箱男Ｂ、箱男の箱を買い取ろうと望んでいる、元衛生兵でいまは贋医者のＣ、麻薬中毒になった元軍医殿、こういったさまざまな経歴を秘めた箱男のストーリーが展開される。これらのストーリーは、「ぼく」の「覗く」という視点から語られていく。つまり『箱男』という小説は、箱のなかから「覗く」という行為による視線と、「覗かれる」異装の人物たちのドラマとして読むことができるわけである。この小説構造については、これまでも「見る」と「見られる」の絡み合わせでさまざまな分析の試みがあったが、分析の視点がつねに覗いている箱男のポジションに求められているために、そこからはなにも新しい視点論を析出できないでいる、というのが率直な総括であろう。

本章はこの視点論をひとまず離れ、登場人物の境遇をめぐり派生するそれぞれの出来事、あるいは箱男たちに向けるまなざしの反対側にいる「ぼく」の境遇に注目してみたい。この小説を<読む>という行為においては、それが、より有効な方法となるからである[25]。少なくとも、かれらの出来事に注目してゆけば、箱男たちの生態を覆っている「箱」の意味と機能が透して見えてくるはずで、そこから作品のテーマがうかがえるのではなかろうか。このような視座に立つとき、「ぼく」の「覗く」という視点も、「ぼく」の境遇と深くかかわってこざるをえない。そこでまず、かれらの出来事を考察する最初に、「ぼく」の出来事から始めよう。

2.1 「ぼく」が箱男になるまで

「ぼく」はカメラマンから箱男になった人物である。その理由については明確に語られていないのだが、それと思われるものは、断片的に彼の語る短い言葉の端々からうかがえる。

> 見ることからも、見られることからも、ただ逃げ出したかったのだ。(九四頁)

「ぼく」は「見る」ことにも「見られる」ことにも疲れ果てたから、そこから「逃げ出した」という。カメラマンはファインダーをとおして絶えず「見る」ことで、「見られる」被写体(対象)との間に緊張関係を形成する。その関係性のなかに、自分の存在証明を見い出そうとする。しかし、カメラマンが「見る」ことに対していったん疑念を覚え、良心の苛責にとらわれるとき、その対象との緊張関係は崩れることになるだろう。「ぼく」が、いかに被写体(対象)との緊張関係のなかで、耐えねばならなかったかは、ひどいニュース中毒にかかったことがあるくらい、徹底した職業意識の持ち主であったことからもわかる。次から次へと、たえず新しいニュースを仕入れつづけていない

---

25) 安部公房は「都市への回路」(『海』一九七八年四月)という対談のなかで、覗くということを分析しようと思ったら覗かれる立場の分析を抜きにできないと語っている。

と、なんとも不安でたまらなかった。それがある日、道で倒れて死んでいく男を見かけた時、「ぼく」はいったんカメラを構えて、いろんな角度から狙ってみたりしたが、結局シャッターを切らなかった。なぜなら、そんなものなど絶対にニュースにならないことがすぐにわかったからだ、とあとになって「ぼく」は弁解する。

　作中人物の弁解が、必ずしも事柄の本質を射たものでないことはよくあることだ。ここの「ぼく」の弁解にも、本当のことが語られてはいない。ただもしかすると、「ぼく」自身気づいていないのかもしれない。本論の筆者からみればこうなる。つまり、死に行く者を眼の前にしながら、それを救うこともせず、冷徹に被写体にしようとした行為のうちに、「ぼく」はきっと「見る」と「見られる」との関係しか作り出せぬ自分に、激しい自己嫌悪と良心の苛責にとらわれたにちがいないのだ。一九九六年のピュリッツァー賞を授賞したカメラマンが、地上に舞い降りた禿げ鷹に狙われた瀕死の子供を被写体とするだけで、その子を救おうとしなかったことを、国際的に非難され自殺した事件があった。

　このような惨めな体験のなかに自己の存在証明を見い出さざるをえなかった「ぼく」は、やがて「自分の醜さをよく心得ている」と告白し、そんな自身から逃亡するために箱をかぶるようになった。かれに言わせると、人類の九九パーセントが自分の「醜さ」を自覚している。衣服が発明されたのも、裸の醜さを衣服で隠そうとしたからで、なるべく似た衣装をつけ、似た髪型をするのも、容易に他人と見分けがつかないようにするためである、という。

　ただ箱男となったかれにも、安らぎの快楽が必要であった。それが箱のなかからひたすら「覗く」という行為であった。それもかれに言わせると、人類の文明は視姦の文明だ。そのくせ「覗き」が一般に侮蔑の眼をもって見られるのも、自分が覗かれる側にまわりたくないからで、「やむを得ず覗かせる場合には、それに見合った代償を要求する」(九五頁)ことができる。芝居でも映画でもふつう見る方が金を払い、見られる方が金を受け取るのはその結果で、それにもかかわらず、ラジオやテレビのような覗き道具は際限もなく売れているではないか。「誰だって、見られるよりも、見たいのだ」（九五頁）というのが、箱男となったカメラマンの「見る」ことに対しての論理であって、さらにそれが深まり、「しじゅう覗き屋でいつづけるために、箱男になった」のだということになる。

　しかし、「ぼく」が箱男になった理由はいま一つあるようだ。

　　　　ぼくが、すすんで近視眼になり、ストリップ小屋に通いつめ、写真家に弟子入り……そして、そこから箱男までは、ごく自然な一と跨ぎにすぎなかった。（九五頁）

　高度産業化、情報化、都市化といった、一九六〇年代から七〇年代前半にかけての変化は、まず＜私的領域志向＞や＜メディア人間＞、＜カプセル人間＞などを生み出した26)。箱男になる以前の「ぼく」の部屋には、「七種類の新聞」と「二台のテレビと三台のラジオ」が備わっていた。各種の情報機は、外部との媒体（メディア）だ。「ぼく」は、一日中部屋のなかに閉じこもり、ひたすらニュースを聞いたり読んだりするだけだった。それが「すすんで近視眼になる」ということだが、孤立しながらも外界と接触する通路はもっていた。だからこそ、その狭い部屋が、かつての「ぼく」の生活空間のすべてであった。このような空間がいつの間にか「箱のなか」へ移動したとしても、なんら不自然な感じがしないのも無理はないだろう。メディアが「覗き」にとって変わっただけだ。したがって、「そこから箱男までは、ごく自然な一と跨ぎにすぎなかった」というのは「ぼく」の実感であった。そして箱男になってから、もう三年が経っている。

---

26) 中野収『現代人の情報行動』日本放送出版協会、一九八〇。

2.2 「ぼく」に起こった事件

　そんな「ぼく」が、ある夕刻、空気銃で狙撃されるという挑発的な出来事が起こった。小説のストーリーはこの出来事からはじまる。撃たれた瞬間「ぼく」は、箱男の「ぼく」に感染された箱男志願者が過激なかたちで接近を試みたのだろうと直観する。左肩を撃たれたのだが、そのときすばやく元カメラマンだったプロ意識がはたらき、「空気銃を小脇に、銃口を下に向けて体のかげに隠し、小走りに逃げて行く中年男の後ろ姿」(二七頁)を撮っていた。それというのも、自分が殺されてもニュースにはならないし、それに「存在しないも同様」の箱男なのだから、そんな者が殺されようと、殺人鬼にとっては殺したことにならない。そんな「天性の殺され屋」であるということを咄嗟に考えて、万一の場合の証拠とするために写真を撮ったのであった。「ぼく」はさらにこの写真を添えて、事件を想起しながらそのあらましをノートに書きつけていく。それも「ぼく」が犯人を告発するためにそうするのであって、「ぼく」自身の言葉で言うと「安全装置」としての用意である[27]。写真もノートも記録にはちがいはないが、写真はともかく、「安全装置」としてのノートはこの小説のなかではラディカルに機能する。

　そのことは、二四章からなっているノートの構成があきらかにしてくれる。ラディカルであることの第一は、ノートを綴った章は、順序を変えても自由自在に組み合わせて読むことができるところに求められよう。ノートは順序を差し替えることで、それこそいく通りもの論理が勝手に組み立てられる。この「箱男」のノートに関しては、『箱男』を刊行するまえに、すでに「箱男予告編」と銘打って『波』に発表された短文にその片鱗がうかがえる[28]。

---

27) テキストの≪安全装置をとりあえず≫という章のなかで「ぼく」はノートを証拠物件として残しておくつもりで書くものであって、それを安全装置と呼んだ。

28) 『波』に連載された「周辺飛行」のなかで「周辺飛行」(一九七二年九月)が「あるいはＡの場合」であり、「周辺飛行」(一九七二年一一月)は「箱男予告編」、「周辺飛行」(一九七二年一二月)は「箱男予告編そのⅡ」である。

　『波』に発表されたのは一九七二年九月に「あるいはAの場合」、一一月号に「箱男予告編」、一二月号に「箱男予告編そのⅡ」の三編である。このなかで「箱男予告編そのⅡ」は、『箱男』のプロットのなかでは最初の≪箱の製作≫にあたるものだが、すでにそこに「ノート」という形式がとられている。それからしてもたしかに、ノートによる章立てというのは、あとから意識的に再構成できるわけである。ノートは「記憶を整理し」ながら書くものであって、その「ぼく」の記憶というのは、印象度の強弱と事件の記憶の曖昧さとがないまぜとなっているために、カメラのフィルムが記録するよりもずっと複雑であろう。そこで、その「ぼく」の記憶をおもな素材として、そのとき起こった事件の進行をたどっていくことにしよう。

　「ぼく」が空気銃で撃たれたとき、そこへ自転車に乗った娘が現れ、病院に行くようにと言い残し、金を渡して去っていった。「ぼく」は傷の痛みに耐えかねて、娘の言うとおりに病院を訪ねる。ところがなんと、病院の医者が例の狙撃者であり、看護婦は自転車の娘であった。治療が終わると彼女は、箱男の箱を買いたいのだがどうすればよいのか、と「ぼく」に尋ねる。「ぼく」は、箱男の知り合いだと称して、五万円で箱を買い受ける役を引き受けてしまう。

> 　　　ぼくの箱が売れたのである。(中略)彼女の脚に武装解除されてしまっていたようである。もっとも今は後悔気味だ。というより、いずれ手痛く後悔させられそうな予感に、すっかり気を滅入らせていると言った方がいいかもしれない。みじめな気分。どう考えても箱男らしくない。
>
> 　　　　　　　　　　　　　　　　　　　　　（二〇〜二一頁）

　しかし、「ぼく」にとって箱のなかでの生活を捨てることは重大事である。一切の登録を拒否した生き方をすることは、もとより自身の選択だ。それにもかかわらず、彼女に箱を売るのは、彼女への性的関心のためというのが一つの理由であろう。しかし、特定の個人に興味を惹きつけられること自体、もはや箱男ではなくなることなのかもしれない。ただ「ぼく」が箱を売ろうとしたことには、もう一つの理由があった。

　　　　箱を脱げるのは、昆虫が変態するように、それで別の世界に脱皮できる時なのだ。彼女との出会いで、もしやその機会をつかめたのかと、ひそかに期待していたのに……もっとも、箱男という人間の蛹から、どんな生き物が這い出してくるのやら、ぼくにだってさっぱり分からない

（四八頁）

　昆虫が蛹から成虫へと変身するように、「ぼく」には「別の世界」に脱皮したいという密かな欲求があった。「蛹」について、いま手元にある辞典を引くと、「完全変態を行う昆虫が、幼虫から成虫になる途中で、食物をとらず、脱皮して静止状態にある段階。特に、蚕のさなぎをさすことが多い」と記されている[29]。箱男が「人間の蛹」なら、箱は「繭」であろう。このような構図は『赤い繭』にみえる<おれ>が「繭」に変身するという設定と似ている。あえてその差異をいえば、『赤い繭』では、「繭」に変身した<おれ>は変身とともに<おれ>という存在でなくなるのだが、『箱男』の場合は、そのストーリーを『赤い繭』に接続させると、『赤い繭』で消滅したはずの<おれ>が、箱男になって現れてきたというような、不思議な連続性が意識される。

　「蛹」としての箱男と「繭」としての箱というアナロジーから、この箱男の生態をとらえるとどうなろうか。「人間の蛹」は「繭」のなかで、覗きの歓びを得ながら、深く愛する彼女にそれを結びつけるために欲望の糸を伸ばしていく。「ぼく」はこの限られた関係を受け入れるだけで満足し、それ以外の外部との関係はすべて拒みとおして、自分だけの空間にとどまろうとする。そして繭糸のようにとめどなく紡ぎ出す想像の糸で、欲望の対象となる女性を自身の紡錘の内部に巻き込んでいく。このような妄想が、つねに箱男の

29）『広辞苑』第四版、岩波書店。

欲望をとる。「ぼく」は箱のなかで「時間感覚の麻痺」を起こしながら、そこに無数の夢と記憶を手繰り寄せるように事件を蘇らせる。その代償として、「書く」ことと「覗く」ことという行為を、果てしなく繰り返す。そうすることが、「ぼく」の<生>と<性>の活性化であった。まさに<生>と<性>をかけて、「安全装置」としての表現行為を、あくことなく追究する。こうして記憶と想像が織りなす繭の糸のように、ノートによるテキストは際限なく増殖していく。

　これがテキストの後半の≪開幕五分前≫の章で「言葉の森と官能の海……」(一八〇頁)というように集約されて、「書く」行為こそが「ぼく」の<生>と<性>の営みであることを暗示する。こうして、テキストは、あたかも繭をつむぎあげるかのように、その内部にそれぞれ閉ざされた多数の箱男の<生>と<性>を篭もらせながら、その一方では、かれらと外界とを関係づけていく。

2.3 「ぼく」の境遇—「覗く」行為と「書く」行為

　あらためて事件の進行(ストーリー)に戻ろう。「ぼく」が箱の取引きのため彼女を待っていると、彼女は箱の処分を任せるという内容の手紙と箱の代金を、待ち合わせ場所の橋の下に投げ落とす。「ぼく」は箱の始末を一任するという彼女の手紙を繰り返し読み返しながら、彼女が箱を買い求める意図と、それなのに今度は箱の処分をしようとする意図はなんだろうかと考える。やがて「ぼく」はひとつの解釈にたどりつく。すなわち、彼女は医者と共謀して箱を欲しがっていたが、何らかの事情で、箱を利用しようとしている医者の計画を妨害するつもりで、箱の処分を考えたのではないだろうかと。

　そこで「ぼく」は、彼女の意図をただそうとして再び病院を訪れる。病院へ着いた「ぼく」は明かりのついた窓からなかを覗きこむ。そこに展開されているのは、いかにも奇妙な光景だった。裸の彼女と「ぼく」そっくりの箱をか

ぶった人物(医者だろうと「ぼく」は推測する)が、向かい合っているではない
か。その光景を眼にした「ぼく」はそのとき、密かに夢見た妄想がふたたびわ
き起こるのを感じた。
　次のところが「ぼく」の秘められた欲望をうかがわせてくれる。

　　　　　覗いているぼくを、さらに覗いているぼく。天井に浮かんで自分
　　　の死体を見おろしながら、絶望に身もだえている夢を思い出していた。
　　　ぼくは恥じ入り自分で自分を嘲笑う。(五九頁)

　これは鏡のなかに覗いている「ぼく」が映っている様子だが、この奇妙な場
面は<性>のコードで読み解くべきなのだろう。「自分の死体」とは、<性>
の欲望を限りなく零(ゼロ)化した、あるいは抑圧した自己の肉体の隠喩で
あり、また「絶望に見もだえている夢」とは、<性>の欲望の実現を遮断され
た状態で、視姦による夢想でしか自慰することができない状況の隠喩であ
ろう。だからこそ、「ぼく」は「自分で自分を嘲笑」わざるをえなかったのだろ
う。この隠喩の連想をたどれば、彼女を知ってからの「ぼく」は、彼女を覗
くことが、人生の目的となっていたということが読みとれるのではなかろ
うか。
　この光景を覗き見てからは、始終覗き屋でいつづけるために箱男になっ
た「ぼく」に、変化が起こり始める。箱から外に出たいという欲求がそれだ。
「なぜさっさと脱いでしまわないんだ(中略)これを機会に、箱と手を切って
みることにしたらどうだろう」と。「ぼく」の覗いたものが、覗かれている「条
件つきの裸」であったため、「ぼく」は欲望を満足させるどころか、よけいに
嫉妬心を掻き立てられただけであった。それが「ぼく」に変化を起こさせる
きっかけとなった。結局、「ぼく」は彼女と言葉を交わすどころか、誰にも気
づかれずに、そこをそっと立ち去ったのである。
　「覗く」という行為は、双方向的な関係ではないはずだ。しかし、箱男に

とって箱の「覗き穴」から「覗く」という行為が意識化されなくなるとともに、「見る」と「見られる」との関係は融化して、両者はすべて「同格の意味」を持つことになってゆく。この不思議な視姦の構造には、閉ざされた空間に篭もる箱男の生(＝性)の歪んだ欲望が秘められている。それゆえに、彼女を覗くだけで彼女の求める声が一層高く聞こえるというのは、「ぼく」の閉ざされた性的懊悩のためだともいえる。

　この性的懊悩の結末は、テキスト後半の《開幕五分前》から、《そして開幕のベルも聞かずに劇は終わった》までの三つの章で語られている。「ぼく」はもう一度病院を訪れ、裸になって彼女と抱き合う。そしてそのまま二人きりで二ヶ月を過ごすことになる。「ぼく」の性的欲望は、それまでの視姦を突き抜けて満たされた。ただいったん欲望は満たされるや、それは際限なく肥大化する。《そして開幕のベルも聞かずに劇は終わった》の章では、彼女が服を着て立ち去るところで終わっているが、最終の章、《………………………》という文字表記された題をもたない章では、早速に前章の物語の取消が行なわれる。

　　　　箱から出るかわりに、世界を箱の中に閉じこめてやる。いまこそ世界が眼を閉じてしまうべきなのだ。(一八八頁)

　彼女はもはや「ぼく」の欲望から逃げることはできない。ここでの「世界」とは、「ぼく」にとっての世界のすべてということで、彼女のメタファーである。「ぼく」は彼女を、すなわち「世界」を「箱の中に閉じ込め」ようとする。彼女を知ってしまったあとでは、箱という「閉ざされた空間」は、もはや「ぼく」一人では自足し得なくなっている。彼女をここに閉じ込めねば「ぼく」の世界は完結しない。

　「ぼく」が箱を脱いで、彼女の部屋を訪ねてみると、部屋だったはずの空間がどこかの駅に隣合った売店裏の路地に変わっていた。このあたりのテキ

ストに見られる目まぐるしいシュールレアリスム的な転換を、ひとつひとつ
解釈することは難しいが、その多様で複雑なイメージの連鎖は、実はひとつ
の中心から放出されているということだけはいえる。

　　　　　箱を加工するうえで、一番重要なことは、とにかく落書のための
　余白をじゅうぶんに確保しておくことである。(一九〇頁)

このさり気ない語りが示唆するように、「ぼく」の<書くこと>への持続力を
垣間みることができる。「作家というのは、現実と表現との割れ目にすく
う、一匹のクモなのだ。自分の軌跡を、ただそのはりめぐらせた透明な糸に
たくして、自分は割れ目の陰にひっそりと身をかくす、一匹のクモなのであ
る。(中略)自分で吐き出した糸に支えてもらう以外に、なにが期待できるだ
ろう。慢心はただ、墜落をまねくだけのことである。作者であることを選ん
だということは、作者であること以外のあらゆる資格を放棄するという魔神
との契約にサインしてしまったことなのだから」と安部公房は語る[30]。この
公房の論理からすれば、クモの糸は、繭の糸へと言い換えてもよかろう。箱
男は、想像の糸の透きとおったきらめきによって、みずからの世界を広げて
いく。そして、すべての世界の広がりを、透明な糸で紡がれた自己の「繭」
にしたがる。とすれば、箱男は、「箱」という境界線上に住む一匹のクモ(あ
るいは蚕)であろう。もしそうであれば、箱男の「箱」は想念や妄想、あるい
は知恵の容器ともいえる。

　　　　　箱というのは、見かけはまったく単純なただの直方体にすぎない
　が、いったん内側から眺めると、百の知恵の輪をつなぎ合わせたような迷
　　路なのだ。(一九一頁)

---

30) 『われわれの文学 7 安部公房』(講談社、一九六六年二月)の巻末に付した自己
　　解説「私の文学　消しゴムで書く」のことである。

こうして、「ぼく」にとって<覗くこと>はそのまま<書くこと>であった。この両者の関係は可逆的であって、「書く」ためには「覗く」ことが必要なのだ。さきほど引用したところに「覗いているぼくを、さらに覗いているぼく」とあったが、この二重の「覗く」行為を媒介しているものが、「書く」という行為であることはいうまでもなかろう。つまり、「書く」という行為を目的にしなければ、「覗いているぼく」をさらにもう一人の「ぼく」（＝語り手）が「覗く」必要はない。

箱男と箱の関係が以上のごとく解釈されるとすれば、その関係はもはや分離不可能となる。それでも箱男は「むろん箱から出るだけなら、なんでもない。なんでもないから、無理に出ようとしないだけのことである」(六六頁)と強がりをいう。だが、そう言い切ったあとですぐに続けて、「ただ、出来ることなら、誰かに手を貸してほしいと思うのだ」(六六頁)とつぶやかざるをえない。いったんかぶってしまった箱からはそう簡単に出られない。たとえ出たとしても、その時には、また別の箱をかぶろうとする焦燥感に迫られるのだ。

3. 箱男Ａ、そして箱男でない箱男たちの物語

3.1　Ａの男の場合—軍医殿と葉子

アパートの窓先に住みついた箱男を空気銃で撃ったＡは、自分もついでに箱男になった。

　　　ある日、Ａのアパートの窓のすぐ下に、一人の箱男が住みついた。いくら眼に入れまいとしても、自然に入ってしまう。いくら黙殺しようと努力しても、意識せずにはいられない。Ａを襲った最初の感情は、

　　不法に領分を犯されたような、苛立ちと困惑、割り込んで来た異物に対
　　する、嫌悪と腹立ちだった。(一二頁)

　Aが箱男になった「ささやかな動機」がこのことであった。自分のアパート
までまつわりついてきた箱男に対するAの反応は、その「異物」を排除する
か、または同化するかしかなかった。公房の他の作品に、具体的には『赤い
繭』に、このような「異物」に対して、ある人物がどのような態度をとるのか
といった類似の状況が見られる。『赤い繭』のなかで、「繭」になった<おれ>
を、汽車の踏切のレールと枕木の間で見つけた「彼」は、「最初腹を立てた」
とあるのがそれだ。「彼」が保全せねばならぬ管轄区域のなかでは、どこから
か迷い込んだ「繭」は障害物であり、「異物」にすぎない。それゆえ、そこから
排除しようとしたわけである。この『赤い繭』のなかの<おれ>と「彼」との関
係は、ここでは「ぼく」とAの関係と類似している。
　すでに前節でもふれたが、『赤い繭』の<おれ>は、変身をともなってこの
作品のさまざまな箱男たちに結実しているが、このAという箱男も、いわば
「彼」というよりも、<おれ>のメタモルフォーゼであった。そんなAが具体的
な人物として浮かび上がるのは、「ぼく」が傷の手当のため病院へ訪れたと
き、Aがもともとその病院の医者だとわかったところからである。しかし、
Aは実は贋医者であった。そのことが語られているのが≪供述書≫と≪続
・供述書≫の章である。
　これまで「医者」と呼ばれてきた箱男Aは、医師免許状を持った医師では
なかった。本名はCといい、戦時中、衛生兵として従軍し、「軍医殿」と呼
ばれる人物を上官としていた。軍医殿は、某地の野戦病院に勤務していた
が、その当時は極度に不足していた糖分を材木から抽出する研究に没頭し
ていて、診療の大半は部下のCに任せていた。軍医殿は、研究中に激しい
筋肉痛を主症状とする原因不明の奇病にかかり、そのため麻薬を常用し、
終戦時には完全な麻薬中毒患者となっていた。

　部下のＣは、軍医殿の人柄に好意を寄せていたので、骨身を惜しまない看護に当たったのだが、軍医殿は復員後、Ｃの恩義に感じて診療所を開業すると、Ｃを呼び寄せ、代診として経営と診療に当たらせることにした。Ｃはやがて、カルテによる軍医殿の指示にしたがうだけでなく、自発的な研究と新知識の吸収によって腕をあげ、患者たちからも信頼を得るようになった。こうした表向きの協力関係の裏には、実は軍医殿がＣを身近に置いておかねばならない秘密が隠されていた。たしかに、Ｃが医師として軍医殿に協力していたのは、彼自身の医師としての自負心と研究欲、それに生計のためという事情もあったが、むしろ軍医殿が麻薬中毒者であったために協力を強いられたのであった。

　診療所の経営は、軍医殿の妻《奈奈》が握っていた。彼女はＣと不倫関係にあった。そのきっかけは軍医殿がＣから見捨てられることを恐れ、Ｃを引き止めておくために、《奈奈》にＣと関係を結ぶことを要求したからであった。このような異常な行為からわかるように、軍医殿は麻薬中毒による被害妄想が進んでいて、厭世的になり自殺志向が強くなっていた。夫の診察能力を危ぶんだ妻の《奈奈》は、Ｃと相談して軍医殿を診療の前面に出すことをやめ、その代わりにＣが軍医殿になりすますことになった。こうしてＣは《奈奈》と同居し、共同経営者として診療所の診察に全面的にたずさわることになった。

　そこへ新しく看護婦見習生《戸山葉子》が登場する。彼女が看護婦としてＣの診察に甲斐甲斐しく手伝うようになり、つねにＣの側から離れない様子を見て、嫉妬した《奈奈》は、Ｃと別居して市内にピアノ塾を開いた。こうした人間関係が展開していくとともに、軍医殿とＣの関係には「被害意識のない被害者が、被害者でないとすれば、加害者意識のない私（Ａ＝Ｃという人物、引用者注）も、加害者ではない」（一三一頁）というように、<被害者のいない犯罪>が起こることになる。しかし、やがてその<被害者のいない犯罪>に傷つけられて、二人の関係の崩れるときが来た。それまで軍医殿の代役に甘んじていたＣが、いつまでもこうしていることに耐えられなくなったのだ。Ｃは本物の軍医殿になり変わろうと決心した。そこで、しばらく前から、箱をかぶって市内をうろついていた浮浪者にいなくなってもらい、そっくり同じダンボール箱をかぶった軍医殿の死体を川に浮かべれば、きっと身元不明の浮浪者として処理され、自分に嫌疑がかかるおそれはあるまいともくろんだのだった。こうして軍医殿を箱男に仕立てて殺すという計画は実行された。そしてもくろみは成功した。

　　　　ここ数カ月、ダンボール箱をかぶった浮浪者が市中を徘徊し、目撃者もいたとのことでありますが、それが軍医殿の変装ではなかったのかとお尋ねならば、私の眼を盗んでそのような変装をした可能性までは否定することが出来ません。(一三三頁)

　Ｃの供述は、見つけられないという自信にあふれている。思い出していただきたい。第二節で言及しておいたように、箱男なる人間の存在形態は、市民社会にかかわる一切の登録を拒否するところに、大きな特徴があった。したがって、箱男は公文書からは一切消滅させられているため、<死せる市民>も同然な存在であった。そんな箱男の一人を誰かが殺したところで、もしもその現場を見られなければ、その死体から手がかりを得ることなどほとんど不可能であった。Ｃはそれを知っていた。

　むろんＣは、最初から完全犯罪をもくろんだのではないだろう。しかし、自分が空気銃で一人の箱男を打ったあと、箱男Ａになったのは、たぶん箱によって自己の存在を隠蔽するつもりだったのかもしれない。箱は個人としての人間存在のすべてを隠蔽してしまう。けれども、Ａは本物の徹底した箱男ではなかった。Ａは箱を手に入れ、箱をかぶったりして箱男になりすましたが、医者の職業と生活はそのまま続けている。つまり、Ａは贋医者であり、かつ贋箱男なのである。Ａは箱の機能を熟知していた。箱男は<見る

存在＞であっても、決して＜見られる存在＞ではない。軍医殿の部下のＣ
が、「箱男Ａ」になりすますということは、Ｃとは異なる存在となることだ。
ＣがＡへと呼称が変えられているのは、Ｃという存在以外に、まったく別
個の人格となったことを意味するものだろう。それゆえに、軍医殿を箱男と
いう別個の人格になり代わって殺す計画が、不意にＣの脳裏に浮かんでき
たのであろう。

　ところが、≪供述書≫と≪続・供述書≫の章には、≪奈奈≫と≪戸山
葉子≫という名前をもった人物が出てくる。この名前は箱男Ｃの物語に
とって、どのようなはたらきをしているのだろうか。この二つの名前は、そ
こに語られる物語に即して考えるならば、警察に届けることを想定して、こ
の二章は書かれているはずだろう。一見したところ、ここでの名前の持つ意
味は、『砂の女』の最後に掲げられている「失踪に関する届出の催告」および
「審判」での名前と同じであるようにみえる31)。

　しかし、明らかな違いがあるとすれば、『砂の女』では、その二つの書類が
添え物に過ぎず、仮にその小説から取り去ってしまっても筋の展開上、な
んら支障をきたすことがない。それに対して『箱男』では、その前章≪書いて
いるぼくと書かれているぼくとの不機嫌な関係をめぐって≫のなかでは、ほ
とんど顧みられることのないこの≪供述書≫が、淀んでしまったストーリー
の流れを、再び一気に押し流す重要な転回点となっている。

　この二つの名前のうち≪奈奈≫は、他の章では姿を現わさない。一方
≪戸山葉子≫は、他の章では「彼女」と呼ばれている女性である。なぜ、「ぼ
く」は、ここまで名前のないままで済ませていた彼女に、あえて名前をつけ
たのか。むろん「供述書」という文章の形式は、実名を必要とすることはい
うまでもないが、それよりも、その問いについては「ぼく」との関係が重要で
ある。想定される「書いているぼく」にとっては、まず「葉子」という名前は≪

---

31)『砂の女』(新潮社、一九六二)二一七〜二一八頁。

供述書≫をもっともらしく見せるための記号であろう。しかし、「書かれているぼく」、すなわち供述書を書いている贋医者を覗きながら≪Cの場合≫を書いている「ぼく」にとっては、彼女の名前との出会いは、衝撃をともなうものであった。

> ぼくは狼狽した。いきなり裸の注文が出されたという以上に、彼女が固有名詞で呼ばれたことに、困惑を感じたのかもしれない。いまここに彼女の名前を書くことさえ、ためらわれるほどだ。彼女がぼくにとって、いかにかけがえのない存在であるかを、あらためて痛感させられた。偶然にせよ、やっとめぐり会えたただ一人の異性であり、他に比較の対象がないのだから、性を区別できる代名詞があるだけでじゅうぶんだったのだ。(九七頁)

ここに見られるのは、理想の愛をはぐくむ相手として「ぼく」の内に内面化された彼女が、再び他者として定位されることの衝撃である。つねに他者との関係から逸脱する存在としての箱男「ぼく」が、守ろうとしたその「主体性」。そこへ、外部から実名の他者が闖入してくるのである。これこそが「葉子」のもつ名前の役割であろう。つまり、他者、あるいは外部との関係から退こうとする欲求と、それを回復しようとする欲求が、そこで衝突しているのではないか。そして、その衝撃を「ぼく」が供述するのは、箱をかぶり続けたいと思いつつ、それを脱ぐことを願っている「ぼく」の欲望の両義性とアナロジーであるからだ。そのため欲望のそれぞれに「覗いているぼく」と「覗かれているぼく」、または「書いているぼく」と「書かれているぼく」とが鋭く対立することになる。

3.2 少年Dとショパンの父

まず、少年Dの物語が出てくる≪Dの場合≫の章をみることにする。

　いままでの作品のストーリーとは別個のようにみえる≪Dの場合≫の章では、手製のアングルスコープで覗きを試みる少年の話が展開する。この章は、作品の他の部分と同じように、ノートとして読む場合、誰によってなぜ書かれたのかなどということは全く不明である。けれども、少年Dが作ったアングルスコープが、箱男の「覗き穴」と同じ機能を果たすことはいうまでもない。まず、Dは隣家を覗くが、その時の覗きの心理については次のように語られる。

　　　　　　誰からも見返される心配がないと分ると、たちまち疚しさが消え、みるみる風景も変化しはじめる。風景と自分、世間と自分の関係の変化を、くっきりと自覚することが出来た。(一五九頁)

　このような心理は、箱男「ぼく」の「覗き」と通ずる。すっかり「覗き」の味をしめ、大胆になったDは、隣家のピアノを弾く女教師の便所を覗く。ピアノを弾く女教師という設定は、≪供述書≫で言及されたCの以前の内縁の妻≪奈奈≫と結びつきそうであるが、≪奈奈≫はピアノ教室を営む教師であり、≪Dの場合≫の女教師は中学校の体育の教師である。Dは女教師がいつも同じ時間に便所に行くことがわかっていたので、その時間にあわせて覗くが、結局女教師に捕まってしまう。Dに対して女教師が加える刑罰は、彼女が鍵穴から覗いている部屋のなかで裸になることである。ここに、この覗くものと覗かれるものの間の逆転が起こる。いままでのストーリーでは、覗く側はいつも「天性の覗き屋」である「男」であったが、ここでは「天性の覗かれ屋」である「女」のほうが覗く。それはまるで、巽孝之氏がいうように、「箱女」の出現を予言するのだろう。
　一方、ショパンの父に関しては、≪夢のなかでは箱男も箱を脱いでしまっている。箱暮らしを始める前の夢をみているのだろうか、それとも、箱を出た後の生活を夢みているのだろうか……≫という長い題のついた章に語られている。この章にも、≪Ｄの場合≫の章と同じようなことがいえる。この章と≪Ｄの場合≫は、「ショパン」という名やピアノ付きの部屋に住む点など、筋立の展開の必然性というよりも、使われている言葉が相互に対応する連鎖関係にあるという形で、ゆるやかな関係を持っているのにすぎない。「ぼく」という人物は出てくるものの、この「ぼく」は箱男ではない。この章での箱男は「ぼく」ではなく、「ぼく」の父である。「ぼく」の父が箱男になったのは、「ぼく」のためであった。「ぼく」の結婚式に、馬車で花嫁を迎えなければならないという古くからの町の習慣を破るまいという一心で、父は、ダンボール箱をかぶって馬車の馬になったのだ。馬車を雇うお金がなかったから。

　父に引かれる馬車に乗って花嫁を迎えにゆく途中、「ぼく」の立ち小便する姿を花嫁に見られてしまって、結婚は解消されてしまう。

　　　　おまえが悪いんじゃない。露出狂に対する偏見と、公衆便所の建
　　　設を怠った町の行政の責任さ。(一七五頁)

　これが破談の理由にされているが、「露出狂」については、他のところで、「露出症は(中略)見て見ぬふりをされるのがなによりのはげましになる。これは明らかに相手が視姦者として、自分の露出行為に加担してくれることへの願望だろう。露出症は、鏡に映した視姦行為にほかならない」(九六頁)と説明されている。「ぼく」が恥部を曝す行為に対して、田舎の花嫁が見て見ぬふりをしてくれることを期待した。つまり、自分の行為に「加担してくれる」ことが、愛情表現とみなしたかったのだろう。しかし、花嫁は、見てはいけないものを見てしまったことに対する罪悪感を覚えたのだった。このストーリーにおいても≪Ｄの場合≫に見えるように、覗く側が「男」ではなく、「女」であることに共通点がある。これをみても、この章と『箱男』の他の部分との主題の上での逆転(倒錯)の関係は、密接であるように思われるのだ

が、この章の物語の結末は、「世界で最初の切手の発明者」のエピソードで終わっている。

4. むすび

　『箱男』は、「箱男」という造語によって生まれた、新しい都市型の人間の物語である。しかし、「新しい」がゆえに、かれらの生態や行動様式などをたどることはきわめて難解である。そこで、箱男という存在を明確にするために、まず、乞食と浮浪者、さらにホームレスとの比較を試みた。そこから言えることは、箱男の生まれた背景は、現代社会の都市空間であるということだ。「箱男」は一九七〇年代に入って現われたのだが、その存在は、一九五〇年代の『壁－Ｓ・カルマ氏の犯罪』に見られる世界の果てへの逃走、また一九六〇年代の『砂の女』や『燃えつきた地図』に見られる「失踪」や「蒸発」が、不可能になった都市的状況がもたらしたものである。その存在は、時点において、新たなかたちで都市の中心部に現われながらも、都市そのものから疎外されている新人種のことなのかもしれない。そんな箱男は、本章の第二節第三項で考察したように、「書く」行為と「覗く」行為こそが、箱男「ぼく」の＜生＞と＜性＞の営みとなっていた。それがこの章の論題「言葉の森と官能の海」の意味である。ここまでくると、『箱男』という作品は、箱男をとおして現代都市社会における市民の変容と解体を、そのテーマとして語っているようにみえる。

第三章

『飛ぶ男』論1・変貌するテキスト
―刊行本『飛ぶ男』に至るまで―

はじめに

　現代文学の旗手と呼ばれる安部公房。彼はつねに時代の先端を走ってきた作家である。彼の死後、書斎に残されていた一枚のフロッピー・ディスクから、未完成ながらも未発表の小説が発見された。フロッピー・ディスクには、『飛ぶ男』『スプーン曲げの少年』『さまざまな父』という三つの作品が入っていた。そのどれもが未完成ではあったが、それらの分量を四百字詰原稿用紙に換算すると、『飛ぶ男』が一六二枚程度、『スプーン曲げの少年』が九〇枚程度、そして『さまざまな父』が六六枚程度である。そのなかの『さまざまな父』は、安部公房が死去する直前の一九九三年雑誌『新潮』一月号に発表し始めた作品であるが、彼の死去にともない二月号までで中断された。また『飛ぶ男』は、その年雑誌『新潮』四月号に発表されたのだが、同年一一月には「新潮ライブラリー」のデジタルブックとして『飛ぶ男』が発表された。このデジタルブックは発見当時のフロッピーそのものを複製したものである。

　一九九七年から安部公房の全集の作業がはじまり、同年七月に第一巻が発行され、二〇〇〇年一二月に第二九巻が発行された。この全集のなかで、第二八巻に『スプーン曲げ少年』(一九八五.三)『スプーンを曲げる少年』(一九八九.一〇)が、第二九巻に『飛ぶ男』(一九九〇.八.二七)が収録みされている。この『スプーン曲げの少年』と『スプーンを曲げる少年』、『飛ぶ男』
は、一連の「飛ぶ男物語」のテキストの変貌としてとらえられる作品と考え
られる。本章以下四章にわたり、このテキストの変貌を形式と内容の両方
から考察してみたい。そこでまず、この変貌するテキストの起点を押さえて
おく必要があろう。その起点はすでは全集に記されているが、その起点を推
定する資料として次の二つの公房による発言を見ることにする。

①「スプーン曲げの少年」について計画を練りはじめました。いわゆる超能
力のテーマですね。もちろん僕は超能力の存在をまったく認めません。
あれはたんなるトリックですよ。しかし少年の周囲には当然その能力を
信ずる者が出てくる。あるいは利害関係から信じたふりをする者が現れ
る。やがてトリックは職業化される。もはや告白は許されない。告白の
機会を逸した少年は、超能力を演じつづけるしかないのです。ある日、
少年に本当の超能力が出現する。でも少年にはもはやトリックとの区
別がつかない……この話、面白いでしょう。いま細部のイメージが出て
くるのを待っているところです[1]。
②何年か前にこのテーマ(スプーン曲げの少年、あるいは超能力—引用者
注)をノンフィクションで書いてみようとしたことがあるんだ[2]。

　引用①は、一九八五年三月二七日のコリーヌ・ブレ氏のインタビュー記
事「子午線上の網渡り」のなかの、そして②は一九八六年六月栗坪良樹氏
との対談「破滅と再生」のなかの安部公房の言説である。①の発言は「ス
プーン曲げの少年」の構想を練り始めたこと、それも構想の枠組みについて
ある程度の見とおしがついていることをうかがわせる。このことから、安部
公房が「スプーン曲げの少年」について書き始めたのは、一九八五年頃と想

---

1) コリーヌ・ブレのインタビュー「子午線上の綱渡り」(『死に急ぐ鯨たち』新潮社、
一九八六)一一四頁。
2) 栗坪良樹のインタビュー「御破算の文学—破滅と再生」(『すばる』一九八五年六
月)五七頁。

定してよかろう。したがって、それよりも以前から創作のプランは立てていたと見られる。それが引用②の「何年か前」という発言である。ただそこで公房は「ノンフィクション」と言っている。その言葉から思い出されるのが［スプーン曲げ少年に関するレポート］の存在である[3]。それとともに想起されるのが、一九七四年の「スプーン曲げブーム」であろう。その時期から公房は「スプーン曲げ」という超能力（まがいの手品）が巻き起こした流行現象に興味を持ちはじめ、創作プランを練り始めたものと考えられる。

　一九八五年から書き始めたと思われる「スプーン曲げの少年」の小説は、安部公房の生前には発表されず、死後未完成のまま発見されたもので、その間約一〇年間の空白がある。しかし、その作品の構造に至るまで［スプーン曲げ少年に関するレポート］という草稿が介在しているのである。起点はこの草稿に設定してよかろう。しかもこの草稿に引き続くと考えられる「スプーン曲げの少年」は、三度の改稿を経たのち、今度は『飛ぶ男』という題に改変され、それとともに内容も大きく変わっていく。このことについては、第三章の「『飛ぶ男』論1・変貌するテキスト——刊行本『飛ぶ男』に至るまで」でテキストの変遷過程をたどることにする。ここでは九種類のテキストを対象とする。

　それらのテキストのなかには、現在の『飛ぶ男』の刊行本また、「安部公房全集」に所収された作品とは違い、創作の時間性が含まれている。また、推敲に推敲を重ねながら、一個の作品を産み出そうとする作家の執拗な創作の営みを垣間見ることができ、時間の流れにともない、モチーフやストー

---

3) 筆者は一九九七年二月から、安部ねり氏の推薦で、新潮社での「全集」の編集作業に関わり、安部公房資料館で、公房の初期の生原稿をはじめノートなどを整理する仕事をやらせてもらった経緯がある。その仕事というのは、安部公房全集作業の一環として、以前新潮社編集部がやってきた仕事だが、それをも再検討するということだった。本章で用いられる「スプーン曲げ少年に関するレポート」をはじめ八種類のテキスト（「＜表＞刊行本『飛ぶ男』に至るまでのテキスト群」参照）は、その時、安部ねり氏からいただいたものである。

リーの変化それにテーマの変化がみられる。第四章以下の考察では、それ
ぞれの内容を主たる対象として、なぜ、作家はテキストを変貌させていった
のかを探ることにする。つまり、それぞれの内容(主にモチーフ)と主題の変
容に焦点を当てることにするが、多岐にわたるので、あらかじめ考察内容を
俯瞰しておきたい。

　まず第四章では、『飛ぶ男』の最初の ［スプーン曲げ少年に関するレポー
ト］ 4)という、起点となるテキストを考察する。ここでの課題は、形式と内
容との関係、そして主題の分裂ということだが、この未完のテキストでは主
題は結実していない。そこで、むしろ想定されていた主題と、作品を書きな
がら必然的に表面化せざるをえなかった主題(ただし明確なかたちで結実す
ることはなかった)との齟齬の問題を追究することにする。

　次の第五章では、デジタルブックの『スプーン曲げの少年』についての考察
をおこなうが、その考察ではリアリズムという叙述形式の枠内での主題の転
換、すなわち奇跡願望から社会問題へという主題の転換が課題となる。た
だその作品では、叙述形式の限界から、公房が当初から意図していた超能
力の主題から大きく逸脱してしまっている。その理由をさぐることが主な課
題となるのだが、それとともに、このデジタルブック『スプーン曲げの少年』
には、その作品の加筆がうかがえる『スプーンを曲げる少年』があり、さらに
安部公房の手入れが加わった『スプーン曲げる少年』のテキストがある。こ
の三つのテキストの変貌過程を比較しながら考察していきたい。

　そして最後の第六章では『飛ぶ男』論を試みる。そこでの課題は『スプーン
曲げの少年』から『飛ぶ男』へのモチーフと主題の変容である。さらにまた、
その作品の構成や構造を分析することで、リアリズムから非リアリズムにお
ける実在知覚の表象という課題に踏み込むことにする。

---

4)『安部公房全集028』には『スプーン曲げの少年』として収録されている。

1. さまざまなテキスト

　安部公房の死後、彼のフロッピー・ディスクに、未完の『飛ぶ男』が見つかり、一九九三年四月雑誌『新潮』に発表された。遺作がフロッピー・ディスクに残されたというのは、日本文学史上安部公房が最初であろう。そのことを記念するかのように、同年一二月、電子ライブラリーとしてデジタルブックの『飛ぶ男』が製作された。このような電子テキストが手に入るとすると、一体、どのような文学研究が可能なのだろうか。電子テキストによる文学研究の方法論や実践について概説したものは、まだ体系化されていないが、その回答をわれわれが得られるのは、決して遠い未来の話ではなさそうに思われる。

　安部公房の『飛ぶ男』が発表されてから三年、一九九七年に入ってから安部公房の全集作業が進みはじめた。この『安部公房全集』(新潮社)の特徴の一つとして、ジャンル別の編成ではなく、安部公房の創造の軌跡が明らかになるよう編年体が採用されたことである。

　安部公房のこの作品草稿は、大きく二つに分けられる。一つは、いわゆる手書きの草稿である。もう一つは、ワープロ原稿の形としての草稿である。安部公房は一九八二年からワープロで作品を書き始めていた。安部公房は、膨大な量の草稿を残しているので、とても一人や二人の力では整理することはできない。もちろん失われてしまった原稿もあるが、残された草稿の分量は圧倒されるほど多い。

　ここで注目したいのは、ワープロ原稿としての「草稿」である。創作メモをはじめ、筋書き、さらに改稿など、すべてがワープロ原稿として存在するので、従来の草稿研究の難解さ、たとえば、余白が真っ黒(あるいは真っ赤)になるほどに書き込みをした改稿を読み解く苦労は解消される。その反面、ワープロ原稿は、改稿がすでにワープロへの打ち込みの段階で終わっているので、プリントアウトされたワープロ原稿をみても、どこがどう変わっていたのかを調べるためには、いちいち原稿を対照しないとわからない。つまり、一見、同じような原稿のようにみえても、内容においてかなりの変貌が見られる。

　ここで考察の対象とするのは、『飛ぶ男』の成立の軌跡である。『飛ぶ男』には、刊行本『飛ぶ男』に至るまでいくつかの草稿が残っている。安部公房の著作権継承者、安部ねり氏によると、全集の準備などで、箱根の家にあったフロッピー・ディスクやワープロ原稿などを整理してみると、『飛ぶ男』の「創作ＭＥＭＯ」・内容の異なるワープロ原稿・ワープロ原稿の著者手入れ稿など、いくつかのものが発見されたのだという。このような刊行本『飛ぶ男』に先立つ原稿は全部で九種類である。加えて、そのなかの「創作ＭＥＭＯ」を除く残りの原稿はすべて未完となっている。

　まず、一番簡潔で、かつ初期のものとしてみえるのが、「創作のためのメモ」である[5]。このメモはテーマや表題に関するものや、人名、書名、新聞記事の抜粋や数行だけの断片的な文章からなっている。文章はいわゆるメモそのものといってよく、省略が目立ち、意味のわかりにくいものが多い。なかには会話だけを書きつけたものもある。そのなかに、創作プランとも呼ぶべきメモがある。これは数行から数ページにわたるものもあり、草稿を準備するために、物語の筋書きなどを簡潔に記したものである。次はワープロ原稿だが、ワープロ原稿にもいろいろな段階があり、最終稿に近いものもあれば、何度も繰り返して推敲されているものもある。

　刊行本に先行するさまざまなワープロ原稿を比較検討してこそ、作者がどのような意図あるいは構想によって作品を作り上げようとしたのかが明らかになるのである。もちろん、最終稿といっても、たまたま作者の死によって、書き直しの可能性が閉ざされてしまっただけで、死ぬ直前のものが決定

---

5)　このメモは『安部公房全集028』「『スプーン曲げの少年』のためのMEMO」「MEMO−
　　『スプーンを曲げる少年』」として収録されている。

稿だという確証はない。それにしてもなぜ、作家はこのようにテキストを変貌させていくものなのか、いったい作家の「作品」とはどの段階のテキストを指すとすることができるのか、という問題が当然立ち現れてくる。

　さらに、刊行本『飛ぶ男』は、安部公房自身の手による最終稿とは異なり、実は安部公房の死後に真知夫人が草稿に手を入れたものである6)。この場合、はたして刊行本『飛ぶ男』は安部公房のテキストなのか、それとも真知夫人との共同執筆のテキストなのか。ここには現代文学における作家と編集者の問題が、読者層の変容と絡まって、いま私たちのまえに投げかけられている。

　このような問題点を考察するまえに、刊行本『飛ぶ男』に至るまでのテキストの変遷過程をたどりたい。その際、前述した九種類の『飛ぶ男』に関するテキスト群にまんべんなく目を配る必要があろう。

　これを<表>にすると、次のようになる。テキスト群は執筆順(推定)に挙げ、説明に便利なように番号を付した。なお、ここで、用いるテキストはすべてフロッピー・データからプリントアウトされた原稿(以下ワープロ原稿と呼ぶ)をテキストとして用いた。

---

6)　『安部公房全集029』に収録されている『飛ぶ男』は安部公房の手による最終稿である。

<表>刊行本『飛ぶ男』に至るまでのテキスト群

	原稿	執筆年(推定)	執筆推定に関する資料	分量*	本文構成および関連事項	その他	『安部公房全集』収録
1 創作メモ	①『創作MEMO』(ワープロ原稿) ②『創作MEMO』・ワープロ原稿	一九八五・三〜秋 一九八六・一、以前	・コリーヌ・ブレのインタビュー「子年線上の綱渡り」(『リベラシオン』一九八五・三)	六〇枚 三五		・一九八四・十一『方舟さくら丸』刊行 ・一九八五・五〜一九八五・十二「もぐら日記」作成	
2 ルポ形式	③『スプーン曲げ少年に関るレポート』・ワープロ原稿	一九八五・三〜 一九八五・六、以前	・栗坪良樹のインタビュー「破滅と再生」(『すばる』一九八五・六)	七〇	・1章〜2章と追伸 ・ルポ形式 ・安部公房は燕市のスプーン生産の工場の取材を予定している。		「スプーン曲げの少年」・一九八五、三 ・一九八五冬頃
3 スプ1ン曲げの少年	④『スプーン曲げの少年』・一次稿・電子テキスト	一九八五・六〜 一九八六・一、以前	・小林恭二のインタビュー「御破算の文学」(『海燕』一九八六・一)	九〇	・1章〜6章まで ・創作MEMO②のプロットに沿っているがストーリに異同ある。 ・スプレーカスを生徒に吹きかけるプロット ・一九九三・十一、新潮電子ライブラリーに収録。		
	⑤『スプーンを曲げる少年』・二次稿・ワープロ原稿	一九八五・六〜 一九八六・一、以前		九二	・④と異同ある。 ・すじは④と同じ。	・一九八六・九『死に急ぐ鯨たち』刊行	
	⑥『スプーンを曲げる少年』・最終稿・著者手入れ稿	一九八六〜一・二年		一三八	・1章〜8章まで ・④に7章8章加筆 ・④⑤⑥は一九八六年から一年か二年かけて書き進められていたものと類推される。		「スプーンを曲げる少年」・一九八九・一〇
4 飛ぶ男	⑦『飛ぶ男』・表題は「スプーンを曲げる少年」・一次稿・著者手入れ稿	一九八九・十二頃	・黛哲朗のインタビュー「余白を語る」(『朝日新聞』一九八九・十二・三)	一四七	・1章〜8章 ・冒頭から男は空を飛んでいる。	・一九九〇・七箱根の家で倒れる。(二ヶ月入院、執筆中断)	
	⑧『飛ぶ男』・最終稿・ワープロ原稿	一九九一・七〜 一九九二・十二	・『波』インタビュー「われながら変な小説」(『波』一九九一・十二)	一六一	・死後、箱根の家のワープロ・フロッピーから発見されたもの。 ・⑦に7章、8章加筆。9章を追加。 ・この時期に表題を『飛ぶ男』と改めて⑧が書き継がれたと類推される。 ・『飛ぶ男』執筆推定(一九九一・七〜一九九二・十二)	・一九九一・一〜一九九一・二『カンガルー・ノート』連載(雑誌『新潮』)	『飛ぶ男』・一九九〇・八・二七
	⑨『飛ぶ男』・真知夫人手入れ稿	一九九三・一〜二月		一六二	・一九九三・四『新潮』発表 ・一九九四・一、単行本『飛ぶ男』刊行	・一九九三・一〜一九九三・二「さまざまな父」連載(雑誌『新潮』) ・一九九三・一二、死去 ・一九九三・九・二二、真知死去	

* 分量は四百字詰め原稿用紙に換算したもの

　次節から、①〜⑨のテキストについて、可能な限りの解説を加えていきたい。ただし、①と②の「創作ＭＥＭＯ」は創作のためのメモとして、テキスト③と④の解説の際に用いることにする。また④はデジタルブックのなかの『スプーン曲げの少年』をもって、『スプーン曲げの少年』の成立とみて述べたい。⑥から⑦までは『スプーンを曲げる少年』から『飛ぶ男』への改稿段階とみる。そして最後には、『飛ぶ男』の段階と考える⑧の安部公房の最終稿と⑨の真知夫人手入れ稿とを比較・対照しながら、それぞれのテキストの存在意味を考えることにしたい。なお本章は次章以下で試みる作品論のために、テキストの変貌を俯瞰的に整理することを目的にする。

2.［スプーン曲げ少年に関するレポート］（〈表〉③）

　『飛ぶ男』に関するテキスト群のなかで、その起点として最も初期の原稿と考えられる［スプーン曲げ少年に関するレポート］（［　］は原文通り—筆者注）をみることにする。まず、執筆年時を推定してみよう。
　一九八四年一一月『方舟さくら丸』が刊行されてまもなく、翌年六月に、栗坪良樹氏とのインタビューのなかで、安部公房は次作の構想について次のように述べている。

　　　　　何年か前にこのテーマ(スプーン曲げ、あるいは超能力—引用者注)をノンフィクションで書いてみようとしたことはあるんだ。超能力なんて、ぼくはまったく信じていないから、少年のグループはぼくにとって当然のインチキな詐欺グループになる。匿名でそのグループに潜入して、トリックをあばく潜入ルポ風のプランだったんだ。でも考えているうちに、しだいに違う側面が見えて来はじめた。≪スプーン曲げ少年≫の内面をいろいろ想像していくうちに、(中略)ノンフィクションがフィクションに変わってしまったようだ。(中略)近いうちに新潟の燕市に行ってみるつもりだよ。燕市というのは全国のスプーンの八割以上を生産しているらしいね。なぜ、スプーン曲げがスプーンでなければならないのかを突き止めるために、まず、製造工程を調べてみたいんだ[7]。

　ここで語られる「ノンフィクション」に該当するものが、テキスト③［スプーン曲げ少年に関するレポート］とみられる。したがって、このテキストの執筆時期は、一九八五年六月以前であると推定できる。『安部公房全集028』では一九八五年三月に創作したものとして見ており、収録された「スプーン曲げの少年」の最後には「一九八五年冬頃」て記されている。

　この［スプーン曲げ少年に関するレポート］は、「ぼく」という報告者が匿名で少年を訪ねて、スプーン曲げのトリックを暴こうという内容を、ノンフィクション形式で執筆したものである。実際に、安部公房は、スプーンの生産地である燕市のスプーン生産工場の取材をも予定していた。

　テキストは「とりあえずの第一報［協力者への報告Ⅰ］」と「つづけて第二報［協力者への報告Ⅱ］」、そしてそれぞれの報告のあとに「追伸」が付いて、最後のページに、「本命である超能力論」、「音楽論」といういくつかのキーワードが羅列されたままで終わっている。その構成からみて、テキストはまだ作品全体の半ばまでは達していなかったと思われる。

　　　これはあるスプーン曲げ少年に関するレポートである。超能力が実在するかどうかという一般的な疑問に答えるのがこ調査の目的ではない。仮に少年の念力が本物だと感じても、ぼくが騙されただけのことかもしれないしトリックを見破ったとしても、たまたままずいJOKERを掴まされただけことかもしれない[8]。

7）注2同書。
8）ここで引用する［スプーン曲げ少年に関するレポート］のテキストは、暴初にプリントアウトされたワープロ原稿を用いることとし、引用の頁数もそれに従うものとする。一頁（『安部公房全集028』「スプーン曲げの少年」七七〜一〇一頁参照）。

という書き出しで物語は始まる。報告者「ぼく」は、『ＡＢＣ企画・テレビ番組制作業務』という偽の名刺を作って、テレビ出演交渉という名目の下に「スプーン曲げ少年」に接近する。しかし、なぜ「ぼく」が偽名まで使って、「スプーン曲げ少年」について書こうとするのか。書き出しにみえるように「ぼく」の目的が、超能力が実在するかどうかという一般的な疑問に答えるのではないとすれば、本当の目的はなにか。たとえば、安部公房が言っているように、「スプーン曲げの能力の真偽より、その周辺におきる奇跡待望の波紋」を書くことが調査の目的であったとすれば、「ぼく」ははたしてなぜ書くのか。テキストに書かれている内容だけではまだわからない。さらに、「ぼく」の報告の相手は誰なのか、それもはっきりしてはいない。

　このような疑問点、あるいは書かれていない部分については、安部公房が残しておいた「創作メモ」から考察することにする[9]。

1　自分で自分のことをルポするスタイル↓足を洗い、同時に金を手にするために。
2　実は、ルポライターのトリック。この方が信用されると思い……途中でどっちか分からなくなるスタイル。
3　私(ルポライター)は雑誌Ｘの懸賞当選がねらいだが、スプーン曲げ少年を肯定するのと、否定するのと、どちらがより入選しやすいか考慮中。その結論しだいで、姿勢を決めようと、数人の知人に相談する。

　この創作メモから予測されるのは、まず1と2からは、スプーン曲げ少年を取材しているうちに、いつのまにか、スプーン曲げ少年に魅了されていく「ぼく」自身のことをルポする、というスタイルとなることを意味していよう。この場合報告者は、被報告者である少年に同化し、少年の超能力によ

---

9)　ここで引用する「創作メモ」には引用と説明の便宜上番号を付した。引用の際はその番号に従う。この創作メモも最初にプリントアウトされたワープロ原稿を用いることとする。

る奇跡を待望するといったことがルポの主題となっていくという可能性が考えられる。もう一つ、3には懸賞応募作品を書くためとあるが、これは［スプーン曲げ少年に関するレポート］がルポ形式という文体をとっていることと照応する。この「創作メモ」の3は、小説の構成からみると後半に当たるものだと思われる。このようなことを念頭におきながら、ストーリーの展開を追うことにする。

　「ぼく」は少年の住む町に着いて、少年の家を探すことにしたが、その前に少年の周辺の人々から情報を得ておこうと、あるコーヒー屋の女主人にそれとなく町での噂を聞く。女主人の応答によれば、「インチキですよ、申しあげておきますけど」という冷たい反応。超能力少年をとりまく周辺の反応は冷淡なものであった。

　少年の家に行くと、最初少年は出て来ようとはせず、父親が応対する。「ぼく」は「ＡＢＣ企画・テレビ番組制作業務」という偽の名刺を作ってあったので、父親にむかって、テレビ出演交渉という名目で「スプーン曲げ少年」に会わせて欲しいと頼み込む。少年の父親はテレビ出演という魅力から、「ぼく」に好意的な態度をとり、長時間の取材に便宜をはかろうということで、少年の隣の部屋に泊まらせてくれることになった。少年の父親は、もともと履物屋だったが、二年前から転業して、いまは「スプーン曲げ少年」のマネージャーであり、「津鞠芸能プロダクション」の社長である。

　「ぼく」が受けた少年の父親に対する印象は、まず服装からである。悪ふざけとしか考えられない、奇妙ないでたち。銀ラメの赤い上着に緑のズボン、黄色いシャツに紫のネクタイをしていた。もし、もっと体格がよければサーカスの道具方、小柄で若ければ競馬の騎手を連想していたかもしれない。登場人物の手品師の父親と超能力少年という組み合わせは、なにかうさんくさいプロットの展開を予想させるユニークな設定である。

　　　そうでしょう。そうでしょう。左右多はわたしの息子。ツマリソウ

ダ……(中略)わたしはマリ・ジャンプ。もちろん芸名ですがね。津鞠のマ
リはよく跳ねる……10)。

このセリフは、「ぼく」が少年の父親に最初に出会ったときの父親の言葉
である。ここで得られる新しい情報は、名前の由来である。刊行本「飛ぶ
男」では、「スプーン曲げ少年」の名前が「マリ・ジャンプ」となっているが、
その「マリ」は「津鞠」の「鞠」から音を取ったものであった。刊行本では父親
の名前が出てこなくなるが、この紹介で「マリ・ジャンプ」という名前の由来
が明らかにされている。ついでに、「ぼく」の名前だが、この「スプーン曲げ少
年に関するレポート」では、名前は付けられていない。偽の名刺にも肩書き
は紹介されるが、名前は省略されている。しかし、「スプーン曲げの少年」の
ための「創作メモ」には、「ぼく」の名前に関する記述がある。「ぼく」の名前
は保根治(ほねおさむ)。または、保根進、保根保。この「ぼく」の名前は刊
行本『飛ぶ男』に至るまで、一貫して変わらない。そしてその名は、「ぼく」
の部屋に、装飾として置かれている人体の骨格模型からとったものである
ことがわかる。

　　60 ぼく(保根進)が、部屋にボニー(紙で作った英国製の骨の模型)を飾っ
　　ているのは、保根と骨の語呂合わせだろう11)。(「創作メモ」②)

「ぼく」は少年の帰りを待ちながら、少年の部屋を覗きみる。そのとき、
一番最初に眼に入ったのが等身大の人骨の模型であった。あとで、少年が
模型と一緒にダンスをするところを目撃する。この等身大の人骨の模型

---

10) [スプーン曲げの少年に関するレポート] のワープロ原稿、四〜五頁。
11)『スプーン曲げの少年』のための「創作メモ」は二種類があって、まずその一つは
　　テーマや表題に関するメモを「創作メモ」①とし、もう一つのプロットのためのメ
　　モは「創作メモ」②とする。それぞれの「創作メモ」には引用と説明の便宜上番号
　　を付した。引用の際はその番号に従う。

は、［スプーン曲げ少年に関するレポート］では少年の部屋の装飾品だが、「創作メモ」②では、保根の部屋に飾ってあるようになっている。この配置換えは、「ぼく」という視点人物、つまり焦点化される人物の名前(保根治)が登場してくるのと密接に結びついているのであろう。

　少年の父親は「ぼく」との交渉が一段落すると、二階の奥の部屋に向かって少年を呼ぶ。そして、「スプーン曲げ少年」が登場する。そのときはまだ少年のほうに警戒心があるのか、「ぼく」と会話を交わそうとはしない。少年は、父親の配慮によって、「ぼく」と父親と三人で昼食を食べることになった時に、はじめて「スプーン曲げ」の実演を見せてくれた。

　　　　　左右多君の驚異的な早飯。そして、食べおわったとたん、スプーンの柄を左の指先でつまみ、付着したカレーを右手の指でゆっくり拭うような動作。なんの予告もなかったので、とくに注目もしていなかった。スプーンの首がぽろりと折れて机の上にころがった12)。

　つづいて父親も自分のスプーンを曲げて見せた。父親はそのあとで「わたしは手品、左右多のは超能力」だと言った。もちろん、「ぼく」は手品と超能力の区別が付かなかった。しかし「ぼく」は後からふり返ってみると、いくぶん少年の視線が険しかったような気もしたと感じている。

　少年の父親は、毎晩、町のホテルのホールで手品ショーをやっているが、そのホテルまで車で送る手伝いをしている。そのため、少年はすぐに外出する。「ぼく」は二階にあてがわれた部屋に入って、少年の帰りを待ちながら、隣の少年の部屋を覗き見る。そのとき、眼に入ったものは、気象観測のための器具と等身大の異様な骨格の模型、それに蔵書であった。孤独で読書好き、それに科学的好奇心の旺盛な少年であることがわかる。

　最初の日の夜、「ぼく」は家に忍び込んできた暴漢に襲われる羽目にな

12)　［スプーン曲げの少年に関するレポート］のワープロ原稿、二三頁。

る。ただし、この事件については、［スプーン曲げ少年に関するレポート］
では、最後まで何の説明もない。

　二日目の朝早く、「ぼく」はけがの治療のため、傷の具合を心配した少年
にともなわれて病院に行って診察してもらう。傷は幸いに軽く、仕事にはさ
しさわりがなかった。夕方、少年の部屋から音楽が聞こえてきた。覗き見
ると、なんと少年が骨格の模型をパートナーにしてダンスを踊っている。そ
こで「ぼく」は少年の部屋をノックして中に入れてもらい、少年と二人きり
の接触に成功し、「聞き込み調査」を始めようとする。ただ小説のプロット
はここで中断され、「ぼく」と少年の会話が断片的に記されているだけであ
る。その最後は、

　　　　　「君の超能力、スプーン曲げだけってわけじゃないんだろ？お父さ
　　　んが言っていたよ、君のまわりじゃ、しじゅう超自然現象がおきてい
　　　るって」
　　　　　「あいつは何時もそんなことばかり言っている[13]。

というところで切れている。さらに鍵括弧も開いたまま（「　）、まだ閉じられ
ていない。

　いままでの物語によれば、少年の超能力に関してはスプーン曲げが主な
モチーフをなしているが、「創作メモ」をみると、その超能力として、「飛ぶ」
というモチーフにこだわっていることがわかる。このこだわりは『飛ぶ男』に
至るまで変わらない。しかし、この［スプーン曲げ少年に関するレポート］
ではそれをどのように「スプーン曲げ」と関連させようとしているのか。これ
については、ひとまず以下に引用しておきたい。

　　　　　3 ある夜、少年が奇妙な経験をする。空中を浮遊してしまうのだ。（人

───────────────────────────

13) ［スプーン曲げの少年に関するレポート］のワープロ原稿、二五頁。

称の問題、一人称なら多分、ルポライターによる聞き書きの形式がい
いだろう)
9 空中浮遊の体験におびえた少年は、ついに決心してその秘密を父親
に打ち明ける。父親の反応。
10 さらに父親、もしくは少年自身が空中浮遊の秘密をルポライターに告
白する。
11 当然ルポライターと父親の反応は違うはずだ。しかしどちらも別の理
由で、「出し物」はスプーン曲げに限ったほうが、利口だと結論づけ
る。少年は主張する。スプーン曲げは単なる手品にすぎないが、空中
浮遊はれきっとした事実だ。
12 ルポライターの本源的な苦悩が始まる。
13 (あるいは)空中浮遊の事実を目撃してしまう。
14 少年に対するサディスティックな怒りと憎悪。
15 ある夜、少年ははるか夜空に飛びたってしまう。(本当かどうか分から
ない。ルポに書かれた結論)
16 いったん引き裂いた原稿を、もう一度セロテープで補修する。もちろ
ん入選の希望あるとは思えない。

　以上のような「創作メモ」から、［スプーン曲げ少年に関するレポート］
の当初からの構想には、「スプーン曲げ少年」が空を「飛ぶ」というプロット
があったことはうかがわれるのだが、刊行本『飛ぶ男』に至るまでの最も主要
なプロットとして、「スプーン曲げ少年」をいつ空へ飛ばすのか、早めに飛ば
すのか、それとも最後に飛ばすのか、ということが問題であったらしい。「ス
プーン曲げ少年」を空へ飛ばす案は、この［スプーン曲げ少年に関するレ
ポート］では具体化することはなかった。いきなり作品の冒頭から少年が空
を飛んでいるシーンから始まるのは、テキスト⑦になってからである。

3. 『スプーン曲げ少年』

3.1 『スプーン曲げの少年』一次稿(〈表〉④)

　テキスト④は、一九九三年一一月刊行の「新潮電子ライブラリー」のデジタルブック『飛ぶ男』に収められている『スプーン曲げの少年』に当たる。内容は②の「創作メモ」のプランに沿っている。当初のメモとは内容的に少し異同があるが、全体の構想の流れは一致している。

　この「スプーン曲げの少年」の冒頭部分には、あたかも戯曲のト書きのような「患者名　保根治(ほねおさむ)　男　三十六歳　中学教師／主訴　頑固な不眠もしくは不眠幻想／病名『逆行性迷走症』」というカルテが記されている。このカルテは、以後刊行本に至るまで残されているが、テキスト⑤の段階になると、病名にさらに「仮面憂欝」が書き加えられている。ところで、テキスト⑨になると、彼の職業が「中学教師」から「高校教師」に変えられている。これは真知夫人の手によるものである。

　このデジタルブックに収められている『スプーン曲げ少年』をテキスト群のなかに位置づけるとすれば、『飛ぶ男』と区別して、「スプーン曲げ少年」の物語の誕生としてとらえられるであろう。なぜなら、少年はまだ空を飛んでいないからである。執筆年時の推定については、次の一九八六年一月雑誌『海燕』の「御破算の文学」というインタビューをみることにする。

　　　安部　　ある日、少年に突如空中浮遊の能力が目覚める。そのまま空へ
　　　　　　　飛び立ってしまうんだ。(中略)
　　　――　　プロットとしては、どのあたりで飛びはじめるんですか。
　　　安部　　なるべく早めに飛ばしたいと思っているけど……(中略)しかし最
　　　　　　　後に飛ばせる案も捨てがたい14)。

---

14) 小林恭二のインタビュー「御破算の文学」(『死に急ぐ鯨たち』新潮社、一九八

　このインタビューの際の公房の発言から、『スプーン曲げ少年』の執筆年時は一九八六年一月以前とみられる。テキストは、一章から六章まであって、六章は未完のままで終わっている。各章の構成は、一章「深夜の電話」、二章「奇妙な一日の最初の事件」、三章「チャールストンに乗った配送係」、四章「自衛のための催涙ガス」、五章「危機一髪さしのべられた救助の手」、六章「仮面欝病」となっている。

　　　　　　　　電話が喋っている。ぼくは素足で寄木まがいの合板の床に立っていた。受話器を見据えるだけで、うかつに手をのばす気にはなれない。とにかく腕時計の針は午前四時十二分、電話に付き合ったりする時間ではなかった15)。

　この冒頭のところをみても、最初の「スプーン曲げ少年に関するレポート」とは内容の変化がうかがえる。ストーリーも冒頭から精細な描写に変わっていて、どちらかというと、刊行本『飛ぶ男』に近い。

　ある日、中学教師保根のところに、ある少年から電話がかかってくる。その少年は自分はあなたの腹違いの弟だと名乗ってから、いま自分は殺人容疑で追われているので助けて欲しいと訴える。そしてさらに、自分は超能力をもった少年であると言って電話は切れる。少年から電話がかかってきてからは、保根の身辺に奇妙で不可解な事件が起こりはじめる。

　まず、最初の奇妙な事件は、朝、カラスが保根の部屋の窓辺に飛んできて、窓ガラスのパテを食べはじめること。奇妙な事件その二は、いつも決まった時間に起きる保根なのだが、その日に限って、いつの間にか起きてい

　　　　六、所収)一五〇頁。

15)　ここで引用する『スプーン曲げの少年』のテキストは三つあり、それぞれのテキストはプリントアウトされたワープロ原稿を用いることとし、引用の頁数もそれに従う。そのうち、『スプーン曲げの少年』一次稿はデジタルブックであるから、一次稿の引用の時はデジタルブックのワープロ原稿を用いることとする。デジタルブック、六頁。

て洗面所を使っているが、彼自身にはいつ起きたかさっぱり記憶にない。その時、保根は少年からの二度目の電話を受ける。電話口の少年から「(保根が)寝過ごしたりしちゃまずいと思って……」と言うのを聞いた保根は、少年の念力で起こされたのかもしれないという不思議な気持ちをおぼえる。

　奇妙な事件その三は、出勤の際の通学バスのなかで、保根は生徒に催涙ガスをあびせかけるという挑発行為をしてしまうこと。なぜ彼がそうしたのかといえば、その生徒がバスのなかで、女子学生に淫乱な行為をしたと思い込み、注意をしたのだが、かえってその男子生徒の仲間の生徒たちから暴力をふるわれるという恐迫観念にとらわれたからだった。保根はその日に限って、防弾チョッキを着込み、護身用の催涙ガススプレーを持っていたので、とっさにその催涙ガスを取り出し、ボス的にふるまっていた男子生徒にガスを浴びせかけてしまう。そのため、バスの運転手に催涙ガスのスプレーを暴行の証拠物件として取り上げられてしまう。

　その時、「スプーン曲げ少年」と名乗る弟が現れ、運転手から取り返したと思われるガス・スプレーを保根に返してしまう。保根にとっては信じがたい出来事ではあったが、その少年の行為によって保根の窮状は救われることになる。少年の言うとおり、保根には次々と予想だにしない出来事が起きて、嫌でも少年に協力を求めるようになる。

　それでは、保根の少年に対する初めての印象は、どう叙述されているのかをみてみよう。

　　・年齢不詳の若者だ。差し上げて振ってみせる手に、いつの間にやら移行したガス銃のボンベが光っている。軽い足取りで信号機を迂回し、横断歩道を渡ってやってくる。チャコール・グレイの袖無しＴシャツに、細めのジーンズ。細い首の上の大きすぎる頭。まだ脱皮しきっていない、十代後半の印象だ。Ｔシャツの背中のプリント模様と、赤いスニーカーは、なんとか二十代になりたて。しかし成長しきった胸幅と、濃いもみあげは、いかにも脂ぎった二十代後半の仕上がりだ16)。
　・微笑はさわやかだった。たしかに二十代の前半の印象。とりあえ
ず本人の希望どおり、少年ということにしておこうか。弟と認めるよりは
無難だし、『スプーン曲げの青年』ではいくらなんでも語呂が悪い。いか
にも二流品じみてくる17)。

引用からわかるように、［スプーン曲げ少年に関するレポート］における
少年の、どこか神経質そうで陰気な印象とは違って、『スプーン曲げの少
年』の少年の造型はさわやかな感じだ。さらに「年齢不詳」ということから不
思議な神秘感が伝わってくる。［スプーン曲げ少年に関するレポート］で
は少年の年齢はわからないが、この『スプーン曲げの少年』には一八歳とあ
る。少年と呼んでもおかしくない年だが、後の『飛ぶ男』になると、二二歳
になっている。もはや少年とはいえまい。
　少年は証拠物件を保根に渡してから、いきなり保根の手を握って手相を
見る。

　　　「すごい、不死身の相だよ。おまけにもうじき、女もできるってさ」
うなずきながら軽くぼくの手の甲を叩き、「兄さん、しっかりしてくれよ
な、『スプーン曲げの少年』が付いているんじゃないか、千人力の味方だ
よ18)」

保根は何となく少年の言うように、強い味方が現れたような気がして心
強くなる。窮状から救われた保根にとっては、「スプーン曲げの少年」の超
能力というものに魅惑を感じたのかもしれない。ただ、この少年の登場の仕
方からして、どうやら少年は不意に現れては、また不意に姿を消す人物と

---

16)　デジタルブック『スプーン曲げの少年』一〇二〜一〇三頁。
17)　デジタルブック『スプーン曲げの少年』一〇九頁。
18)　デジタルブック『スプーン曲げの少年』一〇八頁。

して設定されているように見える。

　保根は、学校の正門の横で電話を受けた教頭と待ち合わせた。教頭は保根をともなって校長室に行くのだが、校長は不在だった。以後ストーリーはこの事件に対しての学校当局のぎこちない対応が焦点となってゆく。

　テキストの五章「危機一髪さしのべられた救助の手」の後半から、場面は学校へと転換しストーリーも「暴力教師」事件をめぐる学校当局の対応を中心に展開される。しかし、『スプーン曲げの少年』の残されたテキストの全体からみると、それが十分に展開されているとは言い切れず、その事件に対して、どのように善後策をとればよいのかということについての保根と教頭との会話があるだけで、プロットは次の「措置入院」に関する話題に移っている。分量からみても、四百字詰原稿用紙二〇枚程度で、学校側の反応が充分にプロット化されずに終わっている。

　かねてボス的なある男子生徒の処分に困っていた教頭は、保根がこの不祥事を世間に漏らすとまずいので、自分がなんとか処理するから、その間病気ということで偽装入院することを勧める。そのときの保根の病名は≪仮面憂欝≫であった。さらに教頭は、

　　　　「女性だけど、なかなか優秀な心理学者で、とくに≪仮面欝病≫の専門家らしい。君ももっと聞き分けをよくしてくれないかな。一般的な教師の異常な行動では困るんだ、もともと異常な教師の異常な行動でなけりゃ、そうあっさり水に流すというわけにもいかないじゃないか[19]」

と語って、入院する病院に専門の女医がいるということを話している途中で、テキストは中断されている。

---

19)　デジタルブック『スプーン曲げの少年』一四九頁。

3.2 『スプーンを曲げる少年』二次稿(〈表〉⑤)

　この⑤のテキストを④『スプーン曲げの少年』と比較すると、途中で校正の手が加わっているために、本文に若干異同がみえる。しかし、筋立の展開からすれば、その区別が目立たないほどに一致したものになっている。この⑤のテキストを二次稿と推定したのは、改変部分を対照した結果である。まず、ト書きのようなカルテのところをみると、病名は、一次稿には「『逆行性迷走症』」とあるが、二次稿以後には「『仮面鬱病』ならびに『逆行性迷走症』の合併症」となっている。そして冒頭の一行「電話が鳴っている」という改変部分からもそのことは裏づけられる。というのは、一次稿には「電話が喋っている」となっているが、二次稿以後最終稿までは「電話が鳴っている」と記されているからだ。このことが、テキスト④から⑤にかけての改変とみなすわけである。その他の校異のところは〈対稿表〉を作ってみたので参照(付録参照)してもらいたい。

　このような改変は結末の部分にも認められる。④で保根は偽装入院というかたちで病院に送られようとするのだが、彼は入院するのを躊躇する。ところが⑤になると、保根は「とりあえず入院させてください。すぐにも眠りたいんだ……」とすすんで入院するというように変わっている。以上がプロットにかかわる、眼についた改変個所で、それ以外は文章の彫琢にかかわる改変である。

3.3 『スプーンを曲げる少年』最終稿(〈表〉⑥)

　⑥はワープロ原稿に著者の手(著者の加筆・削除)の入った状態で発見されたものだが、表紙には「The Spoon bender boy／by／Kobo Abe」と英文が記されており、「最終稿」という書き入れがしてある。このテキストには

⑤の二次稿の内容に加えて、七章「措置入院省略コース」と八章「呪文のように、ぶつぶつと……」の二つの章が加筆されている。[20]

　この加筆されたストーリーを追ってみたい。六章に入ると、「仮面欝病」という病名で偽装入院することになった場面を受けて、保根が精神病院に送られることになった。教頭は今度の教師による暴行事件を、教師の個人的な精神的疾患が原因として処理しようとしたからである。そして教頭の連絡で教育委員会から車をさし回されることになる。

　第7章「措置入院省略コース」になると、前章を受けて、教頭の連絡で教育委員会から車をさし回されることになった車の運転手は、覆面ほどもあるマスク（さも病院関係者を思わせる）で顔の半分は隠している。その運転手は、見送りの教頭に、なにやら証明書らしいものを提示する。教頭のサインを待って、後部ドアを開け、一歩さがって「ぼく」に乗車をうながした。どこにも護送係の姿はなく、教頭も同乗するつもりはないらしい。「ぼく」の逃走は、まったく計算に入っていないかのようだ。

　勘繰りすぎかもしれないが、運転手の手の甲が妙に白いのも気にかかる。ふつう職業運転手の手の甲は、いくら手袋を常用したって黒く日焼けしがちなものだ。その運転手と保根の会話をみてみよう。

　　　「まあ、気になるでしょうね。分かりますよ。病院は病院でも、精神病院にはほかと違って多少の強制力が認められていますからね。たとえば措置入院の場合、病院は患者の意思を無視して緊急拘束することができる。つまり、ガス銃の発射という先生の錯乱行為にたいして当局がどんな認定を下したか……」
　　　「ぼくが受けた説明はちょっと違いますよ。入院はあくまでも事件を表沙汰にしないための形式上の措置で、省略コースというか、表玄関からはいってそのまま裏口から出てこられるくらいの……」

---

20) この『スプーンを曲げる少年』は『安部公房全集029』の中に収録されている「スプーンを曲げる少年」である。

　　「まさか」
　　「まさかって、どういう意味？」
　　「省略コースなんてことはない、よくてせいぜい短縮コースですよ」
　　「どう違うんだ？」
　　「省略コースは敢えて言えば、執行猶予つき、もしくは実刑免
　除。でも短縮コースは読んで字のごとく、刑期の短縮にすぎませんから
　ね。一時間で済むか、十時間かかるか、三年のお務めになるかは別にし
　て、ともかく一定期間の拘束は覚悟してもらわないと……21)」

　やや低めだが、繊細で透りのいい声。聞き覚えがあるような気もするが、
まさかそんなことはありえまいと「ぼく」は思う。その時、運転手が肩を返し
て振りむいた。左右のヘッドレストのあいだから、瞬きもせずぼくを見据え
る。見据えられても抵抗感は起こらない。柔和な目尻。その運転手は、な
んと、つい一時間ほど前、路線バスの運転手から催涙ガスを取り戻してく
れた例の少年、もしくは自称『弟』であった。「ぼく」はそのマスクを剥ぎ取っ
て素顔を見てやりたいという気持ちになる。
　少年は大型マスクをめくり取り、かわりに含み笑いで顔を覆う。額の汗
を拭うついでに、ぬいだ帽子を助手席にほうりだす。半ば予期していたとお
り『弟』だった。血の色が透けたような桜餅色の唇。唇だけでなく、眼の位
置も普段より低く、子供っぽい印象を強めている。そのせいか安全マーク
付きの玩具みたいな印象をあたえる。この表情で懇願されたら、どんなに正
当な理由があっても、断れないだろう。セールスマンになっても、詐欺師に
なっても、それなりの成功が確約されるタイプである。
　『弟』は車を止め、スプーンを取り出して、車内でスプーン曲げを実演し
てみせる。

　　左手の親指と人差し指で柄の先端をつまみ、背もたれ越しに突き
____

21)『スプーン曲げの少年』最終稿、一〇〇～一〇一頁。

出してみせる。残りの指をいっぱいに外にひらいて—はい、種も仕掛も
ございません—例の手品師独特の手さばきだ。つづいて右肘を掲げ、大
きく水平に回転する。人差し指をスプーンの首(頭と柄の間のくびれ)に
当て、そっと上下にさすりはじめる。指とスプーンの間には数ミリ間隙
があって、とりあえず物理的な相互作用は認められない[22]。

　そして、数秒後、筋書通りの現象がはじまった。まず軟化現象。線香花
火の先端で小爆発を待つ火薬の玉の身震い。ゆっくりと鎌首をもたげる。
子猿の尻上がりみたいな敬愛のあるボーズ、鼻先から十数センチのところで
起きた異常現象。しかしトリックらしい兆候はまるで見られない。この執拗
で精細な描写に、やはり公房の超能力に対する執着がみてとれよう。この
あたりから「ぼく」の語りのなかで、『弟』を指すときに鉤括弧をはずしてい
る。何割かは本物の弟として迎え入れかけているようだ。
　最後に章の「八呪文のように、ぶつぶつと……」を見ることにする。八章
の冒頭は次のような誓約書から始まる。

誓約書
被観察者をAとし、観察者をBとする
　　Aは保根治(ほねおさむ)、男、三十六歳、中学教師。
　　Bは教育委員会の専任カウンセラーであり、医師の免許をもつ。
(中略)
一九八九年九月二日

　　　　　　　　　氏名　保根治

　この誓約書から、冒頭に置かれている「カルテ」の存在理由がわかってく
る。つまり、あの「カルテ」は精神鑑定の結果を記載したものである。

---

22)『スプーン曲げの少年』最終稿、一〇六～一〇七頁。

　保根の車が精神病院に到着し、保根が車から降りた後は、弟の少年については
まったくふれられることがない。どうやら少年は、また不意に姿を見せなくなったと設定されているようにみえる。病院到着後に教育委員会指定の専任カウンセラーである穴子という専門女医が登場し、彼女による精神鑑定がはじまろうとしているところで、中断されている。

4.『飛ぶ男』

4.1 『飛ぶ男』一次稿(〈表〉⑦)

　テキスト⑦に至って、構想は大きく変更されている。テキスト⑦は、冒頭から少年が空を飛んでいるところから始まり、その後の筋立ても大幅に書き換えられている。

　章題とその構成は、二章を除き大幅に改変されている。その章題を記せば、一章「飛ぶ男」、二章「深夜の電話」、三章「天使の懇願」、四章「目撃者の愛の目覚め」、五章「スプーン曲げ実演」、六章「誤解」、七章「繭の内側」、八章「鴉」となっている。このテキストにはまだ九章は見えない。

　まず、刊行本で知られている『飛ぶ男』のストーリーを先にみることにする。そうすることによって、この一次稿との異同をより早くつかめるだろう。一九九三年四月、雑誌『新潮』に発表された『飛ぶ男』Ⅰは、冒頭にやはり戯曲のト書のように、「患者名保根治(ほねおさむ)男三十六歳高校教師／主訴頑固な不眠　もしくは不眠幻想／病名『仮面憂鬱』ならびに『逆行性迷走症候群』の合併症」というカルテが記されている。ストーリーは、ある夏の明け方に、「飛ぶ男」が保根治のアパートの外をゆっくりと飛びながら、携帯電話で保根治に、腹違いの弟だと名乗って電話をかけてくる話か

らはじまる。「飛ぶ男」はスプーン曲げ少年、「マリ・ジャンプ」という名前で、その超能力のために父親に追われているので、兄を捜して助けを求めに来たのだという。そういう会話を電話で交わしている最中に、保根治の隣に住む二九歳の独身女性が「飛ぶ男」を目撃する。暴行魔の噂に脅えてノイローゼになり、護身用の空気銃を枕のもとに備えていた彼女は、とっさに「飛ぶ男」を撃ってしまう。傷ついた「飛ぶ男」は、兄の保根治に助けてもらおうと、保根が開けておいた窓をとおして保根治の部屋に飛び込んでくる。「飛ぶ男」が傷の手当てを終え、スプーン曲げを実演して見せて立ち去った後に、空気銃を撃った女性、「小文字並子」が傷の手当てをしてあげたいと訪ねてくる。彼女はかつてある泡沫製薬会社に勤め、その会社が株価の操作で大儲けをした後に倒産したとき、庶務課長の「剣呑悠優」とともに失踪した過去を持つ……という所で、物語は切れている。

　こうした筋立をたどってみるだけでは、この物語が今後どのような展開をするはずであったのかはわからない。しかし、安部公房のユーモアたっぷりの、しかも潤いのある文章、それに異常なほどと思われる部屋の装飾品の精細な描写のなかに次々と人物を登場させ、そのことで小説の世界が思いがけない方向に向かっていく所が、この作品の魅力で、秘めた可能性を予感させてくれる。

　さて、テキスト⑦は、まだ九章「陰謀の成立」が見えないが、それ以外はこの『飛ぶ男』のストーリーとほぼ同じである。このテキストは著者手入れ稿として、表題は「スプーンを曲げる少年」に削除の線を入れ、その傍らに「飛ぶ男」という題の書き込みが眼をひく。このテキストが、ストーリーや登場人物の造型からみて、刊行本『飛ぶ男』に至る初稿にあたるのではないか。⑦はワープロ用紙で一四八頁（一頁＝一〇×四〇字）になる草稿だが、発見された当初は一頁から一〇六頁までは半折した状態で、厚紙の表紙と裏表紙にはさまれていた。さらに、一〇七頁から一四八頁までは半折されず、バインダーにはさんだ状態であったが、七章だけは半折の跡がある。紙型はひらくとＡ四版で、半折してあるということは、安部公房なりに製本の形式を想定していたらしい。両方とも、文字の重複や誤字の訂正が赤ボールペンでなされている。

このテキストの執筆年時の推定は一九八九年一二月頃と考えられるが、それを物語る黛哲郎とのインタビュー「余白を語る」(「朝日新聞」一九八九年一二月二二日)を挙げることにする。

> 『スプーンを曲げた少年』(仮題)といった超能力を扱った小説だが、今年中にあげようとおもっていたところ、どうもそれはムリ。(中略)ぼくの小説で繰り返し必ず出てくるのに、空中遊泳とか空中飛翔(ひしょう)がある。こんどは冒頭から空を飛んでいる男のシーンだ。それも携帯電話をもって話してるところから始まる。ものすごく空想的だけど猛烈にリアル。

このインタビューの「こんどは冒頭から空を飛んでいる男のシーンだ」という発言から、この⑦のテキストが想定されていると考えられる。なお、このインタビューには「ものすごく空想的だけど猛烈にリアル」という奇妙な言葉がみられるが、この発言は『飛ぶ男』で公房が目指した現代文学の可能性が秘められているとみるものだが、そのことについては第六章『飛ぶ男』論で考察する。

4.2 『飛ぶ男』最終稿(〈表〉⑧)

テキスト⑧は『飛ぶ男』の著者自身の手になる最終稿である[23]。もちろん、最終稿といってもたまたま作者の死によって、書き直しの可能性が閉ざされてしまっただけなのかもしれない。このテキストには九章「陰謀の成立」

---

23) この安部公房自身の手による最終稿の『飛ぶ男』が『安部公房全集029』の中に収録されている『飛ぶ男』である。

が新たに加筆されており、表題も最初から『飛ぶ男』となっている。⑦の内容に推敲を重ねて、⑧が書き継がれたものとみえる。執筆時期がうかがえる一九九一年十二月『波』のインタビュー「われながら変な小説」の記事をみることにする。

　　　　　いま、つぎの小説『翔ぶ男』にとりかかったところ。それが終わったら、懸案の『アメリカ論』だな。

　この発言からすると、安部公房はこの作品を完成させることに意欲をそそいでいると同時に、すでに完成されたかたちを想定していたと思われる。そのためであろうか、公房は次の執筆のプランをも口にしている。だが、こうした公的な発言とは異なって、安部ねり氏によれば、この最終稿を執筆していた安部公房は、どうやら死を予感しているように見えたと述懐している。この作家の公的な発言と私生活でのエピソードの間には、安部公房の作家としての創作意欲と人間としての死への諦念との揺れが、隠されているように思われる。

　このテキストには刊行本『飛ぶ男』のストーリーがすべて収まっている。ただ刊行本である真知夫人手入れ稿と異なるのは、夫人の加筆が見えないというだけである。たとえば、冒頭を紹介すれば、

　　　　　ある夏の朝、たぶん四時五分ごろ、氷雨本町二丁目四番地の上空を人間そっくりの物体が南西方向に滑走していった。(中略)どう見ても意志を持った自力走行である。

とあって、この書き出しはテキスト⑨とまったく同じである。形式的な変貌は以上が主なもので、その他はむしろ内容にかかわる。したがって、この考察も第六章『飛ぶ男』論に譲ることにする。

4.3 『飛ぶ男』—真知夫人手入れ稿(〈表〉⑨)

　テキスト⑨は、安部公房の死後、⑧の最終稿を公表するために際して真知夫人の手入れが入っているテキストである。真知夫人の手入れをみると、まず眼に着くのが、「ト書き」のところの保根の職業に「中学教師」を「高校教師」とする校正が書き加えられていることである。ここには真知夫人による同時代の社会現象への認識と、作品内部の「生徒」には中学生であるよりも高校生がふさわしいという判断が反映しているとみてよかろう。本文のレベルでの手入れでは、まず明らかに打ち間違いだと思われるところはすべて校正され、さらに、加筆や削除、改行、一行あけなどの修正もみられる。本文の手入れはたんに「校正」にとどまらず、本文そのものの「改変」をともなっていることも指摘しておかねばならない。

　⑧の『飛ぶ男』のフロッピーが発見された当時、真知夫人は「いつ書いたかわかりません。あの人のことだからまた変える予定だったと思います。だから未定稿[24]」と語っていた。一九九六年の暮、真知夫人の手入れ稿が発見されたあと、辻井喬氏は二つの原稿を比較して、「著作権継承者としても行きすぎた手の入れ方です。しかし、安部さんが生きていればこうしたはずだという、真知さんの愛情表現だったと思います」と発言している。また娘の安部ねり氏は、この辻井氏の発言をやわらげるように、「母は演劇にたずさわっていたので、演出してしまったのかもしれません」と言っている[25]。

　手入れの具体例をワープロ原稿の最初の二、三頁で指摘しておけば、次のようなものである[26]。なお、前文がテキスト⑧からの引用、矢印(→)の後

---

24) 一九九三年二月十三日『朝日新聞』「フロッピーに未完の絶筆—超能力を題材『飛ぶ男』—」。

25) 一九九七年三月十三日『朝日新聞』「安部公房の遺作『飛ぶ男』の謎」。

26) 安部公房の手による最終稿と真知夫人手入れ稿の〈対稿表〉を作成した。〈付録〉参照。

文が真知夫人の手入れの文章とする。その下の頁数は刊行本『飛ぶ男』の頁数に従う。

- どうやら≪飛ぶ男≫の出現に立ち会ってしまったようである。→≪飛ぶ男≫の出現……。(一二頁)
- しかし二十九歳の独身女性としては、とても自慢できる話ではない。→しかし二十九歳の独身女性が、狙撃の腕を自慢するわけにはいかない。(一三頁)
- 目撃者は≪飛ぶ男≫の携帯電話で呼び出しを受けた。それ以来、強度の神経症と不眠に悩まされることになる。→三人目の目撃者は≪飛ぶ男≫の携帯電話で呼び出しを受けた。(一四頁)

　このような手入れが全頁にわたって大幅に施されているところに、編集者としての真知夫人の手入れの意味がうかがえるようにも思われる。ただし、一九九七年に編集が始まった『安部公房全集』(全二九巻、別冊一巻)には、テキスト⑧の安部公房の『飛ぶ男』最終稿が、そのまま収録されている。

5. むすび

　以上、テキスト群のそれぞれを紹介するかたちで、刊行本『飛ぶ男』に至るまでのテキストの変遷過程をみた。作家が自身の作品の本文を加筆したり、抹消したり、筋や単語を書き換えたりした形跡をそのまま原稿に残すという作業を検証することは、まるで作家が創作している現場をまのあたりにしているのだという錯覚すら覚える。現在の刊行本とは違い、テキスト①から⑧までのテキストには創作の時間性が含まれている。そのなかで推敲に推敲を重ねながら、一個の作品を産み出そうとする作家の執拗な創作の営み、そして作家がたどった創作過程を、私たち自身が追体験できるのであ

　ろう。

　ここで、当然疑問に思うのは、執拗なほどにテキストを改稿し続けた安部公房にとって、「書く」ということは、どのような意味をもっていたかということである。安部公房は、一九八五年三月「なぜ書くか」というエッセイのなかで、次のように述べている。

　　　　作家にとって創作は生の一形式であり、単なる選択された結果ではありえない。(中略)希望にあふれた時代があったことは否定できない。だが積載量過剰のトラックのような時代をくぐりぬけて、作者は失望し、かつ謙虚になった。死の舞踏でも、下手に踊るよりも上手に踊ったほうがせめての慰めである[27]。

　安部公房にとって「書く」ということは「生きる」ということだった。それからすれば、この『飛ぶ男』に至るまでのテキストの変貌は、公房のあくことのない生の証しであったといってよかろう。なお、ここでは、テキストの変貌の過程に関する形式面に限定しての論述にとどまった。その内容、および公房の思想については、次章以下で言及していくことにする。

____

27)『死に急ぐ鯨たち』(新潮社、一九八六)所収、九頁。

第四章
『飛ぶ男』論 2・[スプーン曲げ少年に関するレポート] について

1. ルポ形式

　一般的に言っても、小説の冒頭部分が示している重要性は、あらためて言及する必要もないが、とりわけこの [スプーン曲げ少年に関するレポート] 1)(以下、 [レポート] と略称する。なお括弧 [　] は原文のまま—引用者注)の冒頭部分の最初のパラグラフは、この作品の形式と主題、それに視点人物である「ぼく」の造型について多くの情報が盛り込まれている点で、見逃すわけにはいかない。

　　　　これはあるスプーン曲げ少年に関するレポートである。超能力が実在するかどうかという一般的な疑問に答えるのがこの調査目的ではない。仮に少年の念力が本物だと感じても、ぼくが騙されただけのことかもしれないし、トリックを見破ったとしても、またままずいJOKERを掴まされだけのことかもしれない。(一頁)

　ここでまず、 [レポート] という叙述形式が注目される。この小説が「ぼく」というルポライターの一人称の語りによるノンフィクションの小説だと規定していることは、これまでの長編小説の形式を踏襲するとともに、同時代の社会現象に密着するリアリズムへの指向を見せている。しかし、こ

―――――――――――――――――――――――――――
1) ここで引用する [スプーン曲げ少年に関するレポート] のテキストは、プリントアウトされたワープロ原稿を用いることとし、引用の頁数もこれに従う。

のことが逆に公房の文学を限界づけたことも事実である。公房がこの最後の小説においていくつものテキストを未完のままに残していることは、むしろ近代文学のリアリズムの限界との格闘の痕跡だといってよかろう。あらかじめいえば、「飛ぶ男」に至るまでのテキストの変貌は、現代文学における寓話の可能性の再発見のプロセスであった。

　このような本章の構想にもとづいて、まず［レポート］のリアリズム性に着目するとき、その焦点が「ぼく」という語り手の設定にあることが注意される。この語り手について公房の創作プランである「創作メモ」を見ると次のように記されている[2]。

　　　1　自分で自分のことをルポするスタイル→足を洗い、同時に金を手にするために。
　　　2　実はルポライターのトリック。この方が信用されると思い……途中でどっちか分からなくなるスタイル。
　　　4　もし全体を私(ルポライター)の一人称でまとめるなら、発表のために書かれた部分と、その作品をまとめるにあたっての、自問自答部分をどう区別するか。
　　　6　私(ルポライター)は雑誌Ｘの懸賞当選がねらいだが、スプーン曲げ少年を肯定するのと、否定するのと、どちらが入選しやすいか考慮中。その結論しだいで、姿勢を決めようと、数人の知人に相談する。

　1のメモに関しては、［レポート］のプロットのどの位置を占めるプランなのかはわからないが、ただ1の「足を洗い、同時に金を手にするために」というメモから、「ぼく」が売れない、どちらかといえばやくざなフリーのルポライターであることがわかる。したがって、この1と6のメモを考え合わせると、「ぼく」のルポの目的を垣間見ることができる。それによれば、「ぼく」

---

2)　［スプーン曲げ少年に関する］のための「創作メモ」には、引用と説明の便宜上番号を付した。引用の際はその番号に従う。

の目的は超能力への魅惑でもなく、そうかといって、トリックを暴いて、真実を語ろうとするのでもなく、いまマス・コミをにぎわせている「スプーン曲げ少年」に関するただ面白いルポルタジュー(それを彼自身は「レポート」と呼んでいる)を書き上げ、ある雑誌社の懸賞に応募して、「金」儲けをしようともくろんでいるにすぎない。「ぼく」は雑誌読者に迎合する売文家である以上、社会を驚かせる現象をいかに面白く語る(ルポする)かが、唯一の目的であったわけだ。

　このことは、テキストの冒頭部分にも「超能力が実在するかどうかという一般的な疑問に答えるのがこの調査の目的ではない」とあることでうかがえる。この俗物に徹した「ぼく」というルポライターのまなざしは、スプーン曲げという当時異様に世間をさわがせた社会現象に対して、冷めた眼で見つめるといった距離を置いていた。スプーン曲げが超能力かどうかはともかく、「ぼく」にとっては、そのことが金儲けの話題を提供する材料としかとらえられてはいない。この俗物のまなざしには、社会現象はすべて金で割り切れる素材・題材でしかない。おそらくこのような「ぼく」のまなざしはもっとも卑小なリアリズムであろう。

　2のメモについては次節でふれることにして、気になるのは1の「自分で自分をルポする」という個所である。このメモからは、「自分」の内面で起こった変化をルポする自照文学の意図があるのではなかろうか、と推測されるからだ。おそらくここに、公房の主題性が認められるのではなかろうか。つまり、俗物のまなざしと超能力の問題、この関係性に［レポート］の主題が秘められているとみるのである。そのためにも、なぜ安部公房が、「スプーン曲げ少年」に興味を抱くようになったのかを見ておく必要があろう。

　公房は自身とその身辺のことを昇華させて作品化する作家というよりも、むしろ社会現象に敏感な作家であった。この作品が執筆された当時の社会現象といえば、全世界を風靡したユリ・ゲラーの「スプーン曲げブーム」が忘れられない。ユリ・ゲラーが日本に初めて訪れたのは、一九七四年二月のことで、日本全国を席巻した「スプーン曲げ」の騒動の幕開けとなった[3]。当時彼は、二六歳の青年であった。その後ユリ・ゲラーは、日本を二度訪れている。ユリ・ゲラーが現れて以来、「スプーン曲げ」の話題がマスコミをにぎわせ、日本国内でも「私は超能力をもっている」などという話がわきあがり、異常な社会現象となったことがある[4]。

　そのうち、スプーン曲げ論争とタネ明かしの実験によって、一瞬燃え盛った「スプーン曲げブーム」は、わずか数年たらずで下火となり、いまはわずかな余燼すらもとどめていない。いったい、超能力などというものが本当に存在したのだろうか。いまになってみれば、超能力ということ自体が、当時の流行現象の一つにすぎなかったことのように思われる。

　俗物の「ぼく」は、最初からこの超能力には距離を置いている。小説の冒頭部に見えるように、超能力が実在するかどうかという一般的な疑問に答えるのが、この調査の目的ではないといっている以上、スプーン曲げの能力の真偽より、その周辺におきる波紋を書こうとしたのであろう。その波紋はなんだろう。筋立にふれて言えば、「ぼく」は最初、超能力による「スプーン曲げ」を否定してかかっている。しかし少年に接触してみると、この少年から不思議な神秘性を感じ、やがてその魅惑に惹かれていこうとするところで、テキストは中断されている。とすれば、「ぼく」に起こりかけていたのは、奇跡願望の心理的変化ではなかっただろうか。

　このことはすでに、一九八五年栗坪良樹氏とのインタビューのなかの安部公房の言説に見られる。

　　　　　≪スプーン曲げの少年≫の内面をいろいろ想像しているうちに……(中略)少年自身は、トリックを承知の上で、もはや他人に告げることは許されない。やむなく演技をつづけ、ついには自分でも信じてしま

3）栗崎ゆたか『超能力』(心交社、一九九五)。
4）大槻義彦『超能力ははたしてあるのか—科学VS.超能力』(講談社、一九九三)。

うしかないんじゃないか。そう気が付いたとき、ノンフィクションがフィクションに変わってしまったようだ。奇跡というのは自然の因果関係を御破算にしてしまうことだろう。スプーン曲げの能力の真偽より、その周辺におきる奇跡待望の波紋を書いてみたくなったわけだ[5]。

　この「ぼく」の内面における奇跡待望をとおして、社会現象の底辺にうごめく社会心理をとらえようとしたとみてよかろう。公房はその主題をとおして、合理性、功利性、科学技術万能論が支配する現代社会と、それと反比例するかのように、人間の可能性が狭小化していくといった閉塞状況を鋭くえぐろうとした。ただそのような現代社会に蔓延した奇跡待望の主題が、リアリズムという方法によって可能なのかどうか。

　それはともかくも、この冒頭部分の主題提示が作品内容、すなわち筋立てにおいて展開されるものなのかどうかといった疑問、それにともなう形式と内容の矛盾のうちに［レポート］は中断されたとみるのだが、そのことを検討するのが以下の課題となる。

2.「ぼく」というルポライターのまなざし

　この小説は、「ぼく」というルポライターが、友人の「君」宛に送られたルポに添えられたレポートというべきか、手紙ともいってよい叙述から始まる。

　　　　とりあえずの第一報　［協力者への報告Ⅰ］
　　　　出足は好調だった。順調に≪スプーン曲げ少年≫との接触にも成功した。順調すぎて拍子ぬけしたほどである。いま午後五時十二分、定期バスの終点で下車したのが二時二十分だから、まだ三時間しかたっていない。だのにこうして、もう第一報の作成にとりかかっている。つきが

---

5)『死に急ぐ鯨たち』(新潮社、一九八六)一三三頁。

　　回ってきたとしか言いようがない。しかも現在ぼくがどこにいるのか、君
　　が知ったら仰天もいいとこだろう。(一頁)

　以下、テキストの構成は「とりあえずの第一報　[協力者への報告Ⅰ]」に
続けて「とりあえずの第一報　[協力者への報告Ⅱ]」、そしてそれぞれの後に
「追伸」が加えられるというものである。いま「ぼく」がこの報告を書き始めた
時間は、引用からもわかるように、少年の住む町に着いてから三時間経っ
た午後五時を過ぎている。少年の父親が斡旋してくれた少年の隣の部屋
で、少年の帰りを待ちながら、「君」という人物に報告を書いているという
設定である。「現在ぼくがどこにいるのか、君が知ったら仰天もいいとこだ
ろう」というのは、「ぼく」が少年の隣の部屋に首尾をよく入り込めたからだ
ろう。「ぼく」がどのようにして「スプーン曲げ少年」を知ったかはわからない
が、どうやら仕事にありつけない「ぼく」に同情した友人「君」の情報によっ
たらしい。その友人の「君」については、

　　　・しかし、素直に言わせてもらうが、君の調査能力も口ほどじゃな
　　さそうだね。もらった資料に履き物屋のことなんか一行も出ていなかった
　　じゃないか。(三頁)
　　　・ぼくの決心は変わらないからね。いま君に頼みたいことは、とにか
　　く左右多君のテレビ出演が実現するよう、あわゆる手を尽くしてくれる
　　ことだけだ。(六頁)

とあるだけだが、この二個所の叙述から、おおむね、「君」という人物につい
ても推測できる。おそらく、「君」という人物は、テレビ局の婦人向けワイド
ショー番組のスタッフかと想定される。その「君」の情報を得て「ぼく」は、
「君」の紹介というかたちで「ＡＢＣ企画・テレビ番組制作業務」という偽名
刺を使い、テレビ出演交渉という名目の下に「スプーン曲げ少年」に接近す
る。このプロットの設定がさきほどの「創作メモ」の②でいう「実はルポライ

ターのトリック。この方が信用されると思い」というプランに当たろう。たぶん、「ぼく」の偽名刺は、「君」という人物の本物の名刺かもしれない。しかも、「君」が「スプーン曲げ少年」に関する資料を「ぼく」に渡してくれたのであろう。その資料をもとにして、少年を訪れたということになろう。

　「ぼく」は少年の住む町に着いて、少年の家を探すことにしたが、その前に少年の周辺の人々から情報を得ておこうと、あるコーヒー屋の女主人に、それとなく町での少年の噂を聞き出そうとする。その女主人の情報によると、少年の父親は、もともと履物屋だったが、二年前から転業していまは「スプーン曲げ少年」のマネージャ兼「津鞠芸能プロダクション」の手品師であるという。つまり、超能力少年の「スプーン曲げ」をショー化して見せる興行師となっているというのだ。さらに「ぼく」は女主人に少年のことを聞こうとする。

　　「ええ、津鞠左右多君、ほら、スプーン曲げをやる……」
　　「東京から？」
　　「いま着いたばかり、暑いですねえ」
　　「だったら、インチキですよ、申しあげておきますけど」(五頁)

　女主人の返事は冷たい。それはおそらく、少年の超能力への冷淡さがこもっているからかもしれないが、それよりももっと大きな理由は、つねに少年よりも出しゃばりたがる父親のうさんくささに対する嫌悪だろうということが、不完全ながらも、のちのプロットからうかがえる。この父親像から、なぜ「ぼく」が、「ＡＢＣ企画・テレビ番組制作業務」という偽名刺を作ったのかもうかがえる。つまり、興行師でもある父親から、少年のテレビ出演をだしにして、歓心を買おうとするためであった。これが「ルポライターのトリック」ということになろう。

　「ぼく」は少年の件で、いずれ相談に乗ってもらう必要が生ずるかもしれないと思い、店の名前を確認する。店名は≪けむり≫だった。「火の無い所に煙は立たぬ」という、諺をふまえた公房流の言葉遊びだろう。なにかそれらしい事実(火)のあることを予感させる暗示を、与えてくれる。しかし、たんに煙(噂)だけで、火(事実)はないかもしれないとも言える。そこで「ぼく」は頼りのない名前だと思う。

　この小説には、このような、すでにふれた短編小説『バベルの塔の狸』で言及したような言葉遊びが、まるで短編小説に回帰するかのように、著しく目立ってくる6)。ちなみに、この［レポート］に登場する人物の名前をみても、父親の名前は「マリ・ジャンプ」、そして少年の名前は「津鞠左右多」という。「マリ・ジャンプ」とは、いうまでもなくジャンプするマリ(鞠)のことで、鞠が飛びはねるように、このうさんくさい興行師の言動は相手に応じて、事実や真実とは関係なく、大言壮語が次々と繰り出されることを記号化しているのだろう。また「津鞠左右多」という少年は、「つまり、そうだ」ということで、父親の言葉にしたがって、表面は従順に父親の命に従う少年の性格を記号化したものとみられる。なお「マリ」と「津鞠」は鎖言葉として連想されたものであろう。

　安部公房が主人公の命名に並々ならぬ努力を傾け、ときに機智にあふれたたくらみを仕掛けることは、第一部第三章「想像力と分析精神—『バベルの塔の狸』論—」ですでに言及したところである。したがって、ここに見える登場人物の名前は、読者の側に向けてなんらかの意味づけをおこなうように仕組まれているとみてよい。それは、ある意味で、読者に向かって読書行為による作品参加を求めているのだ。読者がその名前をどう意味づけるかによって、登場人物の造型のとらえかたが異なってもかまわないし、極論すれば、それで主題の認識に差異が生まれたところで、作家は、多様な解釈を許容しているともいえよう。現在の文学理論にいう記号論と読書行為論

---

6)　第Ｉ部第三章「『バベルの塔の狸』論—想像力と分析精神—」を参照。

を先見した公房の読者参加を求める指向性をそこに認めてよかろう。

　安部公房の命名には、必ず命名の動機づけがある。したがって、作品に仕組まれた記号のコードを読者は解読しなければならないのだ。これが、安部公房の作品を読む一つのキーワードとなるのは、短編小説の命名と同じであろう。このような言葉遊びによる命名法には、短編小説に見られた寓話性への再認識が垣間見られる。

　では、小説の時空間に戻ろう。そこで「ぼく」は、少年の家に行くと、最初少年は出てこようとはせず、興行師の父親が応対する。「ぼく」は「ＡＢＣ企画・テレビ番組制作業務」という偽名刺を作ってあったので、父親に向かって、テレビ出演交渉という名目下に「スプーン曲げ少年」に会わせてほしいと頼み込む。

　　　　　完全に信用できなければ、推薦は無理だ、ぼくの信用にもかかわります。素直に言わせてもらうけど、自称念力少年はごまんといる。ぼくらの調査網にかかっただけでも、全国でなんと二百十六人ですよ。（五頁）

　少年の父親は、「ぼく」の巧みな勧誘とテレビ出演という魅力に惹かれて、「ぼく」に好意的な態度を見せ、長時間の取材に便宜をはかろうということで、少年の部屋の隣の部屋に泊まらせてくれることになった。この言葉も「ぼく」のトリックといってよい。「ぼくは」少年の父親にかもをかけているのだ。この父親に最初に会ったとき、「ぼく」はあらかじめ少年のテレビ出演には、少年の超能力が本物ではないといけないと、くぎをさしておいた。そこで、父親は「ぼく」に対して「スプーン曲げ少年」の超能力が本物であることを強くアピールするとともに、「ぼく」の好意を得ようと最大限の便宜をはらわざるをえなかったのだ。そこには世間に向かって、自分の子を「スプーン曲げ少年」という超能力者に仕立てようとする興行師＝手品師の魂胆を、「ぼく」は、すでに見抜いた老獪なトリックが用いられている。

　父親は「ぼく」との交渉が一段落すると、二階の奥の部屋に向かって、少年を呼ぶ。すると「スプーン曲げ少年」が現れてくる。そのときはまだ少年に警戒心があるのか、「ぼく」と会話を交わそうとはしない。

　　　　　・少年が立っていた。眠たそうなふくれっ面。ちょっぴり緊張する。本気で信じているわけでもないのに、心を見透かされそうな不安を感じたのだ。(中略)血色の悪いざらついた顔、顔じゅうにニキビの予備軍といった感じ、ひょろっとした撫で肩、不機嫌そうな猫背(一五頁)
　　　　　・少年と呼ぶには、とうが立ちすぎた感じ。肝臓病を疑わせる顔色、まばらな不精髭、父親ゆずりの小さな眼。いささか期待を裏切られる。(一六頁)

　「ぼく」が受けた少年の印象は、奇妙に分裂している。一方はむしろ、暗く大人びた「少年」の姿である。この外見からの印象から「ぼく」は、「いささか期待を裏切られる」。しかしその一方で、「心を見透かされそうな不安を感じ」るといった、奇妙で不思議な神秘性を直観したことも、見逃すべきではあるまい。というのは、そのあとすぐ、少年が受け取った「ぼく」の名刺に、じっと目をこらすのを見ていると、「ぼく」の正体が見抜かれているような気がして、「ぼく」はあらためて不安がこみあげ、緊張するともルポされているからだ。
　ところで、この少年の造型で注意すべきなのは、第一に、孤独がちでいかにもおどおどした病的な印象を与えること、第二に、臆病そうな態度と寡黙なこと、第三に、父親の言葉に従順で反抗しようとしない姿勢、第四に、骨格模型とダンスをするといった奇妙な行為をすること。以上のことが読みとれることだ。このような少年の造型に、作家はどのような意図をこめているのだろうか。その手がかりとなるのが、次の公房の言説であろうか

　　　　　超能力者の内面、奇妙なものだろうね。不安と優越感で、成功

すればするほど、一種の狂気におちいるんじゃないか。服が皮膚に同化してしまったみたいに、寝ても醒めても裸にはなりきれない。ついには嘘と本当の区別もつけられなくなってしまう。そしてそのうち実際に奇跡が起きたら……トリックを使わずにスプーンが曲りはじめたら……でももうなんの驚きも感じない。嘘になじみすぎたんだ。少年だけが永久に不信の迷路のなかに取り残される[7]。

　この言説からすれば、第一〜第四までの表象はまさに、「裸になりきれない」少年の「不信の迷路のなかに取り残された」存在性を語ろうとするためだった。最初はトリックとして、「そのうち実際に奇跡を起」こしてしまった少年は、「不安と優越感で」自己の殻に閉じ込もらざるをえなかったのだ。
　次に考えねばならないのは、超能力がなぜ「少年」とむすびつくのかということだろう。「少年」については二通りのことが考えられる。一つは、一九七四年ユリ・ゲラーの日本への訪問以来、スプーン曲げの超能力をもっている「少年」たちが、あちらこちらから現れてきたということが関係していよう。彼ら「少年」たちは、週刊誌やテレビ局からの取材やインタビュー、または実演によって、一躍有名人になったというのが社会現象の実態であった。このような「スプーン曲げのブーム」以来、「スプーン曲げ」といえば、「少年」がむすびつくようになって、いわゆる「スプーン曲げ少年」がこの社会現象の象徴になったことが指摘できる。もう一つ考えられることは、「少年」というと、トリックを使わず、正真正銘の超能力を発揮できる者と信じられやすい面があるからだろう。「少年」は、社会の合理性や功利性の洗礼を浴びるまだ以前の純真無垢な存在という観念が古くからあり、そしてまた超能力なるものは、幼いときに現れないと本物ではないという観念が介在していたとみてよかろう。それは社会通念であって、作家はそれに従ったまでであろう。

7）注5同書、一三五頁。

「ぼく」の俗物的リアリズムからすれば、「スプーン曲げ」という超能力が、まやかしのトリックであろうとなかろうと、とにかく面白いルポを書く目的で少年に近づいたとみてよいのだが、それでも少年に会ってみると、なにか得体の知れない不思議な神秘性が感じられてくる。つまり、「ぼく」の最初の意図は、少年を「スプーン曲げ」の超能力者に仕立てようとする父親の魂胆をまずは少年の口から暴こうとしたのだが、この少年の神秘性に触れたことで、かえってこの少年に興味を覚え、少年の真実をとらえようとする意欲をかき立てられ、一層少年に接近していくというのが筋立の展開であった。

父親の接待を受けて、少年と父親と三人で食事をした。その時に、はじめて「スプーン曲げ」の実演を見せてくれた。

　　　　　左右多君の驚異的な早飯。そして、食べおわったとたん、スプーンの柄を左の指先でつまみ、付着したカレーを右手の指でゆっくり拭うような動作、なんの予告もなかったので、とくに注目もしていなかった。スプーンの首がぽろりと折れて机の上にころがった。（二三頁）

続いて父親も、自分のスプーンを曲げて見せた。その時父親は、「わたしは手品、左右多のは超能力」だと言って少年の超能力を「ぼく」に印象づけようとする。もちろん、「ぼく」は手品と超能力の区別が付かない。ただ引用した叙述からは、一種の驚きが、その抑えられた客観的な筆致から逆に感じとれることに留意しておきたい。

父親は毎晩ホテルのホールで手品ショーをやっていた。そのため、少年と父親はその準備のためにすぐに外出する。そこで「ぼく」は、二階にあてがわれた部屋に入り、少年の帰りを待ちながら、隣の少年の部屋を覗き見る。眼に入ったものは、

> ① 時計の隣の真鍮の円筒は、たぶん温度計と気圧計と湿度計を組合わせ
> た、天気予報の装置にちがいない。(二頁)
> ② 足元の壁ぎわにやや前かがみの姿勢で立っている骸骨の模型。(中略)
> 変な趣味もあったもんだよ。もっとも超能力少年ともなれば、多少の怪
> 奇趣味くらいあって当然だろうけどね。(二頁)
> ③ 棚は本来の目的どおり、書籍類で埋められている。超能力者と読書家と
> いうのも、かんがえてみれば骸骨に劣らず妙な組合せじゃないか。(二頁)

というものであった。引用の①気象観測のための器具からは、科学的好奇
心の旺盛な少年であることがうかがえるし、その点からすれば、いかにも部
屋に篭もりがちで読書好きの少年の印象を受ける。ところが、引用②の等
身大の骨格の模型には注目される。なぜなら、骨格の模型は『飛ぶ男』にな
ると、保根という中学校教師の部屋に飾ってあって、主人公の造型とむす
びついた部屋の装飾として保存されているからだ。保根の部屋に骨格の模
型が飾られているのは、「保根(ほね)」と「骨(ほね)」の語呂合わせによる言葉
遊びだろう。

　実際これは、安部公房の箱根の家にある、二つの骨格の模型がモデルと
なっている8)。なぜこのような等身大の骨格模型に公房はこだわるのだろう
か。骨格への興味は人間への興味とともに、引用②に「多少の怪奇趣味」と
あるように、怪奇性への傾斜を示すとみられる。とすれば、人間の内部に
は、科学的にはまだ知られていない能力(それも怪奇的能力)があるのではな
いか、というあこがれととらえてよいのかもしれない。いかにも医者らし
く、その能力を「骸骨」にまで解剖して洞察しようとしたところに、公房の
固有性があるのかもしれない。

　しかし、その夜、初日に起きた見聞について、「ぼく」が「君」への報告書
を書いたあと寝ているとき、突然「ぼく」は正体不明の人物に襲撃を受け

---

8) 一九九七年一月三一日、安部ねり氏に同行して、公房の箱根の家を取材。

た。それが「追伸」として加えられている。

　　　　　とつぜん暴漢の襲撃を受ける。脇腹が痛い。肋骨が折れたのかも
　しれない。(中略)襲撃目標は本当にぼくだったのだろうか。それとも人違
　いだったのだろうか？君なら真犯人は少年だと言いそうだな。たしかにぼ
　くもショックだったが、左右多君はもっとおびえている。何におびえてい
　るのかは分からないが、おびえている。(一一〜一二頁)

　この事件については、以後、作品内にはなんの説明もないが、このことに
ついて説明しているメモが「創作メモ」のなかに記されている。

　　　　　5少年の父親は、田舎の行楽地の「芸能者」の社長。ある日、上客の依
　頼で、手品の種を明してしまい、その結果料金分の暴力をくわえられる。

　ここから推測できることは、手品師仲間の仁義にはずれたことを平気で
やってしまう父親。そのために仲間の手品師の怒りを買っていたのであろ
う。そのとばっちりを受けて「ぼく」は、父親の代わりに襲撃を受けたという
ことである。この父親は、金のためならなんでもしてみせるという詐欺師ま
がいの性格のため、周囲の人々の嫌悪と怒りを買う人物であった。こんな
父親ではあっても、その意向に対して「つまりそうだ(津鞠左右多)」と従う
少年であるために、少年の「スプーン曲げ」を興業の目玉にしようとする父
親の魂胆からすれば、少年自身もいつ襲われるかわからない。「ぼく」の眼か
ら見ると、つねに少年が「おびえている」のもそのせいだということになる。
　しかし、筋立の展開からすると、たんに少年が「おびえている」のは、それ
だけではなったのではなかろうか。この小説中の少年の言動と、既述の公房
の言説「成功すればするほど、一種の狂気におちいんじゃないか」ということ
からすれば、少年はむしろ、自己の超能力に対して得体の知れない恐怖に
「おびえている」とみるべきだろう。ただその少年の超能力と「ぼく」のまなざ

しとの関係は、筋立として展開されることはなかった。中断の理由は永久にわからないが、少なくとも本章は、この主題性と形式—非リアリズムとリアリズム—の矛盾と限界をみてとるものである。

　二日目のルポである「つづけて第二報［協力者への報告Ⅱ］」は、前夜襲われて負傷した「ぼく」が朝早くから病院に行って医者に診断してもらうところから始まる。少年の家に戻ってくるや、昨日少年の部屋にひそかに設置しておいた盗聴装置のスイッチを入れ聞き耳を立てていると、音楽の音がして、少年の部屋を覗いてみたら、少年は例の骸骨の模型とダンスの最中だった。

　少年の秘密の行為を知ったことで優越感を覚え、少年の部屋のドアをノックした。少年は意外にも素直に「ぼく」を部屋に入れてくれた。「ぼく」は少年の部屋で二人きりになったとき、少年に頼んで「スプーン曲げ」をもう一回見せてくれるよう頼んでみることにした。この場面は、中断されるテキストの最後の場面で、

　　　　「観察なんて何回したって、スプーンが曲ったり折れたりするのがみえるだけだろ？ 父親の手品の種も見抜けなかったくせに、無駄だと思うよ。この目で見たから間違えないってよく言うけど、嘘だと思っな。それより率直な質問をぶっつけるほうが、ずっと近道さ」
　　　　「たとえば、どんな質問？」
　　　　「ぼくのスプーン曲げに、トリックがあるのか、ないのか……その点をいちばん知りたいんじゃないの？」
　　　　「だって、君が正直に答えるって保証はどこにもないじゃないか」
　　　　「まず聞いてみたら」
　　　　「じゃ聞くよ。君のスプーン曲げ、本当に超能力なのかい、トリックじゃないの？」
　　　　「いままで誰も、そんなふうに聞いてくれた人はいなかった……」
　　　　　　　　　　　　　　　　　　　　　　　　　　　　　　　（中略）
　　　　「率直に言って、自分でもよく分からないんだ。(中略)トリックを

　使うこともあるし、トリックなしで出来ることもある。その境い目が自分
にもはっきりしないんだな」
　「比率は？」
　「半分半分かな」
　「昼のカレーのときのは？どっち」
　「あれはトリックさ。父親の提案でね、テレビに出してもらえるよ
うにサービスしようって……ぼくは気がすすまなかったけど……」

（二三～二四頁）

　この二人の会話からは、二人の間に奇妙な友情と信頼関係が結ばれてい
ることがまず注目される。父親の前では、ほとんど父親の言いなりになるだ
けの寡黙な少年だが、その少年のほうから「素直な質問をぶっつけ」てごら
んと切り出してくるのは、相手の「ぼく」を信頼しての心安さだろうし、「ぼ
く」が「素直」であれば、自分も素直に応じようという好意と友情のシグナル
でもある。だからこそ「ぼく」が素直に応じてやると、少年は「いままで誰
も、そんなふうに聞いてくれた人はいなかった……」と喜んだのだろう。孤
独な少年は、自分の心を開く相手を求めていたと見てよかろう。

　ところで、この会話のなかの少年の返答には、どこか屈折したところがあ
る。「素直に言って、自分でもよく分からないんだ」という言葉に、それが認
められる。その心理は安部公房の言説の「やがてトリックは職業化される。
もはや告白は許されない。告白の機会を逸した少年は、超能力を演じつづ
けるしかないのです。ある日、少年に本当の超能力が出現する。でも少年
にはもはやトリックとの区別がつかない」という説明がぴったりする。とりわ
け注意すべきは、「少年に本当の超能力が出現する」というくだりであろ
う。それによれば、少年は最初、トリックを隠すように強制されてきた。し
かし「ある日」、自身に超能力があることに気づいたとき、かえって戸惑いと
恐れを抱き、むしろそれを真実だと思いたくないという気持ちが起こり、そ
れが「自分でも分からないんだ」と言わせた、ということになる。

　それに対して、「ぼく」のほうはどうか。奇妙なことに、「ぼく」は少年が「半分半分かな」といったときにも当然のごとくその言葉を受け入れている。その気持ちは次の質問でさらにはっきりする。

　　　　「超能力、スプーン曲げだけってわけじゃないんだろ？お父さんが
　　　言っていたよ。君のまわりじゃ、しじゅう超自然現象がおきているって」
　　　　「あいつは何時もそんなことばかり言っている　　（二四頁）

　「君のまわりじゃ、しじゅう超自然現象がおきているって」と水を向けているように、初対面のときに感じた少年の神秘性は、すでに確信に変わっていることがみてとれる。この質問には、やはり少年には「スプーン曲げ」のトリックとは別個の、なにか超能力があるのではないかという待望が芽生えている。「ぼく」の質問は、いまやまやかしのトリックを暴こうというよりも、少年の口から直に超能力の真実を聞き出そうとする意図があきらかだ。これに対して少年は、父親の仕向ける宣伝に嫌悪を覚えていることを口にすることで、水を向けた「ぼく」の質問をはぐらかそうとする口ぶりが感じられる。その態度の裏には、少年の周囲で時として起こっていたにちがいない「超自然現象」をひた隠しにすることで、自分がごく普通の少年に過ぎないことを訴えようとするかのようだ。けれども、少年の答には括弧（　　）」が閉ざされていない。筋立はここで中断されている。したがってこれから、小説が、どのような方向に展開してゆくのかはわからないままに終わっている。

3.［レポート］のモチーフと主題
―主題から逸脱するモチーフの行方

　中断されたテキストからも、「ぼく」の心のうちに超能力への待望が芽生えていることは確かめることができた。それがすでに言及した奇跡待望の波

紋といってよかろう。卑小なリアリズムのまなざししかもっていなかった「ぼく」が、少年の神秘性に触れることで、超能力の奇跡を確信し、やがてそれを眼の当たりにするという筋立の展開を予想してもよいかもしれない。

　ここに、超能力を小説言語に定着させようとするための公房の構想が、断片的に語られた言説がある。

① いまぼくに興味があるのは、むしろ超能力にあこがれる気持の裏にある心理の謎なんだ。一種の「認識限界論」だね。人間の認識にはしょせん限界があり、当然それを超えたものがあるはずだという……9)

② スプーン曲げはありえない。ありえないがその願望までは否定出来ない。スプーン曲げを信じたがる心理は、しょせんある種の御破算願望だし、逸脱の願望だろう。それは人間にとって欠かすことの出来ない行動原理の一つなんじゃないかな。10)

③ 時の始まりや宇宙の果てを論ずる神秘主義があるだろ。神秘主義の特徴の一つは言葉の氾濫だね。因果律に対する御破算の衝動と言ってもいい。11)

というのがそれだ。これら一連の言説は、『スプーン曲げの少年』における「超能力」について語るとき、あらためて考察するはずだが、ここで指摘しておきたいことは、これらの言説が公房一流の視点による現代文学の可能性といった課題を、現代社会(世界)の秩序や価値観の反措定として定位しようとする戦略であるということである。

　しかし、この［レポート］における「ぼく」という視点人物の卑小なリアリズムのまなざしで、果たしてそのような現代社会(世界)の価値観を逆転するがごとき超能力の奇跡を、表現(文学言説化)することができるのだろうか。公房は、リアリズムの限界に突き当たったのではなかろうか。

———————————————————

9) 注5同書、一四一頁。
10) 注5同書、一四一頁。
11) 注5同書、一四六頁。

公房にとって、現代文学の可能性は、この現実の現象世界を追認することではない。そうではなく、逆に言葉やロゴスの力でもって、現実の現象世界を一挙に反転させることにその使命があるのではないか。現代文学の可能性の前で公房は、深い思索をめぐらさざるをえなかったのであろう。その理念ゆえに、視点人物のリアリズムに、科学主義、合理主義、功利主義などを至高の価値とする現実(世界)の閉鎖性・狭小性を確信しつつあった、と言っても言い過ぎではなかろう。

それを証明するのが、この［レポート］のための「創作メモ」の存在である。そこには、この［レポート］にまったく書かれることのなかったモチーフと主題が、盛り込まれている。

> 3 ある夜、少年が奇妙な経験をする。空中を浮遊してしまうのだ。(人称の問題、一人称なら多分、ルポライターによる聞き書きの形式がいいだろう)
>
> 9 空中浮遊の体験におびえた少年は、ついに決心してその秘密を父親に打ち明ける。父親の反応。
>
> 10 さらに父親、もしくは少年自身が空中浮遊の秘密をルポライターに告白する。
>
> 11 当然ルポライターと父親の反応は違うはずだ。しかしどちらも別の理由で、「出し物」はスプーン曲げに限ったほうが利口だと結論づける。少年は主張する。スプーン曲げは単なる手品にすぎないが空中浮遊はれっきとした事実なのだ。
>
> 13 あるいは空中浮遊の事実を目撃してしまう。
>
> 15 ある夜、少年ははるか夜空に飛び立ってしまう。(本当かどうか分からない。ルポに書かれた結論)

ここには、少年が超能力を駆使して空を飛ぶ(「空中浮遊」)というモチーフが、全面的に展開されている。しかし、3に「人称の問題、一人称なら多分、ルポライターによる聞き書きの形式がいいだろう」とあることや、に「本当かどうか分からない。ルポに書かれた結論」とあるところから、公房はその超能力の現象を、社会現象に対するリアリズムの視点(表現)からとらえることにまだこだわっている。そのためにのようなプロットが構想化されざるを得なかったのであろう。リアリズムのまなざしからすれば、科学的と称する現実世界の認識と超能力とは相容れることはなく、超能力はつねに隠されるか、その実在を抹殺されるだけだ。公房は、創作プランの段階で、まだ超能力の実在にたじろいでいたというべきだろう。

　ただ、それでも、この「創作メモ」のプランによれば、作家は最初から、超能力としての「空中浮遊」を主要なモチーフとして、「スプーン曲げ」の超能力と並行させようとしていたと考えられる。しかし、［レポート］として作品化されたときには、「スプーン曲げ」のモチーフだけが残され、人間が＜空を飛ぶ＞、もしくは「空中浮遊」は筋立ての主要なモチーフとしては展開されていない。このことがなにを意味しているのかといえば、おそらく［レポート］の段階では、「空中浮遊」の超能力をめぐる主題が作家の内部では、まだ明確なかたちをとっていなかったと推測される。そのために［レポート］の主題は、「スプーン曲げ」という超能力のモチーフをめぐる奇跡待望という主題に限られるようになったのだろう。ただし、小説が中断している以上、これもあくまでも推測の域を出ないことはいうまでもない。

　しかし、この「空中浮遊」の超能力をめぐる主題が、消えたというわけではない。むしろそのモチーフと主題が、本格的に筋立てに深化されるのは、刊行本『飛ぶ男』に至ってである。この「空中浮遊」というモチーフが刊行本『飛ぶ男』では、「飛ぶ」というモチーフに発展していることは、のちに考察することにする。

第五章

『飛ぶ男』論3・デジタルブック『スプーン曲げの少年』

1. 電子テキスト

　いままで世に出ている安部公房の作品のなかで、電子テキストという未来の「小説」を予想させるようなスタイルをとっているのは、『スプーン曲げの少年』だけだ。というのは、デジタルブック『飛ぶ男[1]』に収録されている三つの作品(『スプーン曲げの少年』『さまざまな父』『飛ぶ男』)のなかで、『さまざまな父』は雑誌に発表されたことのある作品であり、『飛ぶ男』はすでに刊行本になって読まれているからだ。『スプーン曲げの少年』だけが最初からデジタルブックとして存在している。

　したがって、このような電子テキストが手に入るとすると、一体、どのような文学研究が可能なのであろうかという課題が当然生まれてこよう。本章の課題の一つはそこにあるのだが、そのことは未来の小説の形式にもかかわるだろうことはいうまでもあるまい。

　初期の電子テキスト『スプーン曲げの少年』は、パーソナルコンピュータPC 9800シリーズで読むことができる。このプログラムにはいくつかの機能がある。その［メニュー］を見ると、まず、「ページめくり」機能があり、そのなかには「ハイパージャンプ」「自動めくり」の機能がある。次に「参照ウィンドウ」をはじめ「マーカー」「マスク」「ページマーク」「同一語検索」「拡大」「切

---

1)　デジタルブック『飛ぶ男』(新潮電子ライブラリー、新潮社、一九九三)。ここで引用するテキストはデジタルブック『飛ぶ男』収録の『スプーン曲げの少年』をプリントアウトしたワープロ原稿を用いることとし、引用の頁数もそれに従う。

り抜き」「拡張」「読書終了」という機能がある。ここで注目したいのは、検索機能であろう。検索機能には単語の表示と出現回数表示が出るようになっている。このようなパソコンならではの機能から、どれほど新しい研究が生まれるかはわからない。新しい形式のテキストの出現は、「新しい文学」の概念を生み、「新しい研究方法」が産まれ出てくるのではなかろうか。

したがって、いまここで軽々しい判断はさしひかえるほうがよかろうと思うので、本章そのものは活字化された形式を想定しての考察が、主要な内容とならざるをえないことをあらかじめ断っておきたい。ここでは、すでにふれたように、フロッピー・データからプリントアウトされた原稿(以下「ワープロ原稿」と呼ぶ)をテキストとして用いることにする。

『スプーン曲げの少年』は、［スプーン曲げ少年に関するレポート］を大きく改変したものである。その理由は次の安部公房の言説によくうかがえる。

> 何年か前にこのテーマをノンフィクションで書いてみようとしたことはあるんだ。(中略)匿名でそのグループに潜入して、トリックをあばく潜入ルポ風のプランだったんだ。でも考えているうちに、しだいに違う側面が見えて来はじめた。≪スプーン曲げの少年≫の内面をいろいろ想像していくうちに……(中略)ノンフィクションがフィクションに変ってしまったようだ[2]。

安部公房は一九八五年の当時、新潟の燕市のスプーン生産工場に取材に行くことになった[3]。燕市は全国のスプーンの八割以上を生産しているところである。公房の目的は、なぜスプーン曲げがスプーンでなければならないのかを突き止めるために、まず製造工程と流通過程を調べようとしたのであった。ところが、おそらくこの調査旅行も一つの契機となったのだろ

---

2) 栗坪良樹のインタビュー「御破算の世界—破滅と再生—」(『すばる』一九八五年
　　六月)五七頁。
3) 注2同書、五七頁。

う、「しだいに違う側面が見えて来はじめた」というように、［スプーン曲げ少年に関するレポート］から『スプーン曲げの少年』に至る間に、作品の構想が変わっていった。その大きなものは「ノンフィクションがフィクションに変ってしまった」というところにある。

　まず、「ぼく」と呼ばれるルポライターという視点人物が消え、「保根治」という中学教師が視点人物(見るもの)であると同時に、新たに焦点化された(見られるもの)人物として登場するようになっている。彼は当時の社会現象の一つであった、いわゆる「体罰教師」という設定に変わっている。またモチーフも「スプーン曲げ」という超能力のそれは保存されてはいるが、このワープロ原稿の範囲に限っていえば、むしろ社会問題としての校内暴力と体罰教師といった社会現象に、モチーフの中心は移行している。

　『スプーン曲げの少年』の冒頭には、あたかもト書きのような形式で、次のようなものが表示されている。

<table>
<tr><td>患者名　保根治(ほねおさむ)　男　三十六際　中学教師
主訴　頑固な不眠　もしくは不眠幻想
病名　『逆行性迷走症』</td></tr>
</table>

　これはどうみてもカルテの一節である。このカルテは以後、刊行本『飛ぶ男』に至るまで、テキストに残されるのだが、『スプーン曲げの少年』の二次稿の段階になると、病名に『仮面憂欝』が加えられている。さらには、刊行本『飛ぶ男』になると、彼の職業は「中学教師」から「高校教師」に変えられているが、これについては、『飛ぶ男』を論ずるときに述べることにする。このようなカルテが冒頭に置かれているということは、焦点化される人物である保根治が、いま入院中だという設定を暗示することになるだろう。それを裏づけるものとして、次の一行が挙げられる。

　　　さあ喋ってみよう　ぶつぶつと　呪文のように　いつまでも……

　この一行は前引したカルテと第一章という表題の間に置かれていて、これも刊行本『飛ぶ男』に至るまで見えている。ただ『飛ぶ男』には「さあ喋ってみよう」が削除されている。この不思議な言葉の断片の意味するものを解く鍵は、『スプーン曲げの少年』の最終稿に当たるテキストの中にある。保根が偽装入院というかたちで病院に送られて、担当の女医の診察を受けることになった、その会話のなかに、

　　　　「リラックスして、気を楽にね……(中略)なんでもいいから、声を出してしゃべってみて」
　　　　「さっきの、なんの注射ですか？」
　　　　「ちょっとした覚醒剤」
　　　　「冗談じゃないよ、眠れなくて困っているのに……」
　　　　「わめかないで、音量テストなんだから(中略)なんでも、思いついたこと、心に浮かんだこと……ぶつぶつ呪文をとなえるようなつもりになって……」
　　　　「自由連想ですか？」(一二四～一二六頁)

という箇所が見える。そこでは保根は、患者の精神の内部を見る精神鑑定のために自由に喋らないといけないという設定だ。したがって、「ぶつぶつと呪文のようにいつまでも……」というのは、その場面を受けているといってもよい。この文脈によってカルテが冒頭に置かれている意味が明らかになり、保根が現在精神病院に入院させられているということになるだろう。そのことはまた、この『スプーン曲げ少年』が、公房の創作の姿勢からすれば、[レポート] の続編を書き継ぐつもりであったか、あるいは [レポート] のこの箇所の言葉から新たな構想を得て、思い切った改作を企てたか、ということがわかる。

『スプーン曲げの少年』の構成は、一章から六章までであり、六章は未完のままに終わっている。各章の章題をみると、一章「深夜の電話」、二章「それからの奇妙な一日の最初の事件」、三章「チャールストンに乗った配送係」、四章「自衛のための催涙ガス」、五章「危機一髪さしのべられた救助の手」、六章「仮面憂鬱」となっている。すでにふれたように、叙述は「ぼく」という保根による一人称で進められている。

　ここでは、まずストーリーを追いながら、保根と少年の関係、次には保根と教頭の関係に考察を進めることにする。その保根と教頭との関係という新しいモチーフの設定をとおして、［レポート］にもまた『飛ぶ男』にも見られない「校内暴力」と「体罰教師」という、当時の社会問題に踏み込んでいくこの作品の主題に及んでいきたい。

2. 保根と「スプーン曲げ少年」の関係

　ある日、中学教師保根のところに見知らぬ少年から電話がかかってくる場面から、このワープロ原稿は始まる。

　　　　「ぼく、信じられないでしょうけど、先生の弟なんです。残念ながら腹違いの弟……母親は別人だけど、父は共通ってことですね」
　　　　「君、いくつなの？」
　　　　「十八……」
　　　　「馬鹿言っちゃ困るね、父親は君が産まれる前にさっさと死んじまっているんだ」(中略)
　　　　「騙されているんです。あいつ、死んだふりして、本当は生きているんだ。とんでもない食わせ者なんだから」
　　　　「それで？」
　　　　「実はぼく、殺人容疑で追われているんですよ」(一三〜一四頁)

　少年が突然保根のところに電話をかけてきた理由は、自分が殺人容疑で追われていて、保根に助けを求めようとしてであった。けれども、ストーリーの展開は、この保根と少年の関係を語るだけで、父親に関しての情報や、殺人容疑についての叙述はまったく見られない。つまり、プロットとしては展開していないのだ。ただこの電話のやりとりから、［レポート］には見えないいくつかの新しい情報を得ることができよう。それを箇条的に示せば、次のようなものになろうか。

　1. 保根と少年の関係は異腹兄弟ということ。

　2. 少年の父親は、手品師というよりも詐欺師であること。

　3. 少年は十八歳であること。ちなみにいえば、保根は三六歳。

　そのうちの2に関しては、著者手入れの最終稿に、「騙されているんです。あいつ、死んだふりして、本当は生きているんだ。何回葬式だしたか知ってますか？とんでもない食わせ者なんだから」となっている。「何回葬式だしたか知ってますか？」という書き加えがあるところから、詐欺師であることが強調されていることを補っておこう。

　保根は少年の話を聞いても、とても信じることができないでいる。すると、少年のほうから自分のことについて次のように喋りだす。

　　　　超能力者。スプーン曲げの少年。知っているでしょ、念力でスプーンを曲げるんです。そのほか、空中遊泳もできるし、遠隔透視術だとか……まあ、いいや、もう遅いから……失礼しました、いずれまた連絡します。兄さんだって、ぼくが必要になるに決まっているんだ……分っているんです、読めるんですよ、次々と困ったことが起きて、嫌でもぼくの協力が必要になる。兄弟どうしなんだし、助けあうべきなんですよ。お互い、孤独なんだから……（一八〜一九頁）

　この少年の言葉は自分自身の紹介となっているが、ここで注意すべきは、少年の超能力がたんに「スプーン曲げ」だけではなく、そのほかに「念力」

「空中遊泳」「遠隔透視術」などが加えられ、次のプロットにはそれらの超能力による超常現象が、実際に次々と起こるように仕組まれていることだろう。そのプロットというのは、「スプーン曲げ少年」と名乗ったあの自称「弟」からの電話がかかってきて以来、保根の身辺に次々と異変が起こるところに見えている。

　まずその日の朝、鴉が保根の部屋の窓辺に飛んできて、窓枠のパテを食べはじめる。これがまず始め。保根は鴉がパテなどに食欲を感じるとは思えないので気味悪く感じる。というのは、自分のあだ名が「蛙」と呼ばれているからだ。確かに蛙は鴉にとってかっこうの餌だ。そのうえ、

　　　　　鴉には不吉な印象がつきまとっている。あの世への案内鳥だと
　　か、死を告知する鳥だとか(三九頁)

と思うので一層気味が悪い。しばらくすると、鴉は飛び去った。そこであらためて保根はなんとなく不思議な感じを覚える。「鴉」の喚起するイメージが、「不吉」だとか「狡猾」などといったマイナス・イメージであることは、周知の事実に属することであろう。作家がそれを承知のうえで「鴉」を登場させたのは、この物語の一つのテーマである破滅願望につながる、きわめて効果的なイメージの採用ということになる(なお「破滅願望」について後節で言及する)。「鴉」が登場するのは『スプーン曲げの少年』が初めてではない。すでに［スプーン曲げ少年に関するレポート］にも見えていた。「ぼく」が少年の住む町に着いたとき、珍しい鴉を見つけたのだ。

　　　　　なんと黄色い斑点入りのカラスが見えたんだ。でも、ありえない
　　よな。(中略)頭から背中にかけてのゆるやかなカーブ、羽をいっぱいに広
　　げたまま気流に乗って自在に旋回する飛行能力、カラス以外に考えられ
　　ないよ。(三頁)

　この ［スプーン曲げ少年に関するレポート］ では鴉の「飛行」に注目している。それはおそらく以後の「飛ぶ男」の発想につらなっていくものであろうが、ここではまだ、たんなる点景としての一羽の鴉にすぎない。おそらく『スプーン曲げの少年』に至って、主題の変化とともに鴉のイメージにも新たな意味づけが加わってきたといってよかろう。

　次に奇妙な事件というのは、保根はいつも決まった時間に起きるのだが、その日に限って、いつの間にか起きていて洗面所に立っている。だが、保根自身はいつ起きて洗面所を使ったのかさっぱり記憶になかった。変だなと思っている時に、少年から二度目の電話がかかってきた。

　　　「言ったでしょう、ぼく超能力者だって……すぐに信じてもらえるなんて、思っちゃいないけどさ……でも、今朝はずうっと異変つづきだったでしょう?」
　　　「出掛けるところなんだ、悪いけど」
　　　「だったらいいんです。疲れて、寝過ごしたりしちゃまずいと思って……」
　　　「念力でもかけたのかい?」(六四頁)

　電話口の少年が「疲れて、寝過ごしたりしちゃまずいと思って」というのを聞いた保根は、少年の念力で起こされたのかもしれないという不思議な気持ちを一瞬おぼえたのだが、出勤の忙しさにまぎれて、その電話をすぐ切ってしまった。これが第二の超能力を暗示する出来事であった。

　次の奇妙な事件は、出勤の際の通学バスのなかで起きた。そのバスのなかで保根は、ある男子生徒が女子生徒に淫乱な行為をしたと思い込み、注意をしたのだが、かえってその生徒の仲間たちにつめ寄られてしまう。彼らから暴力をふるわれるのではないかと恐怖感をおぼえた保根は、その日に限って、以前通信販売をとおして買い込んでおいた「防弾チョッキ」を着込み、護身用の「催涙ガスのスプレー」をポケットに入れていたので、反射的にその催涙ガススプレーを取り出し、ボス的にふるまっていた、その男子生徒にガスを浴びせかけてしまう。あっという間に起きた事件だったので、保根は狼狽する。その保根の行為に気づいたバスの運転手は、保根の手から催涙ガス・スプレーを暴行の証拠物件として取り上げてしまう。

　その時、いつの間にか、その場に「スプーン曲げ少年」の弟が現れ、運転手から取り返したかと思われるガス・スプレーをそっと保根に返してしまうという不思議なことが起こった。保根にとっては信じがたい出来事だが、こうして幸いにも、「スプーン曲げ少年」によって窮状を救われることになる。少年の言うとおり、「次々と困ったことが起きて、嫌でもぼくの協力が必要になる」という言葉が、次々と実現していったわけだ。

　保根が感じた少年に対する初めての印象というものは、次のようなものであった。

　　　・年齢不詳の若者だ。差し上げて振ってみせる手に、いつの間にやら移行したガス銃のボンベが光っている。軽い足取りで信号機を迂回し、横断歩道を渡ってやってくる。チャコール・グレイの袖無しTシャツに、細めのジーンズ。細い首の上の大きすぎる頭。まだ脱皮しきっていない、十代後半の印象だ。Tシャツの背中のプリント模様と、赤いスニーカーは、なんとか二十代になりたて。しかし成長しきった胸幅と、濃いもみあげは、いかにも脂ぎった二十代後半の仕上がりだ

　　　　　　　　　　　　　　　　　　　　　　　（一〇二〜一〇三頁）
　　　・微笑はさわやかだった。たしかに二十代の前半の印象。とりあえず本人の希望どおり、少年ということにしておこうか。弟と認めるよりは無難だし、『スプーン曲げの青年』ではいくらなんでも語呂が悪い。いかにも二流品じみてくる。(一〇九頁)

　この造型は、［レポート］に見える、どちらかといえば、部屋に閉じこもりがちの、血色の悪い不健康な少年という造型とは違って、いかにもさわ

やかな感じだ。その印象を相まってこの「スプーン曲げ少年」は「年齢不詳」
とあり、その幅も「十代後半」から「二十代後半」ということで、少年とも青
年とも区別できないが、ただ「スプーン曲げの青年」といっていることには注
意される。というのは、 [レポート] には「スプーン曲げの少年」といってお
り、さらに『飛ぶ男』になると、二二歳になっているからだ。したがって、こ
の『スプーン曲げの少年』では、少年から青年へと造型が変容する過渡期の
揺れが、見事に表現されている。ちなみに、『飛ぶ男』の二二歳の青年につ
いてどう言っているのか、ここで見ておこう。

　　　　　スプーン曲げなら、少年にかぎって言い張るし……それに、ぼ
　　く、男性ホルモンが不足していてるのかな、年齢不祥みたいなところが
　　抜けないんだ。ご覧のとおり、ひげも薄いままだし……4)

　この自己紹介でも「年齢不祥」という修飾語がついている。ただ二二歳の
若者(青年)に対して「少年」と呼ぶのはやや不自然であろう。テキストの変
貌とともに、人物造型が変化せざるをえないにもかかわらず、「スプーン曲
げ」ということになると、当然「少年」という連想がつきまとうことに公房が
こだわっていることがわかる。公房にとって「スプーン曲げ少年」は、一つの
固有名詞の役割をしているようだ。
　少年は証拠物件を保根に渡してから、いきなり保根の手をとるや、その
手相を見る。

　　　　　「すごい、不死身の相だよ。おまけにもうじき、女もできるってさ」
　　うなずきながら軽くぼくの手の甲を叩き、「兄さん、しっかりしてくれよ
　　な、『スプーン曲げの少年』が付いているんじゃないか、千人力の味方だ
　　よ」(一〇八頁)

----

4) 『飛ぶ男』最終稿、七〇〜七一頁。

　保根はなんとなく少年の言うことが信じられるようになっていて、強い味方が現れたような気分になる。窮状から救われた保根にとっては、「スプーン曲げの少年」に超能力をみとめ、それに魅惑を感じ始めたのかもしれない。

　この三つの不思議な出来事と、それを受け取る保根の気持ちの微妙な変化には、［レポート］で意図されていた超能力をめぐる奇跡願望の主題の片鱗が認められる。しかし、このワープロ原稿の『スプーン曲げの少年』では、その主題が全編（たとえ中断されてはいても、その全体）をつらぬくことはなく、ここで途切れてしまう。このことからいえることは、このワープロ原稿の段階においてもやはり、超能力そのものを対象とする主題は、公房の内部では十分に熟していなかったということだろう。

　これ以後のプロットは、「校内暴力」と「体罰教師」といった社会問題のほうに移っていく。

　保根は学校の正門の横で、電話を受けた教頭と待ち合わせをしたが、少年についての言及は見えない。どうやら少年は不意に現れては、また不意に姿を見せなくなる人物として設定されているように見える。少年の造型に超能力への執着をみせる公房の思いがうかがえるのだが、作品の完成度という観点からすれば、少年の作品内での役割と位置付けには、あまりにも唐突さが目立っている。

　保根は教頭と一緒に校長室に行くが、校長は不在だった。以後ストーリーは、この事件に対しての学校当局のぎこちない対応が焦点となっていく。

　ところで、超能力の課題とは別個に、保根と「スプーン曲げ少年」の関係を公房自身はどう構想していたのだろうか。彼らはこれまでのところ、異腹兄弟の関係で、少年は超能力を発揮して、約束どおり保根を助けている。

　安部公房の「創作メモ」には次のようなことが記されている5)。

---

5)『スプーン曲げの少年』のための「創作メモ」は二種類がある。一つはテーマや表題に関するメモとして「創作メモ」①とし、もう一つのプロットのためのメモは「創作

1主題はファウストの誘惑。あるいは≪三つの願い≫。保根の青春(生)のとりもどし。では若い保根を老人たらしめている条件は何か？
ファウストが保根だとしたら、メフィストフェレスは誰だろう？形式上は弟の津鞠左右多だろうが。

この「創作メモ」は、これ以後の保根と少年の関係をめぐる構想モチーフであろう。保根がファウストだとしたら、少年をメフィストフェレスだというのは、人間と悪の権化(超能力者)の葛藤をテーマにもつゲーテの『ファウスト』から人物設定とテーマを見い出そうとする、公房の意図を垣間見ることができよう。すると、超能力者(少年)は保根を「誘惑」することになるだろう。「誘惑」というのは、『ファウスト』による限り、たとえば保根の≪三つの願い≫をかなえることだろう。保根の≪三つの願い≫とはなにかははっきりとはしないが、そのうちの一つの願いが「青春のとりもどし」であることはメモされている。少年の超能力により、保根を二〇代の青年に若返らせるにちがいない。そしてさらに魅力的な女性を登場させ、保根を魅惑させることもするだろう。保根は彼女に恍惚となって、だんだん堕落していくことになる。そうした上で、少年は保根になにを求めるのだろうか。これ以上はさまざまな想像が広がるにしても、もはや断絶されたままなのだ。

しかし、この保根と少年との関係の設定からも、超能力による破壊願望と奇跡願望の対立を読みとることができるのではないか。このことについては、第四節であらためて考察することにする。

メモ」②とする。それぞれの「創作メモ」には引用と説明の便宜上番号を付した。「創作メモ」①は、一番号から一五三番号までであり、「創作メモ」②は、一番号から四七番号まで。

3.「体罰教師」または「校内暴力」

　テキストの五章「危機一髪さしのべられた救助の手」の後半から、場面は中学校の校長室に代わり、ストーリーも教師の暴行事件をめぐる学校当局の対応を中心に展開されるはずなのだが、ワープロ原稿の中断とともに途切れている。ワープロ原稿のプロットからすると、プロットはまだ十分に展開されているとはいえず、その事件に対して、どのように対処すればよいのかということについて、保根と教頭との会話の途中で終わっている。分量からみても、四百字詰め原稿用紙二〇枚程度であることからして、まだ多くのプロットが書き残されていると思われる。

　このように、中断されてはいるが、ここまでのプロットから、そこにこめられた主題の析出は可能なのだろうか。あらためて事件の発端からプロットをたどることで、主題析出を試みてみよう。

　そもそもの事件の発端は、自称『弟』からの電話があったときからだった。通学バスのなかはいつものとおり、女子生徒三人、男子生徒七人、計十一人が乗っていた。十五分ほど走ったとき、後部座席から迫ってくる嫌な静楽感に「ぼく」は緊張する。奇声や嬌声なら毎度のことだが、こんなふうに静かなのは、変なことなのだ。運転手がバックミラーに眼をこらし、上半身をねじって囁きかけてきた。「いいんですか、あんなこと……(中略)自分で見なさいよ、責任者なんでしょう」(八三頁)と。「ぼく」は確認の義務もあって、後部を振りかえてみると、座席にいるはずの十人の生徒の姿が消えてしまっている。おそらく、背もたれの陰に隠れているのだろう。それにしても、その連中はなにをしているのだろうか。

　「ぼく」の頭は、すべてのことが性行為に結びつけて妄想されていたせいか、よほど破廉恥な悪ふざけをしているにちがいないと思いこんでしまう。そこで、「ぼく」は通路にたちはだかって、「こそこそするな、みんなさっさと

出てくるんだ！」(八七頁)と繰り返して叫んだ。すると、

　　　　　　　最後部の背もたれの後ろから、生徒が一人ゆっくりと立ち上がった。つづいて三人、気まずそうに姿を現す。名前を忘れたが、最初のひとりが最年長の突っ張りで、中学生とは思えない身長と肉厚の体形、威圧感がある。残りの三人はその取り巻きだ。(中略)通路に立ちはだかっていたニキビ面が薄笑いをうかべ、一歩前に踏み出してきた。それも気のせいだったのかもしれない。なんとなく暴力の予感におびえていたし、睡眠不足も手伝って、幻覚に襲われる条件はととのっていた。ぼくはとっさに……あとになって過剰防衛を責められることになる……反撃をこころみたのだ。防弾チョッキのポケットから催涙ガスのスプレーをつかみ出すなり、発射ボタンを押していた。(八九～九二頁)

　「ぼく」は、なぜこんな過激な行動に出てしまったのか、自分でもわからなかった。弁明の余地のない暴力的な行為だった。すべてが連続した一連の本能的な反射行動ともいってよいもので、むしろ誰かにそそのかされたような感じだった。
　生徒たちはバスの後部でなにをしていたかというと、ある女子生徒がコンタクトレンズを落とし、あのボス的な生徒である蜂谷がみんなに言って探していた最中だった。なのに、保根は不審な行動であれば、なんでもそれをすぐに「性」とむすびつけてしまう妄想にとらわれていた。こんな「性」への妄想が大きく肥大化しまうような保根の精神にも、問題がある。その後、生徒たちは、全員が医務室にかけこんで、吐いたり、咳込んだり、眼が見えないといってわめいたりしていた。ガスのせいだ。「ぼく」は事態が深刻であることを実感しはじめた。
　教頭に連れられて校長室に入った「ぼく」に向って教頭は、

　　　　　　保根先生、蜂谷だと承知のうえで直撃弾をくらわしたんですか？

　　もちろんそうだろうね。どういう結果になるか……まあ、取り越し苦労は
　　よしにしましょう、それが君の選択だったのだから(一三一頁)

　と言うのだが、教頭の反応には矛盾したところがある。この事件がいわゆる
「体罰教師」として世論の非難を呼び起こしたくないという反面、結局起こ
るべくして起こったというような反応である。実のところ、保根はあの学生
が蜂谷であったことを知らなかった。教頭がわざわざその生徒のことを話題
にするくらいだから、彼は相当なしたたか者の生徒らしい。

　　　　教員人事を左右できる有力者の子弟であるとか、暴力団組長の
　　跡目相続人だとか。あるいは当の生徒自身が札つきの少年院帰りだとか
　　　　　　　　　　　　　　　　　　　　　　　　　　　　　　(一三二頁)

　と、「ぼく」は蜂谷についてあれこれ推測する。以上に引用した個所が蜂谷
についての情報のすべてだが、どうやら彼は「校内暴力」の中心人物らし
い。けれども、ここまでのプロットのなかでは、具体的な「校内暴力」の実例
は見えない。それでも、次に引用するように、「体罰教師」と「校内暴力」が
セットとして話題になっていることは留意しておいてよかろう。

　　　・最近の世論はなぜか校内暴力よりも体罰教師にたいする非難に
　　傾きがちである。(九六頁)
　　　・最近は体罰一一〇番なんていう変なものが出来たり、父兄のなか
　　にはけっこう処理の手口を心得たのがいるみたいですから。(一三三頁)

　この引用からも知られるように、当時はまさしく教師の受難の時代であ
り、学校教育の現場は荒廃しつつあった。尊敬と信頼のうえに成り立って
いた従来の師弟関係は、「校内暴力」によって次第に破壊され、教師は心理
的にも、肉体的にも大きな負担を強いられている。そのために教師は、一

方では、ノイローゼや心身症気味になる者が年を追って増加し、入院、休職、転校、退職する場合が少なくなかった6)。それでも、学校に踏みとどまって、校内暴力に敢然と立ち向かっている教師がいたことも事実だが、そのなかにも、あと何年続くかな、と不安に駆られている教師も多かったことも指摘しておこう。

　その一方で、「校内暴力」には暴力をもって対決しようとする「体罰教師」を生み出していった。ただ「体罰教師」を生み出す環境のほうが問題だと断言できない場合もある。すなわち、「体罰教師」の問題も、たんに生徒たちの暴力にあるのではなく、すでに言及したように、その資質も問題だが、それよりもむしろ、「学校」という集団社会についての嫌悪と否定があるのではないか。「学校なんて小鬼の飼育場にすぎない。あらゆる社会の弊害の製造工場にすぎない」(七八頁)という保根の言葉がいみじくも象徴するように、このプロットには学校という集団社会の閉鎖性に対する告発のメッセージが読みとれる。

　このような、「学校」という集団社会に対する公房の批判は、別個の言説からもうかがえる。一九八六年一月、小林恭二のインタビューで公房は次のように語っている。

　　　　学校の集団傾向はなんだろう。あれにも何か必然性があるんだろうか。とくに日本の学校には疑似軍隊的な風潮が顕著だね。学校本来の機能以上のものが期待されているような気がする。教育のひずみ、とかいろいろ言われているけど、そもそも学校を集団訓練の場にしようとすること自体が問題があるんじゃないか。とにかく人間って、そういつも集団でいる必要はないんだ。むしろ個別化と分業が社会形式の原動力だったんじゃないかな7)。

---

6)　屋久孝夫『校内暴力・いじめ』(黎明書房、一九九一)。
　　坂本秀夫『体罰の研究』(三一書房、一九九五)。
7)　小林恭二のインタビュー「御破算の文学」(『死に急ぐ鯨たち』新潮社、一九八

　ここでの公房の批判は、学校の教室の内部に「疑似軍隊的な風潮」があることに向けられている。それに対する彼の批判の根拠が、「個別化と分業が社会形式の原動力」であるという考えにあることはいうまでもあるまい。それを本論の筆者なりに言い換えれば、閉鎖性に対する個の自由の尊重ということになろう。公房は個としての人間の可能性は、<自由>にこそあると信じていた。それを束縛し卑小化する傾向がもしあるとすれば(それがあることは「集団訓練の場」という言葉でそれとなく暗示している)、断固としてそこから逃れ出るべきか、あるいはその閉鎖性を破壊すべきだ、というのが公房の主張であった。

　この理念は実は、超能力の主題にかかわる「奇跡願望」と「破滅願望」のモチーフにつらなっていくことは第四節で言及する。この「学校」批判にみえる個人と集団の関係こそ、現代文学の可能性と現代社会(世界)という関係に対してアナロジーになっていることだけは確かである。

　そこで、中断されたワープロ原稿の最後のプロットをみてみよう。かねて、そのボス的な男子生徒の処分に困っていた教頭は、「ぼく」の行為に同情を示しながらも、この不祥事が世間に漏れるとまずいので、自分がなんとか処理するから、その間、病気ということで偽装入院することを勧める。そのときの「ぼく」の病名を≪仮面憂欝≫とすることにする[8]。その間のプロットは次のような二人の会話によっている。

　　「じつはさっき、教育委員会からきわめて好意的な回答があった

　　六、所収)一五二～一五三頁。
8)　仮面欝病というのは、内因性欝病には違いないが、抑欝気分や制止などの定型的な抑欝症状が目立たず、身体的な症状も仮面をつけている欝病のこと。主な症状としては、全身の倦怠感、疲労感、違和感、頭重、頭痛、胸部圧迫感、胸部空虚感、消化器系症状、食欲不振、めまい、口渇、味覚異常、便秘、睡眠障害、性機能障害、視力障害、全身各部位の痛みなどがあげられる。(『平凡社・大百科事典』)

ね……君の病名は≪仮面蕁病≫というやつらしい……なんだかロマンチックな病名じゃないか。それでとりあえず、ほとぼりが冷めるまでの三日ほど、教委指定の神経科に入院してもらいます」

「入院だって？」

「あくまでも形式。ほとぼりが冷めるまでだよ。それから、やはり教委指定の相談員に身柄をあずかってもらう」

「まるで保護観察じゃないか」

「女性だけど、なかなか優秀な心理学者で、とくに≪仮面蕁病≫の専門家らしいよ。君ももっと聞き分けをよくしてくれないかな。一般的な教師の異常な行動では困るんだ、もともと異常な教師の異常な行動でなけりゃ、そうあっさり水に流すというわけにもいかないじゃないか」

(一四八〜一四九頁)

　こうして結局、学校側は保根個人の精神状態の異常として事件を処理しようとする。ここでワープロ原稿は終わっている。そのために、これ以後、さきほど言及したような「学校」という集団社会への公房なりの批判が、プロットとして展開されていくのかどうかは、もはや謎のままになった。しかし、少なくともこうは言える。すなわち「学校」の集団社会に対する批判が、超能力のモチーフとアナロジーとなっている以上、モチーフの焦点はそこにあった、と。

　しかし、決定的に異なるのは、超能力のモチーフが非リアリズムであるのに対して、この草稿における校内暴力と体罰教師の描写は、あくまでも「学校」問題という社会現象を反映したリアリズムだということだ。たとえば、そこに公房の理念がこめられているにしろ、公房とすれば、そのモチーフをいくら追及してみたところで、前衛性を失ってしまうという、ある空虚感を抱いたのではなかろうか。現代社会(世界)におけるリアリズムの限界、それこそが公房の最大のアフォリズムであったとみたい。そこにワープロ原稿中断の理由をとらえるものである。

4. 超能力とはなにか—破壊願望と奇跡願望

　刊行本『飛ぶ男』に至るまでのテキストの変貌のなかで、一貫して変わらないものが超能力というモチーフへの公房の執着である。その具現が、変貌するテキストのなかに終始登場する少年、すなわち「スプーン曲げ少年」である。少年は「スプーン曲げ」をはじめ、「念力」「透視」「テレパシー」「空中浮遊」などといった、超能力を持つとされている。安部公房はなぜ、二一世紀が目前に近づいたいま、これほどまでに「超能力」といったものに執着するのだろう。おそらく彼は大きな変革の到来を予感していたのかもしれない。産業革命以来、爆発的な進歩を遂げた科学技術がもたらす物質文明だけでは、真の自由を獲得することができないことに深い懐疑を抱いていたのだろう。二一世紀を目前にして、しかも、遺稿作として超能力をテーマにしていたのは、おそらく現代社会の<変革>への期待があったと思われる。

　安部公房が描こうとした超能力とはなにか。この『スプーン曲げの少年』というテキストのなかには、直接的に超能力そのものについての言及は見られない。ただ、『スプーン曲げの少年』についての対談やインタビューなどからはそれについての言及がうかがえる。したがって、本節ではその公房の言説を中心に超能力をいかなる位相においてとらえていたのか、そして次には、それをこの作品のどのプロット、あるいはモチーフのなかに構想化しようとしていたのか、を考察することにする。

　以下のインタビューにおける公房の言説は、すでに［レポート］に関する考察のなかに引用したものだが、ここであらためて超能力に関する社会心理論という観点からとりあげることにする。

　　①　超能力を願望する気持ちも生まれるんじゃないかな。やはり破滅願望
　　　の変形だよ9)。
　　②　超能力なんて、ぼくはまったく信じていないから、少年のグループはぼ

くにとって当然インチキな詐欺グループになる。匿名でそのグループに潜入して、トリックをあばく潜入ルポ風のプランだったんだ。でも考えているうちに、しだいに違う側面が見えて来はじめた。≪スプーン曲げの少年≫の内面をいろいろ想像していくうちに……そうだな、やはり破滅待望の線で結びついているかな……すくなくも少年の存在理由を支えている連中は、(中略)つまり奇跡待望でむすびついた自然発生的な結社とみなすことが出来る10)。

③ 破滅と再生の願望はいつだってメダルの裏表だよ。秩序の破壊は平等の再生だろう。でも困ったことに再生が再生で安定してくれることはない。再生が秩序を持ったとたん、破滅願望がふたたび頭をもたげている。終わりのない永久革命だ11)。

④ いまぼくに興味があるのは、むしろ超能力にあこがれる気持の裏にある心理の謎なんだ。一種の「認識限界論」だね。人間の認識にはしょせん限界があり、当然それを超えたものがあるはずだという……12)。

⑤ スプーン曲げはありえない。ありえないがその願望までは否定出来ない。スプーン曲げを信じたがる心理は、しょせんある種の御破算願望だし、逸脱の願望だろう。それは人間にとって欠かすことの出来ない行動原理の一つなんじゃないかな13)。

⑥ 時の始まりや宇宙の果てを論ずる神秘主義があるだろ。神秘主義の特徴の一つは言葉の氾濫だね。因果律に対する御破算の衝動と言ってもよい14)。

　この一連の言説を超能力に関する社会心理論と限定したのは、④の下線部「超能力にあこがれる気持の裏にある心理の謎」に公房の興味があるという指摘によっている。これらの言説の分析にとってキーワードとなるのは、

---

9) 注7同書、一四〇頁。
10) 注2同書、五七頁。
11) 注7同書、一三九頁。
12) 注7同書、一四一頁。
13) 注7同書、一四一頁。
14) 注7同書、一四六頁。

これらの言説をとおしてうかがえる「奇跡願望」と「破滅願望」という二つの概念だろう。「奇跡願望」についてはすでに、［レポート］論のなかで主題論の帰趨のなかで言及したし、この『スプーン曲げの少年』論の第二節でも、超能力のモチーフとむすびつけて言及しておいた。とくに［レポート］論のなかの考察をあらためてここに想起させてもらうならば、それは次のようなものだった。

　　　　しかし、この［レポート］における「ぼく」といった視点人物の卑小なリアリズムのまなざしが果たしてそのような現代社会(世界)の価値観を逆転するがごとき超能力の奇跡をどう表現(文学言語化)することができようか。公房はこの作品のアフォリズムからリアリズムの限界に突き当たったのではなかろうか。公房にとっての現代文学の可能性はこの現実の現象世界を追認することではない。そうではなく、逆に言葉やロゴスの力でもって現実を一挙に反転させることにその使命があるのではないか。現代文学の可能性の前で公房は深い思索をめぐらさざるをえなかったのであろう。その理念ゆえに、視点人物のリアリズムに、科学主義、合理主義、功利主義などを至高の価値とする現実(世界)の閉鎖性・狭小性を確信しつつあったと言っても言い過ぎではなかろう[15]。

　つまり、本章の分析からすれば、公房は超能力の実在(知覚)を現代社会(世界)のアンティテーゼととらえているとみなすものである。すなわち、科学主義、合理主義、功利主義、利己主義などを至高の価値とする現代社会が成熟するとともに、そのパラドックスとして人間の能力のうち、そういった価値観に反するものは切り捨てられることで、次第に狭小化され規格化されていく現代社会の閉鎖性への公房の鋭い反撃を、そこに見ようとするものである。反撃は、たんなる告発というかたちをとったのではない。作家として、超能力による「奇跡願望」のモチーフ(プロット)を反措定すること

---

15)　第二部第四章「［スプーン曲げ少年に関するレポート］について」参照。

で、あえて閉鎖性の強まる現代社会(それをここでは「因果律」と言っている)に、「奇跡願望」という非リアリズムを対置させるといった戦略をとったわけだ。

これが公房の意図からそれほど離れてはいないと確信させるのが、やはり④の言説に見える「破滅願望」というタームなのだ。それは、決して人間がみずからの存在を「破滅」させるという意味ではない。その概念を解く鍵は、⑤にそのタームを「逸脱の願望」と言い換えているところにある。それによれば、あきらかにこの現代社会(閉鎖性を強めることで人間存在を卑小化する世界)からの逸脱の願望であって、人間存在の「破滅」とは裏腹の、人間存在の可能性の回復への願望ということなのだ。だからこそ公房は、この「破滅願望」を「それは人間にとっての欠かすことの出来ない行動原理の一つ」なのだと言っているのであろう。この点で興味深いのは、人間心理における超能力の希求を「至福の疑似体験」とむすびつけている次の「創作メモ」であろう。

91 至福の疑似体験(最重要テーマ)
　　麻薬、宗教、狂気による幻覚……もし麻薬にまったく副作用がなく、無料で簡単に手に入るものだとしたら、それでも禁止が必要だろうか。

「麻薬、宗教、狂気による幻覚……」とあげつらうのは、ある意味で、すべて超能力の疑似体験につながる。あるいは⑥でいう「神秘主義」もそうだが、これらの超常現象をもたらすものは、現代社会(世界)の価値観になじんだ眼からすれば、まさに反社会的(秩序)だし、非リアリズムだ。それゆえに公房の右の「創作メモ」の指摘はきわどい。しかし、それは現代文学の可能性を語るアレゴリーと解釈してもよかろう。というのは、公房が⑥のなかで、神秘主義の特徴の一つは「言葉の氾濫だね」と断言しているところに、彼一流の戦略が秘められていることを見逃すべきではないからだ。そう、「言葉」やロゴスを「氾濫」させる現代文学が、非リアリズムとされる超能力や「神秘主義」を、リアリズム(＝実在知覚)へと転化する可能性をはらんでいる。公房が刊行本『飛ぶ男』に至るテキストの変貌において、終始その超能力に執着するのは、いわば現代文学の可能性を切り拓くためだったといってもよかろう。

　しかし、だからといって、公房が現代文学の可能性に、まったくオプティミスティックであったわけではないことは③の言説でうかがえる。公房が「破滅と再生の願望はいつだってメダルの裏表だよ」というとき、現代社会(世界)と現代文学の可能性のダイナミズムを見通しているといってよい。たとえば、現代文化(世界)の閉鎖性に現代文学が氾濫させる言葉やロゴスが抗撃し(「秩序の破壊」)、文学言説の内部に超能力という実在(リアリズム)を反措定した瞬間に、現代文化(世界)はその反措定をただちに回収し、新たな秩序化を成し遂げてしまう。そしてそのときから秩序の堕落が始まり、それによってまた新たな「破滅願望」が希求される。まさに、「終わりのない永久革命」なのだ。こうして現代文化(世界)においては「超能力」は絶えず再生産されることになる。オプティミスティックな認識からはほど遠い、現代社会と文学創造のダイナミズムだが、公房は、人間の生の営みの本質をむしろそこに見い出してもいるとみてもよかろう。

　そこからすれば、安部公房の文学が「超能力」をモチーフとして、それを文学の言説のなかにとり込もうとする情熱(執着)は、彼にしてみれば、現代文学の可能性の一つの達成をめざす実験であった。

5.『スプーン曲げの少年』のための「創作メモ」

　ワープロ原稿を含めて『スプーン曲げの少年』のための「創作メモ」は、分類してみると、二種類あることがわかる。その一つは、テーマや表題に関するもので、人名や書名、それに新聞記事の抜粋などが抜き書きされている。文体はまったくメモ風といってよく、省略がいちじるしく、意味のとりにくいものが多い。もう一種類は、『スプーン曲げの少年』のためのプロットに関する構想メモで、草稿を準備するためのものと思われる。この後者に含まれる構想メモで注目されるのは、デジタルブックの『スプーン曲げの少年』と比べてみると、筋立の展開に異なる構想のあったことだ。それもガス・スプレー噴射事件後のストーリーの展開に集中しているのだが、ただ筋立の記述はなく、登場人物の会話だけがメモされている。したがって、その会話メモをもとに、ワープロ原稿の筋立(既述)を参考にし、そこに書かれることのなかったプロットを復原してみると、異なる筋立をもつ内容が見えてくる。

　そこで本節では、その会話メモから筋立を復原し、その会話を位置づけることで、ワープロ原稿とは異なる構想の存在をあきらかにすることにする。なお、この「創作メモ」はこれまでに公表されたことのない資料なので、その「創作メモ」を忠実にたどることで、合わせて「創作メモ」の紹介を兼ねることにする。

　そのメモによればまず、保根がほとんど衝動的に生徒にガススプレーを吹きかけるというプロットは、ワープロ原稿と同じであるが、その位置が異なる。少年から電話がかかってきたその翌日、保根は教室で「生徒Ａ」に催涙ガスをあびせかけてしまう。なぜかというと、保根はＡが数十匹のゴキブリの群を教壇の上に放ったのを確認したのに、生徒全員のほうはその事実を否定する証言をする。そこで保根が彼らの態度を非難すると、生徒たちは保根を威嚇するかのように迫ってくる。そのために反射的に保根はガス・スプレーを噴射してしまう、となっている。

　この事件について、学校当局の反応は二つに別れる。校長は体罰容認派であり、美術教師は反対派である。さらに、生徒Ａを診察した医師のやや不利な証言で、保根は窮地に陥る。

　翌朝、保根は学校に行こうとすると、はげしい吐き気におそわれる。休暇を願い出ようと、学校に電話を入れる。すると、校長が電話口に出る。そのときの保根との会話が次のようにメモされている。

　　11「たのむから三日間、精神病院に仮入院してほしい。これはあくまでも名目上のことで、実際入院する必要はなく、手続きをして承諾書に署名するだけでいいんだ。念のために言っておくが、私は必ずしも体罰に反対てわけじゃないんだ」
　　　「あれは体罰じゃない、正当防衛です」
　　　「分っている、分っている、ここだけの話だけど、私は君の理解者だし、味方のつもりです。世論にこびていちゃ、教育はできない。ローレンツも言っているとおり、攻撃性は動物のもってうまれた本能だからね。しかしこの際、とにかく警察沙汰にならないように、(中略)
　　12世間にしられてしまったら、もう教師寿命は終わったも同然だ。常識で考えれば、疑問の余地のない神経症患者である」

　最初は抗弁していた保根だが、やがてこの校長の提案を受け入れるようになり、あらかじめ校長と入院の相談をする。そのとき、精神科の女医も一緒だった。女医は入院の際の手続きの書類を持ってきていた。女医の目的は、保根を一日二時間くらい問診することでケーススタディの資料を作成するところにあった。女医はそれをもって学位論文に仕上げるつもりである。

　保根は校長の言うとおり、仮入院のかたちをとって、三日間家に閉じこもることになった。家に戻った保根はとりあえず、防弾チョッキやガススプレーをはじめ、一切の備品を隠した。その時、少年からの四度目の電話を受け取る。少年は「お願いがある」といって、駅前の喫茶店で会うことにした。そこで少年とカレー・ライスを食べた後、少年はスプーン曲げの実演を保根に見せる。少年の願いというのは、現在、自分は殺人容疑で追われているから、しばらく保根の家に隠まってくれということであった。保根は少年の申し出に同意する。少年はいままで繁華街のカプセル・ホテルに潜伏していたのだった。

　家に着いた保根と少年。保根は自分の部屋にあるイギリス製の紙骨格模型ボニーを少年に見せて自慢し、「保根」という名の由来を語ったあと、水を向けて少年のことを聞く。

　　　22「君の話を聞こうじゃないか」
　　　　「町に帰るとぼくは神様なんだ」
　　　　「神様って、神様あつかいされるってこと？」
　　　　「ちがいますよ、本物の神様。人間じゃなくて、神様」

　ここまでのプロットのなかで、のちの『飛ぶ男』にも見えるものがある。たとえば、少年が家を出て、何日間か市内のカプセル・ホテルで泊まっていたこと。また、少年は少年の町では「神様」と呼ばれていることの二つである。このことから考えられるのは、『スプーン曲げの少年』に書かれなかった構想、すなわち「創作メモ」に残されているプロットのプランはそのまま『飛ぶ男』のプロットとして生かされているということだ。とくに注目したいのは、後者のプロットで、そこにはすでに、超能力を新興宗教とむすびつけ、現代社会(世界)の問題を扱おうとする思索がはじまっていたことをうかがわせてくれる。

　プロットの復原に戻ろう。突然、暴力否定派の美術教師が訪れる。美術教師は、「見ろ、いるじゃないか！なにが入院だ！気違いのふりして責任逃れしようたって、そうはいかない。ぼくらは絶対に追及の手を休めないからね。君は正気さ。分かっているんだ」と保根に向かってののしる。その時、どこからともなく少年の声が聞こえてくる。「はやく気違いのふりをしなさい」という声だった。保根は言われたとおりに、うなり、うめき、宙をかきむしりすると、美術教師は仰天して逃げ帰る。そのあと、保根は家に戻って少年にそのことを話し、少年の説明を聞く。

　　23「降霊術なんかでよく使うトリックですよ」
　　「超能力じゃないのか……」
　　「気違いのふりって、どういうことですか？」
　　「質問に答えていないぞ」
　　「使い分けるんですよ。おいおい説明します。神様業も超能力だけ
　　じゃ息が続きませんからね」

　そして少年は、話題を変えて父親のことについて話し出す。それによる
と、少年の父親はマジシャン、というよりも寄席芸人ふうの手品師であ
る。少年と一緒に仕事を始めてからもう一〇年が経っているという。そし
て少年は、保根との別れ際にいきなり、

　　37「叔父さん、叔父さんが想像している以上に感謝しているんです。勘
　　が当たったよ。叔父さんを選んだばくの勘に狂いはなかった。おため
　　ごかしをいっているんじゃない。ぼく、叔父さんのために一肌ぬぐつも
　　りです。なんでもいいから、とりあえず願いことを一つ言ってみて下さ
　　い。ぼく、全力をあげて挑戦してみます」

と、保根の「願い」を聞きとどけたいと申し出て、その実現に挑戦すると切
り出す。そのあとの会話は以下のようにメモされている。

　　「トリックなしで？」
　　「そんな皮肉は言いっこなし。トリックはエネルギーの節約のため
　　に使うだけですよ」
　　「でも、念じたとおりの結果が実現するとはかぎらないんだろ？」
　　「何度でも験してみますよ、実現するまで」
　　「交換条件は？」
　　「ありません」
　　「只より高いものはない、っていうね」

「叔父さんのこと、気に入ったんですよ」

「伝説や童話なら、たいてい教訓がついているな、そしてすべてがはかない夢に終わりました」

「誰もがすぐに御利益を願うか、ぼくを利用して金もうけを考える。そういう連中のための教訓ですよ。でも叔父さんは違う。なんでもいい。なにか願い事をしてみて下さい。かなわなくてもともとでしょう。」

保根は少年の申し出を考えておくと約束する。なおここで保根に対する少年の呼びかけは「叔父さん」となっているが、ワープロ原稿では「兄さん」となっていたことはすでに指摘しておいた。のちの『飛ぶ男』ではまた「兄さん」となっているので、最初に「兄さん」と設定したのが、ふたたび使われていることになる。

少年が不在のときに、ふたたび、美術教師が生徒Ａの父親をともなって保根の家を訪れる。Ａの父親は業界新聞の編集をしているという。印象の悪い人物だった。美術教師が小型ビデオカメラを持っている。美術教師とＡの父親は、まるで襲撃現場を撮影するかのように、保根の偽装入院を曝露するつもりであったようだ。彼らが去った後、保根は少年の申し出に応じて、「願い」をせずにはいられなくなった。少年が念力をはたらかせて、美術教師の撮影したビデオテープを消し去ってくれないものだろうかと願うようになる。しかし、テープ奪還はたしかに当面の解決だろうが、根本的な解決にはなりえない。他にいろいろの方策を考える。たとえば、生徒たちをもっと煽動し、校内暴力を激化させる。そして出来れば、あいつ(生徒Ａ)が攻撃目標になるように誘導する。そうすれば、美術教師もいままでみたいにきれい事ばかり言っていられないはずだ。その騒ぎに隠れて、ぼくの事件も影が薄くなるのではないかと思ったりもする。

夕方、少年が帰ってきたので、相談したら、「いいでしょう、テープの件は、本命の願い事とは別に、サービスにしておきますよ。とにかく差し当たっては、不利な物的証拠を消し去ることです」という。少年は計画を立てて成功する。

「創作メモ」の最後の会話は、美術教師のアトリエで盛大な酒盛りが背景だ。保根と少年、美術教師とその妻の四人が意気投合して話し合っている、というところで「創作メモ」は終わっている。

ここまでのプロットの復原で言えることは、最後の奇妙な「酒盛り」はともかくとして、それ以外の会話場面は、ほぼ原稿ワープロのプロットに対応する位置を見い出せる。それによれば、あきらかに「校内暴力」と「体罰教師」のモチーフが、より一層前景化されていることがうかがえる。その方向性はあくまでも社会現象のリアリズムであった。それが少年の超能力の非リアリズムと交錯している。むしろそれぞれのモチーフが肥大化して、その格差がいちじるしくなっていることがみてとれよう。そこに中断の契機がより鮮明化していったのではなかろうか。

ところで、最初の種類の「創作メモ」のなかに、その後のプロットの構想を記したものと思われる簡条がある。

11 弟「親父ぬきでやろうよ。マネージャーを引き受けてほしいんだ」
37 子供制裁クラブ……校内暴力の被害者である教師で結成され、復讐を目的とした制裁技術の研究会。保根のところに勧誘の案内書。
49 カウンセラーの女医は、ひどく嫉妬深かった。つねにニュートラルな中立を標榜主張しながら、そのくせ自分に対する関心をあらわに示さないと、みるみる不機嫌になってしまうのだ。
58 [最終章]地面に腹ばいになって、透かしてみると、誰の足もすこし浮いて見える。結局は、誰もが多少宙に浮いているのだ。≪浮遊現象≫
77 脱出したい……どこか遠くに脱出してしまいたい。しかしその脱出願望を突き詰めていけば、結局たどりつくのは『自殺』だろう。そして空飛ぶ『弟』は死に、葬式常習者の『父』は戻ってくる。
79 透視能力をフルに発揮したとしよう。行き着くところは、［完全予測］……未知が存在しないということは、無変化とおなじだろう。明日の喪失……つまり監獄の中とおなじこと……。

　このメモから知られることは限られている。たとえば、11は保根と少年が組んでなにかをやろうとしているプロットに当たるが、『飛ぶ男』によれば、新興宗教の教団設立をめざすことになる。77の「脱出したい……」は、『飛ぶ男』に父親からの脱出というプロットが見えるが、それと関係しようか。また「脱出願望」という言葉は、あるいはすでに言及した「破滅願望」とつながるのだろうか。推測されるのはそれくらいだろうか。それ以外はプロットの脈絡がつけにくく、すべて安部公房の脳裏に残されたままであったといってよかろう。

　　付言：保根に託して語ろうとした「アメリカ論」

　本章を締めくくるに当たって付言したいことがある。それは安部公房の創作に見られるウィットといってよいものかもしれない。『スプーン曲げの少年』の最終稿の第七章「措置入院　省略コース」の一場面に、「ぼく」が病院に行く途中、迎えにきてくれた自動車の車内で「スプーン曲げ少年」（運転手になっている）によるスプーン曲げの実演があったというプロットがある。そのあと、「ぼく」は「スプーン曲げ少年」の弟に「出掛けようや、こんなところでいくら時間を稼ぎしてみたって、病院が消えてくれるわけじゃなし」（一一三頁）と言うと、

　　　　「慌てることはないよ、顔色が悪いな、缶コーヒーでも買っておこうか」（中略）
　　　　「だったら、コークでも頼もうかな」
　　　　「コーク？兄さんらしくないよ、そんなの」
　　　　「アメリカ文化を研究しているんだ」
　　　　「まさか……」（一一三頁）

という何気ない会話が挿入されている。そこには保根（「ぼく」）がなにを教え

る先生なのかを知らせる情報がこめられている。おそらく英語か、社会科の教師という設定につながろう。しかし、これが『飛ぶ男』になると「物理」か「数学」の先生に変わっている。この造型の変化のなかに、実はさりげなく安部公房本人が顔をのぞかせている。それはまるで、ヒッチコックが自分の映画のなかにひょっこり顔をのぞかせるようなウィットと同じだ。安部公房は、一九九一年一二月『波』の「われながら変な小説」というインタビューのなかで次のように語っている。

> いま、つぎの小説『翔ぶ男』にとりかかったところ。それが終わったら、懸案の「アメリカ論」だな。やはりアメリカって、おもしろいよ。コーラにしても、ジーンズにしても、妙な伝染力を持っている。モスクワでも、北京でも、青年たちがあっという間に感染させられてしまった。浅薄だけではすまされない、何かがあるのよ。永遠の幼児性というか、独特な魔力がひそんでいる。伝統によらない、あるいは学習によらない、みなしご文化の磁力じゃないか。その辺のところを書いてみたいんだ16)。

　この言説は、安部公房が亡くなる一年二ヶ月前に行われたインタビュー記事の一節。ここで公房は「アメリカ論」を書きたいと述べているが、しかし、それを果たせぬままに公房は亡くなった。公房はその「アメリカ論」がかなりのボリュームになるはずだと語っているが、そのようなアメリカ論を構想していた公房の顔が『スプーン曲げの少年』の最終稿の保根の顔と一瞬入れ替わる。もちろん、それはその場面だけのことで、『スプーン曲げの少年』のなかにもこれ以上のことは見えない。

　ちなみに、そのインタビュー記事のなかで語られた「アメリカ論」の断片を組み合わせていくと、そこに安部公房の考えた「アメリカ論」の骨子を垣間見ることができる。

---

16)「安部公房・われながら変な小説」(『波』一九九一年一二月)三二頁。

≪親なし文化≫がありうるということ。これがぼくの「アメリカ論」の骨子なんだ。チョムスキー風に言えば、学習無用の普遍文化。コカ・コーラやジーンズなどで代表される、反伝統の生命力と魅力をもう一度見直してみたい。かなり長編論文になるはずだよ。あいにくそれまでは死ねないな17)。

アメリカ文化の強い伝染力が生まれる理由は、簡単に言えば、≪親なし文化≫、あるいは「親を持たない文化」の力であると、安部公房は考えていた18)。その構想はあるいは、次のテキスト『飛ぶ男』の、少年の父親の<だめ親父>像につながっているのかもしれない。

---

17) 注16同書、三二頁。
18) 共同通信社の文学担当記者小山鉄郎氏は「安部公房国際シンポジウム」(一九九六年四月一九日～二一日、於：ニューヨークのコロンビア大学)において、安部公房のアメリカ論について述べた。小山氏は安部公房の晩年の九年間に公房に五回ほどインタビューをした経緯があり、そのほかにも何度か個人的に安部公房の話をうかがう機会があったためか、安部公房が最後に考えていたことについて詳細な考察を論じている。<付録>「安部公房国際シンポジウムに参加して」参照。

第六章

『飛ぶ男』論4・『飛ぶ男』の誕生

問題提起—『飛ぶ男』が達成したもの

　一九八九年一二月二二日、朝日新聞「余白を語る」というインタビューで、安部公房は次のように述べている。

　　　　『方舟さくら丸』からも五年になる。『スプーンを曲げた少年』(仮題)という超能力を扱った小説だが、今年中にあげようと思っていたところ、どうもそれはムリ。(中略)今度の小説、ばく集大成になりそうな気がしている。主題も表現のスタイルも。(中略)ぼくの小説で繰り返して必ず出てくるのに、空中遊泳とか空中飛翔がある。こんどは冒頭から空を飛んでいる男のシーンだ。それも携帯電話をもって話してるところから始まる。ものすごく空想的だけど猛烈にリアル。

　この言説のなかで「今度の小説」というのが『飛ぶ男』を指すところから、この時期にはすでに『飛ぶ男』の構想ができていたと思われる。その構想の焦点はいうまでもなく、「スプーン曲げ少年」を物語の最初から空に飛ばすというものだろう。

　公房はこれまでのテキストの変貌でみてきたように、終始「飛ぶ」(「空中浮遊」)というモチーフにこだわっているが、［スプーン曲げ少年に関するレポート］(以下、［レポート］と略す)では、少年の口をとおして自分には「飛ぶ」という超能力があるということを、おびえながらも語らせるというプロットは見せてくれている。しかし、具体的な構想としては、まだ言語化するにいたらなかった。次の『スプーン曲げの少年』では、実際のプロットとしてではなく、構想メモのなかで「飛ぶ」ことを含めての超能力モチーフを、超能力そのものの小説言語化という方向で語るよりも、それに対する社会心理を語るという方向で思索していた。

　そのことについて、前章までのなかで言及したところだが、その結論として、その段階までは、まだ超能力(ここでは「飛ぶ」というそれ)そのものを主題とする構想は、公房の内部では十分に熟成していなかったとみなしておいた。

　公房は寓話としてではなく、リアリズムとして、人間が何の装置も付けずに空を「飛ぶ」というモチーフを、文学言説に定着させたかった。この公房の夢(思索)が、初期の短編小説の寓話性の指向と異なることはいうまでもなかろう。しかし、冒頭に引用した言説をみると、「ものすごく空想的だけど猛烈にリアル」と断言している。その口ぶりからみて、公房は「飛ぶ」というモチーフを「リアル」に描くことに成功したと確信したことがみてとれる。だからこそ、「今度の小説、ぼく集大成になりそうな気がしている」と言わせたのだろう。

　それは、後述するように、人間が空を「飛ぶ」というモチーフのもつ非リアリズムを、文学言説の内部においてリアリズム(実在知覚)に転化することができたということを意味する。まさに現代文学のまったく新たな可能性の一端を切り拓いたことを宣言する言葉となっている。したがって、『飛ぶ男』論の課題は、この公房の言説の背景にある作品そのものの構造が、それをどう達成しているかを分析することにある。

　なお、この章では、公房のリアリズム論と構成論および人物造型論を錯綜させている。その理由として、安部公房の小説が、形式そのものが内容だという理念にもとづいているところから、この『飛ぶ男』の場合、構成の基盤となる独自のリアリズム論の考察と構成論が切り離さないからだ。そしてその構成論の上に、これまでの公房の小説における父親と女性のイメージが、どのように再生(「よみがえる」という語を用いた)させられているかを考察する必要があると考える。むしろこのような考察が、従来の作品論とは異なる『飛ぶ男』の作品論と信ずるわけである。

1.『スプーン曲げの少年』から『飛ぶ男』へ

　冒頭に引用しておいた「余白を語る」のインタビューの自信に満ちた言説にもかかわらず、公房は翌年、すなわち一九九〇年代に入ってから、過労と健康状態の悪化のため、不運にも七月に倒れ、二カ月間入院することになる。が、幸いにも、そのときには退院することができた。その後の創作活動は『飛ぶ男』の完成を先に延ばし、まず、『カンガルー・ノート』を一九九一年一月から七月まで、雑誌『新潮』に連載した。小説『方舟さくら丸』以後、七年振りに新作を世に出したわけだ。ただ『カンガルー・ノート』のなかでも「ぼく」は、病院のベッドに縛り付けられたまま空を飛ぶシーンが出てくる。そこにはいうまでもなく、公房の「飛ぶ」というモチーフへのこだわりがうかがえる。しかしこの作品では、その「飛ぶ」シーンは唐突で、全編の構造とむすびついておらず、したがってその場面は、非リアリズムの文学言説にとどまっている。

　安部公房は死の直前に当たる一九九三年一月に、雑誌『新潮』に新作『さまざまな父』を連載したが、そこまでしか執筆されていなかったのだろうが、二回の連載で終わっている。彼は一九九三年一月にこの世を去った。そして死後になって遺稿作『飛ぶ男』のテキストが発見された。この二作の執筆において、『飛ぶ男』の構想の核心となる、人間が空を「飛ぶ」というモチーフは、その文学言説の内部において非リアリズム(寓話性)を転化し得ていたかどうかは不明ながら、最初から「飛ぶ」シーンが具象的なイメージをともなって完成されていたことは、それがそのまま『さまざまな父』のなかの最後の「第六話飛ぶ男」の冒頭部分に記されていることからわかる。その描写をみると、

　　　　　　　電柱から電柱へ、月の粉をまぶしたような若い男が飛びつづける。まさか天使なんてことはありえない。女を襲おうとして、開いている窓を窺いつづける暴行魔にきまっているさ。つねひごろ彼女は空気銃を手元において、待ち受けていたのだ。風邪も覚悟で、窓を半開きのままにして……1)

となっている。このシーンの「若い男」は「ぼく」という一人称の視点人物で、ある薬を飲むことで透明人間になった父親と同じく、その薬を服用して空を飛べる超能力を得て、こうして空を飛んでいるところで思いがけない事件に遭遇しかけるというのが、このシーンだ。しかしテキストはここで切れている。

　それに対して、『飛ぶ男』のほうでも、冒頭からいきなり空を飛んでいる男が登場する2)。ただこのことはのちに問題としたいのだが、この作品の描写には多様なモチーフが持ち込まれていたり、精緻な表現となっていたりして、叙述の分量は飛躍的に増大している。そのため引用に当たっては、さきほどの「彼女」の登場場面はカットし、さらに原文の一部を中略して掲載してみよう。

　　　　　　　ある夏の朝、たぶん四時五分ごろ、氷雨本町二丁目四番地の上空を人間そっくりの物体が南西方向に滑走していった。月明かりを背にした輪郭から判断したところでは、フイルム会社が宣伝用に飛ばしてい

---

1)　「さまざまな父」二回、『新潮』(一九九三年二月)一二三頁。
2)　ここで引用する『飛ぶ男』のテキストは安部公房の手による最終稿『飛ぶ男』を用いることとし、その際の頁数は、ワープロ原稿の頁数に従う。

る新型の気球らしくもある。(中略)どう見ても意志を持った自力走行である。知らないうちに完全に透明なハングライダーが発明されたのかな？だとしても、電線すれすれの水平飛行は危険すぎる。あれほどの低速でしかも正確な直線飛行は、ヘリコプター以外にはありえない。(中略)もしかすると、うっかりベッドから漂い出した夢遊病者かな？そのつもりで見ると、裸足だし、着衣は洗い晒した細縞のパジャマ風で、とても外出用とは思えない。(中略)どうやら≪飛ぶ男≫の出現に立ち会ってしまったようである。(三～四頁)

　このあとのプロットの構成をみても、(1)は夜空を飛んでいる男の描写、(2)暴行魔に付きまとわれて、ノイローゼになった女性(小文字並子)の設定、(3)その女性が空気銃で「飛ぶ男」を撃つという場面が、より精細な描写と心理描写をともなって叙述されていく。その構成要素をさきほどの『さまざまな父』と比較すると、

1. 夜空を飛んでいる男の設定。
2. 暴行魔の噂に脅えてノイローゼになった女性の設定。
3. 女性が空気銃で飛ぶ男を撃つという場面。

という構成要素が一致するという点では、両作品の「飛ぶ」場面描写は同じ構想にもとづくと断定できよう。この原文比較からいっても、すでに述べたように、『飛ぶ男』の冒頭のプロットは、一九九〇年の初期に完成されていたので、『さまざまな父』の発表当時、すでに『飛ぶ男』の冒頭部は完成されていたということになる。これはどういうことだろうか。たぶん、安部公房は、自分自身の死を予感していたのかもしれない。

　それは、一九九〇年代に入ってから、いや、その年に倒れて入院してからであろう。その頃にはすでに、人間が空を「飛ぶ」というモチーフを、小説言説の内部で、実在知覚(リアリズム性)をもたせるということに自信をもっていたと考えられる。しかしそれにもかかわらず、『飛ぶ男』を作品として完成させることを先に延ばしておいて、彼は意欲的な創作活動ぶりを見せて

『カンガルー・ノート』、『さまざまな父』を執筆したのであろう。

　そのような執筆の経緯からしても、公房は『飛ぶ男』を遺稿作として残したかったと推測することができよう。すでに第三章第四節に言及しておいたように、『飛ぶ男』の草稿テキストは、安部公房なりに製本の形式まで想定していたらしい。公房は『飛ぶ男』を未完のまま世に残したかったにちがいない。そして彼は、まさしく「飛ぶ男」になって空を飛んでいってしまった。彼は自身の現実の死をも、その文学理念に、昇華させたのだ。彼の遺した『飛ぶ男』は、未完のままにもかかわらず、彼が抱いていた現代文学の前衛性という観点からみれば、これからみていくように、完成度の高い作品であった。

　『スプーン曲げの少年』から『飛ぶ男』へのテキストの変貌の過程において、構想の上で変化の見られる点が主に四つある。まずその第一は、『スプーン曲げの少年』の主要なモチーフと主題、すなわち一九八〇年代の大きな社会問題となっていた「校内暴力」と「体罰教師」という問題を『飛ぶ男』では削除したことである。たぶん、一九九〇年代に入ってからは、その問題は日常化し、新鮮な社会問題としてはそれ以上、注目されることが少なくなったからだろう。

　第二に、第一の変化と対応するかたちで、『飛ぶ男』はその題名どおり、「飛ぶ男」が空を飛んでいるシーンから始まっているということである。まさにこの作品においてはじめて、超能力としての「飛ぶ」というモチーフが前面に出ている。このことは、これまでのテキストが超能力そのものというよりも、むしろ超能力をめぐる社会心理(奇跡待望・破滅願望)の側に作家の焦点が向けられていたのに対して、超能力という非リアリズムを実在(リアリズム)と知覚させる文学言説化と、そのことを背景に据えて超能力者が現実の社会にどのように対応するか、といった主題が目指されることになった(ただし、奇跡待望・破滅願望が主題として消えたわけではない)。

　そして第三には、「飛ぶ男」の名前がもともと父親の名であった「マリ・

ジャンプ」と改められているこ
とである。この命名の変化をあらためて表示すると次のようになる。

	[レポート]	『スプーン曲げの少年』	『飛ぶ男』
少　年	津鞠左右多	本文には記されていない「創作メモ」には津鞠左右多	マリ・ジャン
父　親	マリ・ジャンプ	鞠ジャンプ	記されていない
語り手	「ぼく」	保根治	保根治

　この命名の変化はおそらく、「マリ・ジャンプ」と記号化された名のもつ
意味を「飛ぶ男」の造型と照応させるためだったろう。「マリ・ジャンプ」と
は、鞠(まり、ボール)が地面から空中にはね上がる(ジャンプする)というイ
メージをもつ。もともと［レポート］でそれが父親の名であったのは、興行
を成功させるためなら、口からの出まかせだろうとなんだろうと、やっての
けてしまう、その軽薄で勝手放題、詐欺師まがいの父親の性格を具象化さ
せるための記号であった。しかし、父親が、『スプーン曲げの少年』のテキス
トから、場面に登場することがなくなり後景化するとともに、彼は「飛ぶ男」
から「父親」と呼ばれるだけで(「父親」それ自体が公房にとっては記号だっ
た。なおこのことは後述する)、とり立てて命名化する必要がなくなった。
そこで公房は、愛着をもつこの名を、『飛ぶ男』に至って超能力の記号とし
て「飛ぶ男」(「スプーン曲げ少年」)に付け換えたのだろう。

　そして第四の変化としては、新たな主要登場人物として「小文字並子」
という女性が登場し、彼女の視点からの小説叙述がみとめられるようにな
る、ということがあげられる。なおこの女性の造型と役割については、第
六節で述べることにする。

2.『飛ぶ男』の構成とその構造

　以上のようなプロットとモチーフ、それに登場人物の変貌を受けた作品の筋立の構成をみることにする。

　ある夏の明け方に、「飛ぶ男」が保根のアパートの外をゆっくり飛びながら、携帯電話を使って誰かとなにかを話している。「飛ぶ男」は何の道具もなく、空を飛んでいる。目撃者は三人いた。一人目は保根治の隣りに住む二九歳の独身女性小文字並子であり、二人目の目撃者は、腎臓疾患のために利尿剤を常用している暴力団の構成員であり、そして三人目の目撃者は、「飛ぶ男」の携帯電話で呼び出しを受けた保根治である。物語には、このあとの保根治と少年の関係、小文字並子の閲歴の詳しい紹介があることから類推して、全体の構想としては、それぞれの目撃者が「飛ぶ男」の超能力をめぐり、それぞれの小物語が展開されるはずだったろうと推測される。しかし中断されたこの物語では、小文字並子と「飛ぶ男」との出会いから交渉へと続くはずのプロットは描かれることなく、まして暴力団の構成員は、目撃者として顔をのぞかせるだけで終わっている。

　小説の最初は、保根のところに電話がかかってくる場面から始まる。

> 　　　電話が鳴っている。保根治は反射的にベッドから降り、寄木まがいの合板の床に立つ。受話器を見据えるだけで、すぐには手を出せない。腕時計の針は午前四時五分、電話に付き合ったりする時間ではなかった。(九頁)

　電話口の「飛ぶ男」は、自分はあなたの腹違いの弟で、名前は「スプーンを曲げ少年、マリ・ジャンプ」、その超能力のために父親に追われているので、兄を捜して助けを求めに来たのだという。そういう会話を電話で交わしている最中に、保根治の隣に住む二九歳の独身女性が「飛ぶ男」を目撃する。暴行魔の噂に脅えてノイローゼになり、護身用の空気銃を枕もとに備えていた彼女は、反射的に銃を手に取るや、「飛ぶ男」を撃ってしまう。傷ついた「飛ぶ男」は、兄の保根治に助けてもらおうとして、保根が開けておいた窓から保根治の部屋に飛び込む。「飛ぶ男」が傷の手当てを終え、スプーン曲げを実演して見せて立ち去った後に、空気銃を撃った女性、「小文字並子」が傷の手当てをしてあげたいと訪ねてくる。ひょんなことで保根に向かって身の上話をすることになってしまった小文字並子は、かつてある泡沫製薬会社に勤め、その会社が株価の操作で大儲けをした後に偽装倒産したとき、庶務課長の「剣呑悠優」とともに失踪した過去を持つ……という身の上話の途中で物語は切れている。

　以上のように、構成の要素を析出すると、いかにもわずかな分量の叙述しか残さなかったようにみえるが、そのボリュームは、すでに言及したように、ワープロ用紙で一四八頁(一頁＝一〇行×四〇字)という相当の分量となっている。その理由は、これまでの原文の引用からも片鱗がうかがえるように、登場人物の身辺の小物(事物、小道具)の描写が異様に精細になっていることが指摘できる。このことは実は、人間が空を「飛ぶ」というモチーフを非リアリズム(寓話)から、文学言説の内部においてリアリズム(実在知覚)へと転化させる重要な仕掛(装置)なのだ。そのことについては、次節で言及することにする。

　ここではその課題へと本章のテーマを絞るまえに、それとも深くかかわる、この小説の構造について考察しておきたい。『飛ぶ男』は『スプーン曲げの少年』とは違って、全知の語り手の小説叙述となっていることが注目される。『スプーン曲げの少年』は「ぼく」という一人称の語り手を設定していたが、『飛ぶ男』では小説のなかから「ぼく」という人物が消去され、それに代わって全知の語り手によって、すべての空間が俯瞰されるようになっている。

　これまでの安部公房の小説の基本的なスタイルは、「ぼく」という一人称の語り手を設定し、読者との距離を極限まで零化しようとする手法をとるものだった。この<変貌するテキスト>に限っても、［レポート］の「ぼく」にしろ、また『スプーン曲げの少年』の「ぼく」にしても、その「ぼく」という一人称の設定は、全知の語り手よりも、比較的容易に読者は視点人物「ぼく」に感情移入が可能となり、小説世界を直接的に経験することができた。ところが、この『飛ぶ男』になると、「飛ぶ男」を前景化させるとともに、視点を「全知の語り手」に変えたのだ。その理由はどこにあるのだろうか。

　まず、三人の目撃者の設定は、公房の構想として、それぞれの目撃者と「飛ぶ男」の接触と交渉を小物語として語っていこうとする小説構造をもっていたのではないか、ということはすでに示唆しておいた。それを図式的に構造化すると次の表のようになろう。

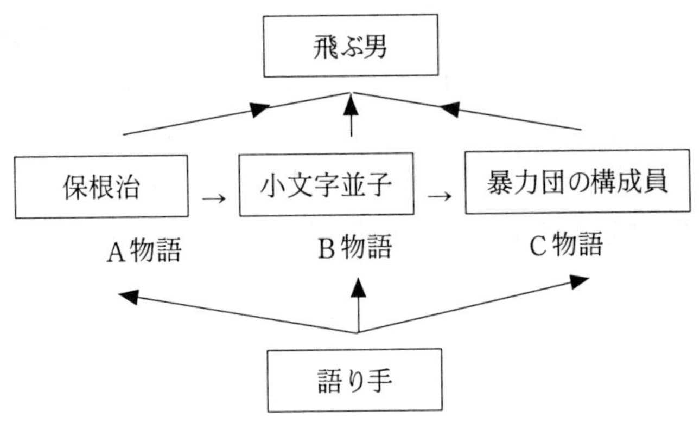

　この小説の構造(A・B・Cの小物語の連鎖)を有機的に統一するのが全知の語り手なのだが、ただ、のちに言及するように、この小説では保根治と「飛ぶ男」の発端の叙述が一段落すると、今度は小文字並子が焦点化される。すると、全知の語り手はこの小文字並子に同化する方法をとり、小文字並子の物語は、彼女の視線(眼差し、それはいうまでもなく限定的な視

線)をとおして叙述が進められていく。ただ、その小文字並子の物語の途中で小説は中断してしまった。しかしそれにもかかわらず、本論の筆者は、この小説の構造は、その次の暴力団の構成員と「飛ぶ男」の接触と交渉の小物語も構成されていたし、その構想における叙述の構造は小文字並子の物語と変わらなかったのではないかと推測する。

　この全知の語り手によって全体的統一をはかりながらも、個別的な小物語に視点を分散するといった構造にはいかなる意図があるのだろうか。おそらくそれは、全知の語り手から個別の語り手への移動に沿って読者の参加を促す戦略であったのではなかろうか。読者は視点の移動に沿うかたちで、小物語の個別の語り手に移されると、その移動に従って個別の語り手と容易に同化し得る。その方法は終始、「ぼく」という一人称の語り手をつらぬく小説よりも、同化の困難が少ないと思われる(一人称の語り手をつらぬく小説では、「ぼく」の内部が最初は読者にとって不明だから同化しにくい)。

　この小物語への読者の参加とともに、この小説の構造がもつ二重の語り手で注意されるのは、次のような可能性も秘められているということだ。すなわち、もし小文字並子が「飛ぶ男」を目撃しなかったら、あるいは同じく、もし暴力団の構成員が「飛ぶ男」を目撃しなかったら、そして、小文字並子がもし「飛ぶ男」を撃たなかったら、といういくつかの物語の設定ができるということだ。その可能性は全知の語り手が小物語の外部に存在するからであって、それによって、それぞれの小物語のさまざまな場面はいくらでも作り替えられる可能性をもったということになろう。

　このことから連想されるのは、バーチャルリアリティ3)という三次元空間映像の開発によって、飛躍的にリアルさを獲得したゲーム内部の物語だろう。ゲームの物語はゲーム機の操縦者の手(思考)によっていくらでも作り替えられる。それによって、ゲームは進む。その場合、ゲーム機の操縦者は

───────────

3) 原島博・広瀬通孝・下条信輔編『仮想現実学への序曲—バーチャルリアリティドリーム—』(bit別冊、共立出版、一九九四)。

＜物語の作者＞でもあるということだ。そのようなゲームの原理が、この小説の構造とアナロジーになっているということは重要な意味をもつ。そのためにも、ここではまず、アナロジーについてだけ言及しておくと、「全知の語り手」はゲーム機の操縦者のように、可能な限りの物語を考える。物語はつねに変換可能なゲーム(物語)となる。それは「飛ぶ男」の設定にもいえる。その仕掛(装置)の一つが、自由自在に空間移動の出来る「飛ぶ男」の設定であった。この設定によって物語は、無限に広がる可能性を潜ませることになる。

3. 「飛ぶ」というモチーフ

『飛ぶ男』における「飛ぶ」というモチーフが、文学言説の内部において実在知覚(リアリティ)をもつということは、これまで繰り返して示唆してきた。本章のテーマは、それをどのような小説叙述、あるいは構造において達成しようとしたのかを考察するということで、そのことはすでに「問題提起」で指摘しておいた。

そこで、この節ではその考察に入りたいと思うのだが、その課題にただちに踏み込むまえに、「飛ぶ」というモチーフと公房の小説のかかわりを概観することから始めよう。

安部公房がその文学活動のなかで「飛ぶ」というモチーフにいかにこだわり続けてきたかは、初期短編小説にすでにそのモチーフが現れていることからうかがえる。まず、『バベルの塔の狸』(一九五一年五月)の「六、笑うとらぬ狸。空飛ぶ柩」のなかに次のような場面があらわれる。

① 地球からそう遠くないところを飛んでゐる物体であることが分かりました。それは、まつすぐこちらに向つて飛んで来ました。(中略)そいつ(と

　　らぬ狸—引用者注)は、馬に乗るやうに箱(柩—引用者注)にまたがつ
　　て、まともにぼくのほうを見ながら、にやにや笑つていました4)。
　②「君が最後にメモした詩、おぼへてる?」ととらぬ狸がいかにも親しげな
　　口調で話しかけました。真暗な宇宙を、一冊の書物が飛んで行くとい
　　う詩ね。今のぼくらが丁度それぢやないか。あの詩は予言だつたね。ぼ
　　くらは書物だ。そして地球に対立する一つの星なんだよ。5)」

　①は、主人公<ぼく>(＝詩人アンテン君)がある日、天体望遠鏡で空を眺
めていたら、その向こうに「とらぬ狸」が柩に乗って空を飛んで来る場面であ
る。ちょうどそのときは、<ぼく>は自分の影をくわえてどこかへ逃げ去った
「とらぬ狸」を探して、影を取り戻そうとしていたところだった。そして空を
飛ぶ柩に乗って現れた「とらぬ狸」の誘いに乗って、空飛ぶ柩で夜空を飛び
ながら会話を交わしている場面が②である。この場面では、「飛ぶ」には柩
という道具が必要だった。それはいうまでもなく、アラビアンナイトに見え
る<空飛ぶジュータン>のイメージの借用である。次の②で「とらぬ狸」の語
る「真暗な宇宙を、一冊の書物が飛んで行く」というのは、「とらぬ狸」がア
ンテン君の詩集の詩の一節を引用したという設定だ。
　したがって、そのイメージはあくまでも詩人の詩的空想(幻想)の所産とい
う限定の枠内なのだが、その詩的イメージのもつ意味は、「文学」が<地上
的なるもの>といった現実に縛り付けられるものではなく、<地上的なるも
の>を離陸した<天上的なるもの>に属するこ6)とを暗示させている点で、公
房文学の原像を象徴したものだった。それゆえに、安部公房の初期作品に
おける最も強烈なイメージとして印象深いものだ。
　以上の例はいずれも寓話的であり、詩的空想力の所産だ。①②の場面の

---

4)『バベルの塔の狸』(『人間』一九五一年五月)一六頁。
5)『バベルの塔の狸』(『人間』一九五一年五月)二二頁。
6) 荒木正純「<重い存在>の<知>を表象するテクスト—地上学の展開」(山形和美
　編『差異と同一化—ポストコロニアル文学編』研究者出版、一九九七、所収)。

描写は、決して現実の日常的なリアリズムではないということは、作家と読者が共有する了解であった。だからこそ、読者には寓喩にこめられる意味の解釈が要請されることになる。

　次に、短編小説『水中都市』(一九五二年)を戯曲化した『水中都市』(一九七七年)には、登場人物として「飛父」と「飛娘」が出てくる。

> 飛娘と飛父。ブランコの上で
> 飛娘：これからお話するのは、存在しないものの物語。何処からもやって来ないので、何処にも立ち去ることのできない、私の物語……(中略)
> 花屋：ほら、ほら、空の方に飛げた！
> 取調官：当然でしょう。飛ぶ人間は存在しない。存在しない犯人に盗みはできない。したがって、犯罪は成立しえない。
> 空飛ぶ強盗。飛父の後を追って退場[7]。

　この『水中都市』という作品は、「飛ぶ人間は存在しない」という前提から物語が始まる。ということは、最初からある限界を付しているわけだが、それでも「飛父」と「飛娘」に空を飛ばせている。このプロットを安部公房は「仮説的リアリティ」と呼んでいる[8]。人間が空を飛ぶというようなことは、現実には存在しないということは事実だ。したがって、「もしも」という仮定を設けて人間が飛ぶとしたら、どういう結果を引き起こすのかをまず検証してみる。その結果がいかにも現実に起こり得ることが実感としてとらえ得るならば、その＜検証＞をとおして、「仮説」されたプロットも事実ではないか、というのがこの「仮説的リアリティ」の概念だ。したがって、小説『水中都

---

7) 『水中都市』(桃源社、一九六四)。
8) 早くから安部公房は「仮説文学」の伝統や「仮説的リアリティ」について、「仮説を設定することによって、日常のもつ安定の仮面をはぎとり、現実をあたらしい照明でてらしだす反逆と挑戦の文学」だと述べている。つまり、「飛ぶ」ということ自体よりも、むしろ、そのことによって、現実に崩壊しつつある日常を示唆的に描いているように思われる。

市』では街が水浸しになって、魚たちが街の中を悠々と泳いでいる場面があるが、この場面が「いかにも現実に起こり得ること」、すなわち<検証>となるから、「飛ぶ」というモチーフも<現実>なのだということになる。

　公房はこのような論理にもとづいて、「飛父」「飛娘」を造型したのかもしれない。「仮説的リアリティ」はまさに形式論理学にもとづく発想だが、もしも「仮説的リアリティ」からバーチャルリアリティへと置換していけば、『飛ぶ男』の「飛ぶ」というイメージの背景の文学理論に行き着く。その方向性に脱寓話の指向がみてとれよう。

　スナップショット集の『笑う月』(一九七五年)にも、「空飛ぶ男」の話が出てくる。ある朝、「ぼく」は幻のような夢、あるいは夢のような幻を見る。その夢とも幻ともつかぬものというのは、「空飛ぶ男」の目撃であった。「男は腹を下にして、魚のように水平になって飛んでいた」のである。常識なら「飛ぶ」というイメージは「鳥」と結びつくはずだが、ここでは「魚」である。「飛ぶ」ということが「水」のなかを「魚」が遊泳するというイメージと結びついて連想されていることについて、公房の娘で医師の安部ねり氏は「人間の中には鳥だったという記憶はないかと思いますけれども、水の中にいたという記憶はあるのではないかと思います」と語っている[9]。

　小説『水中都市』における泳いでいる魚たちを戯曲『水中都市』で「飛人」に変身させたのは、安部一流のモチーフの変容といってよかろう。その延長上で、魚のように水平になって飛んでいたという明喩の意味を考えれば、魚の水中遊泳を空中に空間移動させるといったイメージ連想を読者に想起させようとしたのかもしれない。

　ねり氏が前の発言にひき続いて「もしかすると、海水浴に行って泳いだりした記憶があるから飛ぶということが水と結びついているのかもしれません」と語り[10]、また人が誰しもおぼえる浮遊感というのは胎内の記憶によるも

---

9)　真能ねり「空飛ぶクレオール」(『ユリイカ』安部公房特集号、一九九四年八月)一〇八頁。

ので、人がよく飛ぶ夢を見るのは胎児経験にもとづく深層心理によるという。このような深層心理学を背景にすることで、公房の文学における「飛ぶ」というモチーフは、人間の普遍的な胎児経験の記憶の世界を描いたのではないかと解釈し、「飛ぶ」ことに安部公房がこだわっているのではなく、人間であればこだわるようなものを通じて、公房は作品を成立させたのではないかととらえている。

　このような解釈は、いわゆる<母胎回帰>として受け入れやすいが、公房の文学世界における「飛ぶ」というモチーフを通時的にみてくると、そのイメージはやはり寓話的意味で解釈すべきだろうと思う。したがって、空中の世界を水中の世界に置き換えたような描写は、深層心理学の解釈とは無縁であって、むしろ寓話のもつファンタジー性を一層強めているように思われる。あるいはこうも考えられる。すなわち、人間が空を「飛ぶ」といった非リアリズム的なモチーフ（イメージ）は、水中遊泳のイメージを媒介にすることで、その荒唐無稽さを少しでもやわらげることができるかもしれないと考えたのだろうか、と。

　以上、短編小説に見える「飛ぶ」というモチーフについて考察してきたが、それらに共通するのは、いずれも寓話的なイメージだということだろう。それに対して、『飛ぶ男』の冒頭に描写される「飛ぶ」というモチーフは、それらとは本質的に異なる。そのことはなによりも、公房自身が「ものすごく空想的だけど猛烈にリアル」と言っていることからも確かめられる。おそらくそこには安部公房の文学者としての経歴が深くかかわっていよう。

　公房は初期、シュルレアリスム的短編小説を執筆してきたが、長編失踪三部作を執筆するようになって、リアリズムを基層に据えて社会現象を叙述するといった文学手法をとり入れた。長編小説は寓話ではない。長時間の小説空間を維持するためには社会現象をとり込む必要があり、そのため

10）注9同書、一〇六頁。

には、どうしてもリアリズムの手法を導入せねばならなかった。そこから長編小説における公房の思索は、前衛的なモチーフ、あるいは主題をいかに叙述手法としてのリアリズムと調和させるか、といったところにあったとみてよかろう。

　一般的に、小説(NOVEL)の原像は、イギリスの中流階層の市民生活を題材とする読み物にあったとされる。市民生活をできるだけ忠実に叙述する手法がリアリズムの散文であった。それゆえに、リアリズムは小説の本質と分かち難く結びついている。長編小説の経験をとおして、公房はリアリズムの有効性と限界を熟知したことだろうが、小説を書く以上、リアリズムの叙述手法が小説の文体の原理であることも了解したはずだ。しかし公房の文学理念は、非小説的な寓話的構想にもっともよく発揮されるものだった。そのために、叙述(文体)と主題をめぐるアフォリズムが公房文学の行き着く課題となった。その極限における転換の発想がさきほどの「ものすごく空想的だけど猛烈にリアル」であったわけだ。

　この極限の言説をより多弁に語った発言が、次のインタビュー記事である。

　　　　僕の作品には大きく二つの系列があるんだよ。だいたい長編の場合には、最近やや日常の断片を集積するタイプのものが多かったけど、短編の場合は、むしろ非現実的な変形物が多いんだ。ファンタジーというより、自分じゃ仮説的リアリズムのつもりだけどね。スプーン曲げを信じないことと、作品の中で登場人物に空中遊泳させることとは、僕のなかでなんら矛盾するものではないんだ。小説の場合、言葉の構造として確かな手触りが成り立てば、それは現実と等価な世界なんじゃないか。言葉でしか創れない世界……なぜ飛んだか、なぜとべたかの説明を、小説の外の世界から借りてくる必要なんかぜんぜんないと思う11)。

---

11)　小林恭二のインタビュー「御破算の文学」(『死に急ぐ鯨たち』新潮社、一九八六、所収)一四九～一五〇頁。

　いま小説『飛ぶ男』の「飛ぶ」というモチーフの問題を考えている立場から
この発言をみた場合、注目されるのが「小説の場合……」以下の言説だろ
う。というのは、この安部公房の言説こそ、リアリズムと「ファンタジー」
(たとえば「空中遊泳」など)の関係を止揚させた発言とみなせるからだ。とり
わけ、「小説の場合、言葉の構造として確かな手触りが成り立てば、それは
現実と等価な世界なんじゃないか」という言葉は「仮説的リアリズム」の敷衍
と考えられるが、それは、本章でしばしばもちいてきた、文学言説の内部に
おける実在知覚(リアリズム)という概念を語ったものとみてよかろう。

　公房によれば、言葉でしか創れない世界、なぜ飛んだか、「なぜとべたか
の説明を、小説の外の世界から借りてくる必要なんかぜんぜんない」という
発言は、「ファンタジー」(「非現実的は変形物」、強いては非科学的な現象
としての超能力)といった非リアリズムも文学言説の内部において実在知覚
(リアリズム)に転化する、という確信の表明であった。これがこの言説で公
房が語りたかったことだろう。

　しかも右の言説も、さらにはさきほどの「ものすごく空想的だけど猛烈に
リアル」という言葉も、公房の並々ならぬ自信をのぞかせている。その背景
には、本章の冒頭の「余白を語る」というインタビュー記事が伝えるよう
に、『スプーン曲げの少年』(実は『飛ぶ男』)の「飛ぶ」というモチーフが文学
言説の内部で実在知覚(リアリズム)を獲得した、という実践の手ごたえを
感じたことが指摘できるだろう。公房は遺稿作においても、前衛的文学者
という位置を守りぬいたのだった。

　『飛ぶ男』に描写される人間が空を「飛ぶ」というモチーフが、他の作品の
「飛ぶ」シーンといかに異なっているのかは、すでに『さまざまな父』と比較す
るかたちで引用しておいたが、ここでその叙述の特徴を分析するために、あ
らためて引用してみよう。

　　ある夏の朝、たぶん四時五分ごろ、氷雨本町二丁目四番地の上

空を人間そっくりの物体が南西方向に滑走していった。月明かりを背に
した輪郭から判断したところでは、フイルム会社が宣伝用に飛ばしてい
る新型の気球らしくもある。(中略)どう見ても意志を持った自力走行で
ある。知らないうちに完全に透明なハングライダーが発明されたのかな？
だとしても、電線すれすれの水平飛行は危険すぎる。あれほどの低速で
しかも正確な直線飛行は、ヘリコプター以外にはありえない。(中略)も
しかすると、うっかりベッドから漂い出した夢遊病者かな？そのつもりで
見ると、裸足だし、着衣は洗い晒した細縞のパジャマ風で、とても外出
着とは思えない。(中略)どうやら≪飛ぶ男≫の出現に立ち会ってしまっ
たようである。(三～四頁)

　この描写の特徴は、まず事件が起こった(1)時間の厳密な設定、(2)場所
の特定の現実性が指摘できる。その次には、(3)事件を目撃する視点は全知
の語り手ではなく、限定の語り手であること、この視点は次の場面に登場
する三人の目撃者の誰かの視点に同化していることをうかがわせる。さらに
(4)限定の語り手によって、空を飛ぶ「物体」は新型の「気球」「透明なハング
ライダー」「ヘリコプター」といった科学的な常識をはさみ込みながら、識別
をすることが試みられ、最後に(5)「夢遊病者」のイメージとその「遊」という
字の連想から、やっと人間が空を「飛ぶ」という非リアリズムの現象にたど
り着く、という構成になっている。
　とりわけ、(1)(2)の小説の時空間の厳密化と現実感、(3)の限定の語り手
(一個の人間の眼の限りの語り)、(4)科学的な常識による識別(判断)といっ
たさまざまな装置によって、現実的な時空間とその内部の人間の限界のあ
る識別力が、いかにも現実的で日常的なリアルさを布置する。言語の氾濫
によって作られている世界、緻密に科学的な描写による世界は、まるで現
実のどこかにあるような感じを受ける。つまり、安部公房の言語表現に
よってリアリティを感じさせるのである。そうした装置の布置される時空間
と、ふつうの人間の存在といった厳密なリアリズム描写からはまったくファ

ンタジー性は感じられない。言い換えれば、そのきわめてリアリスティック
な時空間には、ファンタジー的な要素の介入はまったくないということだ。

　そのような時空間に「夢遊病者」の行動パターンという疑似科学と、「遊」
→「浮遊」という言葉の連想イメージとを媒介にして非リアリズム的な「飛ぶ
男」を登場させる。公房の構想からすれば、このような文学言説、換言すれ
ば、精密でリアリスティックに構築された時空間の内部に非リアリスティッ
クな現象が入り込んでくれば、読むという能動的な行為からいって、読者
がその小説言語の内部にとどまる限り、その内部の現象は仮構性を薄め、
実在知覚(リアリズム)に転化する、と公房は考えたのではなかろうか。この
ような構造をまさに安部公房の言う「仮説的リアリズム」であろう。

　この「仮説的リアリズム」、すなわち本論の筆者のいう、文学言説の内部
における実在知覚(リアリズム)の獲得といった構造を支える論理はなんであ
ろうか。意外に聞こえるかもしれないが、それはコンピューターのソフト技
術と映像処理技術が総合化されることで、新システム技術として開発され
たバーチャルリアリティ(仮想現実)だといえる。バーチャルリアリティとい
うのは、

1. 二次元の映像画面に三次元空間を創り出したこと。
2. その三次元空間には、システム操縦者が入り込め、その空間の内部の
　小道具に触れたり動かしたりすることができること(空間知覚)。した
　がって、システム操縦者の意図によって三次元空間はいくらでも変換
　が可能となる空間となる。ゲームにこのバーチャルリアリティが応用で
　きるのはこの原理があるからだ。
3. その三次元空間はその内部に現実の日常的な小道具を配置することが
　できること。むしろ、その小道具がリアルであればあるほど、現実的で
　日常的なリアル感覚に限りなく接近することができる。

という概念モデルで説明できよう。そうすると、『飛ぶ男』の小説言語、す

なわち緻密な言語で作られた小説空間がバーチャルリアリティ(仮想現実)になるのではなかろうか。なぜならば公房には、『飛ぶ男』という小説の構造と言説を、右にあげたバーチャルリアリティの概念モデルの、それぞれ2と3に相当させようとする意図がみとめられるからだ。すなわち、まず前節で、この小説の構造として指摘しておいた二重の視点と小物語の連鎖が2の概念モデルに当たろう。というのは、全知の語り手から焦点化される人物の視線(限定の語り手)へという移動に沿って、読者は小説の時空間にみちびき入れられるのであり、そして焦点化される人物であるとともに、視点人物(目撃者)化された作中人物をとおして、自己の操縦によって物語の変換を疑似体験できることになるからだ。たとえば、さきほど引用した人間が空を「飛ぶ」シーンで、限定の語り手が空を飛ぶ「物体」を、あるいは「気球」、あるいは「グライダー」、あるいは「ヘリコプター」、そしてやがて「夢遊病者」と識別するというのは、この物語の変換とアナロジーの関係になろう。その物語の変換によって読者は小説言語が作る時空間にひきこまれることにもなる。

4. 装置としての小道具—小説内の空間と現実の空間

　次に第二として、3の概念によれば、バーチャルリアリティはその空間内部に現実の日常的な(身の回りの)小道具を配置することで、その空間は現実のリアルさに限りなく接近することができるとされるが、この概念モデルに当たるのが、この小説では<装置としての小道具>の緻密というべきか、あるいは精密ともいうべき描写と配置だろう。
　『飛ぶ男』のなかには、さまざまな小道具が出てくる。それも異常なほどに精密な描写をともなってである。その典型が第七章「繭の内側」に出てくる

保根の部屋の内部の描写であろう。その典型をとおして『飛ぶ男』の創作の
秘密に迫ってみよう。たとえば、小文字並子が保根の部屋を訪ねてきて、
「飛ぶ男」がどこかに隠れているのではないかと思い込み、家中を探し回って
いる場面(保根の部屋の室内装飾品)には、次のような小道具描写が精密に
ほどこされている。

　　　　　　　珍しいガラス瓶。錆びがけた工具類。特大の鋲、三個。イカ船用
　　の大型電球(使用可能かどうかは不明)。頭に栓がついた招き猫(焼酎の
　　瓶？)。虹色に染め分けた毛ばたき、埃にまみれ、弦が切れたままのアー
　　チェリー。崩壊寸前のルービック・キューブ。等々……それに簡単に廃
　　品と言い切ってしまえない物もある。たとえば、自転車のベル、何十個
　　も積み上げられているのは、盗品の証拠だろう。高圧線用の大型碍子、
　　売り物ではありえないし、工事場から無断借用してきたとしか考えられ
　　ない新品だ。解体された何台分もの自動車エンジンの部品。奇怪に入り
　　組んだ、精密機械梱包用の発砲スチロールを積み上げたコーナー。新聞
　　かテレビかで報道されたことがある、アメリカで大流行らしい怪物の仮
　　面数個。トイレット・ペーパーの芯、たぶん五十本以上はありそうだ。
　　実物そっくりに作られた、蛇や鼠など小動物のコレクション。(一一一〜
　　一一二頁)

　この保根の部屋の奥の八畳間の装飾品の列挙と細密描写は、前節で言
及したバーチャルリアリティの概念モデルの３に当たるもので、現実の日常
的な事物の描写が正確で精密であればあるほど、この小説言語による保根
の部屋の内部(本来は仮構の世界であるはずのもの)が「仮想現実」として知
覚されることになる。公房はあたかもバーチャルリアリティを知っていたか
のようだ。部屋の内部の描写はまだ続いている。

　　　　　　　押し入れの板戸の開閉を邪魔しているのは、大型の硬化プラス
　　チック製ケースである。鮮やかな黄色、たぶんプロテックスのカメラバッ

　　グだ。そこから板戸に添って、大小のカメラバックが横並びに並んでい
　　る。黒の中型が本皮らしい、小型のアルミケース、赤皮で縁取りした帆
　　布製のショルダーバック、それらの上に雑然と並べられた一眼レフ四
　　台、それぞれ違ったレンズが付けられている。他に6×6の二眼レフ、コ
　　ンパクト・カメラ、三脚などが勝手放題の姿勢をとり、全体がうっすら
　　と埃にまぶされている。(一一四)

　他に、撮影用の小型照明器具一切と簡易暗室、そのなかには、小型引
き伸ばし機、四つ切り用現像バット、暗室ランプ、夜光時計、ビーカーに撹
拌棒、大小の着色ポリ容器に流し場がわりポリバケツなどが並べてある。
　どうやら保根は写真のマニアらしい。案の定、部屋の壁に眼をやると、

　　　　　壁の隙間を埋めているミニ作品群。さっきから気にはなっていた
　　が、廃品回収業者の仕事場の盆栽みたいなこの混乱のなかでは、黴か雨
　　漏りなみの影の薄さだった。壁の大半は床から這い上がった廃物に覆わ
　　れ、その余白が作品の展示場になっているのだ。(中略)ヌード写真は一
　　枚もない。ほっとした。あるのはスクラップの山、煉瓦状にプレスされた
　　アルミ缶の細部、火事で炭化した家具つきの部屋、積み上げられた使い
　　捨ての注射器、夜明けの繁華街で鼠のはらわたを引きずり出している
　　鼠、犬の糞のかなでうごめいている銀蝿の蛆、雑草の間で雨にうたれて
　　縮緬皺になっているポルノ雑誌……(一二〇～一二一頁)

とあるように、スナップ写真が一面にはられている。この描写は、「さっき
から気にはなっていたが」とか、「ほっとした」という言葉から、部屋のなか
に入った小文字並子の視線がとらえたものだ。全知の語り手が登場人物の
限定の語り手に移動しているのだが、ただ、注意すべきなのは、その視線が
とらえる描写はとても人間の眼とは思えないことだ。それはあたかもカメラ
・アイそのものだ。壁にはられたすべての写真が描写されているという印象
がある。ここでもバーチャルリアリティの仮想現実空間を想起すべきだろ

う。システムの操縦者は人間だが、その空間は実は映像(カメラ・アイ)そのものなのだ。操縦者の限定的な視覚は、全知の語り手的な三次元の映像空間の精密さに錯覚させられることで、空間を<仮想現実>と知覚するわけだ。

　読者は、視点の移動に沿って限定化された小文字並子の視線に自身の視線を重ねようとする。しかし、その一方で、人間の視覚能力をはるかに超えた室内のあらゆる精密な小道具の描写が氾濫している。公房がまさにいう「氾濫する言語」である。このような二重の語り手の交錯による視線の錯覚をとおして仮構の世界を現実のリアルな世界として知覚させようとする。この仕掛け(装置)が文学言説の内部における実在知覚(リアリティ)、すなわち「仮説的リアリズム」の実践の一例であるとみてよかろう。

　そんな部屋のなかに奇妙な装飾品がある。等身大の骨格模型である。

　　　　半開きのドアのせいで、陰になっていた背後の壁際。みぞおちに膝蹴りなみの衝撃。人間の骸骨が三体、泰西名画を思わせるホーズで立っている。これも廃品の一種だと言えばそれまでだが、廃品のなかの廃品、さすがに王者の貫禄。
　　　「本物かと思った」
　　　「よく出来ているよね、イギリス製なんだ。ただの紙細工だけど、本物そっくりだろ、ちゃんとした医学生用の教材なんだってさ。組み立てながら、感心したな、本物の骨も材料は出来るだけ薄くして……軽いほうが何かと有利だろ……構造で堅牢さを確保しているんだ」(一二五頁)

　会話はやはり保根と小文字並子。この骨格模型が最初に出てくるのは[レポート]のなかで、その作品では「スプーン曲げ少年」の部屋に飾ってあったが、『スプーン曲げの少年』以後は「保根(ほね)」の部屋に飾ってある。したがって、「保根」という名前は、この骨格の模型から連想されたものだということについてはすでに言及しておいた。

　バーチャルリアリティという仮想現実空間が成り立つのは、現実的で日常的な小道具という装置にあることもすでに言及した。それゆえ、装置としての小道具そのものは、まるでカメラ・アイがとらえるように、もっともリアルでなければならない。その概念モデルからすれば、保根の部屋の内部の装飾品描写も仮構の世界といいながら、もっともリアルであるべきだ。公房はおそらくそう考えたのではないか。そうとすれば、この仮構の世界には現実のモデルがあって、それを緻密に描写したはずだ。

　安部公房の箱根の家に入ると、広いリビングがあって、天井にはイカ釣り船の大型電球とトイレットペーパーの芯のオブジェがぶら下がっている12)。リビングには大きなテーブルが置かれていて、その上には高圧線用の大型碍子をはじめ、鉄製のフィルム入れ、文房具や工具類などが置いてある。そのテーブルの下には脚つきのチェス盤と駒が据えられている。大きな木で彫って作られた入れ物には恐竜のミニコレクションが入っている。リビングの左の壁には、アーチェリーと矢入れ、仮面が飾ってある。右の壁の方には箪笥が置かれていて、その中には、珍しいガラス瓶類とお酒が並んでいる。さらに、その中にはいままで全世界で翻訳された安部公房の作品が重ねて置いてある。この箪笥と直角に鉄製の組み合わせ本棚があって、そのなかには、彼が晩年興味を惹かれて作曲まで行ったシンセサイザーの一切が置かれている。

　そしてその室内の装飾品に眼をやると、『飛ぶ男』に描写されたのとほとんど同じような不思議な小物が置かれていて、リビングというよりも、まるで奇妙なかたちをした実験器具などがたくさん並ぶ研究室のように謎めいている。リビングを抜けるとベッドの置かれた書斎がある。その書斎の入口には骨格模型が吊るされている。安部公房の箱根の家にある骨格模型は二体で、一つはこの書斎の入口に立っているが、もう一つは、書斎に飾って

---

12) 一九九七年一月三一日、安部ねり氏に同行して、公房の箱根の家を取材。

ある。この模型も安部公房の手による組立てであるという。この書斎の入口の戸の開閉を邪魔しているのが、大型の硬化プラスチック製の黒いケース、カメラバッグだ。

安部ねり氏によれば、

> できるだけ、そのまま残しています。『飛ぶ男』を読み直すと、この部屋が書かれていて、ゴミでさえ片づけてしまったことを後悔しています[13]。

ということで、その箱根の室内は父公房の生前のままに残されていることがわかる。したがって、安部公房の身の回りにある室内装飾品がそのまま小説の空間を飾っているということになる。このことは、作家が、現実世界と想像力による創作世界を近接したもの、あるいは同一次元において考えていたということを物語っている。このように、現実の空間がそのまま小説の空間になっているということの最大の効果は、バーチャルリアリティの空間知覚をより確かなものとさせているとみてよかろう。少なくとも安部公房はそう考えたはずだ。

いわば、この作家による自室の室内デッサン、それも細密なデッサンと見える場面も、安部公房の創作世界の一つの変容として考えたほうがよく、そのデッサンがおのずと創作世界に重なっていくことで、現実と仮構世界が小説言語のなかで同化させるのも、公房の文学言説の内部において非リアリズム的な超常現象を実在知覚へと変容させようとする戦略だったといってよかろう。

13）「作家の本棚・安部公房」（『ダ・ヴィンチ』一九九七年七月）一二二頁。

5.〈安部公房的なるもの〉のよみがえり

5.1　〈だめ親父〉造型—「飛ぶ男」と父親の関係をめぐって

　しばしば安部公房の小説に描かれる家族というものは、父子、あるいは母子だけの場合が多い。どちらかの片親が欠けているのだ。しかし、母子の関係をとおして筋立を展開するといった物語はあまり見えない。それに対して、子供のいない夫婦、あるいは、一人暮らしの独身男性が設定される場合は多く、都市の変貌にふさわしい、新しいといえば新しい家族のタイプがよく描かれる。

　父親の登場は初期の短編小説にもよく見えるのだが、そのシチュエーションは父親と、視点人物と焦点化される人物を兼ねる「ぼく」との父子関係である。小説に登場する父親はおおむね〈だめ親父〉ばかりである。たとえば、『壁・Sカルマ氏の犯罪』に出てくる〈都市〉のパパであるコルバン教授は、「ぼく」の胸中の壁を調査するために「ぼく」の胸を切り裂こうとする非情な科学者として造型されている。また〈田舎〉のパパは、「ぼく」が窮状に陥っても、なんとか理由をつけて「ぼく」を受け入れて助けようともしない。この父親も父性愛に欠ける非情な父という造型とみなせよう。このような父子関係の設定の背景にあるものは、父性がもつべき権威と包擁力の欠如による〈父なるもの〉の喪失であろう。そしてそれにともなう家族の崩壊である。

　テキストの変貌をたどってくると、「スプーン曲げ少年」の父親の正体がより明らかに現れているテキストが『飛ぶ男』である。『飛ぶ男』に出てくる父親は、超能力をもつ息子を利用して金儲けをしようと企んでいる。そんな父親から逃れた息子(「飛ぶ男」)は保根を頼ろうとして、空を飛んで保根の部屋に電話をかけてくるというのが、『飛ぶ男』のプロットの発端であった。

保根と少年とは異腹兄弟の関係とされる。その関係の設定は、『スプーン曲げの少年』以来変わらない。ただ、少年が保根に電話をかけてきた理由がより具体的に語られるというのが『飛ぶ男』のテキストである。その理由は、もう言ってしまったように、父親からの脱出であった。

「保根先生のお宅でしょう？助けてほしいんです」
「助けるって、何を？」
「追われているんだ」
「誰から？」
「親父ですよ、決まっているでしょう」(中略)
「親父って、誰の？」
「だから言ったでしょう、ぼくら、腹違いの兄弟だって。あいつ、ぼくを見せ物にして稼ぐつもりなんだ」
「君、いくつ？」
「二十二……」(中略)
「知らないんですか、親父が棺桶くぐりの常習犯だったこと……」

(一二～一四頁)

　父親が「棺桶くぐりの常習犯」というのは、常日頃からかならず葬儀屋と親しくなっていて、借金とかで追われるような場合、死んだと称して偽葬儀をやる。そこで借金取りをあきらめさせると、こっそり棺桶から抜け出す者のことだ。その父親の造型については、［レポート］から『スプーン曲げの少年』に至るまでは、その素性にふれられることはなかったが、この『飛ぶ男』になって、それが詳しく語られるようになっている。

　それによると、そんな借金取りに追い回される父親だが、もともとは二十五年前まで、ある特許事務所に弁理士として勤め、信用第一の堅い人物とみなされていた。ところがいまは、詐欺師になりさがっている。同居中の女は三四歳、他にも元女房が二人、「スプーン曲げ少年」の義理の妹が一人、弟が一人いる。少年は二歳と四カ月で、この父親におふくろともども放り出されてしまった経歴をもっている。それが二十年ぶりに母子の前にひょっこり姿を現して、少年の超能力を出しにして金儲けをしようと企むことになる。そしていまでは、岬町の弘法温泉の駅前の『わさび』芸能社の社長と称している。そんな詐欺師の父親の魂胆を察知して、少年は嫌気をおぼえ、父親から脱出を計ったのだ。少年の眼からすると、父親は「親父の馬鹿」というほかない人物だった。金儲けのためならどんな突飛なことでもやりかねない人物だからだ。

　　　・「ぼくはそのつもりだけど、でも親父のやつは、もっと深刻な受けとめかたをしているらしいんだ。あいつ、ぼくのこと、本物の超能力者だって言い張るんですよ」(一八頁)
　　　・「親父の馬鹿、ぼくのことを神様って呼ぶんだ。たまらないよ」
　　　　　　　　　　　　　　　　　　　　　　　　　　　　　　　(中略)
　　　「親父の珍獣大捕獲作戦が始まっているんですよ。ぼくが知っているだけで、追っ手は三人、そのなかの一人はプロの私立探偵らしいんだ」(四二～四三頁)

　「珍獣大捕獲作戦」も、「珍獣」という以上、父親からすれば、超能力者が本当にいると信じてのことで真剣なのだ。ところで、少年は手を使わずに念力だけでスプーンを曲げる超能力を持っているし、現に作品の冒頭では空を飛んで保根のところにやって来た。でも少年は自分の持っている超能力に少年らしいおびえと気はずかしさを感じている。だから、それをことさらに見せ物にされることには抵抗も感じている。そのいかにも少年らしい気持ちから、そんなものはトリックにすぎないと保根に向かってさえ訴え、本当のことは隠している。初対面の保根にも警戒心を抱いているのかもしれない、ところが、父親は少年の超能力は本物だと言い張り、みんなに信じてもらいたがる。父親の言うとおり、少年の超能力は本物なのだ。しかし少

年にしてみれば、本物の超能力少年の出現ということを利用して父親が金
儲けをしようと思っていることに、大人のいかにもいやらしい姿を見せつけ
られて、父親に対する純真な心は深く傷つけられている。だから少年は、父
親を「あいつ」と呼んで、ことさらに距離を置こうとする。嫌悪感が少年に
本当の姿を隠させているとみてよかろう。

　このような父親と少年の関係の設定は、すでに［レポート］にも見えて
いたが、『飛ぶ男』には父親の魂胆がより明確に表されている。

　　　「親父にはぼくが、金の卵を産むニワトリに見えるらしい。でも、
　　ぼくにそんな実用価値があると思う？せいぜい見せ物だろ？もちろん一
　　躍、話題の人物にはなれるかもしれない。しかし所詮は山師あつかいさ
　　れるのが落ちなんじゃないか？そして行き着く先は霊感治療師、信者が
　　増えれば新興宗教の教祖様……」(六九頁)

　父親は少年の「スプーン曲げ」の能力と「飛ぶ」という超能力をみて商売に
なると思ったにちがいない。たとえ少年の超能力がトリックであったとして
も、超能力者に仕立てあげれば、やがて「新興宗教の教祖様」ともくろむ父
親の姿は、当時の社会の現象を映し出してもいる。

　現代社会が複雑になるにつれて、その輪郭は曖昧になる。しかも社会の
変化が急激になっている。そんな社会に生きる民衆にとっては将来が不透
明になり、漠然とした不安感が広がる。そんな現代社会の民衆心理にとっ
て、〈超常的なもの〉を体験する人物の出現は待望されるものだった。いわ
ゆる「奇跡願望」はこのような社会が生んだ民衆心理だった。そのような人
物は将来を適確に見とおすことができ、複雑な社会のなかで自己の存在性
が曖昧になっている民衆に、怪奇なコスモロジーを背景にしながら、確固と
した存在観と、社会においてやらなければならない役割を与える。そんな人
物に民衆は惹かれた。次の「創作メモ」の一節は、このような社会の民衆心
理を背景にしたプロットの断片だ。

　　130新興宗教≪Ωの会≫の役員たちは、ぼくを教祖だと信じ込んでい
る。ぼくの逃亡でさえ、彼らにとっての試練だと思い込んでいる始末
だ。そこで親父を探偵にやとって、ぼくを追跡させているわけだ。

（「創作メモ」①）

　ある意味で、父親はそのような不安な社会のなかの民衆心理を直観し
て、少年を利用しようとしたわけだ。もちろん少年を裏で操縦するのは父親
だ。民衆の心理につけこんで金儲けできるならば、トリックだろうとかまわ
ない。このような<だめ親父>の造型はどこから来たのだろうか。

　そのためにも、『壁―Ｓ・カルマ氏の犯罪―』に出てくる父親像にうかがえ
る<父なるもの>の喪失にもう一度ふれねばならない。すなわち、その<父な
るもの>の喪失という不信のモチーフには、実は「戦時中」に「反抗」できな
かった「弱虫」な父親たちに対する「復讐」がこめられていた。

　作品に登場する父親像のイメージには安部公房の脳裏に刻み込まれた満
州での体験が重ね合わされていたにちがいない。かつて日本の植民地だった
満州。華やかだった植民地での生活も、敗戦とともにその崩壊が安部公房
の家族にも訪れた。小学校の時代、日本の教師―それは父親的存在でも
あったろう―によって五族協和の理念を信じ込まされていた少年公房は、
引揚げ後、戦争によって破壊され荒廃した「日本」の現実を見て、この姿が
父親たちが信じて建設しようとした国家なのだろうか、父親たちが教え込
もうとした理想なのだろうか、と強い不信をおぼえるようになった。

　満州体験と敗戦後の光景を眼の当たりにして、彼の内部で「国家」と<父
なるもの>とがむすびつき、それまでの父親像は解体していったのではなか
ろうか。それが、初期の短編小説のなかでは、人間に<罪>あるいは<悪>
という観念を結びつけて登場させる背景だった。公房にとっての父親は、
いわば負の存在として登場する。そのような初期のイメージは一貫して保存
され、その遺稿作においても、<父親>の造型は<だめ親父>として登場し
ていると思われる。

5.2 再生する女性—小文字並子

『スプーン曲げの少年』は最後の個所まで、女性(穴子)を焦点化される人物としての物語を予告しながら、結局その物語は全貌を現さぬまま物語は中断されてしまった。

安部公房は女性を主要人物とする作品をあまり書かなかった。女性が主人公として扱われる作品として、わずかに『砂の女』が挙げられるだけだ。ただいくつかの作品の個々の場面についていえば、描写は少ないながらも、女性がその場面の意味にとって重要な存在となるような場合は見られる。その代表的な例が『燃えつきた地図』の「波瑠」だろう。それでも「波瑠」については主人公の妻で、主人公の探偵の性的欲望を象徴する人物として登場するだけで、その素性は語られることはない。これが公房文学に登場する女性の造型をつらぬく特徴だとみとめられる。

しかも、この数少ない女性の描写も物語が展開するにつれて、その叙述は減っていき、ついには消滅してしまう。たとえば、『砂の女』の「砂の女」は物語の最後には子宮外妊娠ということで村人たちに運ばれて物語の外部へと出ていく。また『他人の顔』の「ぼく」の妻は、最後には手紙を残して「ぼく」のそばを離れて失踪してしまう。『密会』では、妻はすでに失踪しているという設定から物語は始まる。このような女性の設定は、女性にある特定の価値とか、表象、あるいは一つのイメージを押しつけているために、その記号化された造型が、それを逸脱するような筋立の展開が予想されるとき、どうしても彼女たちを物語から消滅させねばならなかったのだろう。

ところが、『飛ぶ男』に登場する女性、小文字並子についてはこれまでの作品の女性造型とは異なっている。その異なる点の一つはこの女性の素性が語られていることだ。この女性はかつてある泡沫制約会社に勤め、その会社が株価の操作で大儲けした後に倒産した時、庶務課長とともに失踪した過去を持っている人物である。つまり、一度、失踪した女性を再登場させている。

　<失踪>ということは安部公房にとって重要なテーマだった。したがって、このテーマを扱う作品においては<失踪>によってストーリーは完結し、しめくくられる。ところが、この作品では<失踪>からよみがえってきた女性をふたたび登場させている。これはどういうことだろうか。そのような設定をした小文字並子の造型には、おそらくこれまでのテーマを超えようとする公房の抱負があったと推測される。そのためだろうか、本節の冒頭でふれたように、この女性を焦点化する物語の構想があった。しかし、公房の死とともに、文字どおり、その物語は消滅してしまった。だが、その物語の断片ともいうべきエピソードが、幸いにも、テキストに見られる。そのエピソードでは全知視点から彼女の限定視点に移っていることがわかるのだが、それについては、彼女の素性紹介のあとで考察することにしよう。

　あらためて小文字並子の素性に戻ろう。彼女はいまは、市の醸造業者が金を出しあって運営している「発酵化学研究所」の研究員を五年以上勤めているキャリアウーマンである。彼女の名前が小文字並子であるところから、綽名は「英和辞典」と呼ばれている。その名前と綽名は以下に見るように、彼女の造型にかかわる記号であった。すなわち彼女は、早口の専門英語を聞き分け、とっさに情報としての価値を判別し、速記用のワープロに打ち込む能力を持っている。一方、二度の失恋と離婚を体験している女性でもある。そのためか、彼女にとっては、周辺に出没する男性はすべて、独身の自分を狙う暴行魔の気配を帯びた者だけだと思い込んでいる。

　「飛ぶ男」を目撃した者は三人いた。その中の一人が彼女であった。彼女は、信じられない光景を眼にして、その驚きとさきほどに思い込みから発作的に空気銃で狙撃してしまった。狙撃者の過剰反応にはそれなりの理由があった。その素性の紹介でふれたように、運の悪い男性遍歴のあげく重度の男性不信に陥っていたこの二十九歳の独身女性は、界隈に出没する暴行魔の噂を耳にして以来、次の犠牲者は自分だと思い込んでしまって、そのために、とっさに狙撃したのだった。しかし、彼女自身は決してそうは思っていない。

> 　　　　空気銃による狙撃だって、追い払おうとか、傷つけようとかいうつもりはまったくなかった。空を飛べるほどの特別な人間が、空気銃の弾くらいで傷ついたりするわけがないじゃないか。ただせっかくの獲物を取り逃がしたくなかっただけである。彼女は恋を射止めたのだ。愛の狩り人……その言葉に思いいたった瞬間、登場人物になって物語のなかに彷徨い出ていくことになる。(四九頁)

　彼女の思い込みによれば、「獲物を取り逃したくない」という衝動が起こって、空気銃を発射したというのだ。それというのも、「飛ぶ男」を見て、瞬時に愛にめざめたからだと主張する。「飛ぶ男」は全身に月の粉を纏い、銀色に透きとおって見えた。おまけにパジャマ姿だったので、並子はそのファンタスティックな姿を見た瞬間、愛情がわいてきたと感じたのだという。しかし、「その言葉に思いいたった瞬間、登場人物になって物語のなかに彷徨い出ていくことになる」というのは、全知視点の解釈だ。並子の思い込み(限定視点)と全知視点の解釈のズレがそこにはみられる。全知視点は彼女の思い込みとは距離を置いていることがみてとれよう。こうして全知視点は、彼女が「登場人物になって物語のなかに彷徨い出ていく」と前置した上で、彼女を焦点化する物語がはじまることを予告する。

　彼女の言葉はファンタジーの世界を構築するかのようだ。それゆえに全知視点がいう「物語」とは、ファンタジーそのものを指すのだろう。全知視点によれば、彼女はファンタジーの世界をみずからの言説で構築し、そのなかの主人公となっていくという。当然、彼女自身が悪魔に魅いられた薄幸の王女だろう。そして「飛ぶ男」はそんな彼女を救い出しに来た美貌の王子様だ。

　とすれば、推測される小文字並子の物語とは、これまで論述してきた、文学言説の内部における実在知覚の実践ということになろう。その物語にとっては彼女は焦点化される人物であるとともに、視点人物とならねばならない。彼女の語る言葉が彼女の思い込みによる以上、他者の誰もがそのなかに入ることができないからだ。それが第三節で推測しておいた物語の構造(小物語の連鎖と視点)を逆に証明することにもなろう。まさに彼女はバーチャルリアリティ(仮想現実)のなかに生きる人物となる。全知視点とのズレは、その小物語の構築を予告してくれる。

　空気銃に打たれた「飛ぶ男」は、まるで墜落するかのように、隣室に住んでいる保根の部屋に突進していくではないか。並子は「飛ぶ男」を捕獲したのは自分であり、少なくとも逃走能力をはばんだのは自分だから、自分には彼を保護する権利があるはずだと思い込み、保根の部屋を訪ねる。

　その時、保根の部屋では、保根による「飛ぶ男」の傷の手当が終わって、「飛ぶ男」のスプーン曲げの実演があったあとだった。小文字並子の訪れを父親と勘違いして、「飛ぶ男」はあわててまた窓から飛び去った。並子の登場以来、全知視点が並子の限定視点に移っていることはすでにふれた。こうして彼女を焦点化とする物語は彼女の視線によって語られることになる。

　　「≪マリ・ジャンプ≫か……」三〇度ちかくずれてしまった眼鏡をなおしながら、「もちろん芸名だろうけど、芸名にしても、変な名前。≪スプーン曲げ≫はいくらなんでも謙虚すぎるな。カムフラージュだろうか？だって、空を飛べるんじゃない。機械を使わずに飛ぶのは、人類最大の不可能であり、夢なんだって。フロイドの言葉だっけ？修験道なんかでも、最終目標は天狗だったらしいじゃない。高野山のえらい坊さんが、一週間の絶食苦行で、空中浮遊に挑戦したの、見た？テレビで中継したんじゃない。でも駄目だったみたい。それが楽々できるなんて、ネッシ以上の驚異よ。この目で見たんだから絶対だな。あれ、すごい超能力だと思う」(一〇〇～一〇一頁)

　この長い心中思惟は小文字並子のそれだ。彼女はすっかり超能力者「飛ぶ男」に魅了されてしまっている。人間がなんの道具もなしに、空を飛ぶという人類最大の夢をかなえるほどの人物なら、ただ者ではないと信じ込んだ彼女は、すっかり「飛ぶ男」に夢中になっている。それは、「この目で見た」から疑う余地のないことだ。このような、彼女の「飛ぶ男」への思い込みから推測できるのは、どんなかたちでも「飛ぶ男」とは最後までかかわりをもとうとする決意だろう。繰り返していえば、そこに小文字並子を焦点化される人物であるとともに、視点人物ともする構想があったとみられる。

　しかし、それも未完のまま中断された。それでもこの女性の造型に、従来の女性とは大きく逸脱する気配が見えるのは、女性に対する公房の見方が大きく変貌したことによるものだったということは少なくともいえよう。おそらくもはや書かれることのない構想のなかで、小文字並子は「飛ぶ男」の存在とのかかわりのなかで大きく変貌していくのではなかろうか。しかし、それはあくまでも推測にすぎないという言葉でとどまらざるをえないことが本論の筆者には残念に思われてならない。

6. むすび—安部公房のメッセージ

　『飛ぶ男』は、晩年の安部公房の心をとらえていた構想と主題を読みとることができるテキストだろう。『飛ぶ男』は「ある夏の朝」と書き出されるように、自己の書斎に閉じこもって机に向かう安部公房という作家の頭のなかで繰り返し演じられる想像のドラマのリプレーなのだ。作家の頭のなかで演じられる想像のドラマというのは作家である彼が経験する私的な出来事であるとすれば、その言語表現を媒介にした作品世界は、誰もが経験できる空間かもしれない。その空間こそバーチャルリアリティであろう。安部公房は緻密な言語でもって現実を語られる反転させる世界をバーチャルリアリティとして実現しようとした。

　彼がバーチャルリアリティを構想し、その空間のなかで「飛ぶ」という超能力を小説言語によって表現しようとしたのは偶然ではない。もしも超能力が実在するならば、それを眼にする人間の内部にどのようなことが起こるか。このように仮説することから、この小説は始まっている。いまも現実を突き抜ける現象の出現をめぐる人々の当惑と期待、そのようなことを問題視しようとしていることがわかる。「奇跡願望」と「破滅願望」とという主題は、超能力を眼の当たりにしたいと思っている人間の心の動きとしてとらえられている。

　この超能力にあこがれる気持ちを安部公房は「認識限界」としてとらえているが、たしかに、超能力への願望は一種の「革命」であり、「認識限界」への挑戦でもあった。それはむしろ心の自由をもとめる人間精神のなせる認識の限界なのではないか。『飛ぶ男』における「飛ぶ」という超能力のモチーフは、SF的なものではなく、公房のリアリスティックな思想が産んだモチーフそのものだった。いや、このモチーフこそ公房の真の主題だったかもしれない。

　近代が産出した擬制共同体—たとえば、国家、都市など—から脱出して、人間にとっての真の「自由」を求めつづけた安部公房は、それを「飛ぶ」というモチーフに託して描こうとした。そのためにも、「飛ぶ」ということの原理から考察する必要があろう。飛ぶ物体には四つのエネルギーが作用している。それは揚力と推力、重力と抗力である。揚力は言葉の感じからしても、浮力と同じように重力に逆らって上に持ち「揚げる」力であり、推力は前に進もうとする力である。この揚力と推力のそれぞれの反作用のエネルギーは重力と抗力であり、抗力はうしろから引っ張るエネルギーである。物体が「飛ぶ」ためには、最も強いエネルギーの推力が必要とされる。このような「飛ぶ」原理から考えると、次のような図式が示せるだろう。

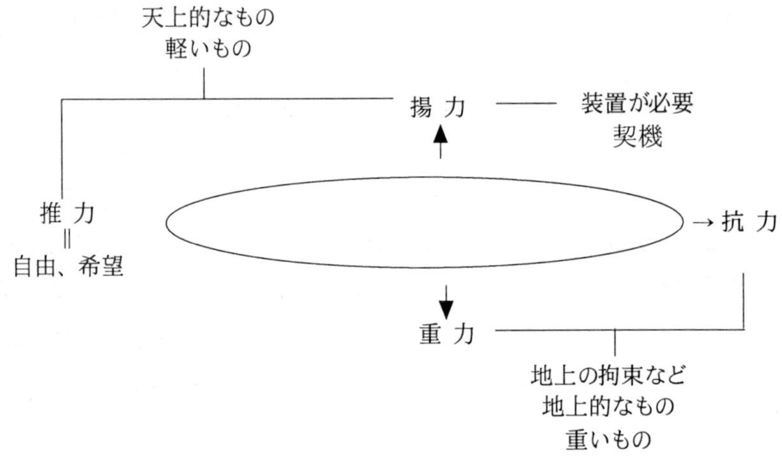

　まず、人間が「飛ぶ」ためには、地上のさまざまな制約から逃れようとする気持ちが強くなければならない。そしてその反動として、ある契機によって上昇志向の希望が湧いてくるようになるだろう。地上のさまざまな制約を＜地上的なもの＞とみると、個の自由というものは＜天上的なもの＞と見ることができよう[14]。この枠組みからも、安部公房がなぜ「飛ぶ」ことにこだわったのかを垣間見ることができる。

　あらゆる＜地上的なもの＞から脱出すること、そこに、安部公房の文学における重要なテーマの一つである「逃亡」や「逃走」、あるいは「自由」への強い渇望と結びつくことがあらためて実感できよう。超能力とバーチャルリアリティという組合せも、超能力人間がその空間のなかで＜地上的なもの＞から自由に行動できることが前提となる。この「飛ぶ」というモチーフをとおして公房は、人間が現実の時空間の制約から解放され、時間と空間を超えて、仮想現実空間に存在することを目指す、新しい人間存在のありようを描こうとしたといってよかろう。この「飛ぶ」というモチーフにこだわり続け

---

14) 注6同書。

た彼の精神からすると、はたして、安部公房はどこに行こうとしていたのだろうか。

　安部公房は『飛ぶ男』を完成したあと、「アメリカ論」を書く予定であった。さらには、晩年の一〇年間、関心を持ち続けた「クレオール言語」についても書こうとした。あるいは、この二つのテーマを『飛ぶ男』のなかで語ろうとしたのかもしれないが、残念なことに、『飛ぶ男』のなかにはそれは見えないままに終わっている。

結　章

1. 安部公房の原風景

　あらためて述べるまでもなく、私が安部公房に魅かれた最大の理由は、『砂の女』や『壁』などの作品がはしなくも具現化しているように、<異質的なるもの>を題材とする小説でありながら、その題材にかえって精神の自在さ、新鮮な感覚がみちあふれていたからである。そのため、それまでの日本の小説にありがちだった「身辺描き小説」が、そこには稀薄であった。メタモルフォーゼの不思議な世界が、現実にありそうな、そんな生々しさを感じた。これはなぜか、というそのときおぼえた疑問を手探りしながら、遺稿作『飛ぶ男』のテキスト変貌の過程をたどってみた。すると本論文の骨子が、見えてきたのである。それを一言でいえば、安部公房は常に時代の先端に立ち、常に現代に向かい合い、その現代社会ないし文化を見つめていたということである。

　本書では作家の生の軌跡、または時代の流れと作品創造との関係を重視するという立場から、あえて編年体的な配置をとった。序章で安部公房の数奇な経歴について少し述べた。そこでこの結章では、その数奇な経歴と安部公房の文学的基盤形成の関連について考察したい。

　満州事変、「満州国」建設、五族協和、王道楽土、満州開拓移民、ソビエト軍侵攻、そして日本の敗戦……。安部公房は、日本という共同体の文化伝統と切り離された異境の風土のなかで成長した。そのなかで、『世界文学全集』を耽読し、学校の昼休みに、級友を集めて自分が読んだ小説の話をし、好評を得たりした1)。昆虫採取と数学が好きだった少年の感性には、さらに「満州」の荒野、半砂漠、壁、黄土などが<異質なるもの>として屈折して投影されていたにちがいない。そして、日本人、中国人、朝鮮人など、騒音にみちた「満州」の異民族混在社会の原色の風景や、それぞれ異なる異民族の風習を垣間見ることができたにちがいない。これらの体験のすべてを内蔵した人間存在として、日本の敗戦とともに安部公房は、その土地から追放された。

　ところが、安部公房は、みずからの満洲体験を正面切って書こうとしなかった2)。それでも、安部公房の大部分の作品は、満州での体験を背景にしていることが読みとれる。近年、安部公房についての満州体験に対する関心が高まりつつあるが、そういう傾向が萌しているにもかかわらず、当該の研究はまだあまりに少ない。いくつかその理由をあげれば、まず第一に、安部公房自身が「人間は誰でも、外部の経歴のほかに、内部の経歴というものを持っている。そして大事なのは内部の経歴のほうだろう3)」と言うとおり、自分の満州体験(「外部の経歴」)に関してはあまり述べていないということが指摘できる。つまりこの自記が示唆するように、公房の満州体験の回顧談はほとんどない。それはまた、敗戦の混乱ゆえであろう。当時の満州瀋陽と少年公房にかかわるような資料がないという事情から、満州体験に関する伝記が作成されていない。それにまた公房は、直接に満州体験を題材にした作品は書かなかった、ということも理由にあげてもよかろう。第二に、そのような少ない資料から公房の満州体験についての研究をしてみても、それをどんなかたちで発展させればよいのか、という研究者の思いが強くある。つまり、そのような研究方法から見えてくるのは比較文学であろ

---

1) 「安部公房年譜」『新日本文学全集　福永武彦・安部公房』(集英社、一九六四)所収。
2) 安部公房の作品のなかで具体的に「満州」が出てくるのは、処女作『終りし道の標べに』と『けものたちは故郷をめざす』だけである。
3) 安部公房の年譜による(注1同書)。

うが、安部公房の比較文学ということになると、「ハイデッガー」とか「カフカ」といったヨーロッパ文学・思想との比較にいってしまいがちである。第三に、安部公房のいわゆる植民地体験を語ろうとすることは、日本人学者には限界があると思われる。というのは、ポストコロニアル文学に関する批評は加害者の側から論ずることには限界があるからだ。安部公房の文学は厳密にいえば、被害者文学であろう。安部公房は日本人の加害者でありながら被害者でもあったいえる。私が安部公房の文学を、ポストコロニアル文学理論に沿って語ろうとしたが、現在では資料不十分で、今後の課題にしたい。それにまた、ポストコロニアル研究がはたして文学研究なのかという問いも残る[4]。このようないくつかの理由によって、あまり研究されていないことは事実である。

　したがってこの結章では、安部公房の満州体験を彼の文学形成の基盤としてみて、そこから産まれた安部公房の文学の叙述方法を探りたい。作家の体験はどのようなかたちにしろ、作品に反映するものだ。その上、その作品の持つ意味は、時代環境によって大いに変わって来るということも周知のことだろう。それほどに文学のテキストは可変的であり、それにまた読者層の質によって左右される側面をもつことはいうまでもないだろう。

　このような前提に立ち、安部公房の満州体験を次の二点にしぼって考察したい。まず第一に、荒野、砂漠、砂、壁、などといった満州体験によって形成されたイメージと、公房文学の一貫する方法である＜変身＞というモチーフの間における関係と意味とについてである。そして第二に、初期から晩年に至るまで彼の文学を貫いている「所有」という概念の意味をめぐってである。

　安部公房における「壁」の具体的なイメージは、「粘土塀」からはじまる。処女作『終りし道の標べに』のなかにはさまざまな粘土塀の描写が出てく

4）山形和美編『差異と同一化—ポストコロニアル文学論—』研究社出版、一九九七。

る。たとえば、「私が手型をつけた粘土塀」(九頁)「故郷面をする粘土塀」(二五頁)「圧迫を与える粘土塀」(二九頁)「私と荒野間の粘土塀」といった例があげられる。それにこの「粘土塀」は『終りし道の標べに』が、雑誌『個性』に発表される前のタイトルであり、このタイトルは後の一九五一年に発表された短編小説『壁』を想起させるものでもある。この壁のイメージは「逃亡」というモチーフとむすびついて現れている。それはいうまでもなく、満州からの逃亡として考えられるが、そもそも「壁」という漢字それ自体がその意味を含んでいるからであろう。第Ⅰ部第五章でふれたように、「壁」という漢字には「罰」とか「罪」、あるいは「逃げる」という意味が含意されている5)。この「罪」と「逃亡」という二つの意味は、安部公房の作品における大きなモチーフの一つである。たとえば、『壁—S・カルマ氏の犯罪—』は、「悪」(原意は業の輪廻)という意味をもつ「カルマ」という名前の主人公が窃盗の罪をかぶり、裁判にかけられる。彼はそこから逃げ、「世界の果て」まで行き、そこで「壁」に変身してしまうというプロットをもっている。偶然かもしれないが、このプロットは「壁」のもつ二つの意味と一致している。安部公房はたぶん、このような「壁」をはじめとするさまざまなイメージの原像を持って満州から引き揚げてきたとき、はじめて文学が書けるようになったのかもしれない。安部公房が医師への道を断念し、作家への道を歩みはじめた真の理由はここにあろう。

　「満州」で育った人々は、幼いときから都市を経験している、と安部公房は述べている。引揚者の独特の感性といってよかろう。すでに近代国家としての基盤を成していた「満州国」は、建国わずか約一五年で、結局は完全に崩壊してしまった。それゆえに公房は、その不思議な<近代国家>から日本を見ることも、中国をみることもできなかった。そこから逆に安部公房は、「満州」は誰も<所有>しない国家・土地だったということに気づいてし

---

5)『広漢和辞典』大修館書店、一九八二。

まう。そのことは日本の敗戦により一層はっきりとしてきた。無政府状態に陥り、満州という国家が現実にこの地上から消えてしまったからこそ、その国家あるいは土地は、意識の比喩として一つの叙述手法ともなり得たのではないかと思われる。

その<所有>の概念は彼の描く都市の背景になったし、<変身>モチーフとからみ、人間存在に新しいイメージを与えた。公房にとって、「満州国」の幻影が与えてくれた<所有>の概念からすれば、存在の世界と所有の世界は認識論的には差異がないことになる。極端にいえば、彼の文学の世界では、所有したいものがあって、それを直接に所有できない場合、それを別のかたちに変身させ、そして所有してしまうということになる。言い換えれば、人間の姿では現実の世界に生きていけない場合には、安部公房は、人間の存在を別のかたちに変身させることで生き続けさせた。このように見ることができるとすれば、<変身>とは、その人間の存在のあり方に多様さを与えるものであった。

こうした幻影の内なる「満州国」が与えたくれた公房の思想は、初期の一九五〇年代の短編小説に見える寓話に託して描かれている。それは一九六〇年代以後になると、より現実と密接な関係を持ち、やがては一種の「仮想空間」を創り出すようになる。その「仮想空間」というのは、日本と満州の空間がダブルイメージとなって作り上げられた、どこにもない空間であるが、またどこにもありそうな空間でもあった。そこには、終始「満州国」の幻影によって国家・都市・文化を二重映しに見つめてきた安部公房の眼差しを、垣間見ることができよう。

このように、安部公房の満州体験の持つ重要性は、たんに自伝的な小説、または<移民文学>にとどまらず、後の文学をつらぬくイメージとして昇華していったことにあろう。リービ英雄氏はそれを<環境的想像力>あるいは<環境を巡る想像力>と言っている[6]。安部公房の創り出した世界がリ

アリティを持っているように感じとれるのは、この「想像力」に源泉があった
ということだろうか。それを安部公房は「仮説リアリティ」と呼んだ。このよう
なイメージの原像とむすびつくことで、安部公房の初期の<変身>のモ
チーフは、彼の文学の方向性をみちびいていった。

2. 現代日本文学の可能性

　一九九七年八月号の『国文学解釈と教材の研究』は「安部公房特集号」だっ
た。『国文学解釈と教材の研究』では二五年ぶりに「安部公房特集号」を出し
たわけである。その「安部公房特集」で眼に着いたのは「ボーダーレスの思
想」というタイトルであった。二五年前、つまり一九七二年九月号の『国文
学解釈と教材の研究』では安部公房の小説手法や思想の新しさに重点が置か
れていた。しかしその特集号の論文群からは<国際的>だとか<普遍的>だ
とかいう言葉を見つけることはできなかった。

　それよりもむしろ、日本文学史の流れから逸脱した安部公房の文学の特
異性が際立っていることが読みとれた。それがどうであろうか、一九九七年
の特集号では安部公房の文学の代名詞は<国際的><普遍的>となり、その
作品の本質はボーダーレスの文学にあるという評価に変わっている。一九
七〇年代に、公房の文学を日本文学史のなかに位置づけるという課題のも
と、研究者たちはその<新しさ>を文学史の枠内にどう取り込むのか腐心し
ていた。それが一九九〇年代には、<新しさ>それ自体が、世界文学という
概念のもと、<普遍性>へと積極的に開かれてきた。この評価の変遷はま
さにコペルニクス的転回ともいってよかろう。

　では、何が変わったのだろうか。安部公房の文学が急に変わったわけで

---

6) リービ英雄／島田雅彦「幻郷の満州」(『ユリイカ』一九九四年八月)七九頁。

はない。彼の文学に対する研究者のコンセプトが変わっただけであろう。特に私の興味を惹いた論文は、沼野充義氏の「世界の中の安部公房」である。沼野氏はその論文で、「世界的普遍性」と「日本的特殊性」を両極の視座としながら、安部公房の文学を分析している。彼の言う「世界的普遍性」とは、欧米の人々が、その国の言語に翻訳された安部公房の作品をどのように理解するのかという理解の仕方を、分析・定位した概念(コンセプト)である。このコンセプトも公房の文学に見られる<普遍性>かもしれないが、私は公房の文学の手法ないしその眼差しから、沼野氏の考察した意味とはやや視座の異なる<普遍性>が見い出せるのではないかと思うようになった。

　まず、初期の短編小説を中心にした作品に見られる<変身>モチーフの採用があげられる。<変身>というモチーフは、古来神話をはじめ説話や民話などにたびたび用いられてきたモチーフである。ヨーロッパ近代の文学において、この<変身>の持つモチーフの意味と機能を最大限に利用し成功した作品は、カフカの『変身』であることはほぼ通説といってよかろう。そこでは、近代＝合理性という概念のアンティテーゼとしての不条理を表出するために、リアリズム文学空間の内部に<変身>という非リアリズムのモチーフが持ち込まれ、その対立の間に<近代>における不条理が、無気味なイメージをともなって読者の前に鮮烈に提示された。こうして、カフカの『変身』は、そのテーマをもって<近代>の歪み、あるいは闇部にわけ入ることで、ヨーロッパ近代の文学の系譜のなかに独自の文学としての位置を占めた。この作品はまた、いわゆる幻想文学、怪奇小説の系譜上にも位置づけられようが、近代そのもののもつ怪奇性を鋭く告発する点で、従来の幻想小説・怪奇小説とは一線を画し、いわば反近代の文学の系譜の始発に位置づけられるといってもよく、以後、この系譜上にさまざまな形の<変身>に託した文学が成立していった。

　このような反近代もしくは近代のアンティテーゼの文学の系譜の延長線

上に、<変身>を描いた安部公房の文学を置いても、何ら違和感は感じないかもしれない。だからといって、安部公房の<変身>がカフカの影響を直接に受けたものだということではない7)。

　安部公房の<変身>物語の特色は、極端な物言いかもしれないが、言語によってリアルな世界を作るという営為のうちに<変身>のモチーフがあった。それをもう少し厳密に言えば、安部公房の創り出す<変身>の小説の世界というのは、意識の描写によってリアリティを描こうとしているのではなく、物の構成や空間の精密な描写や科学的な思考によって産み出すリアリティなのである。そのリアリティのある空間のなかで<変身>のドラマが展開したのであった。

　なぜこれほどまでに、彼は<変身>の空間のリアリティにこだわるのか。それはリアリティをもつ小説空間が定位されることで、それが現実(リアル)の近代あるいは現代の時空間の真のアンティテーゼたり得ると考えたからだ。安部公房の文学はその本質において、<幻想>でも<怪奇>でもない。反現実の<現実>として<普遍性>を持つと思うのである。

　次に、安部公房の先駆的なまなざしが彼の文学を世界文学へ、あるいは普遍文学へと発展させたと思う。安部公房は晩年に至るまで、日本的な社会・文化の伝統に回帰しようとはしなかった。むしろ、時代の先端に立って、つねに日本的な文化・社会の特殊性を見据え、それを相対化するための新しい文学のありかたを提示しようとした。それは彼の遺稿作品『飛ぶ男』からも、象徴的にうかがえる。彼にとって、小説の手法そのものがテー

---

7)　安部公房の<変身>とカフカの<変身>については比較的な考察は行っていないが、本書の第Ⅰ部第一章を設けている論文について高野斗志美氏は次のように評価している。「李貞熙氏は「安部公房『デンドロカカリヤ』論—または、『極悪の植物』への変身をめぐって—」という論文で、「デンドロカカリヤ」の植物学名は「極悪の植物」」の意であると立証したうえで、カフカなどの疎外という形の変身とは異なる安部公房のそれを立証している」(高野斗志美「新たなコンセプトによる作品案内」(『国文学解釈と教材の研究』安部公房特集号、一九九七年八月、所収、一四三頁)。

マだった。形式と内容とは別個のものではありえなかった。一九八〇年代の高度情報化社会に入り、文学を一つのメディア・ジャンルとしてとらえようとする動きがはじまった。そのなかで、安部公房は早くから「書く」という行為をワープロに切り替え執筆した。安部公房の意図を推測すれば、コンピューター・テクノロジーと小説の関与の可能性を、その当初から検証しようとしたのだと思われる。

　彼の死後、ワープロ・ディスクから遺稿作品『飛ぶ男』が発見された。それはたちまちデジタルブックとして出版され、いわゆる「電子文学」というジャンルに日常性を与えてくれた。その作品において彼は、メディアの形式と小説内容を相互媒介させようとしたのだろう。『飛ぶ男』は、その叙述手法としてバーチャルリアリティのシステムを採用しようとしたと考えられる。バーチャルリアリティは、一九九〇年代に入ってから新たに登場したメディア環境のことだが、安部公房はすでにそれ以前のかなり早い時期にそのシステムの到来を予知していたようで、当時はまだその言葉すら存在していなかった。そのために、文学用語のなかでそのシステムにふさわしい造語を模索し、一九八〇年代になってそのシステムを「仮説的リアリティ」と名付けたと想定される。それを創作に展開したのが『飛ぶ男』だった。

　安部公房は彼の満州体験によって、日本と満州の空間がダブルイメージとなって「仮想空間」を作り上げたのだが、その「仮想空間」を言語表現によって、よりシステム的に構想化したのが「仮説的リアリティ」であった。その空間こそどこにもない空間であるが、またどこにでもありそうな空間であった。それをはたして<普遍性>といってよいかどうかはわからない。公房は空間を完成することなく世を去ったからだ。ただ、このような公房のあくことなき先駆的実験が目指していたのは、決して日本という限られた社会、特殊な文化伝統の充満した空間ではなかった、といえるかと思う。

■ 参考文献

※一次資料は安部公房の著作を対象にした。作品は『安部公房全集』(全29巻・別冊1巻、新潮社、一九九七～二〇〇〇)のものを対象にした。

※映像資料

＜ＮＨＫ教育テレビ・訪問インタビュー：斎藤季夫のインタビュー＞一九八五年一月一四日～一月一七日(二時間)

＜ＮＨＫ教育テレビ・ビック対談―物質・生命・精神そしてＸ―：渡辺格との対談＞一九八六年三月八日(一時間三〇分)

＜新春インタビューロボットと人間：堤清二のインタビュー＞一九八三年一月(一時間)

＜ＮＨＫ・ＥＴＶ安部公房・文明のキーワード・世紀末の現在：養老孟司のインタビュー＞　一九八七年九日～一〇日(一時間三〇分)

＜ＮＨＫ・ＥＴＶ安部公房特集＞　一九九四年四月一三日～一四日(一時間三〇分)

第Ｉ部　第一章『デンドロカカリヤ』論

ドナルド・キーン「解説」(文庫版『水中都市・デンドロカカリヤ』新潮社、一九七三、所収)

江後寛士「安部公房『デンドロカカリヤ』」(『現代の小説』九州大学出版会、一九八一、所収)

水永フミエ「安部公房『デンドロカカリヤ』論」(山口大「山口国文」8、一九八五年三月)

塚谷裕一「小石川植物園の『デンドロカカリヤ』」(『図書』2、一九九〇)

田中裕之「『デンドロカカリヤ』論－植物病の解明を中心に」(『国文学攷』128、一九九〇年一二月)

塚谷裕一「『デンドロカカリヤ』異聞」(『漱石に白くない白百合』文芸春秋、一九九三、所収)

栗山博子「安部公房『デンドロカカリヤ』論」(『大谷女子大国文』24、一九九四年三月)

第Ｉ部　第二章『赤い繭』論

勅使河原宏「『赤い繭』の頃」(筑摩書房　新鋭文学叢書②『安部公房集』「月報」一九六〇年一二月)

森川達也「短篇小説の面白さ『赤い繭』」(『国文学解釈と教材の研究』一九六九年六月)

飯島耕一「『赤い繭』の行方」(『安部公房全作品』「月報」7、一九七三)

伊藤栄洪「安部公房『赤い繭』をめぐって」(『言語と文学』13、一九八一年二月)

田中裕之「安部公房『赤い繭』論―その意味と位置」(『近代文学子試論』27、一九八九年
　　　一二月)

早川勝広「安部公房『赤い繭』を読む」(『国語表現研究』5、一九九二年三月)

村松剛『ユダヤ人―迫害・放浪』中央公論社、一九六三

小岸昭『スペインを追われたユダヤ人―マラーノの足跡を訪ねて』人文書院、一九九二

植村邦彦『同化と解放―十九世紀「ユダヤ問題」論争』平凡社、一九九三

第Ⅰ部　第三章『バベルの搭の狸』論

広藤玲子「作品分析『ハベルの塔の狸』」(広島女子大『国文』7、一九九〇年八月)

浅見克彦『所有と物象化』世界書院、一九八六

平井俊彦『物象化とコミュニケーション』名古屋外国語大学、一九九三

第Ⅰ部　第四章『壁―Ｓ・カルマ氏の犯罪』論

石川淳「『壁』の序」(月曜書房、一九五一)

埴谷雄高「安部公房『壁』」(『人間』一九五一年四月)

武門泰淳「安部公房著『壁』」(「図書新聞」一九五一年七月二日)

中薗英助「安部公房著『壁』」(『近代文学』一九五一年一一月)

本多秋五「物語戦後文学史　変貌の作家　安部公房『壁』との格闘と解決」(『週刊読書人』
　　　　一九六一年三月五日)

北村耕「『壁』の中の実存と転向　上」(『民主文学』一九六六年一月)

北村耕「『壁』の中の実存と転向　下」(『民主文学』一九六七年二月)

保日日正夫・坂田早苗「初期『壁』をめぐって(往復書簡)」(『国文学解釈と鑑賞』一九六九
　　　　年九月)

遠丸立「『壁』」(『国文学解釈と鑑賞』一九七一年一月)

埴谷雄高「線と面の運動―『壁』」(『安部公房全作品』全15巻の「月報」2)

小松左京「『壁』の思い出―青春のノートから」(『安部公房全作品』全15巻の「月報」10)

小笠原克「壁―Ｓ・カルマ氏の犯罪」(『国文学』一九七二年九月)

古田節子「安部公房『Ｓ・カルマ氏の犯罪―壁』論」(大妻女子大『国文』一九七三年三月)

埴谷雄高「安部公房『壁』」(日本文学研究資料刊行会編『安部公房・大江健三郎』有精
　　　　堂、一九七四)

久保田芳太郎「壁―Ｓ・カルマ氏の犯罪」(『国文学解釈と鑑賞』一九七八年四月)

埴谷雄高「『壁』」(佐々木基一編『作家の世界　安部公房』番町書房、一九七八、所収)

千野幸一「肉体表現の世界『Ｓ・カルマ氏の犯罪』劇評」(『テアトロ』一九七八年一二月)

寺井真美子「安部公房の世界『壁』に見る大いなる思想」(園田学園女子短大『文芸』11、
　　　　一九八〇年三月)

武石保志「安部公房の変貌-『終りし道の標べに』から『壁』へ」(『法政大学大学院紀要』12、
　　　一九八四年三月)
森下みづほ「境界線上の〈壁〉―安部公房研究」(南山大『国文論集』18、一九八三年三月)
宮本徹也「砂漠と壁の彼方」(『レトリックの装置―戦後作家論』教育出版センター、一九
　　　八四、所収)
佐々木基一「フランツ・カフカ『審判』と安部公房『壁』」(『東西比較作家論』オリジン出版
　　　センター、一九八六、所収)
吉田俊彦「『S・カルマ氏の犯罪』安部公房考」(『岡山県立短大研究紀要』31、一九八七
　　　年三月)
西川祐子「安部公房の〈壁〉-『S・カルマ氏の犯罪』とそのフランス語訳について」(『国
　　　際研究』4、一九八七年六月)
石原千秋「安部公房　壁－S・カルマ氏の犯罪」(『国文学』33-4、一九八八年三月)
林晃平「壁―『S・カルマ氏の犯罪』の構造」(国学院大学『日本文学論究』39、一九八九年
　　　七月)
田中裕之「『S・カルマ氏の犯罪』論―作家誕生の物語」(広島大『近代文学試論』28、一九
　　　九〇年一二月)
植松美奈「安部公房『壁－S・カルマ氏の犯罪』論」(『大谷女子大国文』22、一九九二年
　　　三月)
芳沢正憲「『壁－S・カルマ氏の犯罪』について」(『帝京国文学』1、一九九四年九月)

第Ⅰ部　第五章「＜変身＞のモチーフをめぐって」

大里恭三郎「安部公房―変身の悲喜劇」(『常葉国文』1、一九七六年七月)
岡庭昇「変身の論理―花田清輝と安部公房」(『第三文明』一九七七年九月)
早坂智子「安部公房論-メタモルフォシスの世界」(宮城学院女子大『日本文学ノート』1
　　　7、一九八二年二月)
小川和美「安部公房文学についての一考察―消失・変身の意味」(九州大谷大『国文』19、
　　　一九九〇年七月)
桜井徳太郎『変身』弘文堂、一九七四
服部幸雄『変化論』平凡社、一九七五
オウィディウス著　中村善也訳『変身物語　上・下』岩波文庫、一九八五
安野光雅編『変身ものがたり』筑摩書房、一九八八
倉持弘『変身願望―人間の仮面と素顔―』創林社、一九八九
蟻二郎『変身―神話・民話。SF―』太陽社、一九九二
国立歴史民俗博物館編『変身する―仮面と異装の精神史―』平凡社、一九九二
佐藤泰正編『文学における変身』笠間書院、一九九二
高田宏『変身』TBSブリタニカ、一九九三

篠田知和基『人狼変身譚—西欧の民話と文学から—』大修館書店、一九九四
三原兼平『カフカ「変身」註釈』平凡社、一九九五
荒木正純「<変身>と<仮装>の論理」(『文芸言語研究』5、一九八〇年五月)
青山太郎「西洋文学における変身のテーマ」(九州大学言語文化部『言語文化論究』5、
　　　一九九四)

第Ⅱ部　第一章『他人の顔』論
本多秋五・野間宏・佐々木基一「創作合評」(『群像』一九六四年二月)
小松左京「仮面化反応論『他人の顔』がはらむ未来」(「日本読書新聞」一九六四年一〇月
　　　一九日)
三島由紀夫「仮面の男を主題に」(「読売新聞」一九六四年一一月五日)
白井健三郎「『他人の顔』—失われた人間関係をもとめて」(『朝日ジャーナル』一九六四年
　　　一一月)
平野栄久「仮面の罪—安部公房『他人の顔』における作家主体と作品世界」(『新日本文
　　　学』一九六六年八月)
武田勝彦・村松定孝「安部公房『砂の女』『他人の顔』について一海外における日本近代
　　　文学研究6」(『国文学解釈と教材の研究』一九六七年二月)
森川達也「『他人の顔』『砂の女』」(『国文学解釈と教材の研究』一九七〇年七月)
佐藤泰生「『他人の顔』」(『国文学解釈と鑑賞』一九七一年一月)
福島章「『他人の顔』」(『ユリイカ』一九七六年三月)
福島章「『他人の顔』についての散文的メモ」(佐々木基一編『作家の世界』一九七八、所収)
岡庭昇「仮面の意味『砂の女』と『他人の顔』」(季刊『現代批評』創刊号一九七八、夏)
武石保志「『他人の顔』試論—<書く>ことと<読む>ことを通しての『他人』」(法政大『日
　　　本文学論叢』11、一九八二年三月)
鈴村和成「人間は小説から消えた？『他人の顔』安部公房」(『現代小説を狩る』中教出
　　　版、一九八六、所収)
熊谷淑樹「安部公房における疎外と再生—『砂の女』『他人の顔』をめぐって」(『言文』39)
波潟剛「安部公房の『他人の顔』論—文章構成の形態とテーマをめぐって」(『文学研究論
　　　集』13、一九九六年三月)
坂部恵『仮面の解釈学』東京大学出版、一九七六
山口哲生『仮面の論理』シルフェ会、一九七六
平野栄久『仮面の罪—戦後作品論—』近代文芸社、一九八三
遠藤紀勝『仮面』社会思想社、一九九〇
中村保雄『仮面と信仰』新潮社、一九九三
香原志勢『顔の本』中公文庫、一九八九

香原志勢『顔と表情の人間学』平凡社、一九九五

第Ⅱ部 第二章 『箱男』論

日野啓三「『箱男』―非表現世界へむかうことば」(『潮』一九七一年六月)

アンドラス・ホルバト「日本人のカベを越える『箱男』の作家安部公房」(『サンデー毎日』
　　　　　一九七二年六月一〇日)

篠田一士「『箱男』あるいはテクストのよろこび」(『波』一九七三年四月)

高野斗志美「砂粒的人間のたどる迷路―『箱男』」(『週刊読書人』一九七三年四月二三日)

松本鶴雄「安部公房『箱男』の冒険」(「図書新聞」一九七三年四月二八日)

松原新一「安部公房『箱男』」(『文芸』一九七三年六月)

高橋英夫「視姦者の自由と不幸―『箱男』をめぐって」(『群像』一九七三年六月)

日野啓三「『箱男』」(『潮』一九七三年六月)

津田孝「『箱男』の自由について―安部公房の仮面と素顔」(「赤旗」一九七三年六月二五日)

大橋健三郎「箱男のあたたかさ―ある『物語』について」(『早稲田文学』一九七三年七月)

平岡篤頼「フィクションの熱風『箱の中の冒険』」(『早稲田文学』一九七三年七月)

平岡篤頼「続フイクションの熱風　安部公房『箱男』」(『早稲田文学』一九七三年九月)

平岡篤頼「箱の中の冒険」(『迷路の小説論』河出書房、一九七四、所収)

中島誠「箱入り男のジレンマ」(『現代の眼』一九七三年一〇月)

山川久三「『プラスチックス文学』はどこへ行くか―安部公房『箱男』などをめぐって」(『民
　　　　主文学』一九七三年一一月)

吉川道夫「アメリカの『箱男』―書評への疑問」(『波』一九七五年四月)

戸村浩「贋箱男トムの場合」(『ユリイカ』一九七六年三月)

諸田和治「『箱男』」(『ユリイカ』一九七六年三月)

渡辺広士「『箱男』から一歩踏み出す　安部公房著『密会』」(「東京新聞」一九七八年一月
　　　　二八日夕刊)

高野斗志美「安部公房の『箱男』をめぐって(１)」(『旭川大紀要』14、一九八二年四月)

高木松雄「『箱男』試論」(『異端の系譜―日本の「風狂」について』近代文芸社、一九八
　　　　三、所収)

八重樫愛子「一九七〇年代『都市小説』における対比研究―安部公房『箱男』と崔仁浩
　　　　『他人の部屋』」(『日本学報』12、一九八四)

芳賀ゆみ子「安部公房『箱男』の世界」(日本女子大『目白近代文学』6、一九八五年一〇月)

谷口香織「『箱男』の構造」(金沢大『国語・国文』16、一九九一年二月)

巽孝之「箱女の居場所―笙野頼子または境界領域文学の夢想」(『日本文学』43、一九九
　　　　四年一一月)

新潮社カセット「安部公房公演―小説を生む発想・『箱男』について―」一九七三(一時間)

亀井秀雄『身体・表現のはじまり―改訂・現代の表現思想』れんが書房、一九八二
多木浩二『眼の隠喩―視線の現象学』青土社、一九八二
赤坂憲雄『排除の現象学』洋泉社、一九八六
前田愛『都市空間のなかの文学』筑摩書房、一九九二
ジェームズ・D・ライト著浜谷善実子訳『ホームレス―アメリカの影』三一書房、一九九三
森川直樹『平成大不況―あなたがホームレスになる日』サンドケー出版、一九九四
クリストファー・ジェンクス著　大和弘穀訳『ホームレス』図書出版、一九九五
クリスティーヌ・ビュシニクリュックスマン著 谷川渥訳『見ることの狂気』ありな書房、
　　　一九九五

第Ⅱ部 第三・四・五・六章「飛ぶ男」論―新聞資料および書評―
大江健三郎「安部公房が追い求めたテーマ未完の遺作に結実したか(文芸時評)」(「朝日
　　　新聞」一九九三年二月二二～二三日夕刊)
平岡篤頼「股裂きにあった小説―安部公房『飛ぶ男』のドラマ」(『新潮』一九九三年三月)
菅野昭正「人間の飛翔願望を照射(文芸時評)」(「東京新聞」一九九三年三月二四日夕刊)
安岡章太郎「笑顔の記憶―『飛ぶ男』」(『波』一九九四年一月)
沼野充義「最後のメッセージ『飛ぶ男』の刊行を機に」(「週刊読書人」一九九四年二月二
　　　五日)
笠原敏雄編『サイの戦場―超心理学論争全史―』平凡社、一九八七
大外伺郎『「超能力」と「気」の謎に挑む』講談社、一九九三
大槻義彦『超能力ははたしてあるか―科学VS超能力―』講談社、一九九三
栗崎ゆたか『超能力』心交社、一九九五
呉智英編『オウムと近代国家』南風社、一九九六
ジナ・サーシナラ著 十菱麟訳『超能力の秘密』たま出版、一九九七
沖原豊『校内暴力』小学館、一九八七
大槻健編『教師の体罰・暴力』学事出版、一九八七
坂本秀夫『体罰の研究』三一書房、一九九五
VON KARMAN著　谷一郎訳『飛ぶの理論』岩波書店、一九七九
野口常夫『飛ぶ―人間はなぜ空にあこがれるのか―』講談社、一九九一
飯田誠一『飛ぶ』オーム社、一九九五
今福竜太『クレオール主義』青土社、一九九一
パトリック・シャモワゾー＋ラファエル・コンフィアン著 西谷修訳『クレオールとは何か』平
　　　凡社、一九九五
黒崎政男『哲学者クロサキのＭＳ－ＤＯＳは思考の道具だ』アスキー出版、一九九三
榎本正樹『電子文学論』彩流社、一九九三

■ 初出一覧

本書は以下のような既発表の小論文によって成ったものである。ただし、本書の構成によりそれぞれ修正、加筆を行い、題名も変えてある。

第Ⅰ部

　第一章：「安部公房『デンドロカカリヤ』論－または、「極悪の植物」への変身をめぐって－」
　　　　筑波大学日本文学会近代部門『稿本近代文学』十九集、一九九四年一一月、一四三～一五二頁。

　第二章：「安部公房『壁－Ｓ・カルマ氏の犯罪』論」
　　　　筑波大学比較・理論文学会『文学研究論集』十二号、一九九五年三月、一〇五～一二二頁。

　第三章：「安部公房『赤い繭』論－「おれ」の＜ユダヤ性＞にみる実存的状況－」
　　　　筑波大学日本文学会近代部門『稿本近代文学』二〇集、一九九五年一一月、一一七～一三三頁。第四章：「『影』をくわえて逃げ去る『狸』－安部公房の『バベルの塔の狸』論－」
　　　　筑波大学比較・理論文学会『文学研究論集』十三号一九九六年三月、一〇五～一二〇頁。

　第五章：「安部公房の小説における＜変身＞のモチーフをめぐって－初期作品を中心として－」
　　　　国文学資料館『国際日本文学研究集会会録』十九回、一九九六年一〇月、八七～一一〇頁。

第Ⅱ部

　第一章：「痴漢行為と仮面時代―安部公房『他人の顔』論―」
　　　　韓国日本学会『韓国日本学報』一九九七年八月

　第三章：「変貌するテキスト・『飛ぶ男』考―刊行本『飛ぶ男』に至るまで―」
　　　　学灯社『国文学解釈と教材の研究』「安部公房特集号」一九九七年八月号、八六～九二頁。

付録

　１　「安部公房国際シンポジウムに参加して－ニューヨークのコロンビア大学にて－」
　　　　筑波大学比較・理論文学会『文学研究論集』十四号、一九九七年三月、八一～九二頁。

■ 付　録

1. 安部公房国際シンポジウムに参加して

—アメリカ・ニューヨークのコロンビア大学にて—

はじめに—いま、なぜ、安部公房なのか

　一九九三年に亡くなった作家安部公房の多面的業績(たとえば、小説、戯曲、評論、エッセー、写真、映画など)を改めて評価するシンポジウムが、一九九六年四月一九日から二一日まで、ニューヨークのコロンビア大学において、日本文学の研究家として著名なドナルド・キーンさんの呼び掛けで開催された。日本人のひとりの作家について、このような催しが外国で開かれたのは大変珍しいことだと思う。これは恐らく、安部公房が国際的な作家であり、また、国際的に研究するに値する現代作家であることの証明なのかもしれない。

　学術シンポジウムは三日間だけだったが、それと並行して、映画祭、展示会、演劇から成る<安部公房記念祭>が三月二四日から五月三一日まで続いた。映画祭では、映画≪砂の女≫をはじめ≪他人の顔≫≪おとし穴≫≪友達≫の上映があった。展示会では、写真や遺品の展示から初版本と自筆原稿の展示が五月三一日まで行われた。それに安部公房の思想や知識を視覚的な演劇を通して見せる催しも行われた。

　ここでは主に、三日間行われたシンポジウムに参加して、いろいろと話題になったことについて述べることにする[1]。

　シンポジウムには日本をはじめ、アメリカ、フランス、ドイツ、スウェー

---

1) 以下の報告は同シンポジウムの各氏の発表を録音したものを原稿化したものである。以下の報告に挙げさせてもらった研究者、評論家、作家の方々には聞き違いによる誤解があるかもしれないが、浅学のものの報告に免じてあらかじめご容赦をお願いしたい。

デン、ポーランド、チェコ、メキシコ、韓国などからの安部公房研究者や、あるいは翻訳者たち、約四〇人が一堂に会した。日本からは、安部公房の親しい友人であり、安部演劇のスポンサーをつとめたよき理解者である詩人辻井喬さんと、評論家として、安部公房没後、『新潮日本文学アルバム・安部公房』にエッセイ「『国際化』のパラドックス」を書いた佐伯彰一さん、さらにニューヨーク在住の作家河野多恵子さんも参加した。

　この約二ヶ月間にわたる盛大な催しを眼の当たりにしてみると、あらためて、いま、なぜ、安部公房なのか。という疑問が湧いてくるのは当然であろう。

　私の記憶にいまもありありと浮かぶのは、安部公房に対して大江健三郎氏がノーベル文学賞受賞の知らせを聞いた直後に受けたインタビューで、安部公房さんがもらってもよかったのに、たまたま、生き残っていた私が受賞したと述べていることである[2]。ある講演会でも氏は、現代の日本文学には三つの潮流があると語っていたことが思い山される[3]。第一のラインは、谷崎潤一郎、川端康成、三島由紀夫らの作家群。第二のラインは安部公房、大岡昇平、大江健三郎らの作家群。そして第三のラインは、村上春樹、吉本ばななといった作家群。この第二のラインこそ、世界文学にあらたな可能性をひらいた独創力のある作家たちだと明言していた。この言説は、いくつかの論点がふくまれていて、別に検討しなければならないのだが、大江氏の指摘するように、安部公房の出現は確かに日本文学のなかだけではなく世界文学史上においても画期的な出来事であったと言えよう。高野斗志美氏は真能ねりさんとの対談のなかで、安部公房の文学を読むことは、二一世紀の文明テキストを読むことだと語っている[4]ことも同じ評価

---

2) 「朝日新聞」一九九四年一〇月一四日。
3) 「世界文学は日本文学たりうるか」(『群像』一九九五年一月)大江健三郎がノーベル文学賞にみまったあと、日本研究京都会議で講演をおこなったが、その内容が「世界文学は日本文学たりうるか」と題されて、『群像』におさめられている。
4) 『安部公房と旭川―安部公房回想展資料―』安部公房回想展実行委員会、一九

の延長上にあるともいえるのであって、安部公房は21世紀が解決しなけれ
ばならない問題をほとんど提出している。たとえば、国家の問題、都市の問
題、そして言語の問題などが二一世紀の問題としても挙げられる。おそら
く二一世紀は安部公房が提起した問題をどういうふうに展開、深化するの
か、そのことが極めて重要な課題になってくるだろうと思われる。二一世紀
の文明テキストとして、またはやがて二一世紀を生きる都市民にとって欠
かすことのできないテキストとして、安部公房の作品を読むことが要請され
るのではなかろうか。

1. テーマ1：安部公房の生涯と作品

　シンポジウムは、ドナルド・キーンさんの開会の辞ではじまり、まず、安
部公房の一人娘で医者の真能ねりさんが「私の父の生涯と作品」という題で
発表をしたが、今まであまり知られていなかった事実、たとえば、一〇〇年
程前に、安部公房の祖父母は故郷の四国を捨て、ロープで丸木船を引いて
北海道の石狩川をさかのぼり旭川の草原にたどり着いた、という安部家の
ルーツについて公表したが、その話は参加者たちの興味を引いた。そしてね
りさんは「父公房の生前には何だか父に反撥して、父の本など一冊も読みま
せんでした。ところが、父が亡くなった後、その反動もあって、手当たり次
第に父の作品を読み出して見ると、だんだん面白くなってきて、一気に公
房文学の大ファンになってしまいました。」と告白して、みんなをわかせ
た。ねりさんは安部公房の著作権の継承者として「安部公房の足跡をたど
る」という作業をも手がけていて、安部公房の祖父が移民として渡った北海
道の現地調査や、さらに公房の第二の故郷である旧満州の現地調査も一九

　九六年一月。これは一九九六年一月二三日から一月二八日までに旭川中央図書
　館で開催された「安部公房回想展」の資料として、郷土誌『あさひかわ』に掲載さ
　れたものを実行委員会が編集して作成したものである。

九四年二月にされたとのことである。この旧満州の奉天(現在の瀋陽)に行ったことは、同年四月一三日・一四日のＮＨＫ教育テレビ「安部公房が探し当てた時代」という題で放映された。初期作品によく出てくる「壁」「荒野」「砂」のイメージは、公房の奉天での体験にもとづくという、ねりさんの指摘は、私にある種のヒントを与えてくれたような感じがした。

　次の発表者は、前駐日チェコ大使夫人で元カレル大学教授Ｖ・ヴィンケルヘーフェローバさんとコペハーゲン大学名誉教授オロフ・リディーンさんで、二人は安部公房の思い出話を語った。Ｖ・ヴィンケルヘーフェローバさんは一九五六年に海外(チェコ)で初めて安部公房の作品『闖入者』を翻訳した学者として知られている。この年は、安部公房が世界作家会議に出席するためチェコに行った年である。氏によれば、その翌年の一九五七年チェコは日本と外交関係を樹立したために、日本語がブームになって通訳やガイドをめざして日本語を勉強しようとする学生が増えたそうである。その意味で公房のチェコ行きは象徴的でもあろう。

　また、ヴィンケルヘーフェローバさんは安部公房の作品はカフカ(プラハ出身)と似通ったところがあると指摘したが、それに加えてさらに、「カレル・チャペックというチェコ作家がいますが、チャペックは、ロボットという言葉を作った作家で、もう一九二〇年代にロボット、それからたとえば、ファシズムや戦争を恐れて、あるいはそういうことについて小説と戯曲を書いた作家ですが、安部公房は自ら自分はチャペックに近いと言いました。ということで、チェコでは若い人たちが安部公房の作品を熱心に読んでいます。」と報告した。

　リディーンさんはヨーロッパの日本学会の会長を努めたことのある方で、生前安部公房とはウマが合ったらしく、公房とはデンマーク旅行に同行したほか、東京でも公房とくつろいだ会話をする機会が何度もあったという。リディーンさんによると、安部公房はカフカをはじめガルシア・マルケスやエリアス・カネッティなどの作家に興味を持っていたと指摘した。それを聞いたとき、私は「さすが」と思った。マルケスについては安部公房もエッセイ「マルケスから何を読むか5)」で語ったことはあるが、カネッティについては、安部作品の中ていカネッティの影響を読みとることが出き、私にとっても印象深い発表であった。

　さらにリディーンさんは、安部公房の後期作品、たとえば『方舟さくら丸』『死に急ぐ鯨たち』をあげながら、公房の抱く「国家」像についても言及した。安部公房は国旗や国家で身を飾った近代国家こそ現代の大きな危険だと語った。「国境を超え、国家主義の壁を打ち破る新しい国家主義に、安部公房は希望をつないでいました。地球あるいは国家の価値観に焦点を当てた求心的な文学が多い中で、遠心的で国家を超越した新しい文学の持つ力を安部公房は発見したのではないでしょうか」と指摘した点は、スケールの大きい示唆深い見解の披瀝であった。

2. テーマ2：病的世界との確執—安部公房と作家の使命

　このセクションではまず、ポーランドで『第四間氷期』をはじめ『砂の女』『友達』『密会』などを翻訳したミコワイ・メラノビッチ教授(ポーランド)が「病的な文明社会に対する偉大なアレゴリー」という題で、主に作品『密会』を病的な文明社会の寓話と捉えて、その分析をなさった。機械に囲まれている現代という時代に、世界中で行なわれている「病院」という虐殺のメカニズムの出現、また性的志向の強い社会の出現、それに個人と社会の組織の中ではだんだん人間は組織によって奴隷化されてしまう、と結論づけ、この作品を自己破滅の恐ろしさを啓示する寓話として捉えた。

　次に発表されたドイツのベルリン自由大学のトマス・シュネルベッヒャー

---

5) 『すばる』一九八三年五月。

さんは「唯物論者と唯物論者の幽霊たち—物語とユートピアにおける安部公房—」という題で、安部公房の「誰にも見えないものを見るのが芸術家だ。それは幽霊とユートピアを見ることだ。」という言葉を紹介しながら論を展開した。そしてその「誰にも見えないものを見る」という作家の姿勢が「失踪したものはいるのか」という公房文学をつらぬくテーマにもつながっていることを指摘した。私にとってもあらためて考えなければならないテーマの分析として示唆される点が多かった。

　その次は河野多恵子さんが「安部・三島のダイアローグ」という題で、一九六六年二月『文芸』という雑誌に載った二人の対談「二〇世紀の文学」を紹介しながら、その解釈ないしコメントという形で、安部・三島の「文学的友情」ということに話しを進め、カフカとの差異についても言及した。「二〇世紀の文学」という対談で話題になったものは、現代文学におけるセックスの問題、言語の問題、他者の問題などである。安部と三島は、作風の上でも、政治的立場についても、まるで対極に立つものの如く見えながら、実はお互いに深く認め合っていたことは間違いない。安部と三島を語るとき、佐伯さんは、次のようにその違いを指摘している。「安部・三島ともに、出発期以来、ともに断固たるモダニストであり、最後までその姿勢は一貫して変わらなかった。ただし安部流のモダニズムは、一九二〇年代から三〇年代にかけてのフランスのシュールレアリスムに影響源があり、それにリルケやカフカの文学思想も加わったもので、こうした影響の軌跡は、晩年の実験的演劇、さらには遺作の『カンガルー・ノート』にまで、はっきりと認められる。他方、三島流のモダニズムは、やはりオスカー・ワイルドを介しての世紀末的な象徴主義、またデカダンス趣味であり、その影響の根跡は、彼の古典的モチーフ愛用から晩年のいわば壮大な神秘趣味に至るまで一貫して変わらなかった[6]」と。

---

6) 佐伯彰一「ニューヨークの安部公房」(『新潮』一九九六年七月)三〇二頁。

3. テーマ3：何処にも属さない未来を探して
—安部公房の最後の数十年間

　まず、日本の共同通信社の文学担当記者小山鉄郎さんが「安部公房のアメリカに対するイメージ」という題で、ユニークな発表をした。小山さんは安部公房の晩年九年間のあいだに安部公房に五回ほどインタビューをしたことがあり、そのほかにも何度か個人的に安部公房の話をうかがう機会があったためか、安部公房が最後に考えていたことについて述べた。それが何かというと、アメリカについての評論であると指摘した上で、アメリカ文化について安部公房は「ジーンズやコーラといい、ハンバーガーやディズニーランドといい、アメリカ産は不思議なほどに世界にはやり、たちまち流通する。これは何故だろう。」といった身近な疑問から始まったと言う。それに引き続いて小山さんは、そのアメリカ文化の持つ強い伝染力が生まれる理由を簡単に言えば、「親を持たない文化の力」と安部公房は考えていたということである。

　さらに氏の指摘によれば、生前安部公房は、アメリカ文化について「アメリカの文化は伝統で形成されてきたものではなくて、親がいない文化だ。言語のクレオール形成と似た文化だから、それだけに教育を媒介にしていない文化だから、歴史は浅いけれど、伝染力は猛烈に強い。ジーンズとか、コーラなどというものは伝統の経路を通らずに、日本の、モスクワの、そして北京の青年に、横広がりで強力にぱっと広がる。文化というと独自文化と考えがちだけど、潜在的に本当に広く機能しているのは普遍文化ではないだろうか」と語ったことがあったという。伝統や国家や愛国心という考えとは、まったく異なる文化の可能性を秘めた人間の根源的力にもとづいて「親は要らない」、あるいは「親は不必要」「親がいない文化」を本質とするアメリカ文化を論じようとしたのだろうと小山さんは述べられた。つまり、縦の文化、すなわち親から子供へ、子供から孫へと教え伝えられていく伝統的文化、そういう伝統文化は人間の生き生きとした精神を拘束して、不自由なものにしてしまう。そういう縦の文化ではなく、それとは違う、どこの国のどの子供でも自らが自分の手で作り出すことのできる普遍的な文化、つまり、横に広がっていく文化の重要性を安部公房は考え続けていたと語ってしめくくった。

　次はスタンフォード大学院生で、現在京都大学に留学中のクリストファー・ボルトンさんが「安部公房における科学的言語の詩趣」という題で、『第四間氷期』を分析しながら発表をした。ボルトンさんは『第四間氷期』こそ、日本における本格的な最初のＳ・Ｆ小説であると主張した。安部公房が扱った科学的な語彙、文体、概念などは、小説に論理的・合理的な雰囲気を与える一方で、それと同時に堅い合理を否定する空想的な部分も小説のなかで共存していると述べた。この二つの領域の混合によって、安部公房は<科学>と<空想>の境をあやふやにするのだと指摘した。

　はかにも、サンタクララ大学の言語・日本語を専攻する副教授のマリリン・Ｔ・モリさんの発表があったが小山さんの話が私には面白く、報告が長くなってしまったので省略させてもらうことにする。

4. テーマ４：劇作家・演技者・革命的なパフォーマンス
―安部公房スタジオから

　二日目の最初の発表は、駐日ポーランド大使で『友達』の翻訳者であるヘンリック・リプシッツさんが、「安部公房の『友達』と安部スタジオの思い出」という題で話をした。リプシッツさんが安部公房と直接合ったのは、一九七四年から七五年にかけて約一年間日本に留学していた時だと言う。留学を終えてポーランドへ帰ってからまもなく、演劇の雑誌から、日本の現代演劇や現代戯曲をぜひ紹介してもらいたいという依頼があり、それを受けて安部公房に相談したら「『友達』がいいんじゃないの」と言われて、『友達』

を翻訳し、その雑誌に掲載したと述べた。『友達』がポーランドで上演された時、若い演出家からコメントや解説を求められたので、カフカのこととか、一九六八年ソ連軍の戦車がチェコに入って<プラハの春>をつぶしたということに安部公房が非常にショックを受け、昔書いた『闖入者』という短編をあらためて、戯曲というかたちで、また書き直したのが『友達』ではないか、というような話をしたら、その若い演出家も、自分も演出をやっているうちに、ずっとそういうことを考えていたということも話してくれた。

　氏はまた、安部公房・三島由紀夫・大江健三郎の三人を日本の現代作家の巨人として挙げ、彼らのテーマは政治的な境界線を超えているということが共通点であると指摘した。とくに安部公房の文学については、これから何度も日本国内や外国でも再発見されることになるだろうと強調し、二〇世紀の世界の中で、欠かせない文学者、思想家、哲学者、モラリストの一人であると述べた。

　次にウィスコンシン大学の文学教授のナンシー・K・シールズさんがは「安部スタジオ観察——一〇年間の回顧録—」という題で発表した。シールズさんは、安部公房の演劇について、常に動きのある演劇で、固定した瞬間は一つもなく、流動的なプロセスであるために、永遠に完成しない劇みたいなものだということを述べた。氏はシンポジウムの直前、『贋魚—安部公房の劇場』という世界初の安部公房演劇案内書を出[7]した。類書としては、一九七三年刊行の『安部公房の劇場—七年の歩み』があるが、それが舞台写真、安部公房の演劇ノート、劇評、年譜、参考文献からなる再録の集成であるのに対して、氏の見せてくれた案内書は、その第一章の「主題と技法」という題目からわかるように、安部公房の創造的なものの見方に焦点が絞られたものであった。

　安部公房の演劇については、続けて調布市立図書館の安保大有さんと辻

---

7) Nancy Shields, Fake Fish：The Theather of Kobo Abe(New York：Weatuerhill,1996)

井喬さんの発表があった。安保さんは『友達』が「時間をめぐる劇」であることを詳細にかつ具体的に示した。

　次に、ドナルド・キーンさんの「安部戯曲の翻訳」の発表があったが、戯曲の翻訳の難しさ、つまり、文学作品としての翻訳と舞台上演を目的としての台本の翻訳の難しさについて述べられた。「文学作品としての翻訳は、よく分からないところは注をつけて補助説明をすればいいけど、台本だったら、注をつけるわけにはいかないので、会話と動きだけで、完全なものになっていなければならないわけです。そしてまた、しゃべりやすい言葉でなければなりません。ただ、理解できるということではだめで、口からスムーズに流れるというものにならなければなりません。」と。氏はなお付足するかたちで、さらに難しかったのは日本のことわざの翻訳だったと指摘した[8]。

5. テーマ5：安部スタジオの演技法

　三日間のシンポジウムで最も盛り上がったのは井川比佐志さんと、元安部スタジオの俳優たちが安部公房の演技理論を実演して見せた時だった。井川さんが『棒になった男』での「棒」という役作りの苦労ぶりを語った後、佐藤正[9]文さんは、公房が登場人物に気持ちを入れることを禁じた、という演技を披露した。まず背筋を伸ばし、お尻をピンと張った犬を、次に背を曲げお尻を垂らした犬を演じ分けて見せた。「役者たちはどちらにも気持ちを入れていませんが、どちらが強そうか、観客はわかるのです。不思議に

---

8) たとえば、「猫にこばん」「猫のひたい」などである。このようなことわざの翻訳の難しさは、私も翻訳したことがあるのでよく納得できる話である。これを韓国語で翻訳する場合にも難しい。なぜなら、「猫にこばん」のときの「猫」にたとえるのが、韓国では「豚」であり、「猫のひたい」の場合は、「猫」にたとえるのは「掌」なのだからである。

9) 佐藤正文氏は元安部スタジオの俳優であったが、安部公房の没後、生前の家を「ABE HOUSE」と変えて、管理している。公房の演劇の復活のために現在も俳優として活躍されている方である。

気持ちは後から伝わって来るものでしょう。」と言った。また佐藤夫人佐藤映湖さんも、安部スタジオに入った日に安部公房から教えられたという演技のエチュードを披露した。「『口きりの水を入れたコップがあるとして、それを向こうまで運ぶ演技をやってごらん』といわれ、私(佐藤映湖)は慎重に慎重に運びました。次に、『実際に口きりの水を入れたコップを運んでごらん』と言われて、やってみると、実は非常に簡単に運ぶことができました。その時、『意味の伝達人に成らないで下さい』と言われました」というエピソードを話してくれた。(その後、実演があった)

6. テーマ6：映画と写真—安部レンズ

安部公房文学と映像をめぐっては、フランスの研究者ジュリー・ブロックさんの「安部公房、仮面の創始者—小説と映画における『他人の顔』—」という発表があった。この発表は本格的な作品論として、『他人の顔』の構造を分析し、読者自らが自分の素顔の下から浮き出してくるケロイドを発見し、それを正視できるようになることが、この作品の存在理由であると述べた。

この発表で私の注目を引いたのは、一つの仮説である。それは何かというと、『他人の顔』の映画の話であるが、顔に怪我をして顔を失った主人公は日本を象徴し、同じく作品に登場する医者のほうはアメリカを象徴しているとした上で、主人公が怪我をしているということは、日本を傷つけてしまったということを象徴している。それゆえに、傷つけた後で、日本に新しい顔(マスク)を提供して、日本を助けるという仮説がそれである。『他人の顔』が発表されたのは、一九六〇年代の初期のことだから、そのような仮説から『他人の顔』を読むことも確かに出来るだろうと思われた。

続いて「安部公房の『他人の顔』における勅使河原宏の変容」という題で、

ピッツバーグ大学のマクドナルド・ケイコさんの発表があった。その次はコネティカット大学名誉教授Ｗ・Ｅ・パーカーさんの『箱男』について、スライドの資料を用いて、光とレンズが生み出した「箱のなかの男」の起源を探るというユニークな発表があった。主に、写真についての考察であった。写真というのは、どういう写真かというと、『箱男』は、二四の章と八枚の写真からなっていて、その写真にはそれぞれキャプションが付いている。多くの論者たちと同じように、パーカーさんは、写真の意味とそのキャプションの意味に焦点を当てていた。

パーカーさんの発表が終わったあと、ねりさんが写真のことについて、いままで聞いたことのない話をしてくれた。「『箱男』が全部できた後で、あまりにも小説が短いもので、ページを増やすために、それらの写真はあとで添えたものです。そしてその体裁を調えるために、後でキャプションを入れました。」という話には、みんな大笑いした。実はこの写真は、作品の内容とは無関係なものである。しかし、私は、後で写真をつけ加えたとしても、それは重要な意味があると思っている。安部公房は、何か追加したかったのではないか。おそらく安部公房は熟慮のすえに写真をつけ加えることで、小説の〈読み〉に新しい角度を与えたのであって、そのことは、作品がつねに進化しているということを表わしているような気がする。そこに安部公房のウィットが読み取れるのではなかろうか。

7. テーマ７：安部公房の政治哲学

まず、辻井喬さんは、「戦前のファシズムと戦後の親米主義に対する安部の批判」という発表内容を、戦後の時代的推移と公房のかかわりを手際よく分析したあと、とくにイデオロギー崩壊後のいわゆるポストモダンの現在こそ、安部公房文学は読み直されるべきであると主張した。そしてそのなかで、安部公房の中心テーマを大きく二つ挙げられたが、その一つは、文化のクレオール性という問題であり、もう一つは、人間と共同体との関係性であると指摘した。この二つのテーマは、人間にとって永遠なテーマかもしれないが、この二つのテーマについて、安部公房の文学ほど多くの示唆を与えてくれる文学はないと強調した。

　安部公房における政治性については、佐伯彰一さんも「安部公房の政治学—安部の基本的な政治的態度の探求—」という題で、安部公房とコミュニズムとのかかわりに注目して発表された。佐伯さんの見解は、もともと純政治的というよりも、シュールレアリスムこそ導きの糸であって、一九五六年の東欧旅行による始めての共産圏体験が、かえってコミュニズム離れのきっかけともなっているのではないかと述べた。その意味で安部公房の『東欧を行く・ハンガリア問題の背景10)』は、いかにも紋切型の左翼的な言説と、その一方で、チェコの自由化の現実、さらには安部公房の帰国後間もなく起こったハンガリー動乱の衝撃に激しく揺さぶられた、その反応とが、奇妙に入り交じって、いま読み返しても息苦しいほどの生々しさがあると語った。

　さらに、一九五六年がフルシチョフのスターリン批判演説の年という面白い偶然もからんで、この時の安部公房の観察や体験の意味合いは、今から振り返ると、二重、三重の重さを加えて迫ってくるのが感じとれるとも言い、このような体験から、安部公房のまことに珍しい歴史小説『榎本武揚』(一九六五年)が生まれたと指摘した。旧幕臣のオランダ留学生だった榎本における「ロイヤリティ」、すなわち政治的変節という主題に、安部公房はほとんど親身な共感を寄せながら、事細かにその足跡を辿らずにはいられなかったと分析した。その発表後、「『榎本武揚』は父の自伝だったと思います」と、ねりさんが一言つけ加えた。

---

10)　一九五七年二月に講談社から刊行。

8. テーマ8：世界各国で安部公房を読むこと・学ぶこと

　最後の日の最後のセクションでは、主に現場で安部公房を教えている方々の経験談で会場は盛り上がった。ここで話題になったことのうち、次の二点について述べたい。その一つは、チェコのV・ヴィンケルヘー・フェローバさんの話である。「安部公房のようなブルジョア文学を教えたということで、一九七〇年代、私はチェコから追放されてしまいました。でも公的には別なプログラムを提出し、その実は密かに安部公房の文学を教えていました。チェコ人は大変ユーモア好きなので、文法のテキストとして『友達』を使いました。学生たちが、ほかのテキストに変えないで下さい、と言いに来たこともありました。『友達』には教材以上のものがありました。全体主義に対する否定的なものを教えてくれたし、とても深い倫理的なものも教えられました。安部公房文学に元気づけられました。」という話が印象深いものであった。

　もう一つは、シアトルのワシントン大学のJ・W・トリート教授の話である。『砂の女』を教えるために映画の『砂の女』を学生に見せたところ、女性に対するレイプを奨励している先生がいると女学生から学長に訴えられた、という面白いエピソードを紹介しながら、今、安部公房の文学について教えることの、ある難しさを述べた。トリート教授は、一五年間教えていて、全く新しい問題が出てきたのは小説を文字通り読んでしまうからであると指摘した。しかしこれは、小説を文字通りに読んで生じたものではないと私は思う。いくら文字通り読んでも、そのような結論は出ないからだ。これはあくまでも、文化の差異からくる問題ではなかろう。

　アメリカの若い学生たちの告発はむしろ日本の文化、風土を理解できなかったことから発生しがちな意図的な読みではないか。これについて、小山鉄郎氏も小説を文字通り読むことから生じる問題だったと同意11)したが、

　小説を文字通り読むという作業は、読者の能動的営為として、よりテキストを忠実に読むことであろう。それは言語＝記号の分析を通して見えないものを見るという作業でもあろう。安部公房の作品は部分的に読むならば、個々の場面はいかにも奇怪、異様、奇想天外と思われるからである。それを突き抜けるためにもその難解性を超えて個々の場面が起こす波動によって流線形のごとく変貌していくプロセスを読者の側からあらためて再構成するという能動的な読みが必要であると思われる。この能動的営為の必要条件としては、繰り返して言うことになるが、よりテキストを忠実に読むことしかなかろう。

11）小山鉄郎「政治的境界こえる安部文学—安部公房シンポジウムに参加して—（下）」（「週刊読書人」一九九六年五月三一日）。

2. デジタルブックの『スプーン曲げの少年』のワープロ原稿

　※以下のワープロ原稿は、デジタルブック『飛ぶ男』(新潮電子ライブラリー、一九九三年一一月)収録の『スプーン曲げの少年』によるものである。引用の頁数はこれによるものである。

飛ぶ男

安部公房

(株)新潮社

(page 2)
目次
スプーン曲げの少年
飛ぶ男
さまざまな父
(page 4)
　患者名　保根治(ほねおさむ)　男　三十六歳　中学教師
　主訴　頑固な不眠　もしくは不眠幻想
　病名　『逆行性迷走症』
(page 5)
　さあ喋ってみよう　ぶつぶつと　呪文のように　いつまでも……
(page 6)
1. 深夜の電話
　電話が喋っている。

　ぼくは素足で寄木まがいの合板の床に立っていた。受話器を見据えるだけで、うかつに手をのばす気にはなれない。とにかく腕時計の針は午前四時十二分、電話に付き合ったりする時間ではなかった。目を覚した記憶がないから、夢のつづきのようでもあるし、夢のなかのつもりで、じつはまだ

(page 7)

眠っていなかったとも考えられる。疑いだすとすべてがわざとらしく、嘘っぽい。電話の音だって、本物かどうか怪しいものだ。

　仮に本物のベルの音だとしても、通常の呼び出し音だという保証はどこにもない。誰もダイヤルをまわしていないのに、ベルが勝手に鳴りだす回線システムの疾患があるという。故障というより、複雑になりすぎたケーブルの迷路のなかで何日も何週間も迷いつづける電流群が存在するらしいのだ。透明な大市街地に根をはった、クモの

(page 8)

古巣みたいな電線の網。数十キロ四方にひろがるもつれあった被覆銅線の毛糸玉。その糸口をたぐって存在しない誰かが電流を流し、電磁石の振動板をふるわせるのだ。

　むろん楽観視は禁物だろう。誰か生身の人間が、ちゃんと番号を確認しながらダイヤルしたのかもしれない。心当りはさっぱりである。身におぼえのない不明の発信人が、予告もなしに、土足で踏み込もうとしているのだろうか。

　鳴りつづける電話。四回目、それとも五

(page 9)

回目？気をもむことはない、いずれ間違い電話にきまっているさ。午前四時すぎに緊急の応答を求められるほど、親密な関係をたもっている相手はいない。とくに最近は、誰ともかかわり合いを持たず、ひっそり目立たないように努めてきた。加害者はもちろん、被害者にならずに済ませられるよう

に、息をひそめて暮してきた。保護色の腕くらべなら、コンクールに出たっ
てそれなりの成績でこなしてみせる自信がある。

　故障にきまっているさ。回線の向こう側
(page 10)
は無限に循環している閉鎖回路で、発信人なしにコイルのハンマーだけが
勝手に振動しているのだ。

　唐突にベルが鳴りやんだ。髪から汗がしたたり、石鹸が臭った。いつ風呂
にはいったのだろう。頭を洗ったりした記憶はない。しかし被ったタオル
ケットの下は素裸だ。

　ベッドに戻りかけようとすると、見張ってたみたいにまた電話が鳴りだし
た。それほど切実にぼくとの接触を求めていた相手が、誰かいたっけ？
(page 11)
　二回待たせて、受話器をとる。

　「いま、よろしいでしょうか？」

　意外に素直な声。声で判断するかぎり、そう危険な相手でもなさそうだ。

　「どなた？」

　「はじめて電話さしあげる者ですが、でも、赤の他人ってわけじゃないん
です」

　「そんなこと言われたって、分らないよ」

　「ぼくたち、遠い親戚筋にあたっていて、無理すれば先生のこと兄さんと
呼んでもいいような間柄なんです。話、つづけてもか
(page 12)
　まいませんか？」

　先生と呼んだところを見ると、ぼくの職業について一応の知識は持って
いるらしい。それに丁寧語にも無理がなく、嫌がらせをねらっている印象は
ない。

「悪いけど、誰に掛けているの？」

「保根先生のお宅じゃないんですか」

「朝の四時すぎだよ、誰だか知らないけど、それほどの用件なの？」

「助けてほしいんです」

「助けるって、何を？」

(page 13)

やはり胡散臭い電話だ。金の無心だろうか。

「ぼく、信じられないでしょうけど、先生の弟なんです。残念ながら腹違いの弟……母親は別人だけど、父は共通ってことですね」

「君、いくつなの？」

「十八……」

「馬鹿言っちゃ困るね、親父は君が生まれる前にさっさと死んじまっているんだ」

「知っています」

(page 14)

「だったら弟なんかでありっこないだろ」

「騙されているんです。あいつ、死んだふりして、本当は生きているんだ。とんでもない食わせ者なんだから」

「それで？」

「実はぼく、殺人容疑で追われているんですよ」

そら、おいでなすった。殺人容疑だって？こういう場合、夢のなかの出来事かどうかを確認するには、しつこく細部にこだわってみるのが一番だ。ロックがぐらつきはじ

(page 15)

めた、アルミサッシュの窓。その窓の外にひろがる、濁った闇。ガラスが汚れているのだろう。それでも椿の葉はワックスをかけたように艶やかだ。水

銀灯の反射かもしれない。ここからは見えないが、その根っこあたりに脚が赤いムカデの巣があって……いや、見えないことはこの際どうでもいい、見えている椿の茂みだって、本物の細部かどうか疑いだせばきりがないのだ。たぶん確実なのは、おれがここにいること。窓ガラスにもちゃんと映っている。紺のタ

(page 16)
オルケットを頭からかぶり、右手に受話器を握りしめ、不安げに窓ガラスのなかの自分と目を見交している。細い脚だけが白く湾曲して目立ち、人間に化けそこなった蛙みたいだ。第三者の目から見ても、ぼくはどことなく蛙に似ているらしい。バセドウ氏病でもないのに、綽名が『蛙』なのだ。生きた蛙よりも、生物の教科書などに出ている解剖図、もしくは高級中華料理店に飾ってある直立姿勢の干物に近い。ひょろりと長いO脚のせいだろうか。ブラインドを

(page 17)
閉じると蛙も消えた。タオルの端で顎の下を強くぬぐう。あせもが出来かけているらしく、ひりついた。これと言った意味はないが、当てにしていい感覚の細部だろう。夢のなかではほとんどの皮膚感覚が、正座しつづけた後の脛みたいに痺れてしまうものだ。いつだったか、これは夢だとはっきり自覚している夢のなかで、かさぶただらけの緑色の怪物に追いかけられ、覚めようとして手の甲をつまんで引っ張ると、皮がゴムみたいに一メートル以上も伸びてしま

(page 18)
った記憶がある。その経験を応用して、強く耳たぶに爪を立ててみた。痛みが沁みた。

　沈黙に追い立てられてか、電話の声が早口になる。

　「でも濡れ衣なんです。それに、警察に追われているってわけじゃないし……」

「悪いけど、他人のことにかまっている暇はないんだ」

「超能力者なんです、ぼく……」

「なんだって？」

「超能力者。スプーン曲げの少年。知って

(page 19)

いるでしょ、念力でスプーンを曲げるんです。そのほか、空中遊泳もできるし、遠隔透視術だとか……まあ、いいや、もう遅いから……失礼しました、いずれまた連絡します。兄さんだって、ぼくが必要になるに決まっているんだ……分っているんです、読めるんですよ、次々に困ったことが起きて、嫌でもぼくの協力が必要になる。兄弟どうしなんだし、助けあうべきなんですよ。お互い、孤独なんだから……」

(page 20)

2. それからの奇妙な一日の最初の事件

　妙なはなしだ。さっきの電話がもし夢なら、つづいて起きた一連の出来事も、そっくり夢の続きだと考えざるをえない。逆に『スプーン曲げの少年』と名乗ったあの自称『弟』の音声が、現実に受話器の振動板をふるわせた物理現象だったとしたら、ぼくは昨夜から一睡もしていないことになる。そうかもしれない。この朦朧とした疲労感

(page 21)

は、睡眠不足で脳が生乾きになったときとそっくりだ。夜があける前に、せめてあと一、二時間は寝ておきたい。

　濡れた髪をタオルでぬぐい、ブリーフをはき、半袖のシャツを着込んでベッドに倒れこむ。本当はボクサー・ショーツのほうが風通しがよくて好きなのだが、もうながいあいだショーツは小学生用で、成年男子ともなれば下着は当然ブリーフと決めこんでいたから、下着売り場でどちらを買うべきか一度だって迷ったことなんかなかった。

(page 22)

ところが半月ほど前、テレビのアンケート・クイズ番組で、好感度の高い男性の条件として下着はショーツと答えた若い娘が圧倒的だったのには困惑させられた。しかもその理由がブリーフは赤ん坊のオムツを連想させるというのだから恐れ入った話だ。かと言っていまさら転向しても手遅れだろう。それにもてない男の形容として、「野暮なボクサー・ショーツ」という形容を目にした記憶がある。あれはたしかアメリカの推理小説だった。ブリーフで結構だよ。

(page 23)

テレビ局に行列をつくる自称女子大生の見解よりは、推理作家の判断のほうを信じたい。

　ベッドは体の輪郭に合わせてじっとり湿っていた。頭から被ったタオルの下が素っ裸なので、風呂から出たつもりになっていたが、実際にはただ汗まみれの夢にうなされ、着替えしたさに目を覚しただけだったのかもしれない。ベッドの端のなるべく乾いた場所を選んで『く』の字になる。手探りで枕元のカセット・デッキのスイッチを

(page 24)

入れる。

　小型だけが取り柄のスピーカーから聞きなれた音楽が流れだした。医者の処方なしで買える安全確実な睡眠薬。どんな音楽でもというわけにはいかないが、ある種のメロディーとリズムには、薬物に匹敵する強力な催眠作用があるようだ。聴いていると途中でかならず舟を漕ぎはじめ、どうしても最後まで聞きとおせない曲、退屈なせいではなく、むしろ気に入っているのだが、なぜか途中でぐっすり寝込んでしまう曲。

(page 25)

　けっきょく今年に入って辿り着いたのは、あまり代り映えのしないバッハ

のブランデンブルク協奏曲である。とくにウェンディ・カルロスによるシンセサイザー演奏のテープを手に入れてからは、あらためて病みつきになった。バッハの有効成分がカルロスの演奏で濃縮されているらしい。連日飽きずに繰り返し、いっこう効き目が薄まる様子もない。今かかっているのはC面……≪No5 in D Major≫ウェンディ・カルロスはモーグという電子楽器の創始者で、一時

(page 26)

は映画音楽などで鳴らしたらしいが、十年ほど前に行方不明になり、ふたたび姿を現したときには性転換して女になっていたそうだ。どうでもいいことだが、すごい美人になっていたと何かの雑誌に書いてあった。このテープは彼が彼女に性転換してからの作品である。

　シンセサイザーが効くのだろうか、それともバッハが効くのだろうか。たぶんバッハの有効成分が、電子音効果によって増幅されるのだろう。人工的な電子音は無駄が

(page 27)

なさすぎて、いくらこねても粘りが出ない。ぱさぱさと音の繊維が舌に残って、余韻に欠ける。そのかわり顎を使ってしっかり噛みしめれば、ゴボウならゴボウ、アスパラガスならアスパラガスなりの、個性的な風味を識別することも可能なのだ。どうやら睡眠誘導剤としての音楽に要求されるのは、クリームソース風味の陶酔感ではなく、むしろタクアンやカズノコで代表される歯触り感らしい。同じ味覚でもあきらかに扱う脳の領域が別なのだ。スルメや塩豆を噛る

(page 28)

時の能動性、チーズやレバーを咀嚼するときの受動性。どうしたって繊維質のもののほうが、それだけ集中の持続が求められる。

　テープは順調に回転し、聞き慣れたいつもの曲がダイヤどおりの運行をつ

づけている。まだ眠りの入口にさしかかる気配はないが、あせることはない。いずれ眠りの入口は、眠ってしまってからでないと分らないものだ。無理に眠ろうと努力したりしないで、じっと耳で音楽を咀嚼していればいい。
(page 29)

　と、邪魔が入った。ただしこんどは電話ではない。電話みたいなあからさまな妨害ではなく、木陰にひそむまだら模様の蛾みたいに、ひそかでまぎらわしい妨害音。しかし音楽のレールに乗っている耳は敏感だ。わずかなリズムの変化にも、脳細胞の全体が強く反応する。いくら揺り篭が好きな赤ん坊でも、砂を蹴立てるジープに揺られて眠り込んだりはしないだろう。宝飾店のブレスレットの陳列棚から、手錠を発見した違和感。
(page 30)

　テープのスイッチをオフにする。音楽は消えて、妨害音だけが残った。機械の故障ではなさそうだ。泥棒だろうか？泥棒にしては配慮がなさすぎる。夢のなかなら派手に足を踏み鳴らして侵入してくる無遠慮な泥棒も珍しくはないが、まだ寝る前なのだ。念のためにもう一度、手の甲をつねってみる。明瞭な痛み。

　野良猫にちがいない。栄養過多の野良猫が、窓の庇と軒先のあいだで、朝のジョギングをしていたのだ。そう思っただけで全
(page 31)
身にアドレナリンがみなぎった。ゴキブリの次に猫が嫌いなのだ。とっさに枕元の文庫本をつかみ、窓枠めがけて投げつける。文庫本は汁気たっぷりの蛾みたいに羽をひろげ、ブラインドに貼りつき、床に落ちた。予期したほどの音はしなかったがそれでも猫はいったん動きを中断した。つかの間のことだ。すぐに洗面所の窓の庇に移動し、ふたたび減量体操を開始する。野良猫、心得たもので、人間はこんな時間に床を離れたりしないことをちゃんと知っているのだ。

(page 32)

しかしその心得顔が我慢ならなかったのだ。最後に目を覚ましたのがいつだったか記憶にないほど足元のテーブルを迂回して廊下に出た。居間兼寝室なので空間の余裕がなく、闇のなかでの移動は何年たっても馴れることがない。

　廊下は短く、大股なら五歩で突き当り。片側を書棚にしているので、幅も人間ひとりがやっとというところ。突き当りの右にもう一つ部屋があり、本来は寝室用なのだが、いまは別の目的に使用している。その

(page 33)

目的はあまりに微妙かつ複雑すぎて、こういう切迫した情況下で説明するにはふさわしくない。いずれ遠からず告白を余儀なくされるときがくるはずだ。その部屋の向かい側に、やや小ぶりなペンキ塗りのドアがある。ペンキはわずかにベージュが入った白の艶消しで、開けた正面が洗面台、左が便所で右が風呂場。明りをつけなくても、洗面台の上の窓がかすかに白みはじめていた。いぜん音は続いている。不意を襲ってやるのがいちばんだ。右手にうがい用のコ

(page 34)

ップをつかみ、左手に洗濯機用の頑丈なゴムホースを握る。どちらかを命中させて痛いめを見せてくれよう。あいにく洗面所の窓ガラスは鉄線入りダイヤカットで、ひどく透過率が低い。小さくカットされた青いラムネ色の朝の破片の集積。しかも防犯が目的らしく、蝶番が上縁についている式のやつなので、開閉も不自由だ。的確な攻撃は望めそうにない。せめて威嚇するだけでもと、毎秒一回転ものスピードでホースを窓枠に添って波打たせてやった。たいてい

(page 35)

の猫なら仰天するはずだ。ところが敵は窓の構造を熟知しているのか、ぼく

の臆病さを見越しているのか、いきなり反撃を開始したのである。ひそんでいた窓枠の陰から、覗き込まんばかりに身を乗り出し、ホースめがけて飛びかかってこようとする。こんな殺伐な曲芸をする猫はまだ見たことがない。怖くなってホースの手を休めると、相手も静止した。ギザギザの青い朝の破片に浮んだシルエットは、輪郭もやはりギザギザで、猫でないとは断定できないが、猫だ

(page 36)

とも断定はできなかった。のっぺりした印象はオットセイに似ていなくもないが、こんな街なかにオットセイが出てくるわけがない。手足の毛細血管が収縮したのか、汗がひいて寒くなってきた。

　無言のにらみあいに根負けしたのか、向こうから先に動いた。ガラス越しに、矢尻みたいなとがったものが突き出された。

　鴉だ！

　いったん鴉だと分ってしまうと、たしかに鴉以外のなにものでもない。ダイヤカッ

(page 37)

トのプリズムで分割されてはいるが、まぎれもない巨大なくちばし、充血した赤目、磨きあげられた鋼鉄色の翼。

　気迫負けしたぼくがホースを引っ込めても、鴉はさらに攻撃を続行した。こんどはたがねを扱う彫金師のリズムで、窓枠のパテをついばみはじめたのだ。パテの主成分は炭酸石灰である。いくら悪食で鳴る鴉でも、パテに食欲を感じるとは思えない。狙いはもっと他にあるにきまっている。たとえば室内に侵入するために、そっくり窓ガ

(page 38)

ラスを取り外してしまうとか……

　想像しただけでも身の毛がよだつ。たしかに蛙は鴉にとってかっこうの餌

だろう。もっとも本音を言えば、鴉にかぎらずカナリアだって願い下げにしたい。猫やゴキブリとはまた違った意味で、鳥類とはもともと相性が悪いのだ。第一に脳味噌が小さすぎて意思の疎通がほとんど不可能である点。第二に——雑誌で仕入れた雑学だが——体温が高いので羽毛の隙間がダニの巣になっていること。つまりさまざまな病気の感染

(page 39)
源だということだ。まして鴉には不吉な印象がつきまとっている。あの世への案内鳥だとか、死を告知する鳥だとか、悪役専門で売っている。すぐにも撃退してしまいたい。最近ビルや駅の構内などで鳩の糞被害がひどく、大目玉模様の風船をつかって駆除の効果をあげているという。たしかに自分よりも大きな頭、大きな目玉、そして重低音におびえるのは一般的な動物の習性かもしれない。ためしにこのゴムホースを鳴らしてみてやろうか。ラッパを吹くのはな

(page 40)
ぜかぼくの特技の一つだ。筒状のものなら、なんでも音をだせる。指でつくった輪でも、電気掃除機のパイプでも、もちろん本物のトランペットでも。つまるところ圧迫した唇の粘膜を振動させるコツにすぎない。ゴムホースの先を窓に接触させ、もう一方の端に口をあてがい、背筋をそらせて胸郭いっぱいに息を吸いこんだ。どんな音が出るかはやってみなければ分らない。湿らせた唇の形をそれなりにととのえ、一気に吹いた。期待していたのはもちろん怪獣の叫び

(page 41)
だったが、実際に発生したのは草食動物の長い放屁を思わせる道化た音。管の内壁がやわらかく、滑らかさを欠いていたせいだろう。それでも鴉はいったん静止した。パテをついばむのをやめ、大きく翼をひろげて、ガラスの表面をぬぐうような動作をした。ひろげた翼は窓の下半分を覆い、あらた

めてその巨大さに驚嘆する。脅すことは出来なかったが、好奇心は刺激してやったようだ。羽をひろげたのは仲間を誘うための合図だったらしい。窓枠の下側から、べ

(page 42)

つの一羽が覗きこんできた。あわせて二羽だ。二羽が交互に覗き込む。覗き込んでは顔を見合わせる。いくら透過率の低いダイヤカットでも、そこまで密着されると、細部までくっきりと確認できた。ずっしりとした翼を支えている肉厚の胸、まぶたの赤い輪郭、巨大で穴のような瞳孔。こちらから見えているのだから、むこうだってプリズムのカットを透して、ぼくの顔を判別し、憶え込んでしまわないとも限らない。鴉はひどく記憶力がいいうえに、執念深いとい

(page 43)

う。連日帰宅途中を襲われ、鼻をかじられたり、髪の毛をむしられたり、糞をかけられたり、鼠の死骸を襟元に押し込まれた子供の話を新聞で読んだことがある。二羽の鴉は顔を見合わせ、いかにも猛禽類らしいくちばしを大きくひらいて、紅生姜色の舌をちらつかせた。咳込むように小さく鳴いた。いや、たぶん、笑ったのだ。

　圧倒的な羽音を残し、二羽そろって飛び立った。

(page 44)

3. チャールストンに乗った配送係

　タイヤがきしむ。臨終を迎えた老犬の息遣いを思わせる、荒れたエンジン音。耳になじんだ音なので、その現実感覚にはほっとさせられる。毎朝七時五分きっかりに到着する定期便。海底に錨がとどいた感じ。休日を除けば、このエンジン音が毎朝の目覚まし時計がわりで、キーを抜くまえの空ぶかしを合図にテレビのスイッチを入れるのが日課である。スイッチは手の届かない

(page 45)
ところに置いてあるので、嫌でも起き上がらざるをえない。さもないとすぐ
また枕のなかに顔を埋めてしまいかねないからだ。

　しかし今朝にかぎって、ぼくはすでに……あるいは、なぜか……洗面所に
立っていた。左肩を壁にもたせかけた姿勢で、洗濯機のホースを握りしめて
いた。二羽の怪物が窓枠のパテをついばんでいたのは、夢なんかではなく、現
実のことだったらしい。でも妙だ、首振りの儀式を演じる鴉の影が投影さ
れているダイヤカットの一つ一つが、

(page 46)
かろうじて夜明けの青に染まりかけたばかりだったのに、いきなり午前七時
五分にふさわしくきらめくニッキ飴の破片に変わっている。

　考えてみると『弟』を名乗る自称スプーン曲げの少年から電話を受けたの
は、まだ昨日に属する時間帯だった。あれからすくなくも三時間は経ってい
る勘定だ。突っ立ったまま寝込んでしまったのだろうか？馬じゃあるまい
し、そんな芸当はできっこない。むしろ誰かに——たとえば超能力を

(page 47)
自称する『弟』みたいなやつに——時間飛翔用ロケットを尻の穴に仕掛けら
れたとでも考えたほうがまだ納得もいく。

　それとも勝手な早飲込みだったのかな。がさついたエンジン音だけで、七
時五分の定期便だと決め込んでしまったのは短絡のしすぎかもしれない。暴
走族の朝帰りかも知れないし、妄想をたくましくすれば、安眠妨害をね
らった『弟』の嫌がらせかもしれないのだ。早合点は禁物。あいにく腕時計
を外していたので、確認はできなかった

(page 48)
が、実はまだ五時前ということだってありうる。夏の朝は足早に、しかも突
然やってくる。

　確認のためいったん居間に引き返した。ブラインドの隙間に指をはさんで窺うと、期待はあっさり裏切られ、下の道路に停車したのはまぎれもない定期便だ。狭い軒下にかろうじて根をおろし、いかにも日陰者らしく濃緑の腕をひろげている椿の葉、その隙間に問題の車。チョコレート色のシトロエン２ＣＶ。枕元の時計を見る。七時五

(page 49)

分、正確だ。もはやタイムスリップを認めるしかなさそうである。消えた時間は何処に行ってしまったのだろう？車のドアが開いて、すぐに閉まる。エンジンに劣らずブリキ細工じみた音。靴の先から眼鏡まで同系統のチョコレート色できめた肩幅のせまい男が降りてきて、優雅な指さばきでネクタイの結び目をいじりまわす。

　そこで、ぼくの憶測——それなりに根拠のある憶測のつもりだが——その棒杭男の職務は、いくら気取ってみせたところで、

(page 50)

しょせん一種のメッセンジャーにすぎまい。いまごろちょうど階段の途中にさしかかっている頃だが、足音はしない、たぶん最新流行の厚いゴム底の靴なのだろう。時計の秒針が半周する。奴の目的地である≪22≫号室のドアの前。つまり六平方メートルほどのホールをはさんだ、向かい側のドア。ちなみにぼくのドアの標識は≪21≫、二階の角の一号室である。

　ホールには滑り止めがついた褐色のタイルが敷きつめられていて、片隅に赤い自転

(page 51)

車が立て掛けてある。車輪が細い女性用の自転車だ。黒いサドルは艶やかで、微妙なカーブを描き、見るたびに妖しい胸騒ぎに襲われる。棒男は玄関のブザーのかわりに、そのハンドルのベルを鳴らす。応えるのはドアの開閉音だけで、挨拶をかわす声は聞き取れない。すべてがひどく事務的だ。毎

日の日課だし、無言の挨拶だけで事足りるのだろう。そんなふうに馴染み
あっているくせに、長居はしない。二十分から三十分、せいぜいコーヒー一
杯分の滞在時間である。

(page 52)
何かにおびえ、わざわざ潔白を演じてみせているのだろうか。それとも……
信じがたいことだが……本当に三十分しか必要としないていどの淡泊な間
柄なのだろうか。

　カーテンを開けっぱなしにしておくと、台所からベッド脇のテレビが見え
る。天気予報(最近は気象情報というらしい)が始まった。画面に目を据え
たまま、蟹歩きで台所に立ち、コーヒーの豆をひき、濾過器のスイッチをい
れた……快晴、午後になって所により雷をともなったにわか雨……失

(page 53)
禁直前にトイレに駆け込む。鴉が舞い戻っていないことを確認し、再確認
し、再々確認してから、歯をみがき、ひげを剃った。

　六分五十秒経過。

　せわしく立ち回っていないと、隣の情況が気になって、肥大化しつづける
妄想に歯止めがきかなくなる。冷凍のピザパイをトースターに入れ、スイッ
チをＯＮにする。ズボンに足を突っ込み、ファスナーを引き上げる。総合ビ
タミン剤を牛乳で流し込む。ホトホト、ホトホト、ホットホト……呟き

(page 54)
ながら、素性の知れない変な文句だと思う。通常は困惑、もしくは愛想が
つきたときしか使い道がない副詞のはずだが、ぼくの発声器官を通過したと
たん猥褻で思わせぶりな響きをおびてくる。案外それがぼくの正体なのだろ
うか。ホトホト、ホトホト、ホットホト……パイが焼きあがるのを待つ間に
辞書をひいてみた。

　　ほと [陰] 女性の陰部。女陰。「こ

（page 55）
　　　の子を生みしに因りて、み陰炙（や）かえて……」
　正確な意味はわからないが、おおよその見当はつく。いい加減にしろよ、男と女が接近したからって、無条件に磁石のＮ極とＳ極みたいな反応がおきるわけじゃない。下等動物の求愛行動だって、はるかに複雑な法則に支配されているらしい。動物園でも繁殖のための≪つがい形成≫は飼育係の
（page 56）
腕の見せどころだと言われている。

　かと言って、気取った２ＣＶを乗りこなすほどの配送係が、わずか一杯のコーヒーに甘んじているとも思えない。あれはたしか自動車雑誌で見た記事だ、「見ては極楽、乗っては地獄」……要するに並外れた見栄っぱり、露出狂好みの乗り物だということだ。女も女だよ、それくらいのこと、なぜ見抜けないのだろう？　それとも意思に反して無理強いされているのかな？　仕事をまわしてもらった代償だとか、つい弱みを
（page 57）
握られてしまったとか……

　きっとそうだ、そうにちがいない、もし報告書の受け渡しだけが立ち寄る目的なら、十秒もあれば片付いてしまう。別れのキッスのための二分間を差し引いても、最低十五分の余裕は残る勘定だから、その十五分の利用法について、多少の妄想は不可避だろう。ぼくだって十五分もらえば、けっこう多彩な場面を演じてみせる自信があるな。とくにああいう漆黒の髪をして、顎の退化が目立つ首長男は、性欲が強く、早漏気味
（page 58）
だと何かに書いてあった。胸が痛むじゃないか、いまはただ悲しみの風わたる野にいで、邪念を洗い……隣の女が洗われている……いつものように淫らな後背位の姿勢をとり……あるいは、とらされて……淡い髪の毛が少女っぽい項にはりつき、痛々しい……

　もっとも彼女については正反対の心証もファイルされている。実際に目撃したのは窓越しの後ろ姿だけだが、伸びた背筋が小気味よく、腰から下の趣味もなかなかのも

(page 59)

のだ。二十代終りの脚に似合った自信たっぷりのスカート丈、畝織りのストッキング。加えて噂が縁取り効果を強めていた。管理人やクリーニング屋の話をまとめてみると、なかなかの働き者で、夜っぴてパソコンを操作し、外国からの情報収集と処理にはげんでいるらしい。早朝の定期便は、その収穫の買い付けが目的なのだ。おかげて外国のスパイの嫌疑をかけられたこともあるそうだ。危険な香辛料の一振り、つい一目おきたくなるじゃないか。案じてやるまでも

(page 60)

ないのかもしれない。犠牲者はじつは配送人のほうで、台所の洗い物を日課として請け負わされているのかもしれない。どっちにしても、憶測による作り話。冴えない話さ。

　十二分八秒経過。

　時間はジャンプするのに飽きたらしく、のろのろと着実に過ぎていく。眉間を揉んで寝不足の毒をちらしてやる。血圧が上がっているの？深呼吸を繰り返す。自分が人並みはずれた心配性であることは、指摘

(page 61)

されるまでもなく承知しているが、ただ心配が昂じただけで、意識を喪失したりするだろうか？医者に診てもらうべきかもしれない。

　冷めないうちに朝食をすませてしまおう。コーヒーに砂糖を小匙一杯半、正確に計量して掻きまぜたとき、何処からか子供の悲鳴が聞こえた。幻聴にきまっているさ、寝不足するときまって聞こえてくる例の悲鳴……幻聴だとわかっていても、親の折檻をうけている子供の悲鳴は凄惨すぎて耐えら

（page 62）
れない。

　ちがう、車のドアの音だった。ブラインド越しに覗くと、ちょうど配送係がシトロエンに乗り込むところ、廃品回収のトラックからアルミ缶をぶちまけたような発進音。十四分経過していた。正確だ。正確さには耐火金庫なみの頼もしさがある。しかし眩暈と頭痛はいぜんとして根をはったままだった。

　わが隣人は何をしているところかな？ただ大欠伸をしているだけかもしれないし、

（page 63）
蛇口を全開にしたシャワーの下にしゃがみこんで洗浄中かもしれない。電話が鳴った。七時二十五分。冗談じゃないよ、うかうかしていると遅刻だぞ！

「困るなあ、急いでください……」

「よけいなお世話さ」

「嫌だな、兄さんからそんな突っぱねるような言い方されるなんて……」

「慣れなれしすぎるぞ、証拠もないのに」

「言ったでしょう、ぼく超能力者だって……すぐに信じてもらえるなんて、思っちゃ

（page 64）
いないけどさ……でも、今朝はずうっと異変つづきだったでしょう？」

「出掛けるところなんだ、悪いけど」

「だったらいいんです。疲れて、寝過ごしたりしちゃまずいと思って……」

「念力でもかけたのかい？」

「なにか兆候があったんですね？」

「勘弁してくれよ、寝不足なんだ」

「睡眠のとりすぎは、かえって体に悪いらしいよ」

　言い終わるのを待たずに切ってやる。あ

(page 65)

あいう確信百パーセントの断言口調には我慢がならない。テーブルの上の飲みおえたはずのコーヒーから湯気がたっていた。平らげたはずのピザパイが手付かずのまま、ほどよく焼けたチーズの香りをただよわせている。妙だ。弟の仕業だろうか？まさか、超能力を信じるくらいなら、天国か地獄でぼくの時間表を作成している担当者の製本ミスで、時間の乱丁がおきてしまったと思いたい。ブラインドの隙間に目をおし当てる。シトロエンは影も形もなかった。

(page 66)

すべてが醒めそこなった夢のつづきだろうか？　しかし時計の針はきっかり七時半を指していた。間違いなく時間は経過しているのだ。そのくせコーヒーはちゃんとコーヒーの香りがしていたし、パイはパイの味がした。まさか毒ではないだろう、頬張ったパイを砂糖ぬきのコーヒーで流し込む。睡眠不足にはなんと言ってもカロリーの補給がいちばんだ。新聞は後まわし、時間にせっつかれていたし、どうせ天気予報以外に読むべき記事はない。

(page 67)

　ネクタイは多少派手めにしよう。買ってからまだ一度も締めたことがない、白樺色の地に蛇行する昆布色の織り柄のやつ。新しいネクタイは気を引き締めてくれるはずだ。そのつもりだったが、かえってひどく無防備な感覚におそわれる。何かもっと確実に保護してくれるものがほしい。このさい思いきって『あれ』に登場をねがうべきだろうか？『あれ』……通信販売で手に入れたっきり、衣装棚の底に押し込んだまま、まだ封も切っていないダンボールの箱

(page 68)

……自分で注文しておきながら、ちょっぴり羞恥心なしには存在を認めたくない、防弾チョッキ、なぜそんなものを買い込んだのか説明を求められて

も、とっさの返答は無理である。いつか実際に袖をとおす機会があるなどと
は思ってみたこともない。ポイント・ブランというアメリカ製のエプロン状
のもので、戦闘用はもちろん、警察の爆発物処理班、テロの攻撃目標にさ
れそうな有名人、などに愛用されている保証つきの銘柄品だという。

(page 69)

　しかしぼくはあいにく一介の中学教師にしかすぎない。有名人どころか、
戦闘要員ですらないのだ。防弾チョッキの着用を誰かに気づかれたりした
ら、それこそいい物笑いの種だろう。そうと分かっていても、せばまってく
る敵意にみちた包囲網の予感は、さしせまった脅威だった。ボタンがわりの
マジックテープが、バリバリ音をたて、石油化学製品らしい刺戟臭が鼻を
ついた。思ったよりもよく体になじみ、着心地は悪くない。ケプラーとかい
う鋼鉄よりも強く

(page 70)

て軽いカーボン繊維らしいが、弾力もありしなやかで、極端な前傾姿勢で
もとらないかぎり、さほど人目をひかずにすみそうである。万一露見した場
合には、鴉の襲撃にそなえての予防措置だと答えることにしよう。説得力
のある答弁だとは思えないが、事実なのだから仕方がない。

　ついでに言っておけば、防弾チョッキの襟元と脇の下に巧妙につくられた
隠しポケットがあって、ナイフ、懐中電灯兼用の警棒、催涙ガスのスプ
レーなどの護身用機材

(page 71)

一式が仕込まれている。結構じゃないか、と軽い気持で考えた。攻撃は最
大の防御である。実際に使用しなければ、こんなものはただの玩具だ。子供
がほしがる消しゴム製の戦車か戦闘機にすぎないのだ。催涙ガスだって、市
販の雑誌に広告が載っている程度の無邪気な代物である。

　　最新鋭セルフディフェンスウェポン西ドイツからやってきた強い味方！

(page 72)

　あなたは自分の命を守れます。ニューヨークやロンドン、ローマに劣らず、いまや日本もお先真っ暗、自分が死んでしまってからでは、警察のどんな努力も水の泡。そうなる前にシュッとスプレー一発、射程距離２ｍ以上、血を見ずに相手の攻撃力を封じてしまうＴＷ1000催涙ガス・スプレー（この製品の所持、使用は法律で承認されております）

(page 73)

4. 自衛のための催涙ガス

　郊外電車の線路にそった路地をぬけると多少近道になる。通称、焼酎横丁。線路の目隠しみたいに、ずらりと屋台が列をつくっていて、角から七軒目の≪あみだ≫が行きつけの店だ。朝の眺めは悲哀にみちている。斜光にさらされ、杉板の壁も引き戸も、鯵の干物みたいに白ちゃけている。それでも陽が沈むたびに、銀蠅の嗅覚が芽をふい

(page 74)

て、みだらな臭いを嗅ぎ付けてしまうのだ。根も葉もないまことしやかな噂。月に一度か二度、店の女主人の気が向いた夜、阿弥陀籤でベッドの相手をきめるという噂。店名の≪あみだ≫もその籤に由来しているらしい。さもしいとは思いながらも、宝籤よりは確率が高いような気がして、ついまた足を向けてしまうことになる。

　横丁の角をまがると甘栗屋だ。二人の娘が交代で店番をしている。今朝は口紅が薄いほうの娘だったので、五百円の小袋を購

(page 75)

入した。いつものように五十円負けてくれた。栗は健康にいい食品だし、しっかり殻で保護されているので清潔感があって好きだ。

　どこかで鴉が鳴いた。気にすることはないさ、まるっきり鴉が鳴かない朝なんてあるわけがない。

　駅の売店で週刊誌を買う。駅前のロータリーがぼくの乗るバスの発着所だ。週刊誌はバスを待つ間の時間つぶしにもなるし、それに何より顔を隠すのに都合がいい。意

(page 76)
識過剰かもしれないが、人込みのなかにいると他人の目が気になって仕方がないのだ。三つ並んだベンチの右端に席をとる。公衆便所に近い側なので、空席率が高く、先客に先を越された経験はめったにない。袋のなかでこっそり殻に爪を立てて割り、すばやく口にほうり込む。ほどよい湿り気と、やわらかな甘み。バスは数分おきに到着するが、学校方面行きは利用者が少なく、十五分間隔だ。急いだせいか今朝の待ち時間はあと四分もある。週刊誌のグラビヤペー

(page 77)
ジを見終え、栗を三個噛み砕き、いつものように胸に赤いリボンをピン留めする。監視当番の目印である。規則だから仕方ない。このバスを利用する生徒は通常男子八名、女子二名、計十名。手にあまるほどの員数ではないが、監視当番という役目そのものに屈辱を感じてしまうのだ。

　間断なく発着するバスからあふれ出した雑多な人種が、濁流になって改札口に流れ込んでいく。ぼくも赤いリボンをむしり取って、その濁流に身をゆだねてしまいたか

(page 78)
った。学校なんて小鬼の飼育場にすぎない。あらゆる社会の弊害の製造工場にすぎない。

　鴉が一羽、電線すれすれに飛んできた。ロータリーの中央を飾っている螺旋状の塔のてっぺんに、かるく爪先立って、首をのばす。嘴を開いて、緋色の舌をちらつかせる。夜明け、洗面所でパテをついばんでいたやつが、こっそり尾行してきたのだろうか。まさかとは思うが、鴉の顔を識別するのは至難の業だ。ロータリーの記念碑はステンレス製の螺子(ねじ)様のもので、す

(page 79)

くなくも高さ五メートルはあるだろう。ぼくは長いこと短波用の無線塔か、さもなければ前衛芸術だと思いこんでいた。あるときプレートを読んで、町のワイン業者(住宅用に開発される以前は一帯が葡萄園だったらしい)が寄付した≪コルク抜き≫の彫刻だと知り、ひさしぶりに腹筋をよじらせたものである。本物そっくりの日用品の模造が、これほど滑稽で愛敬たっぷりなものだとは想像もしていなかった。鴉が疑わしげにぼくを見据えた。尻尾をあげて灰白色

(page 80)

の水っぽい糞をした。慌てることはない、いまは安全な衆人環視のなかである。

　見慣れた青バスがロータリーを迂回して姿を現した。異常なことは何もない。すべて世間は順当に運行されるからこそ世間なのだ。青バスは地下街の出入口わきに停車する。下車する客も少ないが、乗り込む客はさらに少ない。通常はわが校の生徒十名とぼくだけである。それでも五分ほど客待ちのためにエンジンを切って、運転手は歩道に降りる。深呼吸しながら、タバコに火

(page 81)

をつける。健康を無視した十年前の吸いかただ。見るたびに違うライターを使っている。凝り性なのだろう。生徒たちは階段の陰にたむろしていて、出発間際にならなければ姿を現さない。ぼくはさらに手間取る。発車直前、生徒全員が乗り込んだのを見届けてから、おもむろにバスの最前列に陣取る。生徒たちは本能的に後部座席に集まるから、言葉も視線も交わさずにすむ。

　今朝もいつもどおりの十一人だった。相客がいないと、責任もそれだけ薄らぐよう

(page 82)
で気が楽だ。監督に多少の不手際があっても、内輪の揉め事ですませられ
る。鴉は身じろぎもせずに≪コルクの栓抜き≫の上からぼくを見据えてい
た。発車を待って尾行をつづけるつもりだろうか？胸焼けがする。睡眠不
足のせいだろう。医務室によって制酸剤を処方してもらおう。

　十五分ほど走ったとき、警戒信号、起毛筋を撫で上げられる感じ。後部
座席から迫ってくる嫌な静寂。奇声や嬌声なら毎度のことだが、こんなふ
うに息をこらされたり

(page 83)
すると、かえってまごついてしまうのだ。闇に目をこらすように、背後の気
配に目をこらす。

　運転手がバックミラーに目をこらし、上半身をねじって囁きかけてきた。
「いいんですか、あんなこと……」
「あんなことって？」
「自分で見なさいよ、責任者なんでしょう」

　アクセルを吹かして黄信号を突っ切った。言われるまでもなく、ぼくには
確認の義務がある。そのためにピン留めしてある赤リ

(page 84)
ボンだ。だのにギプスをはめられたみたいに、首がまわらない。出来れば見
て見ぬふりをきめこみたかった。うっかり振り向いたりしようものなら、取
り返しのつかない窮地に立たされそうだ。バックミラーの隅で運転手の視線
とからみあう。非難がましくぼくを責めているようでもあり、直視しかねて
まぶしがっているようでもある。

　まぶしがるような事態……思い浮かべられるのは、あいにく、たった一つ
の場面……ホトホト、ホトホト、ホット、ホト……

(page 85)
無意識のうちにすべてを性行為に結びつけてしまう、ぼくの困った性

癖……しぶしぶながら自分を鞭打って、目尻の端ぎりぎりに黒目をよせていったが、予想はあっさり裏切られた。いかがわしげな行為はまるで見受けられない。そのかわり、違った意味で意表をつかれた。後部座席にいるはずの十人の姿が消えてしまったのだ。一度も停車していないのだから、椅子の背もたれに隠れたか、床にもぐったとしか考えられない。運転手は餓鬼どもが潜伏するまえの行

(page 86)

動を目撃したのだろうか？目撃したから、ぼくの注意をうながす気にもなったのだろう。運転手の視線に狼狽して身を隠したのだとすれば、よほど破廉恥な悪ふざけをしていたにちがいない。男子生徒が七人に、女子生徒が三人。暴力の有無にかかわらず、これは立派な犯罪である。

　背もたれの陰に隠れて連中は何をやっているのだろう。裸の下半身を隠すだけが目的か、それとも行為の続行中で手が離せないのか？

(page 87)

「こそこそするな、みんなさっさと出てくるんだ！」

　刺がささったみたいに、声帯に痛みがはしる。なんの準備もなく、唐突に腰を浮かせて喚いたのだ。ミラー越しに運転手の視線がぼくを見据えている。生徒たちからなんの応答もないが、いまさら後にひくわけにもいかず、横這いに通路に立ちはだかって、おなじ文句を繰り返す。

「こそこそするな、みんなさっさと出てくるんだ！」

(page 88)

　いぜんとして反応なし。不安になってきた。例の深夜の電話以来、自分の判断や感覚にさっぱり自信がもてなくなってしまったのだ。ぼくの知らない間にどこかでバスが臨時停車して、その隙に生徒たちが集団脱走したのかもしれないし、さらに疑ってかかれば、乗客なんて最初からぼく一人だったのかもしれないのだ。だとしても情況はいっこうに改善されたわけではな

い。バスの運転手はぼくを、幻にむかって吠え立てる狂人だと思いこみ、学校当局に緊急通

(page 89)

報するにちがいない。

　最後部の背もたれの後ろから、生徒が一人ゆっくりと立ち上がった。つづいて三人、気まずそうに姿を現す。名前は忘れたが、最初のひとりが最年長の突っ張りで、中学生とは思えない身長と肉厚の体形、威圧感がある。残りの三人はその取り巻きだ。全員が姿を見せたわけではなかったが、このさい人数のことは不問に付してもいいだろう。とにかく命令に素直に応じてくれたのである。体面は保たれた。しかしその素直すぎ

(page 90)

る対応が、かえってぼくをまごつかせたことも否定はできない。出てこいと言ったら、出てきた。さて次に何を命じればいいのだろう？事態の進行を一任されてしまった重荷。まさか進行係の役まで押し付けられるとは考えもしなかった。

　ぼくの困惑を尻目に、最年長の生徒がズボンのベルトを左右にまわし、つづけてファスナーを引き上げるような仕種。すくなくもぼくにはそう見えた。黙殺するにこしたことはない。下手な追及はかえって薮蛇

(page 91)

になる。事態をことさら紛糾させる必要はないだろう。最初の告発者である運転手が現状維持を承認し、何事もなかったことにしてくれれば、それで万事解決してしまうのだ。

　運転手の表情を横目にうかがいながら、さり気なく席にもどってみよう。通路に立ちはだかっていたニキビ面が薄笑いをうかべ、一歩前に踏み出してきた。それも気のせいだったのかもしれない。なんとなく暴力の予感におびえていたし、睡眠不足も手

（page 92）

伝って、幻覚に襲われる条件はととのっていた。ぼくはとっさに……あとに
なって過剰防衛を責められることになる……反撃をこころみたのだ。防弾
チョッキのポケットから催涙ガスのスプレーをつかみ出すなり、発射ボタン
を押していた。弁明の余地のない至近距離、ただの整髪用スプレーでも、
粘膜の炎症くらいはおこしかねない距離。なぜあんな過激な行動にでたの
か、釈明は不可能だ。すべてが連続した一連の反射行動で、むしろ誰かに
そそのかされた感じだ

（page 93）

った。「やっちまえ！」と、誰かが耳元でわめいたような気がした。

　生徒の絶叫、急ブレーキ、バスが停車する。

　「無茶はよしさない！」

　運転手がぼくの手から催涙ガス銃をひったくる。ひったくったガス銃を、
ぼくにむけて構えなおす。

　「でも、奴等が……見ただろう、あんただって、奴等が……」

　ぼくも鼻をすすりあげ、涙ぐむ。自分で

（page 94）

発射したガスのせいだ。

　「やりすぎですよ」運転手も咳込み、ぼくの手を振り切って、窓を開けて
まわる。

　「目が見えないよォ……」おおげさに咳込みながら泣き喚くニキビ面。

　「さあみんな、早く外に出て！」ガス銃をつきつけて運転手がせきたてる。

　残りの生徒たちも背もたれの陰から這い出してきた。咳込み、おびえた表
情でぼくの脇をすり抜け、ドアに急ぐ。

　最後になった女生徒の一人の腕をつかん

（page 95）

で、問い糺す。

「白状しろ、何をしていたんだ？」

「すみません、蜂谷君がみんなに言って、探してくれていたんです」

「何を……」

「これ……コンタクトレンズ……」

バスを降りた。そうか、あいつが蜂谷か、聞き覚えがある。なんだか面倒なことになりそうだ。眉間の右側に鋭い痛み、寝不足の毒。学校前の停留所から百メートルほど手前の緊急停車だった。円陣で蜂谷を囲ん

(page 96)

で、校門の方角に駆け出していく生徒たち。運転手は片道二車線の整備が行き届いたバス通りを、ひょいひょいと石蹴りでもするみたいな足運びで渡っていく。角の電話ボックスで一一〇番をまわすつもりだろうか。胸の赤いリボンをむしり取ったが、いまさら手遅れだろう。最近の世論はなぜか校内暴力よりも体罰教師にたいする非難に傾きがちである。取り返しのつかないことをしてしまった。校門と電話ボックスを見較べながら立ち尽くす。バスの車輪の巨大さに

(page 97)

あらためて驚愕する。

5. 危機一髪さしのべられた救助の手

あいにく電話ボックスのなかには先客がいたようだ。光線の具合で、正確なことは分からないが、バスの運転手は苛立たしげに中を覗き込むばかりで、ドアを開けられずにいる。遠慮がちにノックをしては、何かしきりに呼び掛けている。右手に握ったガス銃で、バスの方角を指し示しては事態

(page 98)

の緊急を訴えているようだ。しかし先客はよほどの頑固者らしく、譲りそうな気配はまるでない。運転手は困惑し、ぼくを盗み見ては、しだいに落ち着きをなくしていく。

　ガラスのドアが二つに折れ、筋ばったむきだしの腕が突き出された。遠すぎてはっきりはしないが、突きつけられた指先の動きが何か記号めいて見えた。手品師を思わせる手さばき。それとも蜘蛛を突き付けて脅しただけかな？いずれにしても運転手にとっては脅威だったらしい。跳び退いて、
(page 99)
方向転換する余裕もなく大谷石の塀に激突し、つんのめったまま道路めがけて駆け出した。なぜか消滅してしまった右手のガス銃。腹だたしげに鳴り響くクラクション。ぼくも蜘蛛嫌いだから、あの反射行動は共感できる。かろうじて車道を渡りおえ、ぼくをはさんで、バスの反対側にまわりこむ。いったん昇降口のわきで身構え、ぼくが行動に移らないことを見定めてから、一気にステップを駆け上がった。威嚇的な自動ドアのバキューム音。真鍮製の象が歯ぎしり
(page 100)
をしたような音をたててギヤが鳴き、黒煙を噴き出す。甘い臭いを残して、タイヤが地面を蹴りつける。
　危機一髪だった。おなじ告発でも、おおげさな中学生の金切り声と、路線バスの運転手の証言とでは、信頼度も違うし、重みも違うだろう。公務を遂行中の人間が断定すれば、そのまま事実として通用しかねない。懲戒免職だろうな。いずれ辞めるにしても、辞めさせられるよりは、自発的に辞めたかったと思う。最近は教育委員会の連
(page 101)
中も、体罰にはけっこう神経質だし、校長の教育委員会アレルギーは、定年が近いせいか輪をかけた重症ぶりである。もし運転手の電話が先回りしてしまったら、ぼくは焼けた鉄板のうえでせいぜい猫踊りをさせられていたはずだ。欲求不満の教師たちには仲間の不幸くらい楽しいものはないのである。体罰教師が一目おかれたのは、もう遠い昔のことだ。
　救いの神が電話ボックスから姿をあらわした。

(page 102)
　年齢不詳の若者だ。差し上げて振ってみせる手に、いつの間にやら移行したガス銃のボンベが光っている。軽い足取りで信号機を迂回し、横断歩道を渡ってやってくる。チャコール・グレイの袖無しＴシャツに、細めのジーンズ。細い首の上の大きすぎる頭。まだ脱皮しきっていない、十代後半の印象だ。Ｔシャツの背中のプリント模様と、赤いスニーカーは、なんとか二十代になりたて。しかし成長しきった胸幅と、濃いもみあげは、いかにも脂ぎった二十代後半の

(page 103)
仕上がりだ。
　本当に弟だろうか？深夜から繰り返し電話でぼくを悩ませつづけてきた自称『スプーン曲げ』の弟が、いよいよ姿を現したのだろうか？理屈のうえではそうとしか考えられない。そうだろう。ある程度ぼくの行動を予知していて、尾行か監視が可能だった人間にしか、こんな芸当は出来っこない。それに、事情を知らない赤の他人が—仮に狂信的な動物保護団体のメンバーだったとしたも—これほどのタイミング

(page 104)
でぼくの苦境に干渉したり出来るだろうか。
　もっとも、兄弟らしい類似点はほとんど認められなかった。ぼくのような鈍重さの痕跡もなく、貂か鼬みたいなはしっこさを全身にみなぎらせている。夜行性の肉食獣の雰囲気だ。むりに共通点を探せばＯ脚気味ぐらいのところだろうか。
「急いでよ、ぐずぐずしないで！」
「でも、なぜここに？……先回りでもしてたのかい？」
　自転車にのった通学生が二人、訝しげな

(page 105)
表情でぼくらを見較べ、歩道わきを追い越していった。

「そんな質問、いつだって出来るでしょう」

　校門のほうを顎でしゃくって、取り戻したガス銃をぼくに押しつける。そこだけ大正末期風の赤煉瓦の門柱、この中学の前身である、旧帝国陸軍の微生物研究所時代の名残だとも言われているが、じつは権威の象徴を気取って、校舎の新築と同時に建造されたという説もある。どっちが本当か、とくに関心もないので、確認したことはな

(page 106)

い。ただ門と校舎の途中に、松の木と雑草が生い茂った古墳状の築山があり、ぐるりと鉄条網がはりめぐらされ、看板屋に書かせた目立つ標識が立っている。

　≪危険！破傷風菌の特異的棲息地≫

　しかも肝心の校舎のほうは、権威もくそもなく、放牧ができない地方のブロイラー牛舎そっくりで、突端にアルミとガラスでできた雨天体操場が連結されている。モダンというより、予算を切り詰めたＳＦ映画の宇宙基地のイメージだ。やはり微生物研

(page 107)

究所の影を認めるべきなのかもしれない。

　赤煉瓦の門柱の影に添って、何か動いた。バスから逃げた悪餓鬼のご注進で、早くも狼たちが非常線を張りめぐらしたのか。少年が手をさしのべてきた。薄いゴム手袋を着けたようなひんやりとぬめった手。握手を求められた、と思ったのは錯覚で、掴んだぼくの掌を両手で押し開き、光にかざしてしげしげと観察しはじめたのである。手相にも通じているらしい。逆らうわけにはいかなかった。なんといっても危険な物的

(page 108)

証拠を取り戻してくれた恩人である。

「……やはり血統なんだな、親父とそっくりじゃないか」

「言っただろ、親父なんてとっくに死んじまったんだ」

「すごい、不死身の相だよ。おまけにもうじき、女もできるってさ」うなずきながら軽くぼくの手の甲を叩き、「兄さん、しっかりしてくれよな、『スプーン曲げの少年』が付いているんじゃないか、千人力の味方だよ」

(page 109)

　微笑はさわやかだった。たしかに二十代前半の印象。とりあえず本人の希望どおり、少年ということにしておこうか。弟と認めるよりは無難だし、『スプーン曲げの青年』ではいくらなんでも語呂が悪い。いかにも二流品じみてくる。

　赤煉瓦の門柱の陰にひそんで待ち受けていたのは、予想に反して教頭自身だった。せいぜい主任クラスのお出迎えだろうと踏んでいたので、まごついた。学校側はよほどの大事件扱いにするつもりらしい。教頭

(page 110)

の事大主義にはつくづく閉口させられる。

　教頭は両腕を左右にひらいた。降伏した敵兵を迎え入れようとするポーズ。背筋の力をぬいて、敵意がないことを強調しているのだろう。振り向いて、黴菌山ごしにこちらを窺っている生徒たちに拳を振り上げる。腋の下の縫い目の糸が切れる音がした。あらためて見ると、二つのボタンの下が千切れてしまっている。教頭はどんな女を女房にしているのだろう。服装にかまわない職種の新入社員がとりあえず購入する、バ

(page 111)

ーゲン専門店の吊しの上着。最初はほっそり見えても、織りが甘いせいで、すぐにドンゴロスみたいに輪郭が消滅してしまう。批評がましく言うのはよそう、単に多産系の一家で、家計が逼迫しているだけかもしれないのだ。

　「保根君、思い切った事をやらかしてくれたじゃないか、毒ガスぶっかけたんだって、ちょっと信じられないな」

　「毒ガスと言っても、殺虫剤ていどのものですよ」

(page 112)

　教頭が笑った。予鈴が鳴った。

　「でもね、全員が医務室にかけこんで……まあ、嫌がらせだろうけどね……吐いたり、咳込んだり、一人なんか目が見えないと言ってわめいているらしいけど」

　「そりゃ、催涙ガスの一種ですから……」

　「殺虫剤じゃなかったの？」

　「護身用ですよ。警察も携帯を認めているんです」

　「でも、保根君……」教頭は刺激的な口臭を惜しげもなく耳元に吹きかける。「そん

(page 113)

なこと、あまりおおっぴらには言いふらさないほうがいい。われわれ教師を見る世間の目はきびしいんだ。問題は銃刀法ではなく、倫理なんだよ」

　予鈴を合図に、人の気配が消えていく。人間の足音を聞き付けた、海辺のヤドカリみたいだ。破傷風菌の巣窟の正面に、教職員用の出入口があり、校長と教頭にはまたべつの専用通用口がある。教頭がぼくの肘をつかんで、同行をうながした。

　「忙しい対応がはじまる前に、自分の席で

(page 114)

一休みしておきます」

　「いいから、任せておきなさい。変な横槍が入るまえに、とりあえず査問委員会をひらいて、罪状の決定だけはすませておいたほうが面倒がなくていい」

　「やはり査問委員会ですか？」

　「父兄から告訴されるよりはましだと思うよ」

　「会議室ですか？」

　「いいから、一緒についてきなさい。もっと悪びれた感じは出せないの？

意気消沈

(page 115)

して、肩を落として……鎖につながれた犬の感じだよ……」

6. 仮面欝病

　今後ぼくのあだ名はどんなふうに変更されるのだろう？いまさら≪蛙≫ていどでは容赦してくれまい。たぶん≪毒ガス≫だ。それとも≪スカンク≫かな？まあ、あだ名の変更くらいで済めばめっけものさ。懲戒免職。目覚まし時計がいらなくなる日。

(page 116)

ながいあいだ夢見ていた、寝たいだけ寝ていられる日。夜明けの定期便シトロエン２ＣＶのエンジン音を聞いても、あわてて冷凍ピザパイをトースターに入れたりする必要のない朝。のんびり新聞のページをめくり、コーヒーをすすりながらテレビのチャンネルを十秒間隔で変更し、鼻をかみ、将棋の問題集にマークをつけ、やがて玄関前の共有ホールで自転車の錠前をはずす音を聞いてから、偶然のようにドアを開けるのだ。するとなまめかしい黒のサドルを股に

(page 117)

はさんだ彼女がそこにいて……

　ぼくは注文どおり、野良犬みたいに首を垂れた姿勢で、教頭のあとについていった。授業開始のチャイムが鳴り、生徒も教職員もそれぞれの持ち場について、とつぜんあたりが無人の廃墟になった。回廊ふうの通路を迂回し、職員専用の通用口に出る。生徒が暴れだした時の緊急脱出路だ。ブロック塀を隔てて、すぐ裏手に交番がある。

（嘘でしょう、失業したって聞いたけど……）

(page 118)

（聞いたって、誰から？）

（噂よ……噂って、そういうものじゃな　い？）

（どうせなら転職と言ってほしかったな。学校勤めには、もういいかげんうんざりしていたんだ）

（優雅じゃない……）

（わずらわしいんだよ、人間関係が）

（どこだって、似たようなものよ）

（ためしに、タクシーの運転手でもやってみようかと思って……）

(page 119)

（変り者なんだな）

「さあ、急いで！」

非常口をはいった最初の左側のドア。教頭に強くうながされて、半開きの隙間から中にすべり込む。腰高の窓のベネシアン・ブラインドが白すぎてまぶしい。大正時代の舶来柱時計みたいな縁飾りがついた、鍵付きの書棚。既視感のするすだれを掻き分けて、ここが校長室であることに思い当る。しかし部屋の主はいない。教頭が内側からノブの臍を押してロックしてしまった。査

(page 120)

問会にしては妙な雰囲気だ。

両袖に引き出しがついた大型の事務机。一見しただけでは松の一枚板だが、実はただの合板にすぎないのかもしれない。肝心なのは、一枚板であろうとなかろうと、校内では最高に見栄えのする机だということだ。教頭はその机の向こう側にまわり込む。我がもの顔で布張りの回転椅子に腰を下ろし、慣れた仕草で床を蹴る。くるりと一回転したはずみで受話器をすくいあげる。上目遣いにぼくを見ながら、3、5とボタン

(page 121)

を押した。保健室の番号だ。

校長に声をかけるつもりはないらしい。居場所の見当はついている。医務

室でないことだけは確実だ。どんな面倒にも絶対に巻き込まれない主義
で、事があればすかさず用務員室に退散し、お気に入りの若い女子事務員
にコーヒーを注文するのが習慣なのだ。咎めてみてもはじまらない。あと一
年たらずで定年だし、慢性の口内炎をわずらっていて、複雑な会話は苦手
らしいのだ。だから教頭が、校長の補佐役としての限度

(page 122)
を越えたふるまいをすることがあっても、権勢の誇示より善意とみなすのが
教員仲間の常識になっている。校長も教頭を『できもの』と呼ぶのが口癖
だ。はじめは『腫物』のことだと思いこんでいたが、どうやら『出来者』という
本来の意味らしい。

　保健室に電話がつながった。

　「うん、私……で、どんな具合？」耳を傾け、かなり長い沈黙。ポケット
からタバコを取り出し、一本抜き取って、「いや、そいつはまずい、救急車
は駄目だよ……そう、

(page 123)
そういうこと……あとは君に一任しますから」

　「救急車なんて、めっそうもない」ぼくもせきこんで相槌をうつ。「仮病に
きまっていますよ。あいつら、大袈裟すぎるんだ、いつだって」

　「一人をのぞけば、全員快方にむかっているらしい。教室に戻って、授業
を受けさせるそうだよ」

　「一人って、蜂谷のことですか？」

　「咳がとまらないし、眼瞼が腫れあがって、

(page 124)
眼が開かないそうだ。粘膜が唇みたいに外にめくれかえって、洗眼くらい
じゃ駄目らしい」

　「近くの眼科に連れて行けばいいでしょう、タクシーでも呼んで」

「責任回避にも限度があると思いません　か？」

「それじゃ、ぼくも言わせて貰います。何もそう一方的に生徒側の肩をもつことはないでしょう。ちょっとした過剰防衛じゃないですか」

(page 125)

「困るな。証拠物件を握られてしまっているんですよ」

「証拠物件？」

「凶器です、凶器。バスの運転手に押収されたんだってね。言い逃れは難しい。生徒全員が証言していることだし……時間の問題じゃないかな、いつ運転手がその証拠物件に熨斗(のし)をつけて学校に乗り込んでくるか……直接警察に出向くつもりかもしれないけど……」

教頭は深々と溜め息をついた。指にはさ

(page 126)

んでいたタバコをくわえ、金の(もしくは金色の)ライターを操作して点火した。火はタバコの先端との距離、約七センチ。じっとその距離を保持したまま、

「せっかく禁煙したのに……今日で十日め、まだまた脆い堤防でね、こういう揺さぶりをかけられると、ぐらついてしまう、吸おうか吸うまいか……いや、君に相談したって、らちのあくことじゃない……苛々しないで、つとめて平静をたもち……」

ライターをもつ手が震えている。気が咎

(page 127)

めた。内ポケットから催涙ガス銃を取り出し、机の端にそっと置く。

「すみません」

「これ？」

「ご心配かけました」

「運転手に押収されたんじゃなかったの？」

「無事に回収出来たんです。自分でもまだ信じられないくらい、都合よく

事が運んでくれて……」

「都合よくって？」教頭はライターの火を吹き消し、首を差し伸べて慎重にガス銃と

(page 128)

の距離をつめた。銃のノズル周辺を嗅ぎまわす。咳込んで、眉をひそめる。

「そのへんのことは、正直に言ってくれないと、後でかえって動きが取れなくなっちゃうぞ」

たしかに教頭の言うとおりだろう。欲求不満の蓄積度が図抜けて高いといわれている、バスの運転手が、せっかく掴んだ憎まれ役の中学教師の尻尾を、そうやすやすと手放すわけがない。暴力に訴えでもしないかぎり、いったん手にした貴重な証拠品をあきらめるはずがない。

(page 129)

いたずらに事態を紛糾させるよりは、このさい思い切って自称『弟』のことを告白してしまおうか。今朝がた突如電話してきた、それまでは存在さえ知らず、会ったこともなかった『弟』。突然姿を現すなり、不可解な方法——もしかしたらスプーン曲げに類した技——を駆使してぼくたちを窮地から救出してくれた経緯について。

無理だろう。そんな荒唐無稽な話、誰に信じられるものか。とっさにその場しのぎの嘘を思い付く。

(page 130)

「考えてみれば、運がよかったんですね。まったくの偶然だけど、バスの運転手の子供、たまたまうちの生徒だったんですよ。札つきってわけじゃないけど、成績は芳しいほうじゃない。まあ、その弱みに付け込んだ形になりますか、露骨に取り引きを申し出たわけじゃなく……」

「そういうことなら、話がちがう。うまくやったじゃないか」突如テープを早回ししたような声になり、火をつけないままのタバコを灰皿の上で捻りつぶし、手の甲で強

（page 131）

く唇をぬぐった。「けっこう抜け目がないんだね、見損なっていたよ。よかった、よかった、証拠さえ握られていなきゃ、これっぽっちも心配はいりません。ただちょっぴり気になるのは、相手が蜂谷だってことね。どうなんです、保根先生、蜂谷だと承知のうえで直撃弾をくらわしたんですか？もちろんそうだろうね。どういう結果になるか……まあ、取り越し苦労はよしにしましょう、それが君の選択だったのだから」

　そう言われても、実のところ、ぼくには

（page 132）

蜂谷が何者なのか、正確には飲み込めなかったのだ。なんとなく耳にした覚えのある生徒の名前だという認識があるだけで、それ以上のことは思い出せない。しかし教頭がわざわざ話題にするくらいだから、何者かではあるのだろう。教員人事を左右できる有力者の子弟であるとか、暴力団組長の跡目相続人だとか、あるいは当の生徒自身が札つきの少年院帰りだとか……

　「その蜂谷を診せに連れて行った病院、場所は確認してありますね？」

（page 133）

　「当番の先生が自分の車で搬んでくれたらしいから……」

　「診断書、学校側で保管して、絶対本人には手渡さないように手配しておいたほうがいいですよ。結膜炎くらいはおこしているだろうし、最近は体罰一一〇番なんていう変なものが出来たり、父兄のなかにはけっこう処理の手口を心得たのがいるみたいですから」

　「なるほど……」教頭は回転椅子の背に項をあずけ、鼻をつまんでぼくを見詰めた。

（page 134）

　「いや、意外だったよ、君がそういう考え方をするひとだとはね……完全に見損なっていたようだ。そうか、なるほど、そういうことなら話も楽だ。

ゆっくり洗面所で顔でも洗っておいでよ、汗びっしょりだぞ」

　一直線に背筋を疾走する、灼けるような感じ。汗のしずくだ。この陽気に通気性ゼロの防弾チョッキは、さすがに負担が大きすぎる。全身アセモだらけになって、次はぼくが救急車のご厄介になる番だろう。教頭の好意に甘えて、校長室付属の専用洗面

(page 135)

所を借りることにした。顔はともかく、この際チョッキは脱いでしまったほうがいい。

　噂にも聞いていたが、校長専用の手洗いがこんなに立派だとは想像もしていなかった。総タイル張りで、トイレと並んでホテルなみの広い洗面台。風呂桶こそなかったが、片隅には半円形のカーテンで囲われたシャワー設備までがととのっている。初代校長の注文、もしくは設計だろうが、相当な変り者だったと言わざるをえない。来客に羨望の念をいだかせたり、威圧するのが

(page 136)

目的なら、せいぜい家具調度に凝ればすむことだ。あるいは日に数度の水浴びを必要とする奇病にでも罹かっていたのかな？

　水を張った手のひらで顔を叩く。洗面台の髭剃り用の鏡のなかで、赤みをなくした顔色がますます塵芥っぽい。眼の下に薄汚れた小皺の袋。一円玉なら押し込めそうだ。白目にひろがる朱色の破れ網。さらに顔をよせ、自分で自分を凝視する。画家なら狂気という題をつけるだろうな。ふと、鏡の枠の合わせ目に、真鍮で囲んだ小指大の覗

(page 137)

き穴を発見する。よく玄関のドアなどに設置してある用心眼鏡のたぐいらしい。

　覗くとロッカー・ルームが見えた。二本の通路をはさんで扉のないロッ

カー（ロックできるからロッカーなのだろう。扉のないロッカーは矛盾だが、事実なのだから仕方がない）が並んでいる。紺の体操服、テニスのラケット、ＭＫと臙脂色の文字がプリントされたビニール袋、女子用の区画らしい。こんなところにロッカー・ルームがあったっけ？頭のなかで、素早く何十通

(page 138)
りもの平面図を引き直してみたが、さっぱり心当たりがない。当然といえば当然だろう。ぼくはもともと生徒の動向には無関心なほうだし、とくにロッカー・ルームなど、その過剰ホルモンの臭気を想像しただけで胸がむかつく。

　いったい誰が何のために、こんな装置を取り付けたのかな？おおよその見当はつく。真鍮部分の錆び方からして、後から追加された細工ではありえない。やはり学校創立者の理念もしくは趣味だったのだろう。

(page 139)
それにしても際どい冒険をしたものだ。万一この覗き穴の存在が露見したら、ぼくのガス銃どころではないスキャンダルになる。教頭は知っているのだろうか。たぶん知っているはずだ、すでに実権を握り、この校長室の実質的な主としてふるまっている以上、知らないはずがない。

　女子更衣室にあけられた穴、プラス、シャワー・ルーム……まったく隅におけない連中さ。教頭はやはりただの『出来者』ではなく、全身にいくつもの巨大な腫瘍をま

(page 140)
とった不気味な怪物のほうが似合っている。

　視野の左隅からとつぜん人影があらわれた。魚眼に近い広角レンズなので、すかさず視界を覆う広い肩。縮小しながら遠ざかり、ロッカーの向こう端をくるりと旋回するなり、一気に膨張しつつ接近する。意識の底を鋭く刺激する目鼻立ち。電話ボックスにひそんでいて、運転手からガス銃を取

り戻してくれた例の青年。自称ぼくの弟。ちらと視線が合ったような気がした。そんなことはありえない、向こうからは顕微鏡

(page 141)
なのだ。後で医務室によって、胃散と、エキセドリンと、抗ヒスタミン剤を処方してもらおう。

　部屋に戻ったとたん、鳴りそこなったベルの余韻。教頭が慌てて受話器をおいたのだ。わずかに卑屈さの混じった微笑を浮かべ、ガス銃を二本の指でつまみあげた。

　「この引き金、ただの飾りだろ？機能的には必要ないよね」

　「押収ですか？」

　「まさか、君だってもういい加減、分かっ

(page 142)
てもいいんじゃないかな。建前はともかく、君の立場はじゅうぶん理解しているつもりだよ。捻り潰すしかないじゃないか、あんな連中……それはそうと、どうやって手に入れたの、こんなもの。合法的に買ったの？何処で売っているのかな？」

　「通信販売ですよ」

　「注文先の住所か電話番号の控え、取ってある？」

　「信用できないんですか？」

　「違うよ、合法的なものなら、わたしも一

(page 143)
丁手に入れたいと思ってね……」

　「自己診断ですけど、多分ぼく、学校拒否症候群じゃないかな」

　「自分だけを特別視しちゃいけない、教師ならいずれ学校拒否症の兆候くらい持っているさ。世間は教師に、精神的なインポテンツを要求しているんだよ」

「どうすればいいんです？転職ですか？」

「分っているだろうけど、きみの立場は最悪なんだ……さしあたっては、とにかくひっそり鳴りをひそめて待つことだね。刑事

(page 144)

事件にだけはしちゃまずい。学校側としても、全力をあげて協力するつもりだから……」

「蜂谷のこと、どうしても思い出せないんです」

「そんなはずはないだろ、本気でその気になれば、思い出せないはずがないよ」

「鴉って、パテをたべるでしょうか？」

「パイだろ？」

「いや、パテ……ガラスなんかの縁をおさえる、固定剤……」

(page 145)

「聞いたことないな。あれ、食用になる　の？」

「原料は炭酸石灰ですよ、たしか……」

「鉱物だね、きっと、腐りそうにないから」

エアコンの冷気が足首のへんにまつわりつく。いかにもぺらぺらと化繊じみた教頭の鼠色の上着が、ぼってり肉厚の羅紗地に見えはじめた。ざらついた広すぎる頬骨がそのまま延びて、ネクタイをした蟻喰いの顔になる。親に折檻される子供の悲鳴……

眠り込んでしまったのかな？そんな気

(page 146)

もするが、確信はもてない。ウエストミンスター寺院の鐘が鳴った。丹念にニスを塗り込んだ、時代物の柱時計だ。白髪頭を一分刈りにした、狂暴な感じの用務員が、小型の岡持ちの蓋をとり、丼ふたつと湯飲みに急須をとり出すところだった。

「君は、カツ丼……」蓋を開け、中を確認してから、丼の柄が派手なほう

をぼくの前に押してよこす。「わたしは玉抜きの親子、コレステロールに気をつけているんだ」

　いつカツ丼を注文したのか、まったく記

(page 147)
憶にない。しかしこの匂いは鮮烈に食欲を刺激する。事実は事実として受入れておいたほうがよさそうだ。

　「なにか、その後の状況、進展がありましたか？」

　「君、昼食を済ませたら、今日はもう帰って休みなさいよ。さっきも話し合ったとおり、ここは辛抱第一、塹壕戦しかない。わたしは君みたいに爪の手入れがいい人間は、文句なしに信用しちゃうんだ。生徒でもそうだよ、まず爪を見る。爪に垢をためてい

(page 148)
る奴は、バツ印。それから足の裏と地面の接着度。じつはさっき、教育委員会からきわめて好意的な回答があってね……君の病名は、≪仮面欝病≫というやつらしい……なんだかロマンチックな病名じゃないか。それでとりあえず、ほとぼりが冷めるまでの三日ほど、教委指定の神経科に入院してもらいます」

　「入院だって？」

　「あくまでも形式。ほとぼりが冷めるまでだよ。それから、やはり教委指定の相談員

(page 149)
に身柄をあずかってもらう」

　「まるで保護観察じゃないか」

　「女性だけど、なかなか優秀な心理学者で、とくに≪仮面欝病≫の専門家らしいよ。君ももっと聞き分けをよくしてくれないかな。一般的な教師の異常な行動では困るんだ、もともと異常な教師の異常な行動でなけりゃ、そうあっさり水に流すというわけにもいかないじゃないか」

3.『スプーン曲げの少年』テキスト対稿表

※　前文がデジタルブックの『スプーン曲げの少年』であり、後文が『スプーン曲げの少年』
　　の最終稿である。前文の前の頁数はデジタルブック『スプーン曲げの少年』のワープロ
　　原稿の頁数に従う。

デジタルブックの『スプーン曲げの少年』	『スプーン曲げの少年』最終稿
頁 行	
2　2 スプーン曲げの少年	→スプーンを曲げる少年
4　3 病名『逆行性迷走症』	→病名『仮面黐病』ならびに
	『逆行性迷走症候群』の合併症
6　2 喋っている	→鳴っている
7　1 疑いだすと	→疑いだすと、
7　4 ベルが勝手に鳴りだす回線システ	→回線システムの欠陥でベルが勝手に鳴り
ムの疾患があるという	だすことがあるはずだ
7　6 存在するらしいのだ	→存在するらしい
8　2 電磁石の振動板をふるわせるのだ。	→振動板をふるわせるのだとしたら……
8　4 むろん楽観視は禁物だろう。	→楽観視は禁物。
8　4 ちゃんと番号	→番号
8　5 ダイヤルしたの	→ダイヤルしているの
8　5 心当たりはさっぱりである。身に	→なんの接点もない赤の他人が
おぼえのない不明の発信人が	
8　6 予告もなしに、	→予告もなしに
8　7 しているのだろうか	→しているのかもしれないのだ
8　8 　鳴りつづける	→鳴りつづけている
8　8 四回目、	→四回目？
9　1 ことはない	→ことはないさ
9　1 きまっているさ	→きまっている
9　4 被害者にならずに	→被害者にもならずに
9　5 保護色の腕くらべなら	→保護色くらべなら
9　6 それなりの成績でこなしてみせる	→かなり上位の成績をおさめてみせる
9　7 向こう	→向う
10　3 鳴りやんだ	→鳴りやむ
10　6 戻りかけようとすると	→戻りかけると
10　6 見張ってたみたいに	→見張っていたみたいに、
11　2 よろしいでしょうか	→よろしいですか
13　1 やはり胡散臭い電話だ。金の無心	→金の無心だろうか

　　だろうか

13　2　ぼく、信じられないでしょうけど、　　→信じられないでしょうけど、ぼく、

13　3　父は　　　　　　　　　　　　　　　→父親は

13　6　困るね、　　　　　　　　　　　　　→困るね、十八歳の弟なんているわけがない、

13　6　死んじまっているんだ　　　　　　　→死んじまったんだ

14　3　とんでもない食わせ者　　　　　　　→何回葬式だしたか知っていますか？
　　　　　　　　　　　　　　　　　　　　　　とんでもない食わせ者

14　6　殺人容疑だって？　　　　　　　　　→殺人容疑だとさ！

14　8　ロックが　　　　　　　　　　　　　→金具が

15　3　その根っこあたりに　　　　　　　　→その根っこのあたりに

15　6　おれがここにいること。　　　　　　→削除

15　6　窓ガラスにもちゃんと映っている。　→窓ガラスに映っている自分。

16　2　見交している。　　　　　　　　　　→見交している自分。

16　3　ぼくはどことなく　　　　　　　　　→削除

16　6　ひょろりと長いＯ脚のせいだろうか　→削除

17　1　顎の下を強くぬぐう　　　　　　　　→顎の下をぬぐう

17　1　あせもが出来かけているらしく　　　→あせものせいか

17　3　正座しつづけた後の脛　　　　　　　→正座した後

17　4　痺れてしようものだ　　　　　　　　→痺れてしまう

17　7　伸びてしまった記憶がある　　　　　→伸びてしまったことがある

18　1　その経験を応用して、強く耳たぶ　　→ためしに耳たぶに爪を立ててみた。
　　　　に爪を立ててみた。痛みが沁みた。　　痛みが顎の裏まで沁みとおった。

18　7　超能力者なんです、ぼく　　　　　　→超能力者ですよ、ぼくは

19　3　いずれまた　　　　　　　　　　　　→また

19　3　ぼくが必要　　　　　　　　　　　　→いずれぼくが必要

19　6　孤独なんだから　　　　　　　　　　→孤独の身なんだから

20　1　それからの奇妙な一日　　　　　　　→奇妙な一日

20　3　受話器　　　　　　　　　　　　　　→受話機

20　5　朦朧とした　　　　　　　　　　　　→蒙朧とした

21　1　夜があける　　　　　　　　　　　　→夜が明ける

21　7　買うべきか一度だって迷ってこと　　→選ぶべきか迷ったことなんか、
　　　　なんかなかった　　　　　　　　　　　一度だってなかっ

22　1　テレビのアンケート・クイズ番組　　→テレビの視聴者参加番組

22　4　転向しても　　　　　　　　　　　　→転向してみても

22　5　それにもてない男の形容として、　　→もっとも正反対の言い回しがあることも
　　　　　　　　　　　　　　　　　　　　　　確かだ。

22　6　という形容を目にした記憶がある。　→……
　　　　あれはたしか

22	6 アメリカの推理小説だった。	→アメリカの推理小説の中にあった、 もてない男の形容である
22	7 結構だよ	→結構じゃないか
23	1 見解よりは	→見解なんかよりは
23	2 信じたい	→尊重したい
23	3 湿っていた	→湿めっていた
23	5 覚しただけだったの	→覚しただけ
25	2 ブランデンブルク協奏曲である	→協奏曲だブランデンブルグ
25	4 バッハの有効成分がカルロスの演 奏で濃縮されているらしい	→カルロスの演奏がバッハの有効成分を濃 縮する感じだ
25	5 薄まる	→薄れる
25	6 Ｃ面……	→Ｃ面―
30	2 泥棒だろうか	→空巣だろうか
30	2 泥棒にしては	→空巣にしては
30	5 つねってみる。	→つねってみる。またしても
30	6 野良猫にちがいない	→野良猫かもしれない
30	7 しているのだ	→しているのかもしれない
30	7 そう思っただけで全身にアドレナ リンがみなぎった	→アドレナリンが分泌しはじめる
31	1 次に	→次に、
31	2 つかみ、窓枠めがけて	→つかんで
31	4 しなかったが	→しなかったが、
31	6 野良猫	→野良猫ともなると
31	7 知っているのだ	→知っている
32	1 しかしその心得顔が我慢ならなか ったのだ	→その心得顔がまた我慢ならない
32	2 記憶にないほど	→記憶にないほど長い、不眠の果て、 奪われた睡眠への未練は深い。 はだしのまま、思いきりよく床を離れ、
32	3 移動は	→移動は、
33	1 微妙	→微妙、
33	6 襲ってやる	→襲う
34	3 ひどく透過率が低い	→透過率が低い
34	4 朝の破片	→≪朝の破片≫
34	4 しかも	→そのうえ
34	5 式のやつなので	→形式なので
34	6 せめて威嚇するだけでもと	→威嚇だけでも徹底してやろうと
34	6 一回転もの	→一回転ほどの

34	7	たいていの猫なら	→猫ならふつう
35	2	いきなり反撃を開始したのである	→逆に反撃に出たのである
35	3	覗き込まんばかりに身を	→身を
36	4	無言のにらみあいに	→しばらく無言のにらみあいがつづき、
36	4	向こうから	→向こうが
36	5	もの	→影
37	5	悪食で鳴る鴉	→悪食でならした鴉
37	6	狙いはもっと他にあるにきまっている	→何かもっと他に狙いがあるにきまっている
38	1	取り外してしまうとか	→取り外すとか
38	2	想像した	→思った
38	2	鴉にとって	→鴉にとって、
39	2	売っている	→名を馳せている
39	3	すぐにも撃退してしまいたい。	→鳥の撃退法。
39	3	糞被害	→糞公害
39	6	このゴムホース	→ゴムホース
40	3	コツにすぎない	→ちょっとしたコツだ
40	5	吸いこんだ	→吸い込む
40	6	湿らせた	→湿めらせた
41	2	きしむ	→きしむ音がした
44	5	日課である	→日課だ
45	6	首振りの	→さっき首振りの
45	7	影が投影されているダイヤカットの一つ一つが、	→影を投影していたダイヤカットは、その一つ一つが
46	1	いきなり	→今はいきなり
46	2	ふさわしくきらめく	→ふさわしい、きらめく
48	3	確認のためいったん居間に	→確認のため居間に
48	3	はさんで窺うと、	→はさんで、外を窺う。
48	5	定期便だ	→定期便である
48	6	腕をひろげている	→腕ひろげている
49	2	ドアが開いて、すぐに閉まる。	→ドアの開閉音。
49	5	結び目をいじりまわす。	→結び目をいじりまわす。胸囲も胴回りもほとんど太さが変わらないので、一見したところ棒杭に服の絵を描いたようにも見える。
50	2	足音はしない、	→足音はしない。
54	3	正体なのだろうか	→正体なのろうか
54	4	パイ	→ピザ
55	5	支配されているらしい	→支配されているのだ
58	2	野にいで	→野にいでて

60	2	いるのかもしれない	→いるだけかもしれない
60	6	いるの？	→いるのかな？
61	1	するだろうか？	→するだろうか？癇癪持ちなのかな？癇癪の発作は録音テープの編集みたいに、時間をぱっさり切断してしまうと聞いたことがある。
61	2	もらうべきかもしれない	→もらうべきかな
61	6	わかっていても、	→わかっていても、鳥肌が立つ。
61	6	凄惨すぎて	→凄惨すぎて、
62	3	乗り込むところ、	→乗り込むところ。
62	5	頼もしさがある。	→頼もしさがある。五感に秩序をあたえてくれる。
62	5	根をはったままだった	→沈殿しつづけている
63	8	ぼく超能力者	→ぼく、超能力者
65	2	ピザパイ	→ピザ
65	4	まさか	→馬鹿々々しい
65	5	担当者の製本ミスで	→担当者が手元を狂わせ
66	3	パイはパイ	→ピザはピザ
66	4	パイ	→ピザ
67	2	織り柄のやつ。	→織り柄のやつ。昆布は健康のもと。それに
67	5	『あれ』……	→『あれ』—
68	4	こともない	→こともなかった
67	7	箱……	→箱—
68	2	防弾チョッキ、	→防弾チョッキ。
70	1	弾力もあり	→弾力もあり、
70	2	とらないかぎり、	→とらないかぎり
70	2	そうである	→そうだ
70	6	ポケットがあって	→ポケットがあり
71	3	戦闘機にすぎないのだ。	→戦闘機。
71	4	代物である	→内緒事にすぎないのだ
72	1	守れます	→守れますか
76	6	時間は	→時間
76	7	グラビヤページ	→グラビアページ
77	3	男子八名、女子二名	→男子七名、女子三名
77	4	当番という	→当番という知性のない
78	1	学校なんて小鬼の	→学校なんて、動物園でさえ購入を遠慮する餓鬼の
78	1	あらゆる社会の弊害の製造工場にすぎない	→社会の暗黒の再生複写機にすぎない

79	6	想像もしていなかった	→想像もしなかった
81	3	姿を現さない	→姿を見せない
82	6	毎度のことだが	→慣れっこだが
83	3	バックミラーに目をこらし、上半身をねじって囁きかけてきた	→上半身をねじって、バックミラーに越しに囁きかけてきた
84	1	ギプス	→ギプス
84	1	出来れば見て見ぬふり	→見て見ぬふり
84	2	振り向いたりしよう	→振り向こう
84	3	隅で	→端で、
84	4	運転手の視線と	→運転手と視線と
85	3	行為は	→行為など
85	4	そのかわり、違った意味で意表をつかれた	→かわりに別の意味で意表をつかれることになった
85	5	十人の姿が消えてしまったのだ	→十人が、全員そっくり姿を消してしまったのだ
85	5	一度も	→まだ一度も
85	5	だから、	→だから、下車したはずはない。
85	6	隠れたか	→身をひそめたか
85	7	餓鬼どもが潜伏するまえの行動を目撃したのだろうか	→何を目撃したのだろう
86	2	運転手の視線に狼狽して身を隠したのだとすれば、よほど破廉恥な悪ふざけをしていたにちがいない	→何を目撃したから、ぼくの注意をうながす気にもなったのだろう
86	4	暴力の有無にかかわらず、これは立派な犯罪である	→おおよその見当はつくと言うものだ
86	5	隠れて連中は	→隠れて、いま連中は
86	5	だろう。	→だろう？
86	6	目的か	→目的なのか
87	2	刺がささった	→刺を飲んだ
87	2	なんの準備もなく、唐突に腰を浮かせて喚いたのだ	→準備なしにいきなり喚いたせいだ
88	3	停車して	→停車、もしくは徐行して
88	4	かもしれないし、	→かもしれない。
89	4	身長と肉厚の体形、	→太い首、厚い胸板、濃い髭剃り跡、けっこう
90	2	さて次に	→さて次は
90	6	引き上げるような仕種	→引き上げる仕種
90	7	黙殺するにこしたことはない。	→黙殺することにしよう、

91	1	必要はないだろう	→必要はない
91	5	ニキビ面が薄笑いをうかべ、	→髭子供が薄笑いをうかべた。
91	6	それも気のせいだったの	→あるいはそう見えただけ
92	2	こころみたのだ。	→こころみたのだ。自分の手が他人の手のように機敏に動いて、
92	3	つかみ出すなり、	→つかみ出し、安全装置を外すなり
92	5	なぜあんな過激な行動にでたのか、	→削除
92	6	反射行動で、むしろ誰かにそそのかされた感じだった。	→反射行動。
93	1	「やっちまえ！」と、誰かが	→「やっちまえ！」、誰かに
93	1	わめいたような気がした。	→わめかれ、素直にその指示に従った感じ。いったん滑り出したら止めようがない橇に乗っけられたようなものである。
97	3	電話ボックスのなかには	→電話ボックスのには
97	5	バスの方角	→バスの方向
98	1	先客はよほどの頑固者	→先客もかなりの頑固者
98	1	譲りそうな	→譲歩しそうな
98	5	動きが何か	→動きが
98	6	蜘蛛を	→蜘蛛でも
98	6	脅しただけかな？	→脅したのかな？
98	7	脅威だったらしい	→脅威だっらしい
99	1	道路めがけて	→道路を横切って
99	2	ガス銃。	→ガス銃。いきなり車道に飛び出した運転手に、
99	2	腹だたしげに鳴り響くクラクション。	→腹を立てたクラクションが鳴り響く。
99	3	あの反射行動は共感できる。	→あの迷走ぶりも納得できる。
100	5	公務を遂行中の	→就業中の
100	6	いずれ辞める	→いずれは辞める
100	6	免職だろうな	→免職なんていただけないよ
100	6	辞めさせられるより	→辞めさせられるくらいなら
101	4	教師たちには	→教師たちには、
102	1	年齢不詳	→年齢不祥
102	1	いつの真にやら移行した	→いつの間に移行したのか
102	6	濃いもみあげは	→先に鑞をあてているらしい長髪は
102	7	脂ぎった	→媚を意識した
104	3	鈍重さ	→鈍重さは
104	7	なぜここに？	→なぜ？
105	1	歩道わき	→歩道のわき

105	3	取り戻した	→取り戻してくれた
106	2	看板屋に書かせた目立つ標識	→一見して素人とわかる達筆の標識
107	2	何か	→何かが
107	3	狼たちが	→ハイエナたちが
107	3	さしのべてきた	→さしのべてくる
107	4	着けたような	→着けたみたいに
107	6	はじめたのである	→はじめた
107	6	通じているらしい。逆らうわけにはいかなかった。	→通じているのだろうか。嫌だったけど、逆らえない。
108	1	恩人である	→恩人なのである
108	4	すごい、	→すごい
109	1	さわやかだった。	→さわやかで、憎めない。
109	2	無難だし、	→無難だろう。それに
109	3	いくらなんでも語呂が悪い	→語呂が悪いし、
109	7	教頭の事大主義	→この手の事大主義
110	4	窺って	→伺って
110	5	二つのボタンの下が千切れてしまっている	→二つ目のボタンも千切れている
110	6	女を女房にしている	→女性と結婚した
110	7	かまわない	→うるさくない
111	2	消滅してしまう。	→消滅してしまう、みじめなズボン。
111	2	批評がましく	→いや批評がましく
111	3	単に	→ただ
111	5	毒ガスぶっかけたんだって	→毒ガスを発射したんだってね、
111	6	信じられないな	→信じられないけど……
112	2	嫌がらせだろうけどね……	→嫌がらせだろうけど、
112	4	らしいけど	→らしいよ
112	7	吹きかける	→吹きかけてくる
113	1	あまりおおっぴらには言いふらさないほうがいい	→おおっぴらには言いふらさないほうがいいんじゃないか
113	2	銃刀法ではなく	→銃刀法なんかではなく
113	2	倫理なんだよ	→倫理なんだ
113	5	みたいだ	→みたいに消えていく
113	6	教頭がぼくの肘をつかんで、同行をうながした。	→削除
113	8	自分の席で	→席に戻って
114	2	任せておきなさい。変な	→任せておきなさいって」教頭がぼくの肘をつかんで、強く同行をうながす。変な

114	3	なくていい	→なくていいだろ
114	8	もっと	→君、もっと
115	1	落として……	→落として……そう、
115	1	感じだよ……	→感じさ……
115	4	≪蛙≫ていどでは	→≪蛙≫では
115	4	容赦してくれまい。	→容赦してくれまい。アメリカ人はフランス人を≪蛙≫と呼ぶらしいが—単に食習慣の揶揄で、体形に及ぶものではないだろう—もうそんなご愛敬では済みそうにない。
115	4	≪毒ガス≫だ。それとも≪スカンク≫かな？	→毒ガスの発射にちなんで≪スカンク≫だろうな。
115	6	免職。	→免職、
117	3	生徒も教職員もそれぞれの持ち場について、とつぜんあたりが無人の廃墟になった	→あたりはすでに無人の廃墟だ
117	5	脱出路だ	→脱出路
117	6	裏手に交番がある	→裏手が交番だ
119	5	舶来柱時計みたいな縁飾り	→舶来品まがいの縁飾り
119	6	既視感のする	→既視感の
120	6	一回転したはずみで	→一回転して
120	7	ボタンを	→内線ボタンを
121	5	はじまらない	→はじまるまい
122	3	思いこんで	→思い込んで
122	5	電話がつながった。	→つながったらしく、受話器に深々とうなづき、
122	7	取り出し	→取出し
123	4	教室に戻って	→教室に戻して
125	7	溜め息をついた	→溜め息を付いた
126	4	まだまた	→まだまだ
127	6	無事に回収	→回収
127	6	自分でもまだ信じられない	→自分でも信じられない
127	7	運んでくれて	→運んで
128	4	たしかに教頭の	→教頭の
128	7	証拠品をあきらめる	→証拠の品をあきらめたりする
129	4	技	→技法
129	4	ぼくたち	→ぼく
129	6	無理だろう。	→よせよ、
129	7	思い付く	→思い付いた

130	1	よかったんですね	→よかったんです
130	5	そういうことなら、話がちがう。 うまくやったじゃないか	→なるほど、そういうことなら納得がいく。 うまいことやったじゃないか
130	6	火をつけないままの	→まだ火をつける前の
130	7	手の甲で強く唇を	→手の甲で唇を
131	1	けっこう抜け目がない	→抜け目がない
131	2	証拠さえ握られていなきゃ、これっ ぽっちも心配はいりません。ただ	→証拠不十分ならこっちのものさ。 ほっとしました。ただね、
131	5	もちろんそうだろうね。	→当然そうでしょうね。さて、そこで、
131	5	取り越し苦労はよしにしましょう、	→この際、取り越し苦労は見送りにして……
131	6	君の選択だったのだから	→先生の選択だったわけだし……
133	1	搬んでくれた	→搬んだ
133	2	診断書、	→診断書だけは、なんとしてでも
133	6	ぼくを	→揉みながらぼくを
134	1	するひとだとはね	→するとはね
134	2	見損なっていたようだ。	→見損なっていました、
134	2	話も楽だ。	→話も楽だ。電話をしているあいだ、
134	3	おいでよ	→きて下さい
134	3	汗びっしょりだぞ	→汗まみれですよ
134	4	一直線に	→言われて気付いた、一直線に
134	4	疾走する、	→疾走する
134	4	灼けるような感じ	→灼ける感覚
134	5	大きすぎる	→大きすぎるのだろう
134	6	なる番だろう	→ならないともかぎらない
135	1	しまったほうがいい	→しまったほうがよさそうだ
135	3	こんなに立派だとは	→これほど豪勢なものだとは
135	6	ととのっている。	→ととのっている。蛇口やコックの類はす べてクローム鍍金、
135	7	言わざるをえない	→推測せざるをえない
136	2	いたのかな?	→いたのかな？チョッキは裏返して、付属の ベルトを掛けると、手提げがついたスポー ツ・バッグ風にまとまってくれる。機会が あれば職員室の個人用ロッカーに押し込ん でおくつもりだが、このまま持ち続けること になっても、とくに他人の注目を引くこと はないだろう。持ち帰りの採点用紙でもあ れば、このていどの嵩の鞄の携帯は常識 だ。両脇をファスナーで閉じると、中の懐

		中電灯やナイフの類も完全に梱包され、めったなことでは見咎められたりする気遣いはない。いざというとき、取り出した多少の手間はかかりそうだが、そんな機会はまず来ないだろう。
136	3	水を張った手のひらで顔を叩く。洗面台の → 水を張った洗面台のなかに、息のつづく限り顔をひたしておく。タオルを濡らして、項に当てる。やっと汗はひいたが、
136	4	ますます塵芥っぽい → 恐いほど埃っぽい
136	5	そうだ → そうなくらいだ
136	6	つけるだろうな → つけたくなるだろうな
137	1	発見する → 発見した
137	3	覗くと → 覗く。
137	4	なのだろう → じゃないのかな
137	4	ロッカーは → ロッカなんて
137	5	事実なのだろう → 事実だから
137	6	MKと臙脂色の文字 → 臙脂色で≪♀≫マーク
138	5	おおよその見当はつく。 → 削除
138	7	やはり → これもやはり
139	1	それにしても際どい冒険をしたものだ → それとも単なる趣味では済まされない、病的な衝動と言うべきか
139	2	スキャンダルになる → 大スキャンダルになるはずだ
139	3	たぶん → 当然
139	6	連中さ → 連中だよ
139	6	教頭はやはり → 教頭は
139	6	全身に → やはり全身に
140	1	似合ってい → 似合っているようだ
140	6	視線が合った → 視線が会った
141	1	後で → ひくついている自分の内臓のイメージ。早く
142	5	「通信販売ですよ」 → 「通信販売ですよ」物欲しげに握り込んでいる教頭の手から、強引は承知でガス銃をもぎとり、たたんだチョッキのファスナー隙間から中に落とし込む。こつぜんと出現した鞄に、教頭は疑わしげな視線をすえてはいたが、あえて話題にしようとはしなかった。

142	8 違うよ、合法的なものなら	→まさか、いまさら…… 　もしそいつが本当に合法的なものなら
143	1 思ってね……	→思ってね……分かるだろ、 　自分だって買ったんだから……
143	2 多分ぼく	→ぼく
143	3 特別視	→そう特別視
145	3 きっと、腐りそうにないから	→きっと
145	4 足首のへんにまわりつく	→足首にまわりつく
145	7 親に	→また、親に
146	4 とり出すところ	→とり出しているところ
146	5 カツ丼	→カツ丼だったね
146	6 前に押してよこす	→ほうにすべらせてよこす
146	7 つけているんだ	→つけているんだ。かしわはもっと見直され 　るべき蛋白質じゃないかな
146	8 いつカツ丼注文したのか、	→カツ丼は嫌いじゃないが、いつ注文したのか
147	1 しかし	→でも
147	2 受入れておいたほうがよさそうだ	→受入れも差し支えなさそうだ
147	4 休みなさいよ。	→休みなさい。ひどく疲れているみたいだ。
147	5 塹壕戦しかない。わたしは	→塹壕戦しかない。後は相互の信頼あるの 　みです。率直に言って、
147	6 人間は	→人間には
147	6 信用しちゃうんだ	→好意的なんだよ
147	6 生徒でもそうだよ	→生徒にたいしても同じこと
148	1 接着度。	→接着度ね……うん、
148	2 あってね	→あったんだ
148	2 病名は、	→病名、
148	2 ≪仮面癬病≫というやつらしい……	→≪仮面癬病≫とかいう、 　最新流行の病気らしいね。
148	3 なんだか	→なかなか
148	3 病名じゃないか。	→病名じゃないか、 　≪仮面舞踏会≫みたいでさ。
148	5 入院してもらいます	→入院してもらって……
148	6 入院だって？	→入院？
148	7 あくまでも形式。	→ただの形式、みそぎですよ。
148	7 冷めるまでだよ。	→冷めるまでは、自楽してもらわないと。
148	6 それから、やはり	→それが済んだら、しばらく
149	1 あずかってもらう	→あずかってもらって……

149　2　まるで保護観察じゃないか　　　　　→保護観察ですか

149　3「女性だけど、なかなか優秀な心理学　→「教師の異常行動についての専門家らし
　　　者で、とくに≪仮面欝病≫の専門家　　　い。ここ数年、心理的障害に悩まされて
　　　らしいよ。君のもっと聞き分けをよ　　　いる教師がめっきり増えて、社会問題
　　　くしてくれないかな。一般的に教師　　　になっているらしいね。≪仮面欝病≫
　　　の異常な行動では困るんだ、もとも　　　の研究には、政府から補助金も出てい
　　　と異常な教師の異常な行動でなけ　　　るそうだし……」「仮面……？」「欝病。
　　　りゃ、そうあっさり水に流すというわ　　　とにかく、聞き分けをよくしてほしい
　　　けにもいかないじゃないか」　　　　　んだ。頼むよ、君のためじゃないか、警
　　　　　　　　　　　　　　　　　　　　察沙汰にすまいと思えば、そうだろう、
　　　　　　　　　　　　　　　　　　　　ガス銃発射に関しては君に責任能力な
　　　　　　　　　　　　　　　　　　　　しと認めてもらえないかぎり、絶望的
　　　　　　　　　　　　　　　　　　　　なんだ……どうした、食べないの？」「入
　　　　　　　　　　　　　　　　　　　　院でもなんでも結構ですから……ただ
　　　　　　　　　　　　　　　　　　　　もう眠くって……」「いいとも、すぐに
　　　　　　　　　　　　　　　　　　　　車を回してもらおう。入院なんてほん
　　　　　　　　　　　　　　　　　　　　の形式、思うぞんぶん休んできてくだ
　　　　　　　　　　　　　　　　　　　　さい」※以下、7章と8章は加筆。

4. 『飛ぶ男』テキストの対稿表

※　前文が『飛ぶ男』の安部公房の手による最終稿であり、矢印の方向の後文が真知夫人
　　の手入れ稿(刊行本『飛ぶ男』)である。後文の右の頁数は刊行本『飛ぶ男』の頁数にし
　　たがう。

『飛ぶ男』最終稿	刊行本『飛ぶ男』	頁	行
・中学教師	→高校教師	9	1
・ハングライダー	→ハンググライダー	11	12
・あれほど	→あれほどの	11	13
・外出用	→外出着	12	1
・どうやら≪飛ぶ男≫の出現に立ち会ってしまったようである。	→≪飛ぶ男≫の出現……。	12	5
・圧搾空気	→ガス圧	12	8
・狙撃者が	→狙撃者の	12	13
・男性遍歴のために	→男性遍歴のあげく	12	13
・出没しはじめ	→出没する	12	14
・空気銃	→護身用空気銃	13	2
・それなりに効果が	→効果は	13	3
・独身女性としては	→独身女性が	13	4
・とても自慢できる話ではない	→狙撃の腕を自慢するわけにはいかない	13	4
・おきたい悪癖だ	→おきたい	13	4
・わけ	→というわけ	13	5
・ふたりめ	→二人目	13	7
・思いなおした	→思いなおす	13	13
・子供	→がき	13	15
・席	→箱	13	15
・デッサンをこころみた	→折り込み広告の裏にマジックペンでスケッチしてみた	13	15
・出来栄えだとは	→出来だとは	13	16
・二度と取り出されることもなく、	→それっきりで	13	16
・受けた。それ以来、強度の神経症と不眠に悩まされることになる。	→受けた。	14	3
・なかった	→ない	14	13
・嘘っぽかった	→嘘っぽい	1	14
・根負け、	→根負け。	15	14
・でしょう	→でしょう	16	13
・親父ですよ、	→親父ですよ、親父。	16	13
・「そうなんだよ。信じられない	→信じられない	16	13
・そのとおりなんだ	→そうなんだ	16	13
・愕然とする	→ほんと愕然とする	16	13
・よほど	→よっぽど	16	15
・口説き方が	→口説きが	16	15

・念力だけで	→念力だけでさ	17	6
・テレビなんか	→テレビ	17	6
・親父のやつは	→でも親父は	17	9
・深刻な受け止めかたをしているらしいんだ	→真剣なんだ	17	9
・そろそろ四時だ	→いま四時だぜ	17	11
・間違えたのかな	→間違えたかな	17	12
・ショック	→兄さんのショック	17	12
・どうしたんです	→なんで	17	16
・「なにが?」	→「……」	18	1
・だから言ったでしょう	→言ったでしょう	18	6
・おあいにくさまだったな	→あいにくだったな	18	10
・ありえないよ	→ありっこないよ	18	10
・だってぼく	→ぼく	18	10
・弟なんているわけがないんだ	→弟がいるわけない	18	11
・堅気なんだね	→堅気なんだ	18	15
・よせよ	→やめろよ	19	5
・二十二歳	→歳	19	5
・どんなふうに?	→どこが?	19	6
・せいでしょう	→せいじゃないの?	19	8
・絶対に違うよ	→絶対違うね	19	9
・裏返ってしまった	→裏返る	19	9
・完全なんな別人	→別人	19	9
・とうに	→とっくに	19	11
・取り入るように	→自信たっぷりに	19	11
・だったんでしょう?	→だったんだって?	19	12
・けっこう甘い	→甘い	19	13
・吸える	→吸えた	19	13
・おかしいよ	→へんじゃないか	19	15
・正体だったんだろ	→正体だって言ったくせに	19	15
・据えつづけたのかい?	→据えつづけたなんて。	19	16
・駄目な女	→駄目女	20	1
・誤解だよ	→誤解だね	20	2
・四箇月	→四ヵ月	20	2
・それが	→それがだよ、	20	4
・ほかにも	→どこかほかにも	20	5
・どっさりいる	→いる	20	5
・映った	→うつった	20	8
・こらえているのなら	→こらえるのは	20	10
・意識させられた	→意識させられる	20	12
・いたのである	→いた	20	13
・道路をへだてた	→道路の	21	3
・理由の一つ	→理由	21	8
・あったのである	→あったのだから……	21	8
・しかし気休めはよそう	→しかし	21	10
・弟	→『弟』	21	10

・当てずっぽにしては正確すぎる	→正確すぎる	21	10
・詰まった	→詰まる	21	11
・OFFにした	→OFFにする	21	12
・困難	→不可能	2	13
・裸が消えた	→生気のない裸が消える	21	15
・よかったのに	→よかった	22	1
・明確な理由	→理由	22	2
・したからだ	→したんだな	22	3
・しかし	→でも	22	3
・三着	→三着、無地の色ものを四着	22	7
・いまさら手遅れであることは重々 　承知のうえで、二つ折りにした	→二つ折りにした	22	10
・気配もない	→気配さえない	22	11
・銀杏並木、ブロック塀、	→銀杏並木……ブロック塀……	22	12
・つなぎ合わせた	→ギザギザにつなぎ合わせた	22	13
・限界だった、	→限界だ。	22	14
・悪く	→悪い。	23	6
・さっそく廊下づたいに	→廊下づたいに	23	6
・時間経過につれて予想外	→予想外	23	8
・あらかじめカレンダー	→カレンダー	23	9
・おおよそ	→およそ	23	10
・そっさと耳栓	→耳栓	23	11
・電話なんかに	→電話に	23	11
・おかしいのだ	→おかしいんだ	23	15
・きまっている	→限る	24	2
・浮き立つからな	→ばっちり浮き立つからな	24	5
・≪赤ん坊のホムツ≫	→≪赤ん坊のホムツ≫だって？	24	6
・けっこう露骨な	→露骨な	24	6
・誇示とみなせないこともない……	→誇示……	24	7
・もっとも週刊誌の記事を信じるな 　ら、あの連中は日当目当てに応募した 　偽の女子大生らしい。それにしてもテ 　レビ局が、偽者を承知で網にかけ、女 　子大生のラベルを貼ってまで売りに出 　そうとする狙いはどこにあるのだろ 　う？その胡散臭さに、	→削除(24頁8行「雄の……」の前)		
・効果があるせいかな？	→効果……	24	8
・識別だってできないのだ	→識別もむつかしい	24	16
・馴染んだ闇の中なので、	→馴染んだ	24	16
・やっと乾燥しかけた	→何を探してたっけ……乾燥しかけた	25	2
・感触に辿り着く	→感触	25	3
・しばらく前、広告に	→広告に	25	4
・よほど心証がよかったらしく、	→乳首型耳栓は	25	6
・たまたま購入を検討中だった車	→購入予定の車	25	6
・追加されたほどである	→追加される	25	7
・持ち前の几帳面さで、さっそく	→２ＣＶ……。	25	8

2CVの資料をとりそろえた。

・カタログやパンフレットの類はもちろん、	→カタログ、パンフレットそれに	25	8
・調べ、関連記事が出ている号をすべて注文した。	→調べる。	25	9
・かなり適切な	→適切な	25	15
・縒って	→もみながら	25	16
・根気よく鳴りつづけている電話	→鳴りつづける電話	26	4
・ふと電話の音が途切れ、それっきり聞こえなくなった	→電話の音が途切れた	26	5
・つい確認の	→確認の	26	6
・耳栓を	→つい耳栓を	26	6
・いぜんとして	→まだ	26	6
・そう	→まいったな、	26	7
・その上からヘッドホーンを	→ヘッドホーンを	26	8
・もっとも保根が	→保根が	26	11
・あったのだ	→あった	26	11
・ゴールドベルグ	→ゴールドベルク	26	13
・たしかにゴールドベルグ変奏曲の催眠作用は、専門家のあいだでも定説になっている。	→削除(26頁13行「強度の不眠症……」の前)		
・悩む	→悩んだ	26	13
・あいにく学校の	→学校の	26	14
・ゴールドベルグ	→ゴールドベルク	26	15
・違えてしまったのだ	→違えてしまった	26	16
・重ねてしまった	→重ねた	27	1
・ついシンセサイザーに	→シンセサイザーに	27	1
・行方不明になった。	→行方不明になって、	27	4
・ものである	→ものらしい	27	6
・ひけらかすほどの音楽教養	→音楽教養	27	7
・かなり異様に	→異様に	27	7
・小皺が	→小皺の	27	8
・なさすぎるのだ	→なさすぎる	27	14
・ほとんど聞き終える	→全曲を聞き終える	27	16
・寝りに	→眠りに	28	1
・性転換してから	→男から女になってから	28	3
・気にはい入った	→保根の気に入った	28	3
・彼自身にそんな願望が内在している気配はないが、	→削除(28頁4行「変人奇人……」の前)		
・寛大さは	→とくべつな関心は	28	4
・訪れる。	→訪れる……。	28	8
・百メートルの鉄塔の上で作業中の鳶職が、とつぜん高所恐怖症に襲われたショック。不思議なもので、開き慣れるにしたがって馴染んできた。馴染むにつれて好きになってきた。いまで	→削除(28頁10行「数ヶ月……」の前)		

は普通の演奏と聞きくらべても、むし
ろカルロス演奏のほうがぴったりくる
くらいだ。保根という≪骨≫を連想さ
せる珍奇な名前とも、よく似合ってい
るような気さえする。

原文	訂正	頁	行
・新聞からの	→新聞の	20	10
・考えられるが	→考えられているが	29	9
・よく	→何も	29	9
・気配のようなもの……	→気配……のようなもの……	29	16
・いったん気に	→気に	30	1
・ついヘッドホンをずらせて	→ヘッドホーンをわずかずらせて	30	1
・電機掃除機	→電気掃除機	30	2
・調子で結局は	→調子では	30	3
・日頃から胃酸過多が保根の泣き所だった。	→削除(30頁4行「ただ逃げまわって……」の前)		
・逃げまわっているだけでは	→逃げまわっていては	30	4
・必要じゃないかな	→必要じゃないの	30	8
・隠し立てしているわけじゃない	→隠してるわけじゃない	30	10
・勿体ぶるなよ	→困ってるのはこっちだ	30	12
・覗きは御免だよ	→覗きは御免だね	30	14
・見えているよ	→見えてるよ	31	3
・幻覚	→烏	31	6
・みたいだ	→みたいなシルエット	31	10
・ても、信じられますか？	→信じられますか？	31	11
・よかった、すごく冷静ですね	→よかった……冷静ですね	31	13
・抜け落ちそうな感じ	→抜け落ちそうなんだ	31	14
・ことさら騒ぎ立てなかったのは	→騒ぎ立てないのは	31	14
・むしろ驚愕の針がレッドゾーンを超えてしまったせいだろう	→驚愕の針がレッドゾーンを超えてしまったからだ	31	14
・強く両脚を	→両脚を強く	31	15
・ぼくだってそうさ、	→ぼくだって……	32	1
・≪弟≫	→『弟』	32	2
・二キロと言ったところだうか	→二キロと言ったところだろうか	32	3
・信じられないよ	→おかしいよ	32	6
・必要なんじゃないかな	→必要なんじゃないか	32	6
・急接近してきたのだ	→急接近してきた	32	8
・突き抜けていった感じ	→突き抜けていった	32	9
・静止した	→静止する	32	10
・についてはについては	→については	32	11
・みたいだ	→みたいだね	32	14
・まさか、運転手	→運転手	32	14
・見えなかった、なんて事はないんたろうね	→見えなかったんだろうか	32	14
・見えていない	→見えてない	32	14
・幻覚だとか	→幻覚？	32	15
・「気休めはよそうよ」	→削除(32頁16行「自称『弟』は……」の前)		

・トリックにきまっているさ	→トリックさ。そうにきまっているさ	33	15
・奇術なんかでも	→奇術なんかで	34	1
・かならず演目にはいっているし……	→あれだろ？	34	2
・隠すんだよ	→隠すんだ	34	4
・出身なんだろう	→出身なんだ	34	12
・やって	→何だってやって	34	13
・そんなに	→そんな……	34	15
・みればいいんだ	→みればわかるから	34	16
・もし、種も仕掛もなかったら	→削除(34頁16行「……ぼくだって……」の前)		
・ことを	→こと	34	16
・思っているわけじゃない	→思ってやしない	34	16
・でも親父の	→……親父の	35	1
・飛べないのかい	→昼は飛べないの	35	5
・一人は一人は	→一人は	35	7
・だのに蝦蟇の	→蝦蟇の	35	7
・そんな気にはなれない	→御免だね	35	9
・頑固なんだな	→頑固だな	35	12
・いまさら少年だなんて	→少年だなんて	35	16
・ラッコなみの	→ラッコの	36	2
・つもりらしい	→つもりだ	36	3
・出来ないのだろうと	→出来ないだろうと	36	3
・いただけに、	→いた。	36	4
・念がまじってしまう。	→念が加わる。……	36	4
・出来たら父親に	→父親に	36	5
・秘密を	→あいつの秘密を	36	5
・思った	→思う	36	5
・吊り紐らしいもので	→吊り紐らしいものが	36	6
・震わせ	→よじらせ	36	7
・叫んだ	→叫んでる	36	7
・あるが、	→あるが……	36	7
・血だろうか？	→……血だ。	36	11
・大丈夫かい	→大丈夫か	36	12
・受話器	→その受話器	36	13
・返事しろったら	→返事しろっ	36	13
・その二十九歳の女性	→二十九歳の独身女性	37	9
・そのたびに飛ぶ男が反応した。	→飛ぶ男は	37	10
・臭気がが	→臭気が	37	12
・沸き立った	→沸き立つ	37	12
・醸造業者	→葡萄栽培農家	37	13
・離婚歴	→離婚	37	14
・すっかり年季の	→年季の	37	15
・もの	→ほんもの	37	15
・似合わなすぎる	→似合わなさすぎる	38	2
・保証があるわけでもない	→保証もない	38	3
・特許	→専用特許	38	3
・魔女や天狗	→魔女、天狗	38	4

・葡萄かみたいに	→葡萄みたいに	46	14
・剛胆なところもあるようだ	→剛胆だ。	47	1
・唇に	→唇には	47	3
・禁物かもしれない	→禁物	47	4
・手慣らしのための予備運動かと思っていたら	→予備運動かと思っていたが	47	6
・名案じゃないか	→名案だ	48	8
・知っているかい	→知っている	48	14
・無理だよ	→知らない	48	16
・よくは知らないんだ	→知らないんだ	48	16
・強請ろう	→ゆすろう	49	3
・強請るんだ	→ゆするんだ	49	4
・強請られる	→ゆすられる	49	4
・片輪者に対する偏見さ	→偏見さ	49	9
・何か月	→何ヵ月	49	14
・つけるとか	→つけるとかさ	50	4
・落ちなんじゃないか	→落ちだろう	50	9
・そして行き着く先は	→行き着く先は	50	9
・不足していてるのかな	→不足しているのかな	51	14
・ごく普通の	→普通の	52	2
・呪い	→呪　い	53	12
・食堂の	→食堂	54	6
・鍵括弧	→鈎括弧	54	13
・一目おおかれがちなんね	→一目おかれがちなんだね	54	15
・まだ言ってなかったっけ	→言ってなかったっけ	55	14
・そっくり空っぽに	→空っぽに	56	4
・鍵括弧	→鈎括弧	56	13
・時間を	→時間	57	6
・出してして	→出して	57	14
・主観的な宣言	→宣言	58	7
・意味ないじゃないか	→意味ないじゃない	58	7
・急にそんなこと言われたって	→……	59	5
・うけたた	→うけた	59	9
・親父だだろうか	→親父だろうか	61	1
・二度と会いたい	→会いたい	61	3
・あきらめ悪く鳴りつづている	→鳴りつづけている	61	7
・かえって猛牛の	→猛牛の	61	12
・女の声だ	→女だ	63	4
・はじめたのだ神経を	→はじめたのだ。神経を	63	8
・ほっとさせられる	→ほっとする	64	6
・度が合っていないんじゃないの	→度は合ってるの	65	16
・郵便受け	→郵便受けが	66	13
・上の猫踊りをさせられた	→上で猫踊りする	67	4
・運動はは	→運動は	68	8
・義務がが	→義務が	69	11
・思っも	→思っても	69	15

・こと『あるんじゃないか	→こと、あるんじゃないか	69	15
・飛べるんじゃない	→飛べるんじゃないか	70	14
・とにかく嘘に	→嘘に	72	12
・きれい事は、よして	→よして	72	14
・けっこう体温が	→体温が	78	11
・ストロボ用のアンブレラが顔を覗かせていたりして、機材がすべて屠殺場行きの運搬車から途中下車させられたとはかぎらないことを暗示している。	→削除(79頁2行「この乱雑さは……」の前)		
・かなり高額の	→高額の	79	15
・噴出するる	→噴出する	80	7
・どうやら使用済みの	→使用済みの	83	2
・けっこう巾を	→幅を	83	4
・近い	→近くの	83	6
・撮影者としては、けっこう強い関心をよせているのだろう	→相当の執心があったにちがいない	83	6
・かなりの腕前である	→いい腕前だ	83	9
・二重顎の雛なみの柔和な線	→たるみかかった二重顎の柔和な線	84	4
・隠れてなんかいないよ	→隠れていないよ	84	12
・思わず悲鳴を	→悲鳴を	84	13
・人じゃないかな	→人じゃないの	84	16
・けっこう優雅な	→優雅な	84	16
・あんがい珍しい砲けじゃなく、名門の出なんじゃないかな	→名門の出じゃないのかな	85	1
・ましさ	→立派さ	85	6
・ごらん	→ごらんよ	85	6
・みぞおちに膝蹴りなみの衝撃	→一瞬衝撃が走る	85	7
・接写したんだよ。	→接写したんだ	86	6
・けっこういい腕	→いい腕	86	6
・蛙が	→蛙は	86	10
・興味ないよ	→興味ないね	87	7
・こっそり	→そうっと	87	7
・年々増えはじめて	→増えはじめて	87	11
・まさか	→そんなひどい……	87	12
・禁止令をだした結果、	→禁止令をだした。	87	13
・ヨーロッパ中で標本不足をきたし、	→標本不足の	87	13
・女って	→さっき女って	87	15
・いるはずだから	→いるはずだけど	88	1
・すごい散らかりよう	→なんて散らかりよう……	88	3
・特集みたいな番組	→番組	88	6
・虫だって、釣りの	→虫ね、あれだって釣りの	88	8
・つくらしいし	→つくらしいよ	88	8
・なんとなく落ち着くんだ	→落ち着くんだ	88	11
・けっこう羞恥心が	→羞恥心が	88	12
・あったし	→あった	89	3

・右肩	→左肩	89	3
・あっという間に	→けろっと	89	4
・もの	→ものを	92	1
・炙や	→炙	92	13
・輪郭の	→輪郭の空	93	2
・有害なのだ	→有害だから	93	5
・弟だって	→弟も	93	6
・とたんに窓の	→窓の	93	12
・蛙みたいに	→蛙が	93	15
・貼りついた	→貼りつく	93	15
・排水孔	→排水口	94	6
・せいぜい地球の	→地球の	94	12
・鍵爪	→鉤爪	94	14
・経験をさせられた	→経験をした	95	3
・なんだろう	→なんだ	95	4
・野良猫が	→また野良猫が	95	4
・はじめたのかな	→はじめたのか	95	4
・ひどく男好きの	→男好きの	95	12
・作品	→絵	95	12
・買わされて	→買って	95	12
・悲鳴なみに自己顕示	→自己顕示の悲鳴	95	13
・いずれ	→そのうち	95	15
・被写体には空焚きして	→空焚きして	95	15
・薬缶を手に入れたい	→薬缶の写真。あれがいい	95	16
・開ける	→開けてみた	96	1

・とたんに安眠妨害の元凶が、逆さに構えた殺虫剤のスプレーみたいに(後にも先にも一度きりの失敗だが、それにしても強烈な体験だった)顔面を直撃した。譬喩的に言えば、目的も図面もなしに工具を振り回している気違い大工の作業場のミニチュア。とりわけ生木に食い込む、錆びた鋸のきしみ。拒絶反応が保根をねじ上げる。狼狽のあまり、パイプ掃除用のゴムホースで窓枠を乱打してやった。いくら年期の入った泥棒猫でも仰天するはずだ。狙いは外された。ゴムホースの威嚇は、かえって相手を刺激し、挑発してしまったようである。気違い小人大工は一瞬手を休め、窓枠から身を乗りだしてきた。ずんぐりした滑らかな曲線。猫よりは、むしろラッコかオットセイの輪郭。何者だろう?不明の侵入者の、不明な行為。不可解さがつのる一方だ。
→削除(96頁2行「さいわいガラスが……」の前)

・踏みとどまった	→踏みとどまる	96	4

・落ちた	→落る	96	6
・外すつもりかな	→外すつもり	96	8
・向こう見ずだ	→攻撃的だ	96	9
・かなり手荒なことでも、	→手荒なことを	96	9
・鴉でも消化なんかできっこない	→鴉といえども消化できっこない	96	15
・苦手だった	→苦手なんだ	97	1
・玩具じみたカナリヤだって願い下げにしたい	→カナリヤだって好きじゃない	97	2
・なるらしい	→なる	97	3
・鴉には不吉な印象がつきまとう	→鴉は不吉だ	97	4
・意気込みに圧倒されたのか	→勢いに圧倒されてか	97	6
・予想以上	→意外	97	6
・やはり鴉だ。間違いない。	→やっぱり鴉だった。	97	11
・良心的な	→気前のいい	97	14
・忍び足で、リニアモーター・カーになった気分	→忍び足のリニアモーター・カー気分	98	1
・どうやらこれで	→これで	98	3
・銃を持ち上げたとたん、	→ガス銃を持ち上げる。	98	4
・強まったようだ	→強まった	98	6
・かなりのだろう	→かなりだろう	98	7
・こちらが	→こっちが	98	7
・浴び、目が開けられなくなる	→浴びる	98	8
追い掛けるようにして、思いついた	→思いついた	98	10
・空気銃なら、	→空気銃だ。	98	10
・風の	→あれなら風の	98	10
・気付かないふりをしてやろう	→気付かないふりしてやろう	99	9
・覗かせてやろう	→覗かせてやる	99	10
・ひくつもりだからだ	→ひくつもりだから	99	11
・趣味によるだろう	→趣味で決めればいい	99	15
・極度	→は極度	100	14
・教務内容	→業務内容	101	3
・とうてい	→とても	101	3
・かなり際どい	→際どい	102	2
・『ネバリノン』なる物質	→『ネバリノン』物質	103	9
・オメガ	→オメガノン	103	12
・そういえばＳＦ映画に	→ＳＦ映画に	104	15
・逆転できるのだ	→逆転できる	107	14

現代日本文学の旗手
安部公房の小説を読む

著者
李貞熙(リ チョンヒ)

1961年生まれ。
1985年 徳成女子大学校日語日文学科卒業。
その後、筑波大学大学院留学、
1993年 筑波大学大学院修士課程地域研究研究科修了、
1998年 筑波大学大学院博士課程文芸言語研究科修了(文学博士)。
現在、威徳大学校日本語学部教授。

主論文：「安部公房と満州体験─『けものたちは故郷をめざす』を中心として─」
(『日語日文学研究』39、2001. 11)、
「安部公房」(『世界の小説家Ⅰ─アジア・アフリカ・中南米─』韓国外国
語大学校出版部、2001. 9)

翻　訳：小松左京『日本沈没』(未来社(韓国)、1992)
安部公房『安部公房短編集 壁』(威徳大学校出版部(韓国)、2001)

‧ 저자와의 협의 하에 인지는 생략합니다. ‧

初版印刷　2005年 11月 7日 ｜ 初版発行　2005年 11月 16日

著　者　李貞熙
発行処　제이앤씨
登　録　第7-220号

132-031 서울市 道峰区 双門洞 358-4 晟周 B/D 6F
TEL (02)992-3253　FAX (02)991-1285
jncbook@hanmail.net ｜ www.jncbook.co.kr

· 저자 및 출판사의 허락없이 이 책의 일부 또는 전부를 무단복제·전재·발췌할 수
없습니다.
· 잘못된 책은 바꿔 드립니다.

ISBN 89-5668-293-3 93830 ｜ 정가 25,000원